Es klingt fast zu gut, um wahr zu sein. Hamburg-Winterhude, ein Haus mit Smart Home, alles ganz einfach per App steuerbar, jederzeit, von überall. Und dazu absolut sicher. Hendrik und Linda sind begeistert, als sie einziehen. So haben sie sich ihr gemeinsames Zuhause immer vorgestellt.

Aber dann verschwindet Linda eines Nachts. Es gibt keine Nachricht, keinen Hinweis, nicht die geringste Spur. Die Polizei ist ratlos, Hendrik kurz vor dem Durchdrehen. Konnte sich in jener Nacht jemand Zutritt zum Haus verschaffen? Und wenn ja, warum hat die App nicht sofort den Alarm ausgelöst? Hendrik fühlt sich mehr und mehr beobachtet. Zu recht, denn nicht nur die App weiß, wo er wohnt …

»Großes Kino für den Kopf, hochspannend und mit einem unglaublichen Finale.« *SR 3*

Arno Strobel liebt Grenzerfahrungen und teilt sie gern mit seinen Leserinnen und Lesern. Deshalb sind seine Thriller wie spannende Entdeckungsreisen zu den dunklen Winkeln der menschlichen Seele und machen auch vor den größten Urängsten nicht Halt.

Alle seine bisherigen Thriller waren Bestseller, standen wochenlang auf Platz 1 der Bestsellerliste. Arno Strobel lebt als freier Autor in der Nähe von Trier.

www. arno-strobel.de
www.facebook.com/arnostrobel.de
@arno.strobel

Außerdem bei FISCHER Taschenbuch erschienen:
»Der Trakt«, »Das Wesen«, »Das Skript«, »Der Sarg«, »Das Rachespiel«, »Das Dorf«, »Die Flut«, »Im Kopf des Mörders – Tiefe Narbe«, »Im Kopf des Mörders – Kalte Angst«, »Im Kopf des Mörders – Toter Schrei«, »Offline«, »Sharing«, »Fake«, »Der Trip«, »Stalker«, »Mörderfinder – Die Spur der Mädchen«, »Mörderfinder – Die Macht des Täters«, »Mörderfinder – Mit den Augen des Opfers«, »Mörderfinder – Stimme der Angst«

Weitere Informationen finden Sie auf www.fischerverlage.de

ARNO STROBEL

SIE KENNEN DICH.
SIE WISSEN WO DU WOHNST.

PSYCHOTHRILLER

Die APP

FISCHER TASCHENBUCH

2. Auflage: November 2024

Erschienen bei FISCHER Taschenbuch
Frankfurt am Main, August 2021

© 2020 S. Fischer Verlag GmbH,
Hedderichstr. 114, D-60596 Frankfurt am Main
Die Nutzung unserer Werke für Text- und Data-Mining
im Sinne von § 44b UrhG behalten wir uns explizit vor.

Dieses Werk wurde vermittelt durch die
Literarische Agentur Thomas Schlück GmbH
30161 Hannover.

Redaktion: Ilse Wagner

Das Liedzitat auf S. 119 stammt aus
»Der Weg« von Herbert Grönemeyer.

Satz: Dörlemann Satz, Lemförde
Druck und Bindung: CPI books GmbH, Leck
ISBN 978-3-596-70594-8

Für Nina

Computer sind Geschöpfe menschlicher Geschöpfe

Andreas Tenzer, deutscher Philosoph und Pädagoge

PROLOG

Als er aufwacht, fühlt es sich so an, als müssten seine Lider gegen einen Widerstand ankämpfen.

Während sein träge arbeitender Verstand zu verstehen versucht, was das zu bedeuten hat, nimmt er verwaschene, konturlose Flecken wahr. Er zwinkert ein-, zweimal, was das Bild allerdings nicht klarer macht. Er überlegt, ob er am Vorabend zu viel getrunken hat, kann sich aber seltsamerweise nicht erinnern.

Er möchte die Hand heben, um sich mit Daumen und Zeigefinger die Schlieren von den Pupillen zu wischen, doch sein Arm gehorcht ihm nicht. Mehr noch, er spürt ihn nicht mehr.

Panisch versucht er, den anderen Arm zu heben, ohne Erfolg.

Binnen weniger Schläge beschleunigt sein Herz vom gleichgültigen Ruherhythmus zum Spurt. Ist er gefesselt? Was für ein absurder Gedanke. Zudem würde er dann ja seine Gliedmaßen spüren können. Aber was, zum Teufel, passiert eigentlich gerade?

Hat er ungünstig gelegen, und der Arm ist ihm eingeschlafen? Das war schon öfter passiert, allerdings immer nur bei einem Arm oder Bein, die restlichen Gliedmaßen ließen sich ganz normal bewegen.

Sein Verstand brüllt ihn an, dass er sich sofort aufrappeln soll, dass er unmöglich gelähmt sein kann. Unter Aufbietung aller Willenskraft versucht er erneut, die Lage der Arme zu ändern, der Beine, der Füße, wenigstens einen Finger zu heben … Nichts.

Nicht einmal den Kopf kann er auch nur einen Zentimeter drehen. Lediglich seine Augenmuskeln funktionieren, so dass er die Augen bewegen kann und zumindest die Schlieren verschwinden.

Er starrt gegen eine mit mattsilbernen Alu-Paneelen abgehängte Decke. Nicht sein Schlafzimmer.

In der zunehmenden Panik atmet er immer hektischer.

Konzentrieren, *befiehlt er sich.* Du musst dich, verdammt nochmal, konzentrieren. Schau dich um.

Schräg über ihm ist eine flache, quadratische Lampe angebracht, durch deren Milchglas sich das kalte Licht von Neonröhren drückt.

Sein Blick richtet sich nach links, heftet sich auf eine weitere Lampe, etwas kleiner als die über ihm. Am unteren Rand seines Sichtfeldes schimmert etwas Dunkles, das seine Position verändert. Doch um es deutlicher sehen und erkennen zu können, müsste er den Kopf wenigstens ein kleines Stück zur Seite drehen, was er aber trotz aller Anstrengung nicht schafft.

Er befürchtet, dass die Angst schon bald völlig von ihm Besitz ergreifen und auch seine Gedanken lähmen wird. Das darf er nicht zulassen. Er muss sich zwingen, strukturiert zu denken.

Vielleicht ist das alles nur ein Traum? Sein Unterbewusstsein hat ihm im Schlaf schon die verrücktesten Dinge vorgegaukelt. Dass er in eine bodenlose Dunkelheit gefallen ist oder dass er fliegen konnte.

Aber das ist kein Traum, denn egal, wie deutlich diese Sequenzen gewesen waren, sie haben sich nie so real angefühlt wie die Situation jetzt. Zudem tauchen unvermittelt Erinnerungsfetzen auf, und diese Bruchstücke reichen aus, seinen Pulsschlag noch weiter zu beschleunigen.

Er ist von einem Geschäftsessen nach Hause gekommen. Und,

ja, er hatte einige Gläser Wein getrunken, aber er war nicht betrunken gewesen. Seine Frau hatte Nachtdienst. Er ist in die Küche gegangen, hat sich Saft aus dem Kühlschrank genommen und ein paar Schlucke getrunken. Anschließend hat er das Licht im Wohnzimmer eingeschaltet und wollte zur Couch gehen, aber … er kann sich nicht erinnern, sie erreicht zu haben. Zwischen diesen wenigen Sekunden und seinem Erwachen gerade gähnt ein dunkles Loch.

Ein Geräusch neben ihm zieht seine Aufmerksamkeit zurück in den Raum mit der silbernen Decke. Ein … Klappern.

Er möchte »Hallo!« rufen und »Hilfe!«, doch seine Stimmbänder gehorchen ihm ebenso wenig wie seine Gliedmaßen. Erneut greift die Panik mit kalten Klauen nach ihm, und er spürt, dass er sich ihr nicht mehr lange widersetzen kann.

Ruhig, *beschwört er sich selbst.* Denk nach. Es muss eine Erklärung für all das geben.

Wieder Geräusche neben ihm. Jemand befindet sich mit ihm in diesem Raum, da ist er sich jetzt ganz sicher. Ist es derjenige, der ihn in diese Situation gebracht hat? Natürlich muss er es sein. Wer sonst würde irgendwelchen Beschäftigungen nachgehen, während jemand gelähmt neben ihm liegt?

Er überlegt, ob er nackt ist, und fragt sich im selben Moment, ob es nichts Wichtigeres gibt, über das er sich Gedanken machen sollte. Zum Beispiel die Frage, was dazu geführt hat, dass er anscheinend bewegungsunfähig ist, aber trotzdem atmen und seine Augen bewegen kann.

Vielleicht liegt er ja in einem Krankenhaus? Nach einem Schlaganfall? Aber würde dann nicht seine Frau an seinem Bett sitzen und ihm die Hand halten? Mit ihm reden und ihm erklären, was passiert ist?

Also muss etwas anderes geschehen sein. Etwas, von dem sie nichts weiß, denn wenn …

Der Kopf schiebt sich so unvermittelt in sein Sichtfeld, dass er befürchtet, sein Herz bliebe stehen.

Mund und Nase des Mannes sind von einer grünen Stoffmaske bedeckt, die Haare unter einer Haube in gleicher Farbe verborgen, so dass lediglich die Augen zu sehen sind.

Ein Arzt. Ein Chirurg. Also doch ein Krankenhaus?

Als sich der Mann etwas weiter über ihn beugt und eine Hand auftaucht, während die Augen des Mannes offenbar eine Stelle auf seiner Brust fixieren, stockt ihm der Atem. Die in einem Gummihandschuh steckenden Finger umschließen ein Skalpell, dessen Klinge im diffusen Licht silbrig glänzt und das sich langsam auf seinen Brustkorb senkt.

Nein!, *schreit er innerlich auf.* Tu das nicht! Ich bin nicht narkotisiert. Siehst du denn nicht, dass meine Augen geöffnet sind und sich bewegen?

Als hätte der Mann seine innere Stimme gehört, hebt sich die Hand und verschwindet wieder aus seinem Sichtfeld. Vor Erleichterung füllen sich seine Augen mit Tränen, so dass er den Kopf nur noch verschwommen sieht. Doch eine weitere Erkenntnis, die ihm endgültig den Verstand zu rauben droht, drängt die Erleichterung beiseite.

Auch wenn er nicht einmal den kleinen Finger rühren kann, ist offenbar eines nicht ausgeschaltet: seine Empfindungen. Er hat deutlich die Tränen gespürt, als sie ihm über das Gesicht gelaufen sind, also wird er auch etwas anderes empfinden können. Schmerz. Sein Blick sucht hektisch nach der Hand mit dem Skalpell, bleibt am Oberkörper des noch immer über ihn gebeugten Mannes hängen und liefert die nächste, grausame Erkenntnis:

Das ist kein Krankenhaus, und der Mann ist kein Arzt.

Ein Arzt in einem Krankenhaus trägt keine über und über mit Blut beschmierte weiße Gummischürze.

So etwas trägt ein Schlachter.

1

»Danke für das phantastische Essen.« Linda hob ihr Weinglas und prostete Hendrik zu, die Blicke ineinander versunken. »Und für den wundervollen Abend.«

»Ja, er war wundervoll«, entgegnete Hendrik und hob ebenfalls sein Glas. »Und er ist es noch immer.«

Während sie tranken, fiel sein Blick auf den schimmernden Ring an ihrem Finger, und wie jedes Mal, wenn er daran dachte, dass sie in wenigen Tagen heiraten würden, fühlte es sich an, als wollte sein Herz überlaufen.

Sie stellten die Gläser auf dem massiven Esstisch ab. »Bist du aufgeregt?«

Ein sanftes Lächeln umspielte ihre Lippen. »Wegen der Reise nach Namibia?«

Er schmunzelte. »Ich dachte eher an den Grund für diese Reise.«

»Ja, ich bin aufgeregt.« Linda ergriff seine Hände und hielt sie fest. »Und ich freue mich sehr. Obwohl wir schon ein Jahr zusammen hier wohnen … es wird anders sein.«

Für einen Moment betrachtete er ihr von langen schwarzen Haaren eingerahmtes Gesicht, dem der italienische Einschlag von der Familie ihres Vaters deutlich anzusehen war, dann trafen sich ihre Lippen zu einem zärtlichen Kuss.

Nachdem sie sich wieder voneinander gelöst hatten, wischte er in einer übertriebenen Geste durch die Luft und blickte verklärt gegen die Decke. »Die Namib ... Wir werden nachts im Dachzelt unseres Jeeps liegen, nackt, um uns herum absolute Stille, über uns ein unglaublicher Sternenhimmel. Millionen Sterne, so dass es aussieht, als wären sie alle miteinander zu einer funkelnden Decke verbunden. Ich weiß, du wirst begeistert sein.«

»Ja, ganz sicher.« Linda schmunzelte und stieß im nächsten Moment einen überraschten Laut aus, als sich wie auf ein geheimes Kommando hin alle Lampen gleichzeitig so weit herunterdimmten, dass es für einen Augenblick dunkel wurde, Sekunden nur, dann war der Spuk auch schon wieder vorbei.

»Was war das denn?«

Hendrik zuckte mit den Schultern und betrachtete die über ihnen hängende Lampe. »Keine Ahnung. Vielleicht eine Spannungsschwankung. Das hatte ich früher in meinem alten WG-Zimmer öfter.«

»Hm ...«, brummte Linda und sah sich um. »Da waren wahrscheinlich die Stromleitungen marode. Aber in einem neuen Haus? Hier, in Winterhude?«

»Wer weiß ... vielleicht hat *Adam* sich einen Spaß erlaubt.«

Adam war der Name des Smart-Home-Systems, das ein Jahr zuvor beim Bau des Hauses eingesetzt worden war.

Sie können Ihre gesamte Haustechnik per App über das System steuern, hatte der Verkäufer ihnen damals versichert. *Ob Beleuchtung, Heizung, Kühlschrank oder Fernseher, selbst der Saugroboter arbeitet, digital gesteuert, zuverlässig und ganz nach Ihren Wünschen.* Dann hatte er augenzwinkernd hinzugefügt: *wie im Paradies*, was wohl den Namen erklären sollte.

Bisher hatte das System auch fehlerfrei gearbeitet. Egal, ob es sich um die Beleuchtung handelte, die *Adam* einschaltete, wenn sie selten genutzte Räume betraten, und wieder ausschaltete, wenn sie sie verließen, oder die Rollos, die entweder bei Einbruch der Dunkelheit oder auf Kommando hin herunterfuhren – alles funktionierte bisher tadellos. Sogar die Waschmaschine meldete sich auf ihren Smartphones oder blendete am unteren Bildschirmrand des Fernsehers eine Nachricht ein, wenn der Waschgang beendet war.

Linda nickte. »Wundern würde es mich nicht. Je komplizierter die Technik, desto anfälliger ist sie auch.«

»Wer weiß, was das gerade war.« Hendrik beugte sich über den Tisch. »Ich finde, du solltest mich küssen, das hilft bestimmt.«

Sie lächelte. Doch bevor ihre Lippen sich berührten, begann Hendriks Smartphone auf der Kommode neben ihnen zu vibrieren, während gleichzeitig der Refrain des Songs *Doctor! Doctor!* von den Thompson Twins ertönte.

»O nein«, entfuhr es Linda, die wusste, dass es sich um Hendriks Klingelton für Anrufe aus dem Krankenhaus handelte. »Nicht jetzt.«

Hendrik löste die Hände von ihren, stand auf und griff nach dem Telefon.

»Zemmer«, meldete er sich knapp.

»Beate hier«, sagte die Assistentin seines Chefs. »Er braucht Sie. Ein schwerer Autounfall. Not-OP.«

»Okay, ich mache mich sofort auf den Weg.«

Hendrik beendete das Gespräch, ließ das Telefon in seiner Hosentasche verschwinden und sah zu Linda hinüber. Die erhob sich und kam um den Tisch herum auf ihn zu. Er betrachtete ihre zierliche Gestalt und spürte wie jedes Mal, wenn er sie ansah, das Bedürfnis, sie in die Arme zu schließen und gegen alles und jeden zu beschützen.

»Tut mir leid.«

Linda zuckte mit den Schultern. »Schon okay. Das ist eben dein Beruf. Ich warte auf dich und halte das Bett warm.«

Keine fünf Minuten später verabschiedete er sich von ihr und verließ das Haus.

Morgens im Berufsverkehr brauchte Hendrik für die knapp drei Kilometer zum Universitätsklinikum etwa zwanzig Minuten. Nun, kurz vor Mitternacht, herrschte kaum noch Verkehr, so dass er sein Ziel in der Hälfte der Zeit erreichen würde.

Während er den Wagen aus der Garage lenkte und in die Straße Richtung Eppendorf abbog, überlegte er, was ihn wohl dieses Mal im OP erwarten würde. Diese nächtlichen Einsätze kamen zwar bei weitem nicht mehr so häufig vor wie während seiner Zeit als Assistenzarzt in der Chirurgie, waren aber nach Unfällen Routine. Hendrik hatte sich als Chirurg auf komplizierte Gelenks- und Knochenoperationen spezialisiert und sich auf diesem Gebiet mittlerweile auch überregional einen Namen gemacht. Aus ganz Deutschland kamen Patienten nach Hamburg, um sich mit einem von ihm entwickelten schonenden Verfahren an den Schultern operieren zu lassen. Intern war er als Oberarzt seit einem guten Jahr Paul Gerdes' rechte Hand und sein Stellvertreter. Der Preis dafür waren unter anderem Einsätze auch außerhalb der normalen Dienstzeit. Er wischte die Gedanken beiseite und dachte an Linda.

Standesamt. In weniger als einer Woche.

Dabei hatte er noch vor einem Jahr im Brustton der Überzeugung behauptet, die Institution Ehe sei für ihn nach dem erfolglosen ersten Versuch kein Thema mehr und dass man nicht nur genauso gut, sondern wahrscheinlich sogar besser ohne Trauschein zusammenleben könne.

Sechsundzwanzig war er gewesen, als er und Nicole geheiratet hatten. Sie dachten beide, es wäre die große Liebe, die ein Leben lang halten würde. Es wurden lediglich dreizehn Jahre, von denen bereits die letzten nur noch wenig mit Liebe zu tun gehabt hatten. Vielleicht war er damals einfach zu jung gewesen? Oder sie? Immerhin war Nicole drei Jahre jünger als er. Und brauchte immer *Action*, wie sie es nannte. Dieses ständige Bedürfnis nach Ablenkung hatte Hendrik ihr nicht erfüllen können, sein Job war dafür einfach zu fordernd. So war sie oft allein oder mit Freundinnen unterwegs gewesen, während er sich von einem anstrengenden Dienst erholte. Im Laufe der Zeit hatte sie sich so ein eigenes soziales Umfeld aufgebaut, mit dem er nichts mehr zu tun hatte.

Wie auch immer, es hatte nicht funktioniert, und was als der Himmel auf Erden begann, endete in einem Rosenkrieg und mit Anwälten, die das Feuer am Köcheln hielten, weil sie daran eine Menge Geld verdienten.

Nun, mit zweiundvierzig Jahren, würde er es also noch

einmal wagen. Nicht mehr so blauäugig wie damals, war er dennoch überzeugt, in Linda die Frau gefunden zu haben, mit der er sein Leben verbringen wollte.

Er stellte den Wagen auf dem für ihn reservierten Parkplatz in der Tiefgarage ab und ging zum Aufzug.

Prof. Dr. Paul Gerdes sah nur kurz auf, als Hendrik in OP-Kleidung aus der Umkleideschleuse in den Waschraum trat, und nickte ihm zu. »Gut, dass du da bist.« Dann widmete er sich der Desinfektion seiner Hände und Unterarme. »Tut mir leid, dass ich dich wieder einmal aus dem verdienten Feierabend reißen musste, aber ich brauche dich. Patient ist vorbereitet. Polytrauma. Milzruptur und Beckenfraktur, Os sacrum und vorderer Ring, laut FAST-Sonographie massive Einblutung. Überraschungen beim Öffnen nicht ausgeschlossen.«

Als sie kurz danach den Operationssaal betraten, warteten dort schon die Anästhesistin, OP-Pflegerinnen und -Pfleger sowie zwei junge Assistenzärzte, die erst seit wenigen Wochen im UKE beschäftigt waren.

Der etwa dreißigjährige Patient hatte keine weiteren, bei Röntgen und Sonographie nicht entdeckten Verletzungen, dennoch war vor allem die Stabilisierung und Verschraubung des mehrfachen Beckenbruchs kompliziert.

Als sie nach über drei Stunden im Nebenraum Mundschutz und OP-Hauben abstreiften, strich Gerdes sich über die graumelierten, schweißnassen Haare und legte Hendrik eine Hand auf die Schulter. »Das war nicht ohne. Danke noch mal. Und jetzt sieh zu, dass du nach Hause kommst, den Rest machen die anderen. Es reicht, wenn du um neun wieder hier bist. Ich bleibe da und lege mich in eines der

Bereitschaftsbetten. Grüß bitte Linda von mir und sag ihr, ich mache es wieder gut.«

»Das tue ich. Wir sehen uns« – Hendrik warf einen Blick auf die Uhr – »nachher.«

Gerdes, seit drei Jahren geschieden, war seitdem keine feste Beziehung mehr eingegangen. Hier und da tauchte er mit einer Frau an seiner Seite auf, die meist um einiges jünger war als er selbst, doch Hendrik konnte sich nicht erinnern, eine dieser Frauen ein zweites Mal mit seinem Chef gesehen zu haben. Als er ihn einmal darauf angesprochen hatte, hatte Gerdes nur gelächelt und gesagt: »Gebranntes Kind …«

Eine halbe Stunde später drückte Hendrik die Autotür sanft ins Schloss und verriegelte sie mit der Fernbedienung. Um Linda nicht zu wecken, hatte er darauf verzichtet, den Wagen in die Garage zu fahren, und außerdem war er sowieso nur für vier Stunden zu Hause.

Während er die wenigen Schritte zur Haustür ging, atmete er tief durch und genoss die angenehm laue Luft der Morgendämmerung. Hätte er nicht sowieso kaum Zeit zum Schlafen gehabt, wäre er eine Stunde früher aufgestanden und vor dem Dienst noch joggen gegangen. Dreimal in der Woche brauchte er das als Ausgleich. Und damit er so schlank blieb, wie er war. Er nahm es sich für den nächsten Tag vor.

Hendrik strich mit dem Finger über das dafür vorgesehene Feld, betrat das Haus und drückte die Tür leise hinter sich zu. Als er sich umwandte und einen Schritt in die Diele machte, flammte die Deckenbeleuchtung auf. »Licht aus«, sagte er leise, woraufhin es sofort wieder dunkel wurde. Es dauerte nur zwei, drei Wimpernschläge, bis seine Augen sich an das schwache Morgenlicht gewöhnt hatten, das durch die Glaselemente der Tür in den Flur drang, und er die Umgebung wieder schemenhaft erkennen konnte.

Behutsam zog er die Schuhe aus und ging zur Treppe. Als er den Fuß auf die unterste Stufe setzte, aktivierte *Adam* die Nachtbeleuchtung, kleine LED-Punkte, die die nächsten zwei Stufen so weit beleuchteten, dass Hendrik sehen konnte, wohin er trat, während sie hinter ihm wieder erloschen, sobald er den Fuß anhob.

Oben angekommen, blieb er verwundert stehen, als auch im Flur die Nachtbeleuchtung kurz aufleuchtete.

Die Schlafzimmertür stand offen, was sehr ungewöhnlich war. Wenn Linda im Bett lag, war die Tür immer geschlossen, weil sie einen extrem leichten Schlaf hatte und sogar von dem Nachtlicht im Flur aufwachte. Noch immer möglichst jedes Geräusch vermeidend, betrat er das Zimmer.

Wie in der Diele sorgte auch hier das Licht, das von außen durch die beiden Fenster fiel, dafür, dass Hendrik seine Umgebung schemenhaft erkennen konnte. Auch das Bett. Es war leer.

»*Adam*, Licht!«, sagte Hendrik mit verhaltener Stimme und sah sich irritiert um. Die glatte Tagesdecke lag über dem Bett. Die Schiebetür zum angrenzenden begehbaren Kleiderschrank stand weit offen, der Raum war dunkel.

»Seltsam«, murmelte Hendrik und wandte sich um. Zurück auf dem Flur, hielt er einen Moment inne und lauschte. Nichts. Im ganzen Haus herrschte eine geradezu bedrückende Stille.

Während er die Stufen wieder hinabstieg, breitete sich ein seltsames Gefühl in ihm aus, als zöge eine Vakuumpumpe langsam, aber unerbittlich seine inneren Organe zusammen.

»Linda?«, sagte er viel zu leise und rief gleich darauf lauter: »Schatz? Bist du da?«

Eine völlig unsinnige Frage. Wo sollte sie morgens um halb fünf schon sein? Dennoch erhielt er keine Antwort.

Unten angekommen, ging er zum Wohnzimmer, obwohl er befürchtete, dass er Linda auch dort nicht finden würde. Er knipste die Beleuchtung an und sah sich kurz um. Sie hatte den Tisch abgeräumt, und auch die offene Küche war blitzblank.

Hendrik ging zurück in den Flur, rief erneut Lindas Namen, lauschte ... Nichts. Mit wachsender Unruhe suchte er Raum um Raum nach ihr ab, um nach wenigen Minuten ratlos wieder im Wohnzimmer zu stehen.

Es gab keinen Zweifel – Linda war nicht im Haus. Aber wohin konnte sie um diese Uhrzeit gegangen sein? Ohne eine Nachricht zu hinterlassen?

Mit einer Mischung aus Sorge und Ärger fischte Hendrik sein Smartphone aus der Tasche und drückte die Kurzwahltaste mit Lindas Nummer. Es dauerte nur zwei Sekunden, dann hörte er die Ansage ihrer Mailbox, in der sie freundlich erklärte, dass sie zurzeit nicht erreichbar sei und man nach dem Piepton eine Nachricht hinterlassen könne. Sie hatte das Telefon also entweder ausgeschaltet, oder dort, wo sie sich gerade aufhielt, gab es kein Netz.

Ungeduldig wartete er den Ton ab. »Linda, wo steckst du denn? Ich bin gerade nach Hause gekommen und mache mir Sorgen. Melde dich bitte sofort, wenn du diese Nachricht abhörst.«

Er legte auf und dachte einen Moment darüber nach, ob er ihre Eltern anrufen sollte, verwarf den Gedanken aber gleich wieder. Sie wohnten in Hannover, hatten aber noch ein Haus auf Langeoog, wo sie einen Großteil des Sommers verbrachten. Linda hatte sich ganz bestimmt nicht mitten in der Nacht auf den Weg zu ihnen gemacht, zumal erst am Morgen wieder eine Fähre von Bensersiel aus zu der kleinen Insel ablegte. Das Einzige, was er mit einem Anruf bei den beiden erreichen würde, war, dass sie in Panik gerieten.

Aber es gab naheliegendere Möglichkeiten. Vielleicht war sie auch einfach zu einem kleinen Spaziergang unterwegs, weil sie nicht schlafen konnte? Aber dagegen sprach, dass das Bett vollkommen unbenutzt aussah. Und sie ihm keine Nachricht hinterlassen hatte. Nein, Lindas Verschwinden musste einen anderen Grund haben.

2

»Ich verstehe ja Ihre Aufregung, Herr Zemmer«, sagte der Polizist am Telefon, der sich als Kommissar Mertes vorgestellt hatte. »Aber Ihre Verlobte ist eine erwachsene Frau, die das Haus verlassen hat, weil sie vielleicht noch etwas trinken gehen wollte und ...«

Hendrik schüttelte den Kopf, obwohl sein Gesprächspartner das nicht sehen konnte. »Morgens um halb fünf?«

Seine Nerven waren zum Zerreißen gespannt. Nachdem er eine Stunde durchs Haus getigert war, hatte er es schließlich nicht mehr ausgehalten und mit wachsender Sorge die Nummer der Polizei gewählt.

»Sagten Sie nicht, Sie haben das Haus kurz nach Mitternacht verlassen? Vielleicht ist sie gleich darauf aufgebrochen? Oder eine Freundin hat angerufen und ...«

»Hören Sie«, unterbrach Hendrik den Mann unwirsch, »Linda zieht nicht einfach mitten in der Nacht los, wenn ich ins Krankenhaus gerufen werde. So was würde sie nie tun. Und sie hat auch keine Freundin, die sie um diese Uhrzeit anrufen würde. Zumindest keine, mit der ich nicht schon gesprochen habe. Irgendetwas muss passiert sein.«

»Gibt es Einbruchspuren? An der Haustür? Einem Fenster?«

»Nein, ich, ich glaube nicht. Aber ich bin mir nicht sicher. Ich habe nicht darauf geachtet. Außerdem bin ich Arzt, kein Kriminaltechniker.«

»Haben Sie eine Alarmanlage?«

»Ja. Sie ist mit dem Fingersensor der Tür gekoppelt und wird automatisch deaktiviert, wenn Linda oder ich die Tür entsperren.«

»Gab es schon einmal eine Fehlfunktion?«

»Ganz am Anfang, ein Mal, danach nicht mehr.«

»Haben Sie im Haus etwas Ungewöhnliches festgestellt? Unordnung? Umgestoßene Möbel? Offene Schränke? Irgendetwas, das auf einen Kampf hindeutet?«

»Nein.«

»Also keinerlei Anzeichen, die dafür sprechen, dass jemand ins Haus eingedrungen ist oder Ihre Verlobte das Haus unfreiwillig oder unter Zwang verlassen hat?«

Hendrik verstand die Logik hinter diesen Fragen, doch das machte die Situation um keinen Deut besser.

»Nein, aber trotzdem …«

»Wie ist denn das Verhältnis zwischen Ihrer Verlobten und Ihnen?«

»Was? Das ist super.«

»Haben Sie sich gestern Abend vielleicht gestritten, bevor Sie ins Krankenhaus gerufen wurden?«

»Nein. Es war ein sehr harmonischer Abend. Wir haben gemeinsam gegessen, uns über unsere bevorstehende Hochzeit unterhalten und festgestellt, wie glücklich wir beide sind.«

»Hm … also, ich schlage vor, Sie warten jetzt einfach mal ab. Sie werden sehen, dass Ihre Verlobte bald wieder auftaucht und es eine plausible Erklärung für alles gibt.«

Als Hendrik nicht antwortete, fügte der Mann mit beruhigender Stimme hinzu: »Noch einmal: Es deutet absolut nichts darauf hin, dass jemand gewaltsam in das Haus eingedrungen oder Ihrer Verlobten etwas passiert ist. Ich verstehe Ihre Sorge, aber Erwachsene, die im Vollbesitz ihrer geistigen und körperlichen Kräfte sind, haben das Recht, ihren Aufenthaltsort frei zu wählen, auch ohne dass Angehörige, Freunde oder Sie vorher informiert werden. Es ist nicht Aufgabe der Polizei, Aufenthaltsermittlungen durchzuführen, wenn keine Hinweise auf eine Gefahr für Leib oder Leben vorliegen.«

»Ich kenne Linda seit zwei Jahren.« Hendrik besann sich auf Geduld als eine seiner Tugenden und versuchte es noch einmal mit ruhiger Stimme. »Wir wohnen seit einem Jahr zusammen, und ich sage Ihnen, Sie würde niemals einfach so mitten in der Nacht das Haus verlassen.«

Deutliches Schnauben war zu hören. »Also gut, ich schicke Ihnen zwei Kollegen vorbei, die schauen sich mal im Haus um, okay?«

»Danke«, sagte Hendrik erleichtert und fragte sich, warum der Beamte nicht gleich auf diese Idee gekommen war.

Er ging in die Küche, schaltete den Kaffeevollautomaten ein und berührte auf dem farbigen Touchscreen das Symbol für Café crème. Mit der dampfenden Tasse in der Hand ging er kurz darauf zurück ins Wohnzimmer, setzte sich auf die Couch, und während er in kleinen Schlucken den Kaffee trank, zermarterte er sich den Kopf auf der Suche nach einer Erklärung für Lindas Verschwinden.

Er hatte nicht auf die Uhr geschaut, schätzte aber, dass seit dem Telefonat mit dem Polizisten maximal zehn Minuten vergangen waren, als es an der Tür läutete. Hendrik hoffte darauf, dass es Linda war, die ihn entschuldigend anlächeln würde, sobald er die Tür öffnete. Es war nicht Linda.

»Guten Morgen, Herr …« Der linke der beiden Uniformierten, ein Mittdreißiger mit kurzen schwarzen Haaren, warf einen Blick auf einen kleinen Block in seiner Hand. »… Zemmer. Sie vermissen Ihre Verlobte?« Ein erneuter Blick auf die Notizen. »Frau Linda Mattheus?«

»Ja, das ist richtig.«

Der Mann nickte. »Oberkommissar Breuer, das ist mein Kollege, Kommissar Grohmann. Man hat uns hergeschickt, damit wir uns mal ein wenig umschauen.«

Hendrik trat einen Schritt zur Seite und gab den Eingang frei. »Bitte, kommen Sie doch rein.«

Bevor sie seiner Aufforderung nachkamen, zog Oberkommissar Breuer eine kleine Stifttaschenlampe aus der Tasche, beugte sich nach vorn und betrachtete eingehend das Türschloss. Als er sich wieder aufrichtete, schüttelte er den Kopf. »Keine Spuren, die auf ein gewaltsames Eindringen schließen lassen.« Dann deutete er auf das schmale Feld, in dem der Fingerprint-Sensor untergebracht war.

»Wessen Fingerscans sind dort hinterlegt?«

Hendrik zuckte mit den Schultern. »Meiner und der von Linda. Sonst keiner.«

In der Diele blieben sie stehen und warteten, bis Hendrik die Tür geschlossen hatte. »Seit wann genau wird die Person vermisst?«, wollte der etwas jüngere Beamte wissen, den Breuer als Kommissar Grohmann vorgestellt hatte.

»Das habe ich Ihrem Kollegen doch schon am Telefon gesagt.«

»Würden Sie es uns bitte trotzdem noch einmal sagen?«

»Ich habe das Haus kurz nach Mitternacht verlassen. Ich bin Arzt und musste zu einer Not-OP ins Krankenhaus. Die hat eine Weile gedauert. Als ich gegen halb fünf zurückkam, war Linda nicht mehr da. Seit wann sie weg ist, kann ich Ihnen nicht sagen. Aber ich bin mir sicher, sie hätte das Haus nicht freiwillig verlassen, ohne mir eine Nachricht zu schreiben oder mich anzurufen.«

Die beiden Beamten tauschten einen schnellen Blick aus, dann deutete Breuer ins Haus. »Dürfen wir uns mal umschauen?«

»Ja, bitte.«

Der Rundgang der beiden, den Hendrik begleitete und bei dem sie vor allem die Fenster und die beiden Terrassentüren genauer unter die Lupe nahmen, dauerte knapp zehn Minuten, dann standen die drei Männer wieder im Wohnzimmer.

Breuer schürzte die Lippen. »Tja, Herr Zemmer, wir konnten weder Anzeichen für ein gewaltsames Eindringen feststellen noch sonst irgendetwas, das auf ein Verbrechen hindeutet.«

»Sie haben doch oben neben Ihrem Schlafzimmer diesen Raum, in dem die Kleidung untergebracht ist.«

Hendrik sah Grohmann fragend an. »Sie meinen den begehbaren Kleiderschrank?«

»Ja. Haben Sie schon mal einen Blick auf die Kleidungsstücke Ihrer Verlobten geworfen?«

»Nein, warum?«

»Vielleicht fehlen ja einige ihrer Sachen? Und wie sieht es mit Koffern aus? Sind alle noch da?«

Obwohl es offensichtlich war, brauchte Hendrik einen Moment, bis er endlich verstand, worauf Grohmann hinauswollte.

»Aber ich habe Ihnen doch schon mehrfach gesagt, dass Linda nie einfach so …«

»Würden Sie bitte trotzdem nachschauen?«, unterbrach ihn Breuer.

Resigniert hob Hendrik die Hände und nickte. »Von mir aus. Einen Moment.« Er wandte sich ab und ging zur Treppe. Warum, verdammt, wollten die Polizisten ihm nicht glauben, dass Linda niemals mitten in der Nacht einfach so verschwinden würde? Sogar wenn sie sich bis aufs Messer gestritten hätten, bevor er das Haus verlassen hatte, würde sie so etwas trotzdem nicht tun.

Er ging durchs Schlafzimmer und betrat den begehbaren Kleiderschrank, woraufhin in den Regalen und hinter den Stangen, an denen Lindas Kleider und Blusen auf der einen und seine Anzüge, Hemden und einige Pullover auf der anderen Seite hingen, die indirekte Beleuchtung ein angenehmes Licht verbreitete.

Vor Lindas Seite blieb Hendrik stehen und ließ seinen Blick über die Kleidungsstücke wandern. Einige Blusen, mehrere Blazer, Kleider und Röcke in verschiedenen Farben und Mustern. Er wusste nicht, wie viele. Daneben in Regalen ihre Jeans, Shirts und ein Stapel dickere Pullover. Alles, was er sah, kam ihm bekannt vor, aber … fehlte etwas? Hendrik zog die Stirn kraus, als ihm klarwurde, dass er das nicht beurteilen konnte. Sicher, er kannte im Großen und Ganzen Lindas Sachen, ob jedoch etwas fehlte oder nicht … Aber es war sowieso Unsinn, dass er darüber nachdachte.

Hendrik wandte sich ab, verließ das Schlafzimmer und steuerte auf den schmalen Raum neben dem Badezimmer zu, in dem sie alles abstellten, das sonst nirgendwo einen Platz hatte, aber dennoch nicht auf den Dachboden sollte. Zum Beispiel die beiden Koffer.

Als er die Tür öffnete, dachte er daran, dass Linda wenige Wochen zuvor noch schelmisch lächelnd gemeint hatte, das wäre doch ein optimales Kinderzimmer.

In diesem Raum schaltete sich das Licht nicht automatisch ein, so dass Hendrik den Schalter neben der Tür betätigen musste, bevor er seinen Blick auf die Stelle richtete, an der sein schwarzer und ihr dunkelbrauner Rimowa-Koffer standen. *Gestanden hatten*, korrigierte er sich.

Lindas Koffer fehlte.

3

Die Augen des Mannes fixieren ihn mit dem kalten, mitleidlosen Blick, mit dem ein Forscher sein Versuchstier beobachtet. Und dennoch hat er das Gefühl, diese Augen nicht zum ersten Mal zu sehen.

Die Hand mit dem Skalpell ist aus seinem Sichtfeld verschwunden, was ihn ein wenig erleichtert.

»Du fragst dich, was mit dir geschehen ist, nicht wahr?« Die Stimme klingt durch die Maske etwas dumpf, zudem hat der Kerl die Worte sehr leise gesprochen.

»Ich will es dir erklären. Auch wenn das, was ich hier tun muss, für dich äußerst unangenehm wird, bin ich kein Unmensch. Eines vorab: Du bist nicht gelähmt, keine Angst.«

Etwas im Blick des Mannes verändert sich ein wenig, und doch scheint es, als könnte er einen Hauch von Häme darin erkennen.

»Wobei … doch, Angst darfst du haben.« Dieses Flüstern … es macht die Situation noch unheimlicher. Er muss sich konzentrieren, um die Worte verstehen zu können.

»Du hast sogar allen Grund, Angst zu haben. Aber vielleicht lenkt es dich ein wenig ab, wenn ich dir erkläre, in welchem Zustand du dich befindest und was diesen Zustand herbeigeführt hat.«

Ich will, dass es aufhört, *schreit alles in ihm, und die Angst schnürt ihm die Kehle zu.*

»*Weißt du, was eine Schlafparalyse ist? Hat* sie *das mal erwähnt? Sie weiß es ganz bestimmt.*«

Sie? Der Kerl tut so, *als müsste er wissen, wer mit diesem* sie *gemeint ist, aber er hat keine Ahnung.*

»*Der Begriff bezeichnet zunächst nur den Zustand des Körpers während des Schlafs: Man ist nahezu vollständig bewegungsunfähig – ausgenommen sind Atem- und Augenmuskulatur.*«

Noch immer ist es kaum mehr als ein Flüstern, aber der Kerl spricht so langsam, dass er ihn versteht.

»*Diese vorübergehende Lähmung ist völlig natürlich und schützt den Körper davor, die Bewegungen im Traum tatsächlich umzusetzen. Normalerweise bekommen wir von dieser Paralyse nichts mit, weil sie sofort beendet wird, wenn wir aufwachen, doch es kann passieren, dass dieser Zustand nach dem Aufwachen andauert – man spricht dann auch von einem Wachanfall. Das Gehirn ist schon wach, aber die Muskeln sind noch im Schlafmodus. Die Folge: Die Betroffenen sind unfähig, zu sprechen oder sich zu bewegen. Normalerweise ist der Spuk nach spätestens zwei Minuten vorbei – entweder kehrt die Muskelkraft zurück, oder man schläft wieder ein. Ist dieser Zustand allerdings medikamentös herbeigeführt worden, wie das bei dir der Fall ist, kann man ihn beliebig lange aufrechterhalten.*«

Aber warum?, *möchte er dem Mann entgegenschreien.* Warum tust du mir das an?

Seine Gedanken überschlagen sich, er versucht, sie in dem Chaos, das in seinem Kopf herrscht, zu ordnen und zu begreifen, was mit ihm geschieht. Von einer Schlafparalyse hat er noch nie zuvor gehört, aber was auch immer es ist – warum hat man ihn künstlich in diesen Zustand versetzt? Er denkt an die Hand, die ein Skalpell gehalten hat. Und an den Blick, der dabei auf eine Stelle an seiner Brust gerichtet war.

Als hätte der Mann seine Gedanken gehört, nickt er und sagt bedauernd: »Nun muss ich meinen kleinen Vortrag aber leider beenden. Die Arbeit ruft.«

Eine Hand ohne Skalpell taucht auf und bewegt sich auf das Gesicht des Mannes zu, greift nach dem Mundschutz und zieht ihn nach unten. Noch bevor auch die Haube von den Haaren abgestreift wird, erkennt er, wen er vor sich hat, und beginnt zu ahnen, warum er in dieser Situation ist.

Er möchte sich aufbäumen, seine Muskeln dazu zwingen, sich den Drogen zu widersetzen und ihm zu gehorchen, damit er seine Hände um den Hals dieses Schweins legen und zudrücken kann. Zum ersten Mal in seinem Leben verspürt er den Wunsch, zu töten, so ausgeprägt, dass er für einen kurzen Moment sogar seine Angst vergisst.

Unvermittelt taucht die Hand mit dem Skalpell wieder vor seinem Gesicht auf und verharrt für einen Moment, so als wolle der Scheißkerl die kleine, blitzende Klinge von ihm begutachten lassen, bevor sie sich langsam senkt. Dabei verzieht sich der Mund zu einem diabolischen Grinsen und verzerrt das Gesicht zu einer Fratze. »Du weißt, warum du hier bist, nicht wahr?« Nun flüstert der Mann nicht mehr. »Ich kann dir versichern, dass meine Kandidaten normalerweise von dem, was jetzt passiert, nichts mitbekommen. Ich bin ja kein Unmensch. Aber in deinem Fall mache ich gern eine Ausnahme. Versuch es zu genießen, es ist eine wirklich einmalige Erfahrung.«

Seine Blase entleert sich, warme Feuchtigkeit breitet sich an den Innenseiten seiner Oberschenkel aus. Es ist ihm egal. Alles ist egal angesichts dessen, was nun unweigerlich folgen wird.

Die Hand mit dem Skalpell berührt seinen Brustkorb, kurz spürt er die Spitze der Klinge, einen Stich ... dann explodiert ein Schmerz von solcher Intensität in ihm, dass er das Bewusstsein verliert.

Doch nur für einen kurzen, gnädigen Moment.

4

Hendriks Gedanken überschlugen sich bei dem Versuch, zu verstehen, was gerade passierte, doch bei allem Chaos, das über seinen Verstand hereingebrochen war, stand eine klare Erkenntnis wie ein Fanal über allem: Die Polizisten hatten recht. Es hatte weder einen Einbruch noch ein Verbrechen gegeben. Linda war einfach gegangen, ohne ein Anzeichen für diese Entscheidung, ohne ein Wort der Erklärung. Und das, nachdem sie sich noch am Abend gegenseitig versichert hatten, wie sehr sie sich auf die Hochzeit freuten.

Noch nie in seinem Leben war Hendrik von einer Erkenntnis so sehr überrascht worden wie von dieser. Noch nie war er so enttäuscht worden.

Aber ... warum? Es war nichts zwischen ihnen geschehen, das ihn auch nur andeutungsweise hätte ahnen lassen, dass Linda ihn verlassen wollte. Ohne ihm die Möglichkeit zu geben, sich zu äußern.

Hendrik wusste nicht, wie lange er so dagestanden und auf die leere Stelle gestarrt hatte, als ihn eine Stimme zusammenfahren ließ.

»Herr Zemmer?«

Er wandte sich um. »Ja?«

Oberkommissar Breuer blickte an ihm vorbei in den Raum. »Alles in Ordnung?«

Hendrik warf erneut einen Blick auf die Stelle, an der nur noch ein Koffer stand, wo eigentlich zwei stehen sollten. »Nein«, sagte er und wandte sich dem Polizisten zu. »Nichts ist in Ordnung. Lindas Koffer fehlt.«

Breuer nickte, als hätte er das erwartet. »Sind Sie sicher?«

»Ja, er … er steht immer dort, gleich neben meinem.«

»Das tut mir leid.«

»Ja. Mir auch.«

Unvermittelt setzte Hendrik sich in Bewegung, lief zur Treppe und nach unten, wo Kommissar Grohmann noch in der Diele stand und mit seinem Smartphone beschäftigt war. Als er Hendrik bemerkte, steckte er das Gerät in die Jackentasche.

Hendrik ging langsam an ihm vorbei. »Tut mir leid, dass Sie extra …«, setzte Hendrik an, beendete den Satz aber nicht. Die Leere, die sich in ihm ausbreitete, war so absolut, dass sie ihm sämtliche Kraft raubte und er sich an Ort und Stelle auf den Boden setzen wollte. Stattdessen lehnte er sich mit dem Rücken gegen die Wand.

»Es mag für Sie vielleicht höhnisch klingen«, sagte Breuer, der sich wieder zu seinem Kollegen gesellt hatte, mit sanfter Stimme, »aber … immerhin ist Ihrer Verlobten nichts geschehen, wie Sie es befürchtet hatten.«

Hendrik nickte. »Wenn es Ihnen nichts ausmacht, wäre ich jetzt gern allein.« Er wunderte sich, wie dünn seine Stimme klang.

»Selbstverständlich. Kommen Sie klar?«

»Was?«

»Sind Sie so weit okay, dass Sie mit der Situation klarkommen?«, wiederholte der Oberkommissar.

»Ja, ich … ich muss nur nachdenken. Danke noch mal.«

Als die Tür hinter den Männern ins Schloss gefallen war, ließ Hendrik sich an der Wand entlang nach unten gleiten, bis er auf dem Boden saß. Die Unterarme auf die Knie gestützt, starrte er auf die gegenüberliegende Wand, an der eine Schwarz-Weiß-Fotografie von Linda hing. Sie trug darauf ein luftiges Sommerkleid und lächelte verträumt in die Kamera. Das Foto war erst drei Monate zuvor entstanden, an einem ungewöhnlich warmen Tag im Frühling.

War ihr da schon klar gewesen, dass sie ihn verlassen würde?

Er wollte nachdenken, hatte er gerade gesagt. Aber wie sollte man etwas in Worte fassen, für das man keine Worte hatte?

Irgendwann raffte Hendrik sich auf, ging ins Wohnzimmer und öffnete die Tür des Sideboards, hinter der eine ganze Batterie von Flaschen stand. Er griff nach dem Whisky, nahm aus dem Fach daneben ein Long-Drink-Glas und goss zwei Finger breit ein. Die Flasche noch in der Hand, setzte er das Glas an die Lippen und leerte es in einem Zug. Er überlegte, dass es wohl das erste Mal in seinem Leben war, dass er morgens auf nüchternen Magen Alkohol trank. Dann schenkte er nach, stellte das Glas auf dem niedrigen Couchtisch ab und ließ sich in einen der beiden wuchtigen Sessel fallen.

Mit geschlossenen Augen ließ er den vergangenen Abend Revue passieren, dann den Tag davor und schließlich die letzte Woche. Sosehr er sich auch konzentrierte, er fand keinen einzigen Anhaltspunkt, nichts, was Linda gesagt oder getan hatte, nicht einmal einen Blick von ihr, der darauf hingedeutet hätte, dass sie plante, ihn zu verlassen.

Hatte sie es tatsächlich geplant? Oder hatte es ganz plötzlich, in dieser Nacht, einen Grund dafür gegeben, dass sie verschwunden war?

Er nahm einen weiteren Schluck aus dem Glas, behielt es in der Hand und bemerkte, wie der Alkohol neben der Wärme auch ein Gefühl der Wut in ihm aufsteigen ließ. Sollte es das jetzt wirklich gewesen sein? Linda verschwand sang- und klanglos mitten in der Nacht aus seinem Leben, und er betrank sich und zermarterte sich das Hirn darüber, was falsch gelaufen war? Ob *er* etwas falsch gemacht hatte? Akzeptierte er tatsächlich einfach so Lindas vermeintliche Entscheidung, ohne etwas zu unternehmen?

Hendrik kippte den Rest Whisky hinunter und knallte das Glas auf den Tisch.

Sein Blick suchte das Smartphone und entdeckte es dort, wo es meistens lag – auf dem Sideboard.

Eine halbe Minute später saß er wieder in dem Sessel und hielt sich das Telefon ans Ohr. Erst nach mehrmaligem Klingeln wurde abgehoben.

»Hendrik?« Susannes Stimme klang heiser. Verschlafen. »Was … Ist alles okay? Wie spät ist es überhaupt?«

»Kurz nach sechs. Tut mir leid, dass ich dich wecke. Aber ich weiß einfach nicht, was ich machen soll. Linda ist weg. Als ich vorhin um halb fünf vom Krankenhaus nach Hause kam, war sie nicht da. Und auch keine Nachricht von ihr. Du bist ihre beste Freundin, weißt du irgendwas?«

»Wer, zum Teufel, ist das um diese Uhrzeit?«

Hendrik hörte undeutlich eine mürrische Männerstimme. Jens, Susannes Mann. Er hatte ihn noch nie gemocht.

»Es ist Hendrik. Irgendwas mit Linda …«

»Verdammt, muss das mitten in der Nacht sein?«

»Schlaf einfach weiter … Hendrik? Was meinst du damit, Linda ist weg? Wo soll sie denn sein?«

»So, wie es aussieht, hat sie mich verlassen.«

»Was?« Alle Müdigkeit war aus Susannes Stimme verschwunden. »Was soll das heißen, sie hat dich verlassen?«

»Wie viele Deutungsmöglichkeiten lässt dieser Satz denn zu?«, entgegnete Hendrik, bemerkte den aggressiven Unterton in seiner Stimme und fügte, als Susanne mit eisigem Schweigen reagierte, sofort hinzu: »Tut mir leid, ich … ich bin ziemlich durch den Wind. Sieht aus, als hätte sie ihren Koffer gepackt und wäre gegangen, während ich im Krankenhaus war.«

»Gegangen? Linda? Das kann nicht dein Ernst sein. Das glaube ich einfach nicht.«

»Susanne, ich will es auch nicht glauben, aber … sie ist weg, ebenso ihr Koffer. Das sind Fakten. Hat sie dir gegenüber eine Andeutung gemacht, dass etwas nicht stimmt? Dass sie unglücklich ist oder wütend wegen irgendetwas? Oder dass sie vielleicht Angst vor der Hochzeit hat? Falls ja, wäre jetzt der richtige Moment, es mir zu sagen.«

»Nein, nie. Sie hat sich sehr auf die Hochzeit gefreut. Das ist doch vollkommener Blödsinn. Wenn da etwas gewesen wäre, wüsste ich davon.«

Hendrik atmete tief durch, bevor er weitersprach. »Gibt es vielleicht einen anderen Mann?«

»Spinnst du? Definitiv nicht.«

»Sie hat nie jemand anderen erwähnt?«

»Nein, verdammt. Es gab und gibt niemanden außer dir. Sie liebt dich mehr, als du dir vorstellen kannst. Wie kannst du nur denken, sie würde einfach so abhauen? Kennst du sie wirklich so wenig?«

Eine berechtigte Frage. Wie gut kannte er Linda? Hendrik zögerte einige Sekunden, bevor er antwortete: »Bis vor zwei Stunden hätte ich beide Hände für sie ins Feuer gelegt.«

»Ach, und jetzt nicht mehr? Du sagst, Linda ist verschwunden, ohne einen Hinweis, ohne dass irgendetwas zwischen euch vorgefallen ist. Und statt dir Sorgen zu machen und alle Hebel in Bewegung zu setzen, um herauszufinden, wo sie ist, zweifelst du an ihrer Liebe zu dir? Ernsthaft?«

»Ich …«

»Hast du die Polizei verständigt?«

»Ja, sie waren eben hier. Die haben mich ja erst auf die Idee gebracht, nach Lindas Koffer zu sehen. Sie sagten, fast immer, wenn ein erwachsener Mensch verschwindet, hat er sich freiwillig dafür entschieden, zu gehen.«

»Sich freiwillig entschieden zu gehen? Eine Woche vor der Hochzeit? Hörst du dir eigentlich zu? Was, zum Teufel, ist mit dir los? Sieh gefälligst zu, dass du deinen Arsch hochbekommst, und fang an, alle Freunde und Bekannte abzutelefonieren. Ich bin in einer halben Stunde bei dir.«

Damit legte Susanne auf, bevor Hendrik noch etwas entgegnen konnte.

Er ließ das Smartphone sinken und starrte blicklos auf den Couchtisch vor sich. Hatte Susanne recht, wenn sie ihm vorwarf, zu schnell an Linda zu zweifeln? Ja, das hatte sie, und er fragte sich, was eigentlich in ihm vorging. Reichten wirklich ein fehlendes Gepäckstück und irgendwelche Polizeistatistiken aus, alles in Frage zu stellen, was er in den vergangenen beiden Jahren mit Linda erlebt hatte?

5

Als er Susanne die Tür öffnete, hatte Hendrik schon jeden angerufen, der ihm eingefallen war, sowohl Lindas Freunde als auch einige entferntere Bekannte. Doch außer mitfühlenden Worten und der wiederholten Zusicherung, dass sich alles aufklären würde, hatten die Telefonate nichts gebracht. Was nicht ganz stimmte, denn mit jedem Anruf, mit jeder Freundin und jedem Bekannten, mit denen er gesprochen hatte, war es Hendrik klarer geworden, dass Linda nicht freiwillig fortgegangen war. Dass etwas oder jemand sie dazu gezwungen haben musste.

»Und?«, fragte Susanne, noch bevor sie das Haus betrat. Sie trug Jeans-Shorts und ein weißes T-Shirt. Ihre schlanken Beine waren leicht gebräunt, was daran lag, dass sie in den Sommermonaten jede freie Minute in ihrem Garten verbrachte, wie Hendrik von Linda wusste.

»Nichts. Niemand hat eine Ahnung, wo sie sein könnte.«

»Okay, ich brauche erst mal einen Kaffee.« Susanne drückte sich an ihm vorbei und ging geradewegs in die Küche. Hendrik schloss die Haustür und folgte ihr.

»Was ist mit der Polizei?«, erkundigte sie sich, während sie den Kaffeeautomaten einschaltete und sich eine Tasse aus dem Schrank nahm.

»Die wollten schon nichts unternehmen, bevor ich festgestellt habe, dass Lindas Koffer fehlt. Ich fürchte, bevor nicht ein paar Tage ohne Nachricht von ihr vergangen sind, tun die auch weiterhin nichts.«

»Oder bis es Hinweise darauf gibt, dass ihr tatsächlich ...«

»Dass ihr was?«

Susanne schüttelte den Kopf. »Hast du mal nachgeschaut, ob sie ihren Koffer vielleicht woanders hingestellt hat? Ihr wart doch vor kurzem erst in Rom. Vielleicht hat sie ...«

»Nein, ich selbst habe die Koffer nach dem Auspacken wieder in dem Zimmer abgestellt.«

Susanne nahm die Tasse mit dem dampfenden Kaffee in die Hand und lehnte sich gegen die Arbeitsplatte. »Ich kann einfach nicht glauben, dass das hier real ist. Dass Linda verschwunden sein soll.«

»Ja, ich hoffe auch, dass gleich die Tür aufgeht und sie vor uns steht und alles erklären kann. Aber mein Gefühl sagt mir, dass das nicht passieren wird.«

»Okay. Nehmen wir mal an, es ist jemand hier eingedrungen und ...«

»Es gibt keine Einbruchspuren.«

»Dann hat derjenige vielleicht geklingelt und sich unter irgendeinem Vorwand Zutritt verschafft.«

»Mitten in der Nacht? Ich glaube nicht, dass Linda einfach so aufgemacht hätte. Wir haben eine Sprechanlage und eine Kamera an der Tür, wie du weißt. Das müsste dann schon jemand gewesen sein, den sie kannte.«

»Oder jemand, der einen überzeugenden Grund hatte.«

»Und sie überredet hat, samt Koffer mit ihm zu kommen? Es gibt keine Hinweise darauf, dass sie sich gewehrt hat.«

»Verdammt, nun such doch nicht für alles nach Gegenargumenten.«

»Ich bemühe mich, realistisch zu sein.«

»Also gut. Jemand bringt Linda dazu, ihm die Tür zu öffnen. Als er im Haus ist, drückt er ihr einen Lappen mit irgendeinem Zeug aufs Gesicht, das sie betäubt. Schon tausendmal in irgendwelchen Gangsterfilmen gesehen. Dann nimmt er ihren Koffer, packt irgendwas hinein und verschwindet mit ihr.«

»Und warum das alles? Wir sind nicht reich, um Lösegeld wird es kaum gehen.«

»Ich weiß es doch auch nicht. Jetzt lass uns mal weiter nachdenken. Fehlen Kleidungsstücke von ihr?«

»Das kann ich nicht sagen.«

Susanne zog verwundert die Stirn kraus. »Hast du nicht nachgeschaut?«

»Doch, aber ... ich hab keine Ahnung, ob etwas fehlt.«

Susanne verdrehte die Augen. »Okay, dann lass uns nachsehen.«

Kurz darauf stand sie, die Hände in die Hüften gestemmt, vor Lindas Bereich des begehbaren Kleiderschranks und betrachtete die Kleidungsstücke. »Ihr dunkelrotes Kleid fehlt, der gelbe Rock auch. Außerdem ein paar Blusen, glaube ich.«

Eine Faust bohrte sich in Hendriks Magen.

Susanne zeigte auf das Regal mit den Hosen. »Ich weiß nicht genau, wie viele Jeans sie hat, aber das da scheint mir zu wenig zu sein.«

Sie bückte sich und zog die breite Schublade auf, in der Linda ihre BHs und Slips aufbewahrte. Sie war leer.

Die Faust in Hendriks Bauch drückte unbarmherzig zu. Und dennoch … »Das heißt noch gar nichts. Wenn jemand sie entführt hat, richtet er sich vielleicht darauf ein, dass sie länger bei ihm bleibt.«

»Ja, das stimmt.« Susanne klang nicht sehr überzeugt. Ihre Stimme war deutlich leiser geworden.

Als das Telefon läutete, zuckten beide zusammen. Mit wenigen Schritten war Hendrik im Schlafzimmer und griff mit zittrigen Händen nach dem Hörer, der auf der Nebenstation auf seinem Nachttisch stand. »Ja? Zemmer hier!«

»Hendrik, was ist mit Linda?« Die besorgte Stimme von Lindas Mutter Elisabeth. »Wir haben gerade einen seltsamen Anruf von Mario aus Thailand bekommen. Er sagt, Linda sei verschwunden?«

Mario! Lindas Bruder lebte in Hannover, und natürlich hatte Hendrik auch ihn angerufen und ihn gefragt, ob er etwas von Linda gehört hatte, dabei aber erfahren, dass Mario sich gerade beruflich in Thailand aufhielt. Daraufhin hatte Hendrik ihn gebeten, ihren Eltern noch nichts von Lindas Verschwinden zu erzählen. Das wollte er selbst tun, wenn sie bis zum Vormittag nicht wieder aufgetaucht war. Offenbar hatte Mario anders entschieden.

»Ja, es stimmt. Als ich …«

»O mein Gott. Was ist passiert?«

Hendrik atmete tief durch und erzählte Lindas Mutter, was vorgefallen war und was er bisher unternommen hatte. Sie unterbrach ihn nicht, nur ein Schluchzen hier und da verriet, dass sie noch in der Leitung war und ihm zuhörte.

Erst als er seine Schilderung beendet hatte, sagte sie: »Das ist ja ... Wir kommen nach Hamburg.«

»Nun wartet doch erst mal ab. Die Polizei ist sicher, dass sie bald wieder auftaucht. Sie hat wahrscheinlich einfach Angst vor der Hochzeit und braucht ein wenig Zeit für sich selbst. Ich bin sicher, es dauert nicht lange, und sie ist wieder da.«

Als Elisabeth zögerte, fügte er hinzu: »Außerdem könnt ihr hier sowieso nichts tun. Ich verspreche, ich halte euch auf dem Laufenden.«

»Also gut. Aber du rufst später noch mal an, ja?«

»Versprochen. Spätestens heute Abend melde ich mich wieder.«

Hendrik legte auf und wandte sich Susanne zu, die im Durchgang zum Kleiderzimmer stand. »Ich mag die beiden, aber ...«

Susanne winkte ab. »Schon gut, ich weiß, was du meinst.«

Hendrik warf einen Blick auf die Uhr. Fast halb acht. Er wählte die Nummer des Krankenhauses und die Durchwahl seines Chefs. Nach nur einmaligem Läuten wurde abgehoben.

»Gerdes!«

»Hallo, Paul, ich bin's, Hendrik. Ich ... ich rede nicht lange um den heißen Brei herum. Linda ist verschwunden.«

»Wie? Was heißt das, sie ist verschwunden?«

»Als ich heute Nacht nach Hause kam, war sie weg. Ich habe schon überall herumtelefoniert, niemand weiß, wo sie ist. Die Polizei glaubt nicht an ein Verbrechen, aber ich bin sicher, dass sie nicht freiwillig gegangen ist.«

»O Gott. Aber warum sollte jemand Linda etwas antun?«

»Ich weiß es nicht. Es gibt keine Einbruchspuren, und soweit ich sehen kann, ist auch nichts gestohlen worden. Ich verstehe das alles nicht. Aber sie ist weg. Und ihr Koffer fehlt auch.«

»Ihr Koffer?« Es entstand eine längere Pause, und Hendrik konnte sich in etwa vorstellen, was Paul durch den Kopf ging.

»Ich bin trotzdem sicher, dass sie nicht aus freien Stücken verschwunden ist.«

»Das ist ja unglaublich. Du kommst die nächsten Tage natürlich nicht ins Krankenhaus und siehst zu, dass du Linda findest. Ich hole Dr. Heller aus dem Urlaub, der ist eh zu Hause. Kann ich sonst noch was tun?«

»Nein, danke dir.«

»Mensch, Hendrik, das tut mir sehr leid. Aber ich bin sicher, dass sich alles aufklären wird. Du wirst sehen, sie taucht schnell wieder auf. Vielleicht hat irgendjemand ihre Hilfe benötigt? Eine Freundin?«

»Ich habe schon alle abtelefoniert, die in Frage kommen.«

»Vielleicht ist jemand von früher, den du nicht kennst, in einer Notlage?«

»Aber dann hätte sie mir doch zumindest eine Nachricht geschrieben oder mich angerufen. Und außerdem … hätte sie dann ihren Koffer mitgenommen?«

»Ja, das stimmt. Trotzdem … ich bin sicher, das wird sich alles klären. Melde dich bitte, wenn du was hörst, ja?«

»Das mach ich, danke. Bis später.«

Hendrik legte das Telefon zur Seite und wandte sich Susanne zu, die von ihrem Smartphone aufsah. »Auf ihrem

48

Facebook-Profil kann ich nichts Ungewöhnliches entdecken, aber ich weiß natürlich nicht, ob sie dort mit jemandem in Kontakt stand. Oder über Instagram.«

»Keine Ahnung. Sie hat jedenfalls nichts erwähnt.«

»Sie hat doch seit kurzem diese App, in der es um berufliche Kontakte geht. Weil sie sich vielleicht nach einem anderen Job umsehen wollte.«

»Ja, aber ich denke, das war nur eine spontane Reaktion auf den Streit mit ihrem Chef vor drei Wochen. Eigentlich ist sie mit ihrer Arbeit zufrieden. Ich glaube nicht, dass sie oft da reingeschaut hat.«

»Aber möglich wäre es.«

»Möglich ist alles.«

»Und jetzt?«

Erneut sah Hendrik auf seine Armbanduhr. »Um in der Bank anzurufen ist es noch zu früh, das mache ich nachher. Ich halte es zwar für unwahrscheinlich, aber ich möchte nichts unversucht lassen. Wenn sie mich verlassen hätte, würde sie ja vielleicht trotzdem zur Arbeit gehen.« Er rieb sich mit beiden Händen über das Gesicht. »Ich bin ziemlich fertig und springe schnell unter die Dusche. Vielleicht fällt mir dort etwas ein.«

Er verließ den Raum und ging zum Badezimmer. Vor dem Spiegel blieb er stehen und sah sich in die geröteten Augen. Die dunklen Schatten darunter hoben sich deutlich von der bleichen Gesichtshaut ab. Die kurzen braunen Haare wirkten stumpfer als sonst. Er sah so fürchterlich aus, wie er sich fühlte.

Als er nach seiner Zahnbürste greifen wollte, stockte er mitten in der Bewegung und starrte ungläubig auf den Becher, der in einer Wandhalterung über dem Waschbecken hing und in dem normalerweise ihre beiden Zahnbürsten standen.

Eine fehlte.

Seine.

6

Hendrik stürmte ins Schlafzimmer zurück, wo Susanne auf der Bettkante saß und noch immer mit ihrem Smartphone beschäftigt war.

»Ich muss die Polizei anrufen! Linda ist definitiv nicht freiwillig gegangen.«

»Was ist passiert?«

»Meine Zahnbürste fehlt.« Er ignorierte Susannes verwirrten Blick, griff nach dem Telefon, wählte die Nummer der Auskunft und ließ sich mit dem Polizeipräsidium verbinden. Kommissar Mertes hatte seinen Nachtdienst beendet und war nicht mehr im Haus, weshalb Hendrik schließlich bei einem Hauptkommissar Kantstein vom Landeskriminalamt landete.

Nachdem Hendrik in knappen Worten erklärt hatte, worum es ging, und der Beamte offenbar die entsprechende Akte in der Datenbank gefunden hatte, fragte Kantstein: »Ist Ihre Verlobte wieder aufgetaucht?«

»Nein, ist sie nicht, aber ich bin nun ganz sicher, dass sie entführt wurde.«

»Aha. Das liest sich hier aber anders.« Dem Tonfall seiner Stimme nach zu urteilen, hatte Kantstein keine allzu große Lust, sich mit Hendrik zu unterhalten. »Sie hat sogar ihren Koffer mitgenommen, richtig?«

»Ja, ihr Koffer ist weg, aber …«

»Hören Sie, ich verstehe ja, dass der Gedanke, dass Ihre Verlobte Sie verlassen hat, unangenehm ist, aber wir haben weder die Zeit, noch die personellen Ressourcen, nach jeder Frau, Freundin oder Verlobten zu suchen, die sich irgendwann überlegt, dass es vielleicht besser wäre, zu verschwinden. Wir erleben das immer wieder. Ein erwachsener Mensch verschwindet, und der Partner ist absolut sicher, dass ein Verbrechen vorliegen muss, weil die- oder derjenige keinen Grund hatte, zu gehen. In fünfundneunzig Prozent der Fälle tauchen diese Personen aber nach kurzer Zeit wieder auf. Weil es ihnen leidtut oder weil sie ihre Sachen abholen wollen.«

»Unangenehm, sagen Sie? Wie wäre es denn, wenn Sie sich mal anhören, warum ich Sie angerufen habe?« Die abweisende und ignorante Art des Polizisten machte Hendrik wütend.

»Ich habe eben im Badezimmer entdeckt, dass eine Zahnbürste fehlt. Es ist aber nicht die Zahnbürste meiner Verlobten, die verschwunden ist, sondern meine.«

»Ihre Zahnbürste ist weg? Und die Ihrer Verlobten ist noch da?«

»Ganz genau. Das heißt, dass nicht sie selbst die Sachen gepackt hat, denn sie kennt ja wohl ihre Zahnbürste.«

»Für mich heißt das nur, dass Ihre Verlobte es eilig hatte, zu verschwinden, weil sie es vermeiden wollte, Ihnen zu begegnen. Da hat sie in ihrer Hektik aus Versehen nach der falschen Bürste gegriffen.«

»So ist es ganz bestimmt nicht gewesen, und zwar wegen der Farben.«

»Was?«

»Wenn Sie in einem Badezimmer zwei Zahnbürsten sehen, eine dunkelblaue und eine rosafarbene, welche ist wohl die der Frau?«

»Herr Zemmer, ich habe nicht ewig Zeit, worauf wollen Sie hinaus?«

»Darauf, dass wir seit drei Wochen neue Zahnbürsten benutzen und dabei aus Spaß die Farben getauscht haben. Ich habe die rosafarbene genommen, Linda die blaue. Die blaue ist noch da. Linda hätte ihre eigene Zahnbürste eingepackt, aber ein Fremder geht natürlich davon aus, dass die rosafarbene Bürste ihr gehört.«

Eine Weile herrschte Schweigen, und Hendrik hoffte schon, dass Kantstein einsehen würde, dass er recht hatte, als der sagte: »Verstehe ich Sie da richtig? Wir sollen eine aufwendige Suche nach Ihrer Verlobten in die Wege leiten, weil sie die rosafarbene Zahnbürste eingepackt hat statt die blaue? Ist das Ihr Ernst?«

»Ja, verdammt!«, stieß Hendrik enttäuscht und wütend zugleich aus. »Was ist denn mit Ihnen los? Meine Verlobte ist mitten in der Nacht spurlos verschwunden, und niemand weiß, wo sie sein könnte, nicht einmal ihre Eltern. Ja, das ist ernst, verdammt ernst sogar, und während ich mir von der Polizei anhören muss, dass Linda wahrscheinlich keine Lust mehr auf mich und unsere Hochzeit hatte und sich sang- und klanglos aus dem Staub gemacht hat, vergeht wertvolle Zeit, in der ihr vielleicht etwas angetan wird.«

»Herr Zemmer!« Kantsteins Stimme klang jetzt verärgert. »Wir tun alles, um Verbrechen zu verhindern oder, wenn sie schon geschehen sind, die Täter zu finden. Wir sind dazu da, Menschen zu helfen, die unsere Hilfe wirklich brauchen. Es ist nicht unser Job, jede Frau und jeden Mann ausfindig zu machen, die nicht gefunden werden wollen. Wenn Sie ernsthafte Hinweise haben, die vermuten lassen, dass Ihre Verlobte einem Verbrechen zum Opfer gefallen ist, setze ich sofort alle Hebel in Bewegung, um sie zu finden. Aber ich werde definitiv nicht den Hamburger Polizeiapparat aktivieren, weil eine Frau beim eiligen Zusammenpacken die Farbe ihrer Zahnbürste verwechselt hat. Und jetzt entschuldigen Sie mich bitte.«

Im nächsten Moment wurde das Gespräch beendet.

Hendrik hielt das Telefon vor sich und starrte fassungslos darauf. »So ein Arschloch!«

»Habe ich das gerade richtig verstanden? Ihr habt eure Zahnbürsten getauscht, und jetzt ist deine, die aber eigentlich Lindas ist, verschwunden?«

Hendrik schüttelte den Kopf. Im Grunde genommen hatte er keine Lust, das Gleiche noch mal zu erklären, tat es dann aber doch.

»Nein, wir haben uns vor kurzem neue Zahnbürsten gekauft. Beim Auspacken hatte Linda die Idee, dass es lustig wäre, wenn ich die rosafarbene nehme und sie die blaue. Jetzt ist die rosafarbene weg, die aber meine Bürste ist. Also hat nicht Linda selbst sie eingepackt, sondern ein Fremder, der nicht wissen konnte, wem welche gehört, und selbstverständlich davon ausgegangen ist, dass die rosafarbene ihre ist. Das sieht aber der Herr Hauptkommissar nicht ein.«

»Okay, jetzt kapiere ich, was du meinst. Aber ich kann auch die Argumente der Polizei nachvollziehen. Versteh mich bitte nicht falsch, ich bin nach wie vor sicher, dass Linda nicht freiwillig verschwunden ist, aber wenn sie überstürzt das Haus verlassen hätte, wäre es doch wirklich möglich, dass sie in der Aufregung versehentlich nach der rosafarbenen gegriffen hat. Vor allem, weil sie diese Farbe sonst ja immer benutzt hat.«

Hendrik schwieg für einen Moment, dann sagte er: »Ich werde jetzt bei Facebook und Instagram ein Foto von Linda einstellen und fragen, ob jemand sie gesehen hat.«

»Ist das denn rechtlich in Ordnung? Quasi eine private Fahndung?«

»Ich wüsste nicht, wer mir das verbieten sollte.« Hendrik zuckte mit den Schultern. »Was soll ich denn sonst tun? Ich kann doch nicht hier herumsitzen und darauf warten, dass irgendetwas passiert.«

»Du hast ja recht.« Susanne fuhr sich durch die langen blonden Haare. »Es ist nur ... Es fühlt sich so falsch an. Als wäre das alles ein böser Traum.«

»Ich wünschte, es wäre so.«

Minuten später saß Hendrik vor seinem Notebook und suchte nach einem Foto von Linda, das er für den Facebook-Post benutzen konnte, als Mario anrief.

»Was ist mit Linda?«, fragte er ohne Einleitung. »Ist sie wieder da?«

Hendrik glaubte, etwas Vorwurfsvolles in Marios Stimme zu hören, gerade so, als wäre er verantwortlich dafür, dass Linda verschwunden war.

»Nein, noch nicht.«

»Was sagt die Polizei?«

»Nichts. Sie suchen nicht nach einem erwachsenen Menschen, solange es keinen deutlichen Hinweis auf ein Verbrechen gibt.«

»Das habe ich befürchtet. Und du hast noch immer nichts im Haus entdeckt?«

»Nein. Ich werde gleich ein Foto von ihr auf Facebook stellen.«

»Das ist eine gute Idee.« Im Hintergrund war eine Stimme zu hören, die etwas auf Englisch sagte, das Hendrik nicht verstand. Mario antwortete: »Okay, just one moment ... Hendrik? Ich muss Schluss machen. Halt mich auf dem Laufenden, okay?«

»Ja, mache ich.«

Als er den Hörer weglegte, sagte Susanne: »Mario ist sicher auch verrückt vor Angst.«

Hendrik nickte und wandte sich wieder seinem Notebook zu.

Er entschied sich für ein ziemlich neues Foto, auf dem Linda in die Kamera lächelte und gut zu erkennen war. Susanne stand hinter ihm und sah ihm dabei zu, wie er den Text eintippte.

Dringend! Wer hat Linda Mattheus gesehen? Sie ist in der Nacht vom 19. auf den 20. Juli aus unserem Haus in Hamburg-Winterhude verschwunden. Linda ist 39 Jahre alt und sportlich schlank. Wenn jemand sie gesehen hat oder etwas über ihren Aufenthaltsort sagen kann, bitte PN an mich. Bitte teilt diesen Aufruf so oft wie möglich! Danke.

Ohne weiteres Zögern lud er Foto und Text hoch und kontrollierte anschließend auf seinem Profil, dass alles richtig angezeigt wurde.

Als er aufstand und das Notebook zuklappte, deutete Susanne darauf. »Bekommst du eine Benachrichtigung, wenn jemand sich meldet?«

Er griff nach seinem Handy, das er neben dem Notebook auf dem Tisch abgelegt hatte, und tippte auf das Display. »Das stelle ich jetzt ein.«

»Ich gehe davon aus, du wirst eine Menge Mails von irgendwelchen Spinnern bekommen.«

»Ja, wahrscheinlich, aber ich muss es trotzdem versuchen.«

Die erste Nachricht kam nach zehn Minuten. Sie stammte von einem Nutzer mit dem Namen *Pie Tro*.

> geiles bild von deiner schnecke. hab mir grad mal deine fotos angesehen. ey die alte ist viel zu heiß für dich wenn ich sie finde behalte ich sie lol

Susanne nickte. »Genau das meinte ich.«

Hendrik ließ das Telefon sinken und rieb sich die Stirn. »Trotzdem. Es ist zumindest eine kleine Chance. Jetzt brauche *ich* einen Kaffee.«

Während der nächsten Stunde landeten vierzehn Nachrichten in Hendriks Postfach. Neun davon löschte er gleich wieder, da sie der von *Pie Tro* glichen, die restlichen fünf kamen von Leuten, die überzeugt waren, Linda gesehen zu haben. In München, in einem kleinen Dorf bei Frankfurt, in Wien und auf Teneriffa. Eine junge Frau glaubte, sie in Hamburg gesehen zu haben, an der Ecke zur Herbertstraße auf St. Pauli, wo sie auf Freier gewartet hätte.

Kurz darauf klingelte Susannes Smartphone. Das Telefonat dauerte nur eine knappe Minute, dann ließ sie das Telefon sinken und sah Hendrik betrübt an. »Ich muss leider los. Ich bekomme heute eine Lieferung und muss den Laden öffnen.«

Sie war Inhaberin einer kleinen, aber edlen Boutique in Eppendorf, in der sie ausgefallene Kleidung und Schuhe verkaufte.

Hendrik winkte ab. »Schon gut, geh ruhig. Du kannst jetzt hier eh nichts tun.«

Er begleitete sie zur Haustür, wo sie sich noch einmal zu ihm umdrehte. »Ich melde mich später bei dir. Und wenn du etwas hörst, ruf mich bitte sofort an, ja?«

»Natürlich.«

»Wäre es nicht besser, den Post auf Facebook wieder zu löschen?«

»Vielleicht später. Ich habe trotz allem die Hoffnung, dass doch noch ein nützlicher Hinweis dabei ist.«

Der traf etwa eine halbe Stunde später ein.

Hendrik starrte auf die wenigen Zeilen der Nachricht, las sie ein zweites und ein drittes Mal.

Hallo, ich habe gesehen, dass Sie jemanden suchen. Ihre Frau? Sie ist in der Nacht aus Ihrem Haus verschwunden. Ohne Nachricht? Hat Sie eine Tasche oder einen Koffer mitgenommen? Falls ja, melden Sie sich. J. K.

Hendriks Herzschlag beschleunigte sich. *Ohne Nachricht ... Hat Sie einen Koffer mitgenommen?* Das hatte er beides nicht in dem Post erwähnt. Woher konnte der Schreiber der Nachricht davon wissen? Hatte er etwas mit Lindas Verschwinden zu tun? Oder war er womöglich sogar dafür verantwortlich?

Als Absender war *Julia Kro* angegeben. Hendrik klickte auf den Namen und wartete gespannt, bis sich die Profilseite aufgebaut hatte, doch was er dort sah, half ihm nicht weiter. Das Titelbild zeigte einen wolkenverhangenen Himmel, ein Profilbild gab es ebenso wenig wie weitere Informationen. Offenbar hatte Julia Kro ihre Posts als *privat* gekennzeichnet, so dass sie nur jemand sehen konnte, der in ihrer Freundesliste stand. Einen *Hinzufügen*-Button gab es jedoch ebenfalls nicht. Hendrik fragte sich, ob Julia Kro tatsächlich eine Frau war oder das Fake-Profil eines Mannes. Eines Entführers? Es gab nur einen Weg, das herauszufinden.

Hendrik klickte aufgeregt auf den *Antworten*-Button.

Wer sind Sie, und was wissen Sie über Lindas Verschwinden?

Er sendete die Nachricht ab und starrte wie gebannt auf das Display seines Smartphones, als könnte er damit die Antwort beschleunigen. Sollte er die Polizei benachrichtigen? *Wenn Sie ernsthafte Hinweise haben, die vermuten lassen, dass Ihre Verlobte einem Verbrechen zum Opfer gefallen ist, setze ich sofort alle Hebel in Bewegung, um sie zu finden*, hatte dieser Hauptkommissar am Telefon gesagt. War die Nachricht von Julia Kro ein *ernsthafter Hinweis*? Wahrscheinlich nicht, aber vielleicht kam der ja noch.

Tatsächlich dauerte es nur eine knappe Minute, bis die Antwort in Hendriks Postfach landete. Sie bestand lediglich aus einer Reihe von Zahlen, die mit 0151 begann und zweifellos eine Mobilfunknummer war.

Hendrik überlegte, ob jetzt der richtige Zeitpunkt war,

die Polizei einzuschalten, entschied sich aber dagegen. Die würden wahrscheinlich entweder nicht darauf eingehen oder aber die Nummer anrufen und die oder den Nachrichtenschreiber damit vielleicht verschrecken. Dann wäre der einzige Lichtblick, den er seit Lindas Verschwinden hatte, zunichtegemacht.

Also tippte er die Nummer ein und hielt sich mit zitternder Hand das Smartphone ans Ohr. Es läutete zweimal, dann wurde abgehoben, und eine Frau sagte unaufgeregt: »Hallo, Hendrik, gut, dass Sie anrufen.«

»Wer sind Sie?«, sprudelte es sofort aus Hendrik heraus. »Und was wissen Sie über Lindas Verschwinden? Woher wussten Sie, dass sie keine Nachricht hinterlassen hat und dass ihr Koffer ebenfalls verschwunden ist?«

Die Frau wartete geduldig, bis Hendriks Redeschwall beendet war. Dann fragte sie mit ruhiger Stimme: »Sind Sie sicher, dass Ihre Freundin Sie nicht freiwillig verlassen hat?«

»Ja, das bin ich. Aber …«

»Treffen Sie mich in einer Stunde an den Landungsbrücken, vor dem Zugang zum alten Elbtunnel.«

»Ich soll mich mit Ihnen treffen? Zuerst möchte ich wissen, woher Sie …« Ein Besetztzeichen ließ Hendrik verstummen.

Julia Kro hatte aufgelegt.

7

Hendrik kam um zwanzig nach neun, einige Minuten vor der verabredeten Zeit, am Nordeingang des alten Elbtunnels an. Obwohl er nur ein dünnes Shirt trug, schwitzte er vor Aufregung, da er vielleicht bald von Julia Kro etwas Wichtiges erfahren würde. Falls sie überhaupt auftauchte.

Es war Hochsaison für Touristen in Hamburg, ein Bus hielt neben ihm und spie in einer nicht enden wollenden Schlange sonnenbebrillte Männer und Frauen gesetzten Alters aus, die mit Fotoapparaten bewaffnet oder mit umgehängten Taschen und Rucksäcken beladen zielstrebig auf die Landungsbrücken zusteuerten.

»Hendrik?« Die Stimme hinter ihm ließ ihn zusammenfahren; er schnellte herum.

Die Frau hatte kurze blonde Haare und war jünger, als er es erwartet hatte. Hendrik schätzte sie auf Anfang dreißig. Sie war einen halben Kopf kleiner als er, höchstens eins fünfundsechzig, und wirkte zerbrechlich. Ihre blasse Gesichtshaut schimmerte unter den Augen etwas dunkler, als hätte sie in der vergangenen Nacht ebenso wenig geschlafen wie er selbst.

»Ja, der bin ich«, entgegnete Hendrik und hielt sich nicht lange mit Höflichkeiten auf. »Wer sind Sie? Was wissen Sie über Lindas Verschwinden?«

Sie deutete an dem Bus vorbei. »Lassen Sie uns ein wenig spazieren gehen.«

»Warum? Sagen Sie mir bitte, was Sie wissen.«

Sie blickte sich um, dann nickte sie. »Mein Name ist wirklich Julia. Mein Mann ist vor sechs Tagen aus unserem Haus verschwunden. Mitten in der Nacht, ohne eine Nachricht zu hinterlassen.«

»Was? Und ... ist er wieder aufgetaucht?«

»Nein, bisher nicht. Und er hat seine Reisetasche mitgenommen.«

Hendrik hatte das Gefühl, sich irgendwo abstützen zu müssen. Diese Parallelen waren unheimlich. Und der Mann war schon seit sechs Tagen verschwunden. Bedeutete das, dass auch Linda ...

»Aber ...« Hendrik war vollkommen verwirrt; er versuchte, sich zu konzentrieren. »Haben Sie seitdem nichts mehr von ihm gehört? Und was ist mit der Polizei?«

»Nein, ich habe nichts von ihm gehört, und ich *weiß*, dass er nicht freiwillig gegangen ist, auch wenn die Polizei das immer noch glaubt. Mittlerweile haben sie zwar wenigstens eine Vermisstenanzeige aufgenommen, aber ich habe nicht das Gefühl, dass sie wirklich etwas unternehmen.« Sie machte eine kurze Pause. Hendrik spürte intuitiv, dass es besser war, sie nicht zu bedrängen.

»Vielleicht hat sein Verschwinden mit seinem Beruf zu tun. Er ist investigativer Journalist, und es kam sogar schon mal vor, dass er Hals über Kopf aufbrechen musste, um irgendwo einen Informanten zu treffen. Das war dann eine Sache von einem Tag, und er hat mir eine Nachricht hinterlassen, damit ich mir keine Sorgen mache.

Aber sechs Tage? Ohne etwas von ihm zu hören? Niemals. Er hätte sich auf jeden Fall auf irgendeine Art bei mir gemeldet. Nein, ich glaube, dass er einer größeren Sache auf der Spur war und dass jemand ihn beseitigen wollte. Bisher hat Jonas mir zwar immer von allen Storys erzählt, an denen er dran war, aber wer weiß, vielleicht wollte er mich nicht beunruhigen?«

»Hm …« Hendrik dachte über das nach, was er gerade erfahren hatte. »Das mag sein, aber was hat das mit Linda zu tun? Sie arbeitet in einer Bank und hat nichts mit Journalismus am Hut.«

Julia zuckte mit den Schultern. »Ich weiß es nicht, aber wenn innerhalb von einer Woche zwei Menschen nicht weit voneinander entfernt unter den gleichen Umständen einfach so verschwinden, glaube ich nicht an einen Zufall.«

Hendrik nickte. »Ja, das stimmt. Wo genau wohnen Sie eigentlich?«

»Warum möchten Sie das wissen?«

Er stieß ein kurzes, humorloses Lachen aus. »Haben Sie Angst, ich würde bei Ihnen einsteigen? *Sie* haben *mich* kontaktiert, erinnern Sie sich? Ich will nur wissen, wie weit unsere Häuser auseinanderliegen.«

Sie schien einen Moment nachzudenken, bevor sie antwortete. »Groß Flottbek, im Müllenhoffweg.«

Das war tatsächlich nicht sehr weit weg.

»Wo waren Sie, als Ihr Mann verschwand?«

Ein fettleibiger Mann mit weißem Panama-Hut auf dem schwitzenden Schädel rempelte Hendrik an und warf ihm statt einer Entschuldigung einen vorwurfsvollen Blick zu.

»Ich bin Krankenschwester«, erklärte Julia und riss ihren Blick von dem Dicken los. »Ich hatte Nachtdienst.«

»Sie sind Krankenschwester?«, fragte Hendrik überrascht. War das die Parallele? »In welchem Haus? Ich bin Arzt.«

Ihre Augen weiteten sich kurz. »Im Evangelischen Krankenhaus Alsterdorf. Und Sie?«

Doch keine Parallele. Aber zumindest eine erste Gemeinsamkeit. »Im UKE. Ich wurde letzte Nacht auch zum Dienst gerufen, als Linda verschwand. Eine Not-OP.«

Für einen Moment herrschte nachdenkliches Schweigen, dann sagte Julia: »Wir kennen uns zwar nicht, aber außergewöhnliche Situationen erfordern außergewöhnliche Maßnahmen. Was halten Sie davon, wenn wir uns zusammentun? Zu zweit haben wir vielleicht eher die Chance, etwas herauszufinden. Zum Beispiel, ob es Zufall ist, dass wir beide in einem Krankenhaus arbeiten und in der fraglichen Nacht im Dienst waren. Oder warum Jonas und Ihre Freundin Gepäck mitgenommen haben.«

»Für das Gepäck könnte es einen ganz simplen Grund geben«, sprach Hendrik aus, was er vermutete, seit er entdeckt hatte, dass seine Zahnbürste fehlte und nicht Lindas.

Julia zog die Stirn kraus. »Und der wäre?«

»Nehmen wir mal an, derjenige, der für das Verschwinden von Linda und Ihrem Mann verantwortlich ist, wollte genau das erreichen, was eingetreten ist: Dass der Eindruck entsteht, dass die beiden freiwillig gegangen sind. Weil er sich sicher war, dass die Polizei exakt die Schlüsse ziehen würde, die sie auch gezogen hat. Nicht der geringste Hinweis auf ein Verbrechen, einen gepackten Koffer oder eine Reisetasche mitgenommen … klarer Fall.«

»Sie denken, der Täter war es, der die Sachen gepackt hat?«

»Ja. Das wäre eine logische Erklärung.«

Sie nickte. »Also gut, ich muss los. Denken Sie über meinen Vorschlag nach. Zu zweit können wir vielleicht eher etwas erreichen als jeder für sich. Auf die Polizei verlasse ich mich jedenfalls nicht mehr. Falls es Sie interessiert, was ich bisher recherchiert habe – meine Telefonnummer haben Sie ja.«

8

Hendrik sah Julia nach, bis sie hinter dem Gebäude einbog und aus seinem Blickfeld verschwand, bevor er sich selbst in Bewegung setzte. Er hatte sein Auto etwa zehn Minuten entfernt an den Landungsbrücken unterhalb der St. Pauli Hafenstraße geparkt.

Trotz der schlechten Erfahrung entschloss Hendrik sich, zum Polizeipräsidium zu fahren. Er würde den Beamten so lange auf die Nerven gehen, bis sie anfingen, nach Linda zu suchen. Schließlich waren die Parallelen zum Verschwinden von Julias Mann zu augenfällig: Die beiden hatten nicht aus freien Stücken ihr bisheriges Leben hinter sich gelassen.

Er wählte die Strecke über die Rothenbaumchaussee, um zum Bruno-Georges-Platz zu gelangen. Nach einer knappen halben Stunde hatte er die rund zehn Kilometer durch Hamburgs Innenstadt geschafft und stellte seinen Wagen auf dem Parkplatz vor dem beeindruckenden, sternförmigen Gebäude des Polizeipräsidiums ab.

Der Zivilangestellte, der hinter Panzerglas auf der linken Seite der großzügigen Eingangshalle saß, hörte sich Hendriks Anliegen an und bat ihn dann, einen Moment zu warten. Nachdem er ein kurzes Telefonat geführt und Hendriks Ausweis kontrolliert hatte, legte er einen Besucherausweis in den Blechkasten der schmalen Durchreiche, schob ihn unter der Glasscheibe durch und deutete auf eine Sitzgruppe. »Setzen Sie sich bitte, Sie werden gleich abgeholt.«

Es dauerte knappe fünf Minuten, bis ein Mittdreißiger die Schleuse passierte und lächelnd auf Hendrik zukam. Er trug weiße Chucks unter ausgebleichten Jeans und ein weißes T-Shirt. Seine kurzen blonden Haare standen in alle Richtungen vom Kopf ab und verliehen ihm ein spitzbübisches Aussehen, was durch die Waffe, die in einem Gürtelholster auf der linken Seite steckte, allerdings wieder relativiert wurde.

»Herr Zemmer?«

Hendrik nickte, stand auf und schüttelte die Hand, die sich ihm entgegenstreckte.

»Mein Name ist Thomas Sprang, ich bin Kommissar beim LKA. Sie sind wegen Ihrer Verlobten hier, richtig? Bitte, kommen Sie mit.«

Hendrik folgte dem Kommissar zu der Schleuse, die der Zivilangestellte mit einem Knopfdruck öffnete, nachdem Sprang ihm zugenickt hatte.

Hinter der Schleuse gingen sie direkt auf zwei Aufzüge zu und warteten davor.

»Ich habe heute Morgen schon mit einem Kollegen von Ihnen gesprochen«, erklärte Hendrik, woraufhin Sprang nickte. »Ja, ich weiß. Das war mein Partner. Er wartet oben auf uns.«

Hendrik war davon nicht gerade begeistert, sagte aber nichts. Dennoch schien Sprang Hendriks Unbehagen zu bemerken, denn nachdem sie den Aufzug betreten hatten, sagte er beruhigend lächelnd: »Lassen Sie sich vom Kollegen Kantstein nicht einschüchtern. Er ist etwas bärbeißig, was damit zusammenhängen mag, dass er den Job schon dreißig Jahre macht.«

»Ich muss gestehen, es ist mir ziemlich egal, warum jemand ist, wie er ist«, entgegnete Hendrik, während die Aufzugtür sich mit einem schmatzenden Geräusch schloss. »Meine Verlobte ist letzte Nacht aus unserem Haus verschwunden, ohne eine Nachricht zu hinterlassen oder sich seitdem zu melden. Ich bin sicher, dass sie das nicht freiwillig getan hat, und erwarte von der Polizei, dass zumindest der erkennbare Wille vorhanden ist, herauszufinden, was mit ihr passiert ist. Und diesen Eindruck hatte ich bei Ihrem Partner nicht.«

»Ja.« Das Lächeln war aus Sprangs Gesicht verschwunden. »Ich weiß, was Sie meinen.«

Das Büro, das sie betraten, lag am Ende eines kurzen Flurs und hatte etwa die Größe von Hendriks Schlafzimmer. In der Mitte des Raums waren zwei mit Akten und Dokumenten überladene Schreibtische an den Stirnseiten zusammengestellt. Auf der linken Seite saß Hauptkommissar Kantstein, und er sah etwas anders aus, als Hendrik ihn sich nach ihrem Telefonat vorgestellt hatte. Er hatte einen fülligen Mann mit Doppelkinn und Halbglatze, Mitte fünfzig, erwartet. Kantstein hatte jedoch volles, dunkles Haar, das an den Schläfen angegraut war und einen Haarschnitt vertragen hätte. Unter dem blauen, kurzärmeligen Hemd war zwar ein leichter Bauchansatz auszumachen, aber davon abgesehen schien er recht gut in Form zu sein. Das Alter stimmte ungefähr.

Als der Hauptkommissar zu ihnen herübersah, glaubte

Hendrik, einen Anflug von Verdrossenheit in seinem Gesicht zu erkennen.

»Herr Zemmer«, sagte Kantstein, ohne Anstalten zu machen, Hendrik die Hand zu reichen. »Hat sich etwas Neues bezüglich Ihrer Verlobten ergeben?«

»Ich dachte immer, das läuft in solchen Fällen umgekehrt«, entgegnete Hendrik, ohne sich zu bemühen, die Antipathie, die er dem Hauptkommissar gegenüber empfand, zu verbergen. »Normalerweise ist es doch so, dass die Polizei ein Verbrechen untersucht und die Angehörigen fragen nach, ob es etwas Neues gibt.«

Kantstein verzog verärgert das Gesicht. »Wenn es zumindest geringe Hinweise auf ein Verbrechen gibt, dann ist das sicher so.«

Sprang ging zu seinem Schreibtischstuhl und setzte sich. »Ich schlage vor, wir hören uns erst einmal an, was Herrn Zemmer zu uns führt. Bitte ...« Er deutete auf den einzigen weiteren Stuhl, der an der Wand gegenüber der Tür stand. »Nehmen Sie doch Platz.«

»Danke, ich stehe lieber.« Hendrik sah Sprang an, als er fortfuhr: »Ich hatte eine interessante Begegnung mit einer jungen Frau, der genau das Gleiche widerfahren ist wie mir. Ich gehe davon aus, Sie wissen, wen ich meine.«

Hendrik ignorierte den Blick, den die beiden Polizisten miteinander tauschten, begann mit seiner Schilderung ab dem Moment, in dem er sich dazu entschlossen hatte, seine Suche nach Linda auf Facebook zu posten, und beendete sie mit dem Treffen mit Julia. Dann blickte er Kantstein direkt an. »Denken Sie wirklich, es ist Zufall, dass innerhalb einer Woche in Hamburg zwei Menschen nachts einfach so aus ihren Häusern verschwinden, ohne eine Nachricht zu hinterlassen?«

»Sie haben recht, wir wissen natürlich von Herrn Kroll-manns Verschwinden«, bestätigte Kantstein, wovon Hendrik ausgegangen war. Es beruhigte ihn jedoch nicht, sondern machte ihn eher noch wütender.

»Wollen Sie wirklich die auffälligen Gemeinsamkeiten ignorieren, die es in diesen beiden Fällen gibt?«

Kantstein lehnte sich in seinem Stuhl zurück und starrte auf den Kugelschreiber, den er immer wieder durch seine Finger gleiten ließ.

»Noch gibt es keine *Fälle*, Herr Zemmer, aber gut, schauen wir uns doch mal die reinen Fakten an. Ein Mann und eine Frau aus derselben Stadt, beide Ende dreißig, verlassen mit gepackten Koffern heimlich ihre Partner.« Er schürzte die Lippen und sah Hendrik herausfordernd an. »Sie wohnen nicht sehr weit auseinander. Die wahrscheinlichste Schlussfolgerung, die man daraus ziehen kann, ist nicht, dass sie entführt oder gewaltsam aus dem Haus gezerrt wurden, sondern dass die beiden sich kennen. Sie könnten sich jederzeit über den Weg gelaufen sein, haben sich ein paarmal getroffen und irgendwann festgestellt, dass da mehr zwischen ihnen ist. So viel, dass sie aus ihrem gewohnten Leben ausbrechen wollten und jetzt gemeinsam irgendwo an einem weißen Sandstrand in der Sonne liegen.«

Es kostete Hendrik all seine Kraft, ruhig zu bleiben und nicht laut zu werden.

»Ich fasse es nicht. Statt Ihren Job zu machen und zwei Verbrechen aufzuklären, die offensichtlich zusammenhängen, unterstellen Sie meiner Verlobten, dass Sie mich betrogen hat und eine Woche vor unserer Hochzeit ...«

»Ich bin sicher, das hat der Kollege Kantstein so nicht gemeint«, unterbrach Sprang Hendrik mit ruhiger Stimme. »Wie er schon sagte, wäre das eine *mögliche* Schlussfolgerung, wenn man die Fakten betrachtet.« Er sah zu Kantstein hinüber. »Oder?«

Kantsteins Blick wanderte von Sprang wieder zu Hendrik und ruhte eine Weile nachdenklich auf ihm, bevor er sagte: »Richtig. Ich wollte Ihnen damit lediglich aufzeigen, dass es stets mehrere Sichtweisen auf die Dinge gibt und jeder natürlich immer von dem Stuhl aus urteilt, auf dem er sitzt.

Sie sitzen auf dem Stuhl des Partners, der sich diese Situation verständlicherweise nicht erklären kann und der – ganz sicher unbewusst – Alternativen ausblendet, die er einfach nicht glauben *möchte*. Verrückterweise sind Sie eher bereit, von einem Verbrechen auszugehen – was für Ihre Verlobte die schlimmere Option wäre –, als die Möglichkeit in Betracht zu ziehen, dass sie Sie verlassen haben könnte.

Wir hingegen sitzen auf neutralen Stühlen. Unsere ... *Herzen* flüstern uns nicht zu, dass nicht sein kann, was nicht sein darf. Und wenn ich mir die reinen Fakten anschaue, sehe ich kein einziges Anzeichen für ein Verbrechen.«

Eine ganze Weile herrschte Stille im Raum. Es war Kantstein, der das Schweigen unterbrach. »Verstehen Sie, was ich meine?«

Natürlich tat Hendrik das, zumal er sich durch Kantsteins sachliche Art wieder ein wenig beruhigt hatte. Er nickte. »Das tue ich. Aber verstehen Sie denn auch, dass ich mir große Sorgen mache?«

Kantstein beugte sich nach vorn. »Durchaus. Wir sind an der Sache mit Herrn Krollmann dran, und wenn Ihre Verlobte bis morgen immer noch nicht aufgetaucht ist und sich auch nicht bei Ihnen gemeldet hat, werden wir eine Vermisstenanzeige aufnehmen.«

»Danke.«

Kommissar Sprang erhob sich und ging an Hendrik vorbei zur Tür. »Ich bringe Sie wieder nach unten.«

Hendrik nickte Kantstein kurz zu und folgte Sprang.

»Er ist kein schlechter Kerl«, erklärte Sprang, während sie wieder auf den Aufzug warteten. »Ich denke, er hat es gerade privat nicht leicht.«

»Ja«, entgegnete Hendrik und stieg in den Fahrstuhl, »ich auch nicht.«

Nachdem sie den Aufzug im Erdgeschoss verlassen hatten, hielt Sprang ihm eine Visitenkarte hin. »Hier, für alle Fälle. Meine Mobilfunknummer steht auf der Rückseite.«

Hendrik nahm sie, nickte dem Kommissar zu und betrat die Schleuse.

Vom Präsidium aus fuhr er auf direktem Weg nach Hause. Falls Linda sich meldete, würde sie zwar wahrscheinlich auf seinem Handy anrufen, aber er wollte dennoch möglichst auch unter der Festnetznummer erreichbar sein.

Den restlichen Tag verbrachte er damit, zu telefonieren – dreimal allein mit Lindas Mutter und zweimal mit Susanne –, im Wohnzimmer zu sitzen und darüber nachzugrübeln, ob es nicht vielleicht doch irgendein Anzeichen dafür gegeben hatte, dass Linda sich in ihrer Beziehung nicht so wohlfühlte, wie sie behauptete, doch er kam immer wieder zu dem Ergebnis, dass das Gegenteil der Fall war. Und dann waren da noch die unzähligen Nachrichten, die ihn über Facebook erreichten. Einen Großteil davon löschte er sofort, weil sie entweder dumme Sprüche enthielten oder aber vollkommen abstrus waren. In einer Nachricht, die von einem offensichtlichen Fake-Account mit dem Namen *Miri May* stammte, wurde er derart grob beschimpft und beleidigt, dass er sie für alle Fälle aufbewahrte.

Auf einige Nachrichten von Facebook-Nutzern, die glaubten, Linda irgendwo gesehen zu haben, antwortete er, doch bei allen stellte sich im Laufe der Konversation heraus, dass sie sich entweder geirrt hatten oder ihre Nachricht nur Wichtigtuerei war. Irgendwann am späten Nachmittag spielte er kurz mit dem Gedanken, den Post wieder zu löschen, brachte es dann aber doch nicht übers Herz.

Am Abend nahm er das Fotobuch aus dem Schrank, das Linda gerade erst von ihrem Rom-Aufenthalt hatte anfertigen lassen, und blätterte es durch.

Linda lächelnd vor dem Trevi-Brunnen, dicht umringt von hundert anderen Touristen, die dasselbe Motiv haben wollten. Am Abend in dem kleinen, gemütlichen Restaurant, das sie durch Zufall in einer Seitenstraße entdeckt hatten, mit einem Glas Rotwein in der Hand. Sie beide gemeinsam zwischen den Ruinen des Forum Romanum … Seite um Seite ein Zeugnis dafür, wie glücklich sie miteinander waren, wie sehr sie sich auf das freuten, was vor ihnen lag.

Irgendwann klappte er das Buch zu, legte sich auf die Couch und zog sich die Decke, die zusammengefaltet an einem Ende lag, über die Beine. Lindas Decke.

Je länger er darüber nachdachte, je mehr Situationen der vergangenen Tage und Wochen er Revue passieren ließ, umso sicherer wurde er, dass sie ihn auf keinen Fall aus freien Stücken verlassen hatte. Harmonischer als das Leben, das sie miteinander hatten, konnte eine Beziehung kaum sein. Nein, entweder war Linda entführt worden, oder aber jemand hatte etwas gefunden, womit er sie erpressen und zwingen konnte, noch in der Nacht ihren Koffer zu packen und das Haus zu verlassen. Wohin auch immer.

Wie hatte Julia gesagt? *Vielleicht, um mich zu schützen.*

Vielleicht musste Linda auch gehen, um ihn zu schützen. Aber wovor?

Seine Gedanken verschwammen, und er fiel in einen unruhigen Schlaf.

Als Hendrik vom Klingeln seines Smartphones hochschreckte, dauerte es nur einen kurzen Moment, bis er die Benommenheit des Schlafs abgeschüttelt hatte und sein Verstand wieder vollkommen klar war. In der nächsten Sekunde hatte er das Handy am Ohr. »Ja?«, stieß er erwartungsvoll aus, hörte dann aber enttäuscht, wie die Stimme am anderen Ende sagte: »Julia hier. Wir müssen uns sehen. Morgen früh.«

»Warum?«

»Ich habe etwas entdeckt.«

»Was?«

»Nicht am Telefon. Kommen Sie einfach. Selbe Stelle. Um acht.«

»Nun sagen Sie mir doch wenigstens …« Hendrik stockte. Sie hatte aufgelegt.

9

Sie hat sich Tee gemacht und geht mit der dampfenden Tasse in der Hand ins Wohnzimmer. Bevor sie sich setzt, ruht ihr Blick lange auf dem Foto, das neben der Couch an der Wand hängt. Es ist erst ein Jahr alt und scheint dennoch aus einem anderen, längst vergangenen Leben zu stammen.

Ihre Augen werden feucht, das Bild vor ihr verschwimmt. Sie fühlt sich innerlich leer. In den letzten Tagen hat sie so viel geweint ... jetzt hat sie keine Tränen mehr.

Vorsichtig stellt sie die Tasse auf den Tisch und schaltet zusätzlich zur Deckenbeleuchtung das Licht der Stehlampe neben der Couch ein. Die vom Mondlicht kaum erhellte Nacht steht wie eine silbrige Wand vor dem breiten Glaselement des Wohnzimmers.

Sie setzt sich und verbirgt das Gesicht in den Händen.

Minutenlang, dann richtet ihr Blick sich auf das Blatt Papier, das vor ihr auf dem Tisch liegt. Ein A4-Blatt. Druckerpapier. Sie weiß noch nicht, was die handgeschriebene Notiz darauf bedeutet, aber es ist eindeutig Jonas' Schrift, und sie spürt instinktiv, dass diese wenigen hingekritzelten Wörter mit seinem Verschwinden zu tun haben.

Sie lässt die Hände sinken und richtet den Blick wieder auf das Foto. Nach einer Weile werden die Konturen erneut unscharf, doch es sind keine Tränen, die ihre Umgebung verschwimmen

lassen. Es sind die Bilder, die vor ihrem inneren Auge auftau-
chen, die die Realität zurückdrängen und die Erinnerung an
Glück in ihr heraufbeschwören.

Eine Weile sitzt sie so da, reglos, innerlich in einer anderen
Zeit. In einem anderen Leben. Dann greift sie nach ihrer Tasse,
nippt an dem Tee und will die Tasse gerade zurückstellen, als sie
zusammenfährt. Sowohl das Licht der Stehlampe als auch die
Deckenbeleuchtung sind erloschen. Ihre Augen tasten sich durch
die Dunkelheit, bis sie sich an die veränderten Lichtverhältnisse
gewöhnt haben. Dennoch kann sie kaum etwas erkennen.

Sie beugt sich zur Stehlampe hinüber, sucht nach dem Schalter
und betätigt ihn mehrmals. Nichts.

Sie steht auf, geht vorsichtig zur Wohnzimmertür und drückt
auf den Lichtschalter. Es bleibt dunkel. Ihr Puls beschleunigt sich,
sie spürt, wie ihr Herz heftiger schlägt.

Ihre Hand gleitet um den Türrahmen herum, findet den
Schalter für das Flurlicht und drückt ihn. Sie stöhnt leise auf, als
es weiterhin dunkel bleibt. Geschieht jetzt gerade das Gleiche wie
vor einer Woche, als sie Nachtdienst hatte?

Quatsch! Oder?

Bleib ruhig, *sagt sie sich.* Wahrscheinlich ist die Haupt-
sicherung raus.

Sie braucht eine Taschenlampe. Irgendwo im Haus gibt es eine,
das weiß sie, aber sie hat keine Ahnung, wo Jonas sie hingelegt
hat. Aber da ist doch noch ihr Handy! Sie kann die Taschen-
lampenfunktion nutzen. Es liegt auf dem Wohnzimmertisch. In
den letzten Tagen hat sie es, entgegen ihrer Gewohnheit, auch zu
Hause immer in Reichweite.

Sie versucht, in der Dunkelheit etwas zu erkennen, als sie vor-
sichtig einen Schritt macht. Das wenige Licht, das vom Garten

her durch die Terrassentür und das große Fenster hereinfällt, reicht gerade aus, die Möbel zu erahnen.

Schließlich hat sie die Couch erreicht, lässt ihre Hand suchend über den niedrigen Tisch gleiten und stößt dabei gegen die Teetasse, bevor sie das Smartphone ertastet.

Sie nimmt es, tippt auf das Display. Nur Sekunden später reißt der Schein der kleinen Lampe die Gegenstände in ihrer direkten Umgebung aus der Dunkelheit.

Der Sicherungskasten befindet sich in dem kleinen Raum neben der Küche. Sie verlässt das Wohnzimmer, geht durch den Flur und öffnet kurz darauf die Blechtür des Kastens. Der Lichtschein gleitet über die Reihen der Sicherungen, doch soweit sie feststellen kann, befinden sich alle Kippschalter in der richtigen Position. Das Gleiche gilt für den FI-Schalter.

Das Problem scheint also mit der allgemeinen Stromversorgung zusammenzuhängen. Aber das kann sie ja feststellen, indem sie einen Blick nach draußen wirft. Etwa zwanzig Meter neben ihrem Grundstück steht eine Straßenlaterne. Wenn die ebenfalls dunkel ist, handelt es sich um einen Stromausfall im ganzen Viertel.

Sie geht zurück in den Flur und Richtung Haustür, als die Stille plötzlich von undefinierbaren, lauten Geräuschen hinter ihr unterbrochen wird. Sie stößt einen spitzen Schrei aus und wendet sich hastig um. Aus der geöffneten Wohnzimmertür dringt ein heller, flackernder Schein. Als sie begreift, um was es sich handelt, beruhigt sie das nur wenig. Der Fernseher. Er hat sich eingeschaltet. Wie kann das sein? Oder ist der Strom wieder da? Links neben ihr befindet sich ein Schalter für das Flurlicht. Mit einer schnellen Bewegung drückt sie ihn … nichts. Wie ist das möglich? Nein, sie wird nicht zurück zum Wohnzimmer ge-

hen, um nachzusehen. Auf keinen Fall. Sie wird das Haus jetzt verlassen.

»Ruhig«, flüstert sie sich selbst zu.

Sie macht den ersten Schritt, dann den zweiten. Noch drei Meter ... noch zwei.

Sie erreicht die Haustür, greift nach der Klinke, drückt sie nach unten und ... stößt panisch »NEIN!« aus. Die Tür lässt sich nicht öffnen. Sie versucht es erneut, rüttelt daran. Schließlich tritt sie mit dem Fuß gegen die Aluminiumoberfläche, wendet sich um und sinkt mit dem Rücken gegen die Tür. Sie keucht, als hätte sie gerade einen Fünfhundert-Meter-Lauf hinter sich gebracht, starrt in den durch den Schein des Fernsehers in flackerndes Licht getauchten Flur, hört Stimmen, ohne zu verstehen, was sie sagen.

Ihr Verstand will sie zwingen, wegzulaufen, sich im Haus zu verstecken, einzuschließen. Aber wo? Und vor wem?

Sie muss sich konzentrieren. Nachdenken. Vielleicht ist der Verriegelungsmechanismus aus irgendeinem Grund blockiert? Aber es gibt ja noch die Terrassentür! Über sie gelangt sie in den Garten und dann seitlich am Haus vorbei nach vorn zur Straße. Dann kann sie die Polizei rufen.

Sie stößt sich von der kühlen Haustür ab und macht die ersten Schritte. Ihr Kreislauf spielt verrückt, es ist ihr egal. Sie muss *ins Wohnzimmer zurück.*

Kurz bevor sie die Tür erreicht, zögert sie. Sie spürt kalten Schweiß auf der Stirn. Alles in ihr sträubt sich dagegen, den Raum zu betreten, in dem sich der Fernseher selbständig eingeschaltet hat, obwohl es nach wie vor im ganzen Haus dunkel ist. Die Angst möchte sie erneut zwingen, wegzulaufen, nach oben. Aber dort würde sie endgültig in der Falle sitzen.

Es kostet sie große Mühe, den nächsten Schritt zu tun. Dann steht sie in der Türöffnung und starrt auf den Fernseher, in dem eine Talkshow läuft. Trotz der Panik wird ihr das Bizarre der Situation bewusst.

Sie fixiert die Terrassentür und geht los, mechanisch, wie fremdgesteuert. Ein letzter Schritt, dann hat sie es geschafft.

Sie drückt die Klinke der Terrassentür nach unten und erstarrt. Die Tür lässt sich nicht öffnen. Sie versucht es erneut mit aller Kraft – vergeblich.

Die Angst in ihr wird zu einem Monster, das nach ihrem Verstand greift.

Das kann nicht sein. Das darf *nicht sein. Sie ist eingeschlossen in ihrem eigenen Haus.*

Hastig wendet sie sich ab, verlässt das Wohnzimmer und erreicht in der Mitte des Flurs den Treppenaufgang zur ersten Etage. Dort lehnt sie sich an die Wand. Das Blut rauscht ihr in den Ohren, als sie das Handy entsperrt, zum Ziffernblock wechselt und die Notrufnummer eintippt. Sie schaut sich nach allen Seiten um, hält sich das Gerät ans Ohr und wartet auf das Freizeichen. Als nach mehreren Sekunden noch immer nichts zu hören ist, schaut sie auf den Bildschirm und hält unbewusst den Atem an, als sie den Hinweis in der linken oberen Ecke sieht. Kein Netz.

»Nein!«, flüstert sie. Sie hat im Haus doch immer Empfang gehabt. Was geht hier vor? Sie versucht es erneut, jedoch mit dem gleichen Ergebnis. Das Gerät hat kein Netz.

Einem spontanen Gedanken folgend, wischt sie die Tastatur zur Seite, befördert die zweite Kolonne Apps auf das Display und tippt auf das blaue Rechteck mit dem stilisierten weißen Haus darin.

In der Mitte des kleinen Bildschirms entsteht ein Quadrat, auf dem sie schemenhaft einen Ausschnitt ihres Gesichts sieht. Darunter fordert eine weiße Schrift auf dunkelblauem Hintergrund sie zum EYESCAN auf. Sie hebt mit zitternder Hand das Smartphone so an, dass ihr linkes Auge ins Zentrum des Quadrats rückt, justiert nach, wartet.

Es dauert drei, vier lange Sekunden, bis ein Klicken endlich bestätigt, dass das Scannen ihrer Iris abgeschlossen und sie damit im System angemeldet ist.

Eine absolut fälschungssichere Methode der eindeutigen Identifizierung – die Worte des Verkäufers.

Das bekannte Menü poppt auf und zeigt ihr in einer schematischen Darstellung alle angeschlossenen Geräte. Alle außer der Fernseher sind mit einem roten Balken durchgestrichen. Sie hofft, dass sich nun alles aufklären wird und es sich lediglich um eine Fehlfunktion des Systems handelt. Sie tippt im unteren Bereich auf ALLE EIN, starrt auf die Symbole und wartet darauf, dass endlich die roten Balken verschwinden.

Es passiert nichts.

»Mist«, stößt sie aus und versucht es erneut, wieder ohne Erfolg. Mit fliegenden Fingern versucht sie es einzeln, drückt auf das Symbol der Tür, wieder und wieder. »Na los!«, schreit sie das Gerät an. »Verdammt!«

Ein Geräusch hinter ihr lässt sie innehalten. Noch während sie sich umdreht, wird ihr klar, was sie gerade gehört hat: Das satte Klacken, mit dem die Haustür aufspringt.

Einen Moment starrt sie verdutzt auf den Spalt, durch den das Mondlicht in den Flur fällt. Die Kontrollfunktion der Tür hat sich doch gerade nicht aktivieren lassen … Aber das ist egal. Sie kann das Haus verlassen, nur das zählt in diesem Moment.

Sie kommt jedoch nur einen Schritt weit.

10

Bei den ersten Tönen schreckte Hendrik hoch.

Justin Timberlake, *Can't stop the feeling.*

Normalerweise ließ ihn der Song sanft erwachen, doch sein Unterbewusstsein sorgte in der Situation, in der er sich befand, dafür, dass er übergangslos sofort hellwach war. Er griff zum Nachtschränkchen, tippte auf das Display des Smartphones und schaltete die Weckfunktion aus.

Gleich nach dem Telefonat mit Julia war er zu Bett gegangen, hatte noch eine Weile darüber nachgegrübelt, was sie wohl entdeckt hatte, und war dann recht schnell in einen unruhigen Schlaf gefallen. Immer wieder war er verschwitzt aufgewacht und hatte in die Dunkelheit gelauscht, ob ein Geräusch zu hören war. Ein paarmal hatte er das Bett neben sich abgetastet, obwohl er wusste, Linda lag nicht neben ihm.

Er schob die Beine aus dem Bett, rieb sich mit den Händen über das Gesicht und zog das Smartphone vom Ladekabel ab. Hinter Lindas Nummer in der Anrufliste stand in Klammern die Zahl 23. So oft hatte er seit ihrem Verschwinden erfolglos versucht, sie zu erreichen. Er tippte auf ihren Namen und hielt sich das Handy ans Ohr. Als die Mailbox ansprang, legte er auf und rief die neu eingetroffenen Facebook-Nachrichten ab. Sie unterschieden sich kaum von denen, die er bisher bekommen hatte. Nachdem er kalt geduscht hatte, ging es ihm etwas besser. Auf das Frühstück verzichtete er, er hatte keinen Appetit.

Um zwanzig vor acht parkte Hendrik seinen Wagen auf demselben Platz wie am Vortag und machte sich auf den Weg zum Elbtunnel-Eingang, wo er einige Minuten vor der verabredeten Zeit ankam.

Zu dieser frühen Stunde war es deutlich ruhiger vor den Landungsbrücken.

Immer wieder sah er auf die Uhr, blickte sich um, doch von Julia war nichts zu sehen. Um zehn nach acht zog er sein Handy aus der Tasche und wählte ihre Nummer. Gleich nach dem ersten Tuten schaltete sich die Mailbox ein, und ihre Stimme forderte dazu auf, ihr eine Nachricht zu hinterlassen, sie werde baldmöglichst zurückrufen. Wie bei Linda.

Mit einem unguten Gefühl ließ Hendrik die Hand mit dem Telefon sinken und betrachtete erneut seine Umgebung.

Natürlich konnte es sein, dass sie das Gerät ausgeschaltet hatte – vielleicht war ja der Akku leer – und jetzt auf der Suche nach einem Parkplatz herumfuhr. Aber sein Instinkt sagte ihm, dass das nicht der Fall war. Zumal sie sicherlich immer noch darauf hoffte, dass ihr Mann sich bei ihr meldete, und darauf achtete – genau wie er auch –, dass der Akku des Handys stets geladen war.

Dennoch lief er bis fast halb neun unruhig auf und ab und versuchte noch einige Male, sie zu erreichen, bevor er schließlich aufgab.

Auf dem Weg zurück zu seinem Wagen fiel ihm die Visitenkarte ein, die Kommissar Sprang ihm gegeben hatte. Er fischte sie aus der Gesäßtasche seiner Jeans, betrachtete kurz die Büronummer, drehte dann die Karte aber um und tippte die mit einem schwarzen Stift auf die Rückseite geschriebene Mobilnummer in sein Handy.

»Ja, Sprang?«

»Zemmer hier, kann ich Sie kurz sprechen?«

»Ja, natürlich, Herr Zemmer. Was gibt's?«

Hendrik erzählte ihm von Julias Anruf am Vorabend und von ihrer Verabredung und schloss seinen kurzen Bericht damit, dass sie nicht erschienen und auch nicht telefonisch erreichbar war.

»Hm …«, brummte Sprang. »Das kann natürlich mehrere Gründe haben.«

»Ja, aber in der aktuellen Situation besteht doch zumindest die Möglichkeit, dass ihr etwas zugestoßen ist. Vielleicht, weil sie etwas entdeckt hat, was dem Entführer gefährlich werden könnte.«

»Aber wenn das so wäre – woher sollte der Entführer dann wissen, dass Frau Krollmann diese Entdeckung gemacht hat?«

»Fangen Sie jetzt auch schon an wie Ihr Partner?«

»Also gut, ich schicke einen Streifenwagen bei ihr zu Hause vorbei, damit die Kollegen mal nach dem Rechten sehen, okay?«

»Ja, danke. Wo wohnt sie überhaupt?«

»Hat sie Ihnen das nicht gesagt?«

»Doch, in Groß Flottbek, im Müllenhoffweg. Aber ich weiß die Hausnummer nicht.«

»Tut mir leid, aber dann darf ich sie Ihnen auch nicht sagen. Datenschutz.«

Hendrik verdrehte die Augen. »Sagen Sie mir wenigstens Bescheid, wenn Ihre Kollegen nachgeschaut haben? Oder fällt das auch unter den Datenschutz?«

»Ich rufe Sie an.«

Hendrik hatte das Telefon gerade in die Tasche gesteckt, als es den Anfang von *Doctor! Doctor!* abspielte. Ein Anruf vom Krankenhaus.

»Ich wollte mal hören, ob es etwas Neues von Linda gibt«, erklärte Paul Gerdes ohne Umschweife.

»Nein, leider nicht.«

»Keinen Hinweis, gar nichts?«

»Nein«, antwortete Hendrik wortkarg. Er hatte das Gefühl, dass jedes Gespräch zu dem Thema mit jemand anderem als der Polizei die Sache noch schlimmer, die Angst um Linda in ihm noch größer machte.

»Kann ich irgendetwas für dich tun?«

»Nein, ich wüsste nicht, was. Es sei denn, du bist mit dem Polizeipräsidenten befreundet und kannst ihn dazu überreden, seine Beamten auf die Sache anzusetzen.«

»Das heißt, die glauben noch immer, dass Linda dich aus freien Stücken verlassen hat?«

»Ja.«

»Ich kenne den Innenminister, aber leider nicht gut genug, dass ich ihn einfach so anrufen und mich in seine Angelegenheiten einmischen kann.«

»Schon gut, das war auch nicht ernst gemeint.«

»Melde dich, sobald du etwas hörst, ja?«

»Ja, das mache ich, und danke für deinen Anruf.«

Hendrik legte auf, steckte das Telefon wieder ein und stieg in den Wagen.

Als er eine halbe Stunde später in die Straße einbog, in der sein Haus lag, stutzte er und bremste instinktiv ab. Vor seiner Einfahrt stand ein weißer Kleinwagen, an der Beifahrertür lehnte eine Frau mit blonden, bis über die Schultern reichenden Haaren, die ihn offensichtlich in diesem Moment ebenfalls bemerkte und in seine Richtung blickte. Hendrik legte die letzten hundert Meter zurück, bog unmittelbar vor dem Fahrzeug in seine Einfahrt ein und stellte das Auto vor der Garage ab.

»Guten Tag«, sagte Hendrik, als die Frau ohne Zögern auf ihn zukam, nachdem er ausgestiegen war. »Was kann ich für Sie tun?«

Sie war nicht sehr groß, vielleicht eins sechzig, schlank und deutlich jünger als er, höchstens Mitte zwanzig.

Dicht vor ihm blieb sie stehen und blickte ihn aus grünen Augen selbstbewusst an. »Die Frage ist, was ich für Sie tun kann.«

Hendrik drückte die Fahrertür zu. »Ich verstehe nicht …«

Die Frau unterbrach ihn, indem sie einen Zettel hochhielt, auf dem in großen Buchstaben geschrieben stand:

Bitte schalten Sie Ihr Handy aus. Ich erkläre Ihnen sofort alles, aber bitte, schalten Sie es aus.

Hendrik setzte an, etwas zu sagen, doch sie legte sich den Zeigefinger auf die Lippen und sah ihn fast schon flehend an.

Die Frage ist, was ich für Sie tun kann, hatte sie gesagt. Einen Moment lang dachte er darüber nach, sie aufzufordern, sofort sein Grundstück zu verlassen, aber da war auch die Hoffnung, dass sie vielleicht etwas über Linda wissen könnte.

Sich selbst einen Narren nennend, nahm er sein Smartphone, warf der jungen Frau noch einmal einen kritischen Blick zu und schaltete das Gerät schließlich aus, da sie ihm eindringlich zunickte.

Als das Display dunkel war, zeigte er es ihr. »Bitte schön. Und jetzt hoffe ich, Sie haben eine plausible Erklärung für diese Aktion.«

Sie nickte. »Die habe ich. Mein Name ist Alexandra Tries. Ich habe Ihren Post bei Facebook gesehen und mir gedacht, wir sollten uns mal unterhalten.«

»Aha. Warum denken Sie das? Und warum muss ich dafür mein Telefon ausschalten?«

»Weil ich Ihnen vielleicht bei der Suche nach Ihrer Frau helfen kann.«

Hendriks Hoffnung wuchs. »Was wissen Sie?«

»Das hört sich jetzt sicher seltsam für Sie an, aber …« Sie deutete zum Haus. »Haben Sie ein Smart-Home-System installiert?«

Hendrik verstand den Zusammenhang nicht. »Das hört sich in der Tat seltsam an. Was wissen Sie über Lindas Verschwinden?«

»Lassen Sie mich meine Frage konkreter stellen, damit Sie sehen, dass ich keine Spinnerin bin: Haben Sie ein Smart-Home-System, das auf den Namen *Adam* hört?«

»Was?«, fragte Hendrik, nun völlig verblüfft.

»Ich habe gefragt, ob Sie in Ihrem Haus ein Smart-Home-System installiert haben, das den Namen *Adam* hat.«

Offensichtlich verriet ihr sein Gesichtsausdruck die Antwort, denn sie nickte. »Das habe ich mir gedacht. Und ich habe die Vermutung, dass dieses System etwas mit dem Verschwinden Ihrer Frau zu tun hat.«

Hendrik schossen viele Dinge gleichzeitig durch den Kopf. Eines war allerdings zumindest in den Bereich des Möglichen gerückt: Dass diese junge Frau vielleicht wirklich etwas wusste, das ihn weiterbrachte. Auch wenn es sich im Moment noch ziemlich verrückt anhörte.

»Sie steuern *Adam* über eine App?«

»Ja.«

»Okay. Würden Sie jetzt bitte ins Haus gehen und *Adam* herunterfahren? Und dann schalten Sie Ihr Handy wieder ein und löschen die App.«

»Warum denn das? Das Telefon erst ausschalten und dann wieder einschalten? Und die App deinstallieren, mit der das ganze System gesteuert wird?«

»Weil ich ziemlich sicher bin, dass *Adam* mithört. In Ihrem Haus über das System, wenn Sie unterwegs sind über die App. Bitte.«

Das wurde ja immer verrückter. Hendrik kannte natürlich die Warnungen, dass einige der beliebtesten Apps auf den Handys ihre Besitzer belauschten, aber ein Smart-Home-System? Was sollte das bringen?

»Also gut«, sagte Alexandra, als er zögerte, atmete tief durch und schloss dabei für einen Moment die Augen, gerade so, als hätte sie eine schwierige Aufgabe zu lösen. »Ich verstehe Ihre Verwirrung. Dann also erst eine Erklärung. Gab es irgendwelche Einbruchspuren im Haus, als Ihre Frau verschwunden ist?«

»Sie ist noch nicht meine Frau, wir wollten nächste Woche heiraten«, erklärte Hendrik leise und fragte sich, warum es so schmerzte, dass sie Linda als seine Frau bezeichnete. Warum es ihm wichtig war, das dieser Unbekannten gegenüber klarzustellen. In dieser Situation. Im nächsten Moment stellte er erschüttert fest, dass er die Vergangenheitsform benutzt hatte. *Wir wollten heiraten* ... So als gäbe es keine Hoffnung mehr. Er schüttelte den Gedanken ab und sah Alexandra eindringlich in die Augen.

»Nein. Und deshalb denkt die Polizei, dass Linda freiwillig gegangen ist.«

Sie nickte. »*Adam* kann Türen auch von außerhalb öffnen, richtig?«

»Wir haben diese Funktion noch nie benutzt, aber ja, soweit ich weiß, würde das über die App funktionieren.«

Sie nickte. »Haben Sie an dem System etwas Ungewöhnliches bemerkt?«

»Etwas Ungewöhnliches?« Hendrik sah Linda wieder vor sich, wie sie ihm gegenüber am Esstisch saß und ihn verliebt ansah, während er ihr von der Namib-Wüste vorschwärmte. Dann war es plötzlich dunkel geworden, aber nicht wie bei einem Stromausfall, sondern so, als wäre das Licht gleichmäßig heruntergedimmt worden, um gleich darauf den Raum wieder in dezentes Licht zu tauchen. Eine Funktion, die *Adam* ebenfalls beherrschte.

»Das haben Sie, oder? Ich sehe es Ihnen an.«

11

»Vorgestern Abend, bevor sie verschwand ... Das Licht. Es wurde langsam dunkel und dann wieder heller. Ich habe noch gescherzt, dass *Adam* Spielchen mit uns treibt.«

»Können Sie sich vorstellen, dass eine Firma, die solche Smart-Home-Systeme herstellt oder programmiert, auch eine Möglichkeit hat, darauf zuzugreifen?«

Hendrik wollte ihr sagen, dass keine Firma dieses Risiko eingehen könnte, weil sie sich damit strafbar machen würde, doch Alexandra schien diese Antwort zu ahnen und stoppte ihn, indem sie die Hand hob. »Haben Sie im Zusammenhang mit Computern schon mal was von einer *Backdoor* gehört?«

»Ich glaube, ja, aber ich weiß nicht mehr, in welchem Zusammenhang.«

»So bezeichnet man einen vom Programmierer eingebauten Codeschnipsel einer Software, der es ermöglicht, unter Umgehung der normalen Zugriffssicherung Zugang zu einem Computer oder einem computerbasierten System zu erlangen.«

»Also eine Art Universalpasswort?«

»Ja, so in der Art.«

»Und Sie denken, der Programmierer von *Adam* hat so etwas eingebaut und sich in unser System eingeklinkt, um die Tür zu öffnen und Zugang ins Haus zu bekommen?«

»Ob es zwingend der Programmierer gewesen sein muss, weiß ich nicht, aber, ja, es wäre möglich.«

»Und warum sollte er das tun? Wenn er hinter irgendwelchen wertvollen Dingen her wäre oder Lösegeldforderungen gestellt hätte, okay, das könnte ich noch verstehen, aber um eine Frau aus dem Haus verschwinden zu lassen? Haben Sie der Polizei von Ihrer Vermutung erzählt?«

»Ja, und die haben sich angeblich mit jemandem aus der Firma unterhalten, konnten aber nichts feststellen.«

Hendrik schüttelte den Kopf. »Ich weiß nicht ... Das klingt mir alles ein bisschen zu sehr nach Science-Fiction.«

»Das mag sein, aber in den letzten Wochen sind schon drei Menschen aus Hamburg verschwunden. Und in jedem der drei Häuser ist *Adam* installiert.

»Drei?«

»Ja.«

»Seltsam. Davon hat bei der Polizei niemand etwas erwähnt. Ich weiß nur von einem weiteren Fall.«

Alexandra zuckte mit den Schultern. »Weil es bei keinem der drei Einbruchsspuren oder sonst einen Hinweis auf ein Verbrechen gibt.«

»Und warum beschäftigen *Sie* sich mit dieser Sache? Beruflich?«

»Ja und nein. Ich bin fast fertig mit meinem Psychologiestudium und habe bis vor ein paar Tagen ein Praktikum beim Hamburger LKA gemacht, weil ich mir vorstellen könnte, nach meinem Abschluss entweder als Polizeipsychologin oder als Fallanalytikerin zu arbeiten. Dort habe ich von den beiden anderen Vermisstenfällen vor Ihrer ... Verlobten gehört. Es hat mir keine Ruhe gelassen. Ich habe viel recherchiert. Und dann sah ich Ihren Facebook-Post.«

»Sie waren beim LKA? Kennen Sie einen Hauptkommissar Kantstein?«

Sie verzog den Mund zu einem schwer zu deutenden Lächeln. »Ja, bei ihm und seinem Partner Sprang war ich eingeteilt, als ich davon erfuhr.«

»Und denen haben Sie auch von Ihrem Verdacht mit den Smart-Home-Systemen erzählt?«

Sie stieß einen zischenden Laut aus. »O ja. Gestern habe ich Sprang angerufen, aber ich habe das Gefühl, man interessiert sich nicht sonderlich dafür. Oder besser gesagt, Hauptkommissar Kantstein interessiert sich nicht dafür.«

»Ja, dieses Gefühl kommt mir bekannt vor.«

Sie deutete zur Haustür. »Wie wäre es, wenn wir reingehen, und Sie fahren *Adam* runter?«

Hendrik betrachtete die junge Frau noch immer misstrauisch. »Sie sagten, Sie haben von den beiden verschwundenen Personen während Ihres LKA-Praktikums erfahren. Zudem stehen Sie kurz vor dem Abschluss Ihres Studiums. Da frage ich mich schon, warum Sie Ihre Zeit opfern und extra herkommen? Was haben Sie davon?«

Sie wiegte den Kopf hin und her. »Vielleicht hat es etwas mit meinem Ego zu tun. Ich bilde mir ein, ein recht gutes Gespür zu haben, und das sagt mir, dass Ihre Verlobte genau wie die anderen beiden nicht freiwillig verschwunden ist. Die Tatsache, dass in allen Häusern dieses System installiert ist, kann kein Zufall sein. Das lässt mir einfach keine Ruhe.« Und mit einem Lächeln fügte sie hinzu: »Na ja, und außerdem möchte ich Herrn Kantstein zu gern beweisen, dass ich recht habe.«

Das leuchtete Hendrik ein, und obwohl er noch immer nicht ganz überzeugt war, nickte er und sagte: »Also gut. Schaden kann es nicht. Außer, dass ein bisschen Komfort verlorengeht.«

Sie gingen nebeneinander zum Haus.

»Was mich noch interessieren würde ... Woher haben Sie meine Adresse?«

»Ich bitte Sie ... In Ihrem Post haben Sie geschrieben, dass Ihre Verlobte aus Ihrem Haus in Hamburg-Winterhude verschwunden ist. Sie sind mit Ihrem vollen Namen bei Facebook angemeldet. Was denken Sie, wie viele Hendrik Zemmers es in Winterhude gibt?«

Das stimmte natürlich.

Hendrik betrat vor Alexandra das Haus und wandte sich der Anlage neben der Tür zu, mit der die Funktionen von *Adam* gesteuert wurden, sofern man das nicht über die App tat.

Er tippte am Touchscreen seinen fünfstelligen Code ein, wartete einen Piepton ab und berührte die Schaltfläche mit der Aufschrift EYESCAN. Anschließend schob er sein Gesicht vor eine quadratische Glasfläche von etwa zehn Zentimetern Kantenlänge und wartete.

Es dauerte nur wenige Sekunden, dann bestätigte erneut ein Piepton, dass der Scan erfolgreich war. Nun hatte er vollen Zugriff auf alle Funktionen von *Adam*. Er zögerte kurz, dann berührte er mit beiden Zeigefingern gleichzeitig zwei Punkte auf dem Touchscreen. Sekunden später war *Adam* heruntergefahren.

»Wissen Sie, was ich nicht verstehe?« Hendrik wandte sich Alexandra zu, die geduldig neben ihm gewartet hatte. »Man setzt einen aufwendigen Augenscanner ein, der sowohl hier als auch bei der App zusätzlich zum Code nötig ist, um sich in dem System anzumelden und zu verhindern, dass sich ein Fremder Zugang verschaffen kann. Und dann soll es irgendeinem Programmierer möglich sein, ein Hintertürchen in das System einzubauen, durch das er es problemlos steuern kann? In *allen* Häusern?«

Sie nickte und deutete ein Lächeln an. »Schöne neue Technikwelt.«

»Also gut.« Hendrik wies zur Küche. »Möchten Sie eine Tasse Kaffee?«

»Gern.«

Auch wenn er einerseits froh war, durch Alexandras Vermutungen zumindest einen Ansatz bei der Suche nach Linda zu haben, erschien ihm ihre Theorie noch immer etwas weit hergeholt. Außerdem wusste er nicht, wie er die junge Frau einschätzen sollte. Dass sie ihn bezüglich des Praktikums beim LKA angelogen hatte, glaubte er nicht, das war zu leicht nachprüfbar, aber warum sie ihm jetzt helfen wollte …

Vielleicht war sie ja einfach nur eine Spinnerin, die sich wichtigmachen wollte? Aber dazu war sie eigentlich zu intelligent und das, was sie sagte, zu logisch. Zumindest wenn man in Betracht zog, dass ihre Theorie stimmen *konnte*.

Während er mit der Kaffeemaschine beschäftigt war, stellte er ihr ein paar persönliche Fragen und erfuhr, dass Alexandra aus Saarbrücken stammte und Hamburg als Studienort gewählt hatte, weil sie die Hansestadt liebte, seit sie ein Kind war.

Dann saßen sie sich mit zwei Gläsern Latte macchiato gegenüber.

»Warum haben Sie nicht einfach auf meinen Facebook-Post geantwortet, sondern sich die Mühe gemacht, meine Adresse herauszufinden und zu mir zu kommen?«

Ihre Antwort verblüffte ihn.

»Weil ich keinen eigenen Facebook-Account habe. Ich halte nichts von diesen sogenannten Social-Media-Netzwerken, da sie meiner Meinung nach alles andere als sozial sind. Die Menschen stumpfen ab, weil die kognitiven Fähigkeiten nicht mehr gefordert werden.«

»Aber wie konnten Sie dann meinen Post lesen?«

»Er wurde mir bei einer Suchanfrage nach verschwundenen Personen aus Hamburg angezeigt. Um ihn lesen zu können, habe ich mich bei Facebook angemeldet und den Account anschließend wieder gelöscht, nachdem ich festgestellt hatte, dass Ihr Post der einzige zu diesem Thema war.

Wie hätten Sie wohl reagiert, wenn Sie eine Nachricht von einem gerade neu erstellten Account bekommen hätten?«

»Ich hätte ihn wohl für einen der vielen schlechten Scherze von Fake-Accounts gehalten, mit denen mein Postfach bei Facebook mittlerweile überfüllt ist.«

Sie nickte. »Eben. Also habe ich mich dazu entschlossen, persönlich mit Ihnen zu reden.«

»Haben Sie sich eigentlich auch mit den anderen Betroffenen unterhalten? Was ist zum Beispiel mit Julia Krollmann? Mit ihr stehe ich in Kontakt.«

»Interessant, dass Sie das erwähnen. Ich habe mit ihr gesprochen, das war gestern Nachmittag. Danach hat sie auf keinen meiner Anrufe mehr reagiert. Und Herr Peters, dessen Frau vor zwei Wochen verschwand, möchte nichts von meiner Theorie hören und auch nicht mehr mit mir reden. Er geht davon aus, dass seine Frau ihn verlassen hat, und ich habe fast das Gefühl, er findet diesen Zustand gar nicht so schlecht. Ihre Ehe war in den letzten Jahren wohl nicht so toll.«

»Da fällt mir ein, ich sollte mein Handy wieder einschalten, falls dieser Sprang anruft.«

Hendrik legte das Smartphone vor sich auf den Tisch und schaltete es ein.

»Tun Sie mir den Gefallen und löschen die *Adam*-App?« Es klang fast flehend, und Hendrik entschloss sich, ihr den Wunsch zu erfüllen. Gegebenenfalls konnte er sie innerhalb einer Minute neu installieren.

Nachdem er seinen Entsperr-Code und die PIN für die SIM-Karte eingegeben hatte, sah Hendrik, dass er einen Anruf in Abwesenheit erhalten hatte. Die Nummer war ihm unbekannt. Mit einem ungaten Gefühl wollte er sie gerade antippen, als Alexandra »Nicht!« ausrief. Als er überrascht zu ihr aufsah, formte sie mit den Lippen die Worte: *Die App!*

Also geduldete er sich noch einen Moment und löschte *Adam*, bevor er die Nummer zurückrief.

»Sprang?«

Hendrik zog sich der Magen zusammen. Ging es um Julia Krollmann, oder bekam er jetzt eine Nachricht zu Linda? Eine schlechte Nachricht?

»Ja, Zemmer hier. Sie hatten mich angerufen.«

»Herr Zemmer! Danke für den Rückruf. Es geht um Frau Krollmann.« Der Polizist machte eine kurze Pause.

»Und?«

»Ja, also … die Terrassentür war nicht verschlossen, als die Kollegen an ihrem Haus ankamen, deshalb sind sie reingegangen. Frau Krollmann ist nicht zu Hause. Die Kollegen haben aber ihr Smartphone auf dem Wohnzimmertisch gefunden.«

»Ist sie etwa auch verschwunden? Ich meine, heutzutage verlässt doch niemand mehr freiwillig das Haus ohne sein Handy.«

»Da ist eine Sache, die vielleicht für Sie wichtig ist.«

Hendrik spürte, wie sich sein Pulsschlag beschleunigte. Gab es doch etwas Neues von Linda?

»Ich bin mit dem Kollegen Kantstein vor Ort und habe das Telefon vor mir liegen. Frau Krollmann hat als Entsperr-Code ihr Geburtsdatum verwendet, es war also einfach, einen Blick darauf zu werfen. Es gibt da eine Nachricht, die sie in der letzten Nacht um kurz vor ein Uhr erhielt.«

»Ja, und?«, stieß Hendrik ungeduldig aus.

»Sie stammt von ihrem verschwundenen Mann Jonas.«

12

Hendrik brauchte einen Moment, um die Überraschung zu verarbeiten. »Und? Wie lautet die Nachricht?«

»Moment, ich lese sie Ihnen vor. Da steht:

Julia, ich habe dich verlassen. Verzeih, dass ich so feige bin, aber es gibt da jemand Neues in meinem Leben. Sie war auch gebunden und hat ihr altes Leben genauso hinter sich gelassen wie ich. Wir sind weggegangen aus Hamburg. Du kannst alles behalten. Das hier und unser Zuhause in Hamburg. Ich weiß, dass ich dir weh tue, und auch wenn ich es dir nicht persönlich sagen konnte, möchte ich, dass du weißt, dass du nichts falsch gemacht hast. Es liegt an mir. Ich habe sie gesehen und mich verliebt. Ich konnte nichts dagegen machen. Es tut mir unendlich leid.

Ende.«

Hendrik bemühte sich, das Gehörte sachlich zu analysieren und einzuordnen, auch wenn er längst begriffen hatte, was diese Zeilen bedeuten konnten. Zumindest aus Sicht der Polizei.

»Und es ist sicher, dass diese Nachricht von ihrem Mann kam?«

»Zumindest ist sie von seinem Handy aus gesendet worden.«

»Das heißt aber auch, sie könnte von jedem geschrieben worden sein, der Krollmanns Handy hat.«

»Ja, rein theoretisch könnte auch jemand anderes sie geschrieben haben, aber denken ...«

Hendrik hörte laute Geräusche, ein überraschtes »Hey!«, und dann die genervt klingende Stimme von Hauptkommissar Kantstein, der Sprang offenbar den Hörer aus der Hand genommen hatte.

»Herr Zemmer, zwei erwachsene Menschen verschwinden innerhalb weniger Tage samt gepackten Koffern aus ihren Häusern. Ein Mann und eine Frau. Ohne auch nur die kleinste Spur, die auf ein Gewaltverbrechen hindeutet. Dann erhält die Ehefrau des Verschwundenen die Nachricht, dass er sie Hals über Kopf verlassen hat, weil er verliebt ist, und zwar in eine Frau, die ebenfalls gebunden war und getürmt ist. Das klingt alles logisch und passt haargenau zu der Situation, die wir haben. Jetzt sagen Sie mir eines: Welchen Grund sollte ein wie auch immer gearteter Verbrecher haben, das alles vorzutäuschen?«

»Das weiß ich nicht, aber ...«

»Ich weiß es auch nicht, weil es einen solchen Grund nicht gibt. Eine Entführung mit Lösegeldforderung fällt weg. Ein psychopathischer Mörder, dem es nur ums Töten geht, hätte sich kaum die Mühe gemacht, das alles zu inszenieren. Warum also sollen wir Kollegen aus unserem unterbesetzten Kriminalkommissariat damit beauftragen, mit den Ermittlungen zu beginnen? Und gegen wen oder was sollen wir ermitteln? Die Sache ist so glasklar, dass es kaum noch deutlicher geht.«

Es folgte ein entfernt klingendes »Bitte«, dann war erneut Sprangs Stimme zu hören. »Ich bin's wieder. Es tut mir leid, aber mein Kollege hat recht. Gerade nach dieser Nachricht gibt es für uns einfach keinen Grund, etwas zu unternehmen.«

»Und was denken Sie, wo Julia Krollmann ist?« Hendriks Stimme klang genauso niedergeschlagen, wie er sich fühlte. »Sie sagten doch selbst, die Terrassentür stand offen, und sie ist verschwunden, ohne ihr Handy mitzunehmen. Da kann man doch vermuten, dass sie nicht zu einem Spaziergang aufgebrochen ist.«

»Vielleicht ahnt sie, wo ihr Mann und … und die Frau, mit der er zusammen ist, sich aufhalten? Dann ist sie sicherlich überstürzt aufgebrochen und hat weder an die Tür noch an das Handy gedacht.« Es entstand eine kurze Pause, dann klang Sprangs Stimme plötzlich leise, verschwörerisch.

»Ich verstehe Sie ja, Herr Zemmer. Und ich bin nicht so sicher wie mein Kollege, dass das alles wirklich so ist, wie es scheint. Das ist mir alles zu … glatt. Ich melde mich bei Ihnen, sobald ich allein bin, okay? Bis dann.«

»Ja, gut.«

Hendrik legte auf und starrte eine Weile auf die Tischplatte vor sich, bis ihm bewusst wurde, dass Alexandra ihn fragend ansah. Er berichtete ihr in wenigen Worten, was sie nicht sowieso schon mitgehört hatte.

Sie schüttelte den Kopf. »Ich war insgesamt vier Wochen beim LKA, die letzten beiden davon bei Sprang und Kantstein. Ich weiß nicht, was mit dem Hauptkommissar los ist, aber anfangs habe ich ihn ganz anders erlebt. So, wie er sich gerade benimmt, war er erst in den letzten Tagen. Dafür muss es einen Grund geben.«

Hendrik dachte daran, dass Sprang persönliche Probleme Kantsteins erwähnt hatte, doch letztendlich war das egal. Allem Anschein nach konnte er nicht auf die Hilfe der Polizei hoffen.

»Letztendlich ist es unwichtig, warum der Herr Hauptkommissar sich benimmt wie ein Arsch. Ich bin nach wie vor überzeugt, dass Linda mich nicht verlassen hat.«

Alexandra trank ihren Kaffee aus und stand auf. »Gut. Haben Sie Ihr Smart-Home-System direkt vom Hersteller? *Hamburg Home Systems*?«

»Ja, genau. Ich glaube, man kann dieses System nur direkt von denen beziehen. Die haben es auch eingebaut.«

»Wie bei den anderen. Was halten Sie davon, wenn wir denen mal einen Besuch abstatten?«

Die Firma *Hamburg Home Systems* hatte ihren Sitz in Eidelstedt, wo sie eine knappe halbe Stunde später ankamen. Alexandra hatte ihren Kleinwagen vor dem Haus stehen lassen und war bei Hendrik mitgefahren.

Der Flachbau im Siebziger-Jahre-Stil stand in krassem Gegensatz zu den hochmodernen Smart-Home-Systemen und anderen digitalen Anlagen, die die Firma baute, vertrieb und installierte.

Als sie das Büro betraten, sah die junge, dunkelhaarige Frau hinter dem Empfangstresen von ihrem Monitor auf und lächelte sie freundlich an. »Guten Morgen, was kann ich für Sie tun?«

Hendrik nannte seinen Namen und erklärte, dass er ein Smart-Home-System von ihrer Firma habe und mit Herrn Buchmann, dem Inhaber, sprechen wolle.

Ihr Lächeln veränderte sich nicht. Sie hatte bemerkenswert gerade und weiße Zähne. »Darf ich erfahren, worum es geht?«

»Ich habe ein paar Fragen zu dem System, über die ich gern mit Herrn Buchmann sprechen möchte.«

»Eine Reklamation?«

Hendrik überlegte kurz, ob sie irgendwann die Gesichtsmuskeln auch mal entspannte. »Nein, eher allgemeine Fragen zu dem, was das System kann, und zur Sicherheit.«

Die Dunkelhaarige deutete zu einer Sitzgruppe, die seitlich um einen kleinen Tisch angeordnet war. »Bitte, nehmen Sie doch einen Moment Platz, ich rufe Ihnen unseren Serviceleiter.«

»Nein, nicht den Serviceleiter, ich möchte bitte mit Herrn Buchmann selbst sprechen.«

»Ich fürchte, das wird nicht möglich sein. Herr Buchmann ist sehr beschäftigt und meist auch nicht im Haus. Ich bin ganz sicher, unser Serviceleiter, Herr Meinhard, wird Ihnen alle Fragen beantworten können. Dafür ist er da.«

Hendrik hätte sie am liebsten angeblafft, sie solle sofort dieses aufgesetzte Lächeln abschalten, beherrschte sich aber. Dennoch spürte er, wie Ärger in ihm aufstieg. Bevor er jedoch etwas entgegnen konnte, trat Alexandra an ihm vorbei und flötete mit einem Lächeln, das dem der Dunkelhaarigen in nichts nachstand: »Ich verstehe Sie voll und ganz. Es ist nur so, dass Herr Zemmer den berechtigten Verdacht hat, dass Ihr System ihn ausspioniert hat und zu einem Verbrechen benutzt wurde. Und ich fürchte, er wird in der nächsten halben Stunde mit irgendjemandem darüber reden. Entweder mit dem vielbeschäftigten Herrn Buchmann, mit einem Polizisten oder mit einem Journalisten. Wahrscheinlich mit den beiden Letztgenannten. Also, was denken Sie? Wer ist wohl der richtige Ansprechpartner?«

Sie hatten Glück, Herr Buchmann war anwesend und nahm sich Zeit.

Keine fünf Minuten später saßen sie dem Mann in seinem Büro gegenüber. Buchmann war um die sechzig und hatte sorgsam frisierte graue Haare. Er war gut und auf die Art konservativ gekleidet, wie Hendrik sich einen hanseatischen Geschäftsmann vorstellte. Nachdem er sie freundlich begrüßt hatte – obwohl oder gerade weil er sicher von der Lächelnden erfahren hatte, worum es ging –, kam Hendrik gleich zur Sache.

»In meinem Haus ist Ihr Smart-Home-System *Adam* installiert, und ich habe ein paar Fragen dazu. Ist es möglich, dass jemand das System von außen steuert?«

»Entschuldigen Sie bitte, ich habe ganz vergessen zu fragen, ob Sie etwas trinken möchten. Einen Kaffee vielleicht, oder ein Wasser?«

»Nein, danke.«

»Nun, Sie selbst können natürlich *Adam* über die App von überall aus steuern, sofern Sie einen Internetzugang haben.«

»Eben. Und wenn ich das kann, könnte das doch auch jemand anderes, der es schafft, sich einzuhacken.«

Buchmann lächelte nachsichtig. »Herr Zemmer, dazu müsste derjenige schon durch den Master, also Sie, mit Ihrer Iris als Administrator angelegt worden sein. Ansonsten ist das nicht möglich. Wir reden hier von einem

High-End-Sicherheitsprozess. Das ist doch der Zweck des Augenscans.«

»Wie ist es mit der Möglichkeit des Zugangs über die Werkseinstellungen?«, mischte sich Alexandra in das Gespräch ein.

Buchmann schüttelte den Kopf und wandte sich wieder Hendrik zu. »Erinnern Sie sich, dass unser Service-Techniker Sie mit Ihrem fünfstelligen Code und dem Scan Ihres Auges als Masterzugang für *Adam* eingerichtet hat, als das System fertig eingebaut war? Als dieser Prozess abgeschlossen war, ist der Installationszugang automatisch gelöscht worden. Niemand außer Ihnen und den Menschen, die mit Ihrem Zugang als Administratoren eingerichtet worden sind, kann dann auf das System zugreifen.

»Was wäre, wenn Herrn Zemmer etwas passieren würde?«, fragte Alexandra.

»Dann müsste das System komplett auf die Werkseinstellung zurückgesetzt werden, womit alle Daten gelöscht würden und *Adam* nicht mehr funktionsfähig wäre, bis ein neuer Master eingerichtet würde. Aber worüber reden wir hier eigentlich? Frau Recktenwald erwähnte, Sie hätten den Verdacht, von *Adam* ausspioniert worden zu sein. Wie kommen Sie auf diese absurde Idee?«

»Es gab einige Fehlfunktionen«, wich Hendrik aus.

»Seine Frau ist entführt worden«, erklärte Alexandra, woraufhin sowohl Hendrik als auch Buchmann sich ihr abrupt zuwandten. »Und er denkt, dass der Täter über *Adam* die Haustür geöffnet hat.«

Die Stille, die sich plötzlich im Raum ausbreitete, war fast mit Händen zu greifen.

Hendrik starrte Alexandra fassungslos an und hätte sie am liebsten angefahren, was zum Teufel ihr einfiel, ohne seine Erlaubnis von Lindas Verschwinden zu erzählen, doch er riss sich zusammen. Das würde warten müssen.

»Wie bitte?« Hendrik war nicht sicher, ob er Buchmann seine Überraschung abnahm. »Ihre Frau ist ... das ist ja schrecklich.«

»Ja, das ist es.«

»Und Sie denken ... großer Gott. Sie waren doch sicher schon bei der Polizei, oder?«

»Ja, aber die haben genau mit dieser Tatsache ein Problem: Dass es weder Einbruchspuren noch einen konkreten Hinweis auf ein Verbrechen gibt.«

»Ich verstehe ...« Buchmann erhob sich, schob eine Hand in die Tasche seines marineblauen Sakkos und ging neben den Sesseln auf und ab, bevor er vor Hendrik stehen blieb. »Allein der Gedanke, einem Menschen könne Schaden zugefügt worden sein, indem man eines unserer Systeme gehackt hat, wäre Grund für mich, meine Firma sofort zu schließen. Aber ich kann Ihnen versichern, dass das nicht möglich ist. Wir haben eine TÜV-Zertifizierung und das System zudem den besten Hackern zur Prüfung zur Verfügung gestellt, bevor es auf den Markt kam. Keiner hat es geschafft, es zu knacken.«

Alexandra stand ebenfalls auf. »Wer hat eigentlich *Adams* Software programmiert?«

»Wir haben unsere eigenen Systemprogrammierer im Haus. Alles made in Germany.«

»Und seit wann ist *Adam* auf dem Markt?«

»Seit knapp drei Jahren.« Buchmann zuckte mit den

Schultern. »Es tut mir leid, Ihnen nicht weiterhelfen zu können, aber mehr kann ich dazu nicht sagen. *Adam* ist sicher, darauf gebe ich Ihnen Brief und Siegel. Und jetzt bitte ich Sie, mich zu entschuldigen. Ich habe noch einige wichtige Termine.«

13

Die Männerstimme klingt wie in ein zusammengeknülltes Handtuch gesprochen. Etwas Kaltes drückt gegen die Wange. In ihrem Kopf beginnt ein schmerzhaftes Hämmern gegen die Schädeldecke, ihre Zunge fühlt sich so ekelhaft pelzig an, dass sie sich fast übergeben muss.

All diese Eindrücke stürmen auf sie ein, während ihr Verstand sich den Weg an die Oberfläche ihres Bewusstseins erkämpft. Dann ist die Erinnerung mit einem Schlag wieder da. Das Licht, der Fernseher ... die Haustür. Plötzlich etwas Weiches, das sich gegen ihren Mund drückt. Gleichzeitig eine Hand, die sich ihr auf die Stirn legt, den Kopf zurückzieht. Der süßliche Geruch ... die bodenlose Schwärze, in die sie stürzt.

Das Herz hämmert ihr vor wahnsinniger Angst so unbarmherzig gegen die Brust, dass sie sicher ist, dass jemand, der im selben Raum ist, es hören muss.

Sie ist entführt worden. So wie Jonas? Nun liegt sie irgendwo auf dem Boden, neben ihr steht ... ihr Entführer? und unterhält sich. Mit wem auch immer. Sie atmet ganz flach, bewegt sich keinen Millimeter. Wer weiß, was der mit ihr anstellt, wenn er bemerkt, dass sie wieder bei Bewusstsein ist.

Täuscht sie sich oder entfernt sich die Stimme? Dann ist sie verstummt.

Stille. Sie wartet, ob er wiederkommt. Nach einer Weile wagt sie es, die Augen zu öffnen. Niemand neben ihr. Nur glatter Linoleumboden. Sie muss jetzt strukturiert denken. Ihr Leben kann davon abhängen. Erst einmal muss sie ihre Situation verstehen.

Sie bewegt die Beine, die Arme ... nur Zentimeter, aber ausreichend, um feststellen zu können, dass nichts sie daran hindert. Keine Fesseln. Gut. Sofern man in dieser Situation von gut sprechen kann.

Sie dreht den Kopf, kann jetzt einen Bereich des Raumes bis zur Wand überblicken. Die ist nur zwei Meter von ihr entfernt. Kahl, weiß gekachelt. Aber der Raum scheint lang zu sein. Nur der Teil, in dem sie auf dem Boden liegt, ist beleuchtet. Sie kann weder das eine noch das andere Ende erkennen, die Wand verschwindet nach einigen Metern in beide Richtungen in der Dunkelheit.

Sie spannt die Muskeln an, stützt die Hände auf dem Boden ab und drückt sich in eine sitzende Position hoch, dann schaut sie sich um. Auf der anderen Seite gibt es mehr zu sehen. Verchromte Beine auf Rollen ... ebenfalls verchromte, lange Ablageflächen ... drei Stück nebeneinander. Tische, wie in einem ... OP? Ein Krankenhaus? Die weißen Wände und der Linoleumboden deuten ebenso darauf hin wie die Alupaneele über ihr an der Decke. Der Raum ist viel zu groß für ein Krankenzimmer. Zudem stehen Rollschränke mit verchromten Ablageflächen daneben. Das sieht tatsächlich eher aus wie ein OP. Andererseits erscheint es ihr nicht klinisch genug.

Egal. Sie muss aufstehen, bevor der Mann zurückkommt. Vielleicht kann sie ja fliehen. Sie schafft es, sich aufzurichten, schaut sich um, und schlägt sich vor Grauen eine Hand vor den Mund.

Auf dem mittleren der drei Tische liegt ein nackter Mann,

*und sie weiß augenblicklich, dass er tot ist. Sie sieht seine Füße,
die Beine, seinen verschrumpelten Penis, der auf der Hautfalte
des Hodensacks liegt wie in einem Nest, dann die leichte Wölbung
eines Bauchansatzes. Und dann etwas, das ihr Verstand nicht erkennen möchte. Etwas Dunkles, Wulstiges.*

*Die Hand noch immer auf den Mund gepresst, bewegt sie sich
auf die Leiche zu, obwohl alles in ihr aufschreit, sich sofort umzudrehen und wegzulaufen, so schnell und so weit es geht.*

*Der nächste Schritt, noch einer. Sie geht um die kalkweißen
Beine herum, bis sie mehr erkennen kann. Mehr, als sie erkennen
möchte. Vom Schambein bis fast zum Hals zieht sich ein Schnitt,
der mit breiten, ungelenk angebrachten, großen Stichen grob zu-
sammengehalten wird. Der Anblick ist so furchtbar, dass er ihr
fast die Sinne raubt, und doch muss sie noch einen letzten Schritt
machen, um den Kopf des Mannes zu sehen. Sein Gesicht.*

Sie bewegt sich wie eine Marionette.

*Es dauert eine Sekunde, einen Blick, dann verliert sie die Be-
sinnung.*

14

Als sie das Gebäude verlassen hatten, stellte sich Hendrik seiner Begleiterin in den Weg. »Wir müssen etwas klären.«

Alexandra zog – offensichtlich überrascht – die Stirn kraus. »Was denn?«

»Ich freue mich, wenn Sie mir helfen möchten, aber ich bin derjenige, der entscheidet, was wir wem sagen, zumindest, wenn es um Dinge geht, die mich betreffen. Wenn ich der Meinung bin, jemand soll erfahren, dass Linda entführt worden ist, dann werde *ich* diese Information weitergeben und nicht Sie, okay?«

Ohne zu zögern, nickte sie. »Verstehe. Tut mir leid. Ich wollte sehen, wie Buchmann reagiert, wenn er unvermittelt mit der Situation konfrontiert wird, aber hey … ich verstehe Ihren Standpunkt.«

Mit entschuldigendem Lächeln ging sie um ihn herum und zum Wagen. Hendrik stand verblüfft da und sah ihr nach. Alexandra diskutierte offensichtlich nicht lange über unterschiedliche Meinungen, sondern akzeptierte die Position anderer. Obwohl er sich gerade noch über sie geärgert hatte, musste er zugeben, dass das ein Charakterzug war, den er sehr schätzte.

Er ging ihr nach, doch bevor er in den Wagen stieg, zog

er sein Smartphone hervor und versuchte erneut, Linda zu erreichen. Das Ergebnis war das Gleiche wie bisher, also ließ er das Telefon wieder in der Tasche seiner Jeans verschwinden, setzte sich auf den Fahrersitz und schnallte sich an. Für einen kurzen Moment dachte er noch einmal über das Gespräch mit dem Firmenchef nach und murmelte: »Seltsam.«

»Was meinen Sie?«

»Sagten Sie nicht, Sprang und Kantstein hätten mit dem Inhaber der Firma gesprochen, nachdem Sie sie darauf aufmerksam gemacht haben, dass in den Häusern aller verschwundenen Personen *Adam* installiert ist?«

Alexandra nickte, und er sah ihr an, dass sie wusste, worauf er hinauswollte. »Ja, das war vorgestern. Eigenartig, oder?«

»Sie haben sich also auch gewundert, dass Buchmann sich erkundigt hat, ob ich schon mit der Polizei über meinen Verdacht gesprochen habe. Das passt nicht zusammen.«

»Sollen wir noch mal reingehen?«

Hendrik schüttelte den Kopf. »Nein, ich bin sicher, der vielbeschäftigte Herr Buchmann hat jetzt keine Zeit mehr für uns. Aber vielleicht sollten wir mit Sprang und Kantstein darüber reden.«

»Das müssten Sie dann aber tun. Ich glaube, mit mir möchte die nicht mehr sprechen. Zumindest Kantstein. Ich bin ihnen in den letzten Tagen wahrscheinlich zu sehr auf die Nerven gegangen.«

Hendrik nickte grimmig und startete den Motor. »Da haben wir dann wohl eine weitere Gemeinsamkeit.«

Hendrik lenkte den Wagen vom Parkplatz und bog nach rechts ab.

Eine Weile fuhren sie schweigend weiter, bis Alexandra sagte: »Sie haben bei Buchmann nicht nach dem Namen des Programmierers gefragt, weil Ihnen klar war, dass er Ihnen diesen mit dem Verweis auf den Datenschutz sowieso nicht gesagt hätte, stimmt's?«

Hendrik warf ihr überrascht einen kurzen Blick zu. Diese junge Frau hatte eine bemerkenswerte Auffassungsgabe.

»Stimmt. Wenn Sie recht haben mit dem Programmierer und dieser *Backdoor*, dann wären die Firmenleute durch die Nachfrage gewarnt gewesen. Vielleicht können wir auch so herausfinden, wer die Programme für die Firma *Hamburg Home Systems* schreibt. Das sind sicher mehrere.«

Als sie vor Hendriks Haus ankamen, war Sprang gerade im Begriff, in einen schwarzen BMW einzusteigen, der am Straßenrand vor Alexandras Wagen parkte. Er schloss die Tür wieder und folgte ihnen, als sie in die Einfahrt einbogen.

Hendrik stellte den Motor ab und stieg hastig aus. »Gibt es etwas Neues über Linda?«

»Nicht direkt, nein.« Sprangs Blick richtete sich auf Alexandra, die ebenfalls ausstieg. »Hallo, Alex«, begrüßte er sie mit einem säuerlichen Grinsen. »Warum wundert es mich nicht, dich hier zu sehen?«

»Vielleicht, weil du vor meinem Auto geparkt hast? Und weil du weißt, dass meine Vermutungen gar nicht so abwegig sind, du aber leider nicht den Mumm hast, dich gegen deinen griesgrämigen Partner durchzusetzen?«

Sprang nickte grinsend. »Wer weiß …« Dann wurde er

wieder ernst und wandte sich Hendrik zu. »Wir konnten herausfinden, dass die Nachricht an Julia Krollmann aus Greetsiel verschickt worden ist.«

»Greetsiel … das liegt an der Nordsee, oder? Ostfriesland?«

»Genau, ein kleines Städtchen, rund zweihundertfünfzig Kilometer von hier entfernt. Die Krollmanns haben dort ein Ferienhaus.«

Da war sie wieder, die Faust in Hendriks Magen. Das würde ja tatsächlich zu Kantsteins Theorie passen, dass Krollmann und Linda …

Ein Ferienhaus am Meer. Ein Liebesnest … Bei dem Gedanken spürte er Übelkeit in sich aufsteigen, und nicht zum ersten Mal stellte Hendrik sich die Frage, warum ihn Hinweise darauf, dass Linda ihn vielleicht tatsächlich freiwillig verlassen hatte, nicht erleichterten. Das würde ja nicht automatisch bedeuten, dass er den Betrug als schlimmer empfand als die Alternative. Letztendlich war die Situation so oder so schrecklich.

»Herr Zemmer?«

Hendrik schüttelte den Kopf, als könnte er die Gedanken vertreiben, und blickte in Sprangs fragendes Gesicht. »Ja? Entschuldigung.«

»Wir halten es für möglich, dass Julia Krollmann sich auf den Weg dorthin gemacht hat, um ihren Mann zur Rede zu stellen oder zu versuchen, ihn zurückzuholen. Die Kollegen vor Ort sind informiert und sehen in dem Ferienhaus mal nach. Ich denke, wir werden bald mehr erfahren.«

»Und deshalb kommst du extra hierher?«, fragte Alexandra.

»Ich war sowieso in der Nähe und dachte mir, ich informiere Herrn Zemmer gleich persönlich.«

Sie legte den Kopf ein wenig schräg. »Echt?«

Zwei, drei Sekunden sahen sie sich an, dann schüttelte Sprang ergeben den Kopf. »Ach komm, du hast doch mitbekommen, wie Kantstein im Moment drauf ist. Ich habe einfach keine Lust, stundenlang mit ihm über alles zu diskutieren.«

»Ja, ich weiß. Aber warum ist er so?«

Sprang zuckte mit den Schultern. »Ich bin mir sicher, dass er privat Probleme hat. Er sieht morgens oft ziemlich fertig aus, als hätte er wenig geschlafen. Wenn ich ihn darauf anspreche, blafft er mich an, ich solle mich um meinen eigenen Kram kümmern.«

»Ich dachte schon, es liegt an mir, dass er so unausstehlich ist«, gestand Hendrik.

»Nein, das glaube ich nicht.« Sprang warf einen Blick auf die Uhr. »Ich muss jetzt los. Wenn ich etwas von den Kollegen in Greetsiel höre, rufe ich Sie an.«

»Ach, Thomas?«, rief Alexandra ihm nach. Sprang wandte sich zu ihnen um.

»Ihr habt doch mit Herrn Buchmann von *Hamburg Home Systems* wegen des Smart-Home-Systems gesprochen, oder?«

»Buchmann ... ach ja, der. Ja, Kantstein war bei ihm, warum?«

»Wir haben ihm auch gerade einen Besuch abgestattet«, erklärte Hendrik. »So, wie er reagierte, hörte es sich nicht danach an, als ob ihn jemand von der Polizei schon mal auf dieses Thema angesprochen hat.«

»Hm ...« Sprang blickte für einen kurzen Moment an Hendrik vorbei, als dächte er über etwas nach. »Das ist ja interessant. Wer weiß, vielleicht war es ihm peinlich. Danke jedenfalls für die Info. Jetzt muss ich aber wirklich los.«

»Darf ich Sie etwas Persönliches fragen?«, sagte Alexandra beiläufig zu Hendrik, während sie Sprang dabei beobachteten, wie er zu seinem Wagen ging.

»Versuchen Sie es.«

»Wenn sich jetzt herausstellen sollte, dass Ihre Verlobte tatsächlich im Ferienhaus in Greetsiel mit Krollmann ... Sie wissen schon. Wären Sie dann glücklich, weil ihr nichts passiert ist?«

Hendrik wandte sich ihr zu. »Glücklich wäre ich, wenn sie jetzt um die Ecke käme, in meine Arme laufen und mir sagen würde, dass alles in Ordnung ist. Und wenn sie eine plausible Erklärung dafür hätte, dass sie zwei Tage verschwinden musste, ohne mir Bescheid zu geben.« Nach einer kurzen Pause fügte er hinzu: »Und wenn sie wirklich mit diesem Krollmann ... Es würde weh tun, aber alles ist besser als die Vorstellung, dass ihr jemand etwas angetan hat.«

Das Motorengeräusch von Sprangs startendem Wagen ließ Hendrik wieder zur Straße blicken. Der schwarze BMW fuhr an und verschwand kurz darauf nach der Kurve hinter der Hecke des Nachbargrundstücks. Hendrik wollte sich gerade wieder Alexandra zuwenden, als das Geräusch eines weiteren Autos zu hören war. Sekunden später fuhr ein anthrazitfarbener Audi vorbei und verschwand gleich darauf ebenso hinter der Hecke. Hendrik stutzte. Er hatte den Fahrer nur für einen kurzen Moment von der Seite gesehen, und es war auch mehr eine Ahnung als eine Gewissheit, aber er hatte ihn an jemanden erinnert.

»Haben Sie den Fahrer dieses Autos gesehen?«, fragte er und wandte sich an Alexandra, doch die war gerade mit ihrem Smartphone beschäftigt.

»Nein, welches Auto?«

»Ach, schon gut.«

Alexandra warf einen letzten Blick auf das Display ihres Handys und steckte es wieder ein. »Ich muss jetzt leider los.«

»Ja, sicher. Danke, dass Sie mich auf diese Sache mit *Adam* hingewiesen haben. Ich weiß nicht, ob es wirklich eine Rolle spielt, aber es ist zumindest auffällig, dass das System in allen drei Häusern vorhanden ist.« Noch während er den letzten Satz sagte, fiel ihm etwas ein. Als er gefragt hatte, seit wann *Adam* auf dem Markt sei, hatte Buchmann geantwortet: *Seit knapp drei Jahren.*

»Ja, das kann einfach kein Zufall sein«, erwiderte Alexandra. »Eine Frage: Wenn sich herausstellt, dass Ihre Verlobte nicht mit Krollmann im Ferienhaus in Greetsiel ist, was haben Sie dann vor?«

»Ich werde Kantstein so lange auf die Nerven gehen, bis der endlich anfängt zu ermitteln.«

Sie nickte zufrieden. »Wenn Sie möchten, helfe ich Ihnen, so gut ich kann.«

Hendrik lächelte, wunderte sich deshalb kurz über sich selbst und sagte dann, schnell wieder ernst geworden: »So wie ich das im Moment sehe, bin ich auf jede Hilfe angewiesen, die ich bekommen kann, da die Polizei ... Sie wissen ja. Ich freue mich jedenfalls, wenn Sie mich unterstützen.«

»Gut. Warten Sie kurz?«

Alexandra wandte sich um, ging zu ihrem Auto, öffnete die Beifahrertür und beugte sich einen Moment ins Innere. Dann schloss sie die Tür wieder und kam zu ihm zurück. In der Hand hielt sie einen Zettel. »Hier ist meine Telefonnummer. Wenn Sie mich kurz anrufen, habe ich Ihre auch.«

Hendrik nahm den Zettel an sich. *Alexandra Tries* stand da in schwungvoller Handschrift, daneben Telefonnummer und Mailadresse, dahinter in Klammern: *Für alle Fälle!*

Er tippte die Nummer in sein Handy und ließ es kurz klingeln, bevor er auflegte.

»Danke. Und melden Sie sich, sobald Sie etwas von Sprang gehört haben. Vielleicht müssen wir ja gar nicht mehr weiter suchen.«

»Ja, das tue ich. Aber ich bin mir ganz sicher, dass Linda sich nicht dort aufhält. Zumindest nicht freiwillig.«

Sie verabschiedeten sich, Alexandra ging zurück zu ihrem Wagen und fuhr los.

Hendrik steckte den Zettel in die Hosentasche, bevor er einen letzten Blick zur Straße warf.

Dieser Fahrer im Audi … Hendrik hätte es nicht beschwören können, aber zumindest im Profil hatte er Sprangs Partner geähnelt. Hauptkommissar Kantstein.

15

Sie öffnet die Augen und weiß augenblicklich, wo und in welcher Situation sie sich befindet. Wahrscheinlich war sie nur wenige Sekunden bewusstlos.

Sie möchte schreien vor Schmerzen. Sie kauert wieder auf dem Boden, neben dem Metalltisch, auf dem der tote, aufgeschnittene Leib ihres Mannes liegt.

Bei dem Gedanken krampft sich ihr Magen zusammen und pumpt seinen Inhalt in die Speiseröhre. Sie schafft es gerade noch, den Kopf ein wenig zu drehen, bevor ihr der saure Strahl aus dem Mund schießt. Zwei-, dreimal würgt sie hustend, dann ist es vorbei.

Sie stützt sich mit der linken Hand ab, drückt sich ein Stück nach oben und wirft einen Blick auf den vor Schmerzen glühenden rechten Arm. Beim Anblick der fürchterlichen Wunde stöhnt sie verzweifelt auf.

Sie hat sich den Unterarm gebrochen, als sie besinnungslos zu Boden stürzte. Es ist ein offener Bruch; ungefähr zehn Zentimeter oberhalb des Handgelenks bilden der untere Teil des Unterarms und die Hand einen Winkel von etwa fünfundvierzig Grad. Aus der auseinanderklaffenden Wunde ragt ein langes Stück blutverschmierter Knochen hervor, die Wunde selbst blutet kaum.

Sie hat in ihrem Beruf schon viele schlimme Verletzungen gesehen, aber am eigenen Körper ist es etwas anderes. Dennoch verdrängt ihr Verstand den Bruch und die Schmerzen aus ihrem

Bewusstsein, als sie den Kopf hebt und am Rand des Metalltisches die bleichen Füße sieht.

Die Erkenntnis, dass ihr Mann tot ist, und die Ungewissheit darüber, was man mit ihm gemacht hat und wie er gestorben ist, überwältigen sie. Sie fühlt sich wie betäubt. Gefühllos. Nichts anderes existiert mehr als nur noch dieser eine Gedanke, der wie ein flammendes Fanal vor ihrem inneren Auge steht: ICH MUSS HIER RAUS!

Sie drückt sich ächzend hoch und steht kurz darauf auf unsicheren Beinen. Sie hält sich mit dem gesunden Arm am Rand des Metalltisches fest, auf dem die Überreste ihres Mannes liegen. Sie blickt ein letztes Mal in das bleiche, eingefallene Gesicht, schaut sich dann um und entdeckt eine Tür, sechs, sieben Meter von ihr entfernt, die weit offen steht.

Ohne zu zögern, macht sie den ersten Schritt, einen weiteren. Ihre Augen sind starr auf den Ausgang gerichtet, den sie schließlich erreicht. Sie stützt sich am Türrahmen ab, beugt sich ein wenig nach vorn und lugt in den Gang. Die Wände sind weiß getüncht. Keine Schränke, keine Regale, keine Tür, soweit sie es in dem vagen Schein der Lampe, die über Jonas' Leiche hängt, erkennen kann.

Der Schmerz in dem gebrochenen Arm meldet sich mit Wucht zurück. Ihr wird schlecht, erneut muss sie würgen, kann es jedoch verhindern, sich zu übergeben.

Sie löst die Hand vom Türrahmen, macht einen Schritt in den Gang hinein und wendet sich nach rechts.

Langsam geht sie in die Dunkelheit, hebt den gesunden Arm und streicht mit der Hand an der Wand entlang. Sie bemerkt, dass sie zittert. Mit jedem Schritt, den sie macht, wird es dunkler. Sie kneift die Augen angestrengt zusammen, hofft darauf, dass sie sich an die Dunkelheit gewöhnen, doch vor ihr liegt nichts als undurchdringbare Schwärze. Sie beginnt leise zu singen. Abgehackt, unmelodisch, mehr intoniertes Flüstern, und dennoch sind die Worte wie ein Seil, an dem sich ihr Verstand über dem Abgrund des Wahnsinns entlanghangelt.

Ich kann nicht mehr seh'n
Trau' nicht mehr meinen Augen
Kann kaum noch glauben
Gefühle haben sich gedreht

Sie liebt Grönemeyer.

Sie hält inne, dreht sich schweigend um, versichert sich, dass niemand ihr von der Lichtinsel aus folgt, und geht dann weiter in die Finsternis hinein.

Wie lang kann so ein Gang sein? Irgendwohin muss er führen. Irgendwann muss eine Tür kommen. Hoffentlich ist sie nicht abgeschlossen. Zwei Schritte weiter ertastet sie einen kalten, metallischen Rahmen. Eine Einbuchtung, das glatte Material einer Tür. War da hinter ihr ein Geräusch? Quatsch, *denkt sie.* Eine Tür, sie hat eine Tür gefunden.

Gott, lass sie nicht abgeschlossen sein.

Ihre Hand berührt die Klinke, doch bevor sie sie hinunterdrücken kann, spürt sie eine Bewegung ganz nah an ihrem Körper, nicht mehr als ein Luftzug, dann etwas Kaltes an ihrem Hals, das im Bruchteil einer Sekunde zu brennender Lava wird, die sich quer über ihre Kehle zieht. Etwas in ihrem Kopf explodiert, sie hört noch ein bizarres Geräusch und weiß in einem letzten Aufflackern ihres Verstandes, dass es von dem Blutstrahl verursacht wird, der aus ihrem aufgeschlitzten Hals schießt und auf das kalte Metall der Tür trifft.

16

Der Anruf kam vierzig Minuten, nachdem Alexandra gefahren war. Hendrik hatte auf der Couch gesessen, das Smartphone direkt vor sich auf dem Tisch, und an gemeinsame, schöne Momente mit Linda gedacht, während er darauf wartete, zu erfahren, ob Linda ihn verlassen hatte, um mit einem Journalisten in ein Liebesnest nach Greetsiel zu fahren. Es war nicht Sprang, der sich meldete, sondern Kantstein.

»Kommissar Sprang hat Ihnen ja schon von dem Haus der Familie Krollmann in Greetsiel erzählt, von dem die Nachricht an Julia Krollmann geschickt worden ist. Sogar persönlich.« Hendrik zuckte innerlich zusammen, schob aber die Gedanken an den anthrazitfarbenen Audi, die sich plötzlich in sein Bewusstsein drängen wollten, beiseite. Jetzt ging es um Linda. »Die Kollegen vor Ort haben sich gerade gemeldet«, fuhr Kantstein fort.

»Ja, und? Was haben sie herausgefunden?«

»Jemand war dort.«

Hendrik wartete einen Moment ab, ob noch mehr kommen würde, bevor er nachhakte. »Und was heißt das? Mein Gott, nun reden Sie doch endlich. Können Sie sich nicht vorstellen, dass ich …«

»Das Haus ist leer, Herr Zemmer«, erklärte Kantstein

ruhig. »Aber es war wohl jemand da. Eine Nachbarin hat den Schlüssel, sie hat den Kollegen aufgeschlossen. Alles deutet darauf hin, dass sich dort erst vor kurzem jemand aufgehalten hat. Die Frau hat allerdings niemanden gesehen, obwohl ihr Haus gleich nebenan ist, aber in der Küche stehen benutzte Gläser, deren Reste noch nicht eingetrocknet sind, und ein halb leerer Joghurtbecher, der noch recht frisch aussieht.«

»Und was heißt das konkret? Was werden Sie jetzt tun?«

Er hatte eine recht klare Vorstellung davon, was Kantstein antworten würde, und war umso überraschter, als der sagte: »Ich werde mit meinem Vorgesetzten reden, denn ich habe vor, die Ermittlungen in dieser Sache aufzunehmen.«

»Endlich«, stieß Hendrik aus, erstaunt und erleichtert zugleich. »Danke.«

Er wurde aus diesem Mann einfach nicht schlau.

»Es ist augenscheinlich davon auszugehen, dass Jonas Krollmann sich tatsächlich in Greetsiel aufgehalten hat, als er die Nachricht an seine Frau schickte, und theoretisch könnte er auch in Begleitung gewesen sein – womöglich von Ihrer Verlobten. Wir werden die DNA-Spuren an den Gläsern sichern, dann wissen wir mehr. Wir fragen uns aber, warum Krollmann seinen Aufenthaltsort in der Nachricht an seine Frau verraten hat. Er musste doch damit rechnen, dass sie die Anspielung versteht und sich sofort auf den Weg nach Greetsiel zu ihrem gemeinsamen Ferienhaus macht, da wäre es doch schlauer gewesen, seinen Aufenthaltsort zu verschweigen. Das sieht eher danach aus, als sollte Julia Krollmann dorthin gelockt werden. Und nun ist sie spurlos verschwunden. Irgendetwas stimmt da nicht, deshalb werden wir der Sache nachgehen.«

»Das habe ich ja von Anfang an gesagt. Gut, dass Sie das jetzt endlich auch so sehen.«

»Genau genommen geht es um Julia Krollmann, denn im Gegensatz zum Verschwinden Ihrer Verlobten haben wir durch diese dubiose Nachricht bei Frau Krollmann zumindest den vagen Verdacht, dass sie in Greetsiel vielleicht Opfer eines Verbrechens wurde.«

»Aber …«, wollte Hendrik protestieren, doch Kantstein fiel ihm sofort ins Wort.

»Natürlich müssen wir nun auch die Möglichkeit in Betracht ziehen, dass das eine mit dem anderen zu tun hat. Immerhin hat Jonas Krollmann ja behauptet, dass er nicht allein in dem Ferienhaus ist.«

Damit konnte Hendrik leben. Hauptsache, die Polizei unternahm endlich etwas. »Gut, danke.«

»Wir melden uns«, versicherte Kantstein ihm, doch bevor er auflegen konnte, sagte Hendrik schnell: »Erlauben Sie mir eine Frage?«

»Bitte.«

»Sie sagten am Anfang, Kommissar Sprang habe mich sogar persönlich über die Nachricht an Frau Krollmann informiert.«

»Ja, und?«

»Woher wissen Sie das?«

Die kurze Pause, die entstand, fühlte sich für Hendrik an wie ein überraschtes Zögern Kantsteins.

»Wie, woher?« Plötzlich klang Kantstein wieder deutlich abweisender. »Er hat es mir gesagt. Also, wir melden uns.«

Damit legte er auf.

Hendrik blieb sitzen und ließ das Gespräch und das, was er erfahren hatte, auf sich wirken.

Entweder Julia Krollmanns Mann war tatsächlich mit einer anderen Frau – Linda? – nach Greetsiel gefahren und hatte diese Nachricht an seine Frau geschickt, bevor sie von dort mit unbekanntem Ziel wieder aufgebrochen waren, oder aber das alles war ein abgekartetes Spiel, um Julia Krollmann nach Greetsiel zu locken. Aber warum nach Greetsiel? Wenn ihr jemand etwas antun wollte, konnte er das ebenso gut in Hamburg tun. Es war zum Verrücktwerden.

Hendrik verspürte das dringende Bedürfnis, mit jemandem zu reden, dem er vertraute und der auch Linda gut gekannt hatte. Er nahm sein Smartphone in die Hand und wollte einem ersten Impuls folgend Susannes Nummer wählen, entschied sich dann aber dagegen. Susanne war Lindas beste Freundin, und er mochte sie, aber im Moment stand ihm der Sinn eher danach, mit einem Mann zu reden, und er wusste auch, mit wem. Er tippte auf den Eintrag in seiner Telefonliste und hielt sich das Handy ans Ohr.

»Hendrik?«, meldete sich sein Chef.

»Ja. Hast du einen Moment?«

»Ja, klar, verrückterweise hatte ich sowieso vor, dir einen Besuch abzustatten und zu hören, wie es dir geht und was die Suche nach Linda macht.«

Gerdes war schon öfter bei ihnen zu Gast gewesen, manchmal allein, manchmal auch mit einer meist jüngeren Begleiterin, die sie – das wussten sie mittlerweile – mit großer Wahrscheinlichkeit kein zweites Mal mehr sehen würden. Im Laufe der Zeit hatte sich eine Freundschaft zwischen Hendrik und seinem Chef entwickelt, die sich durch intensive Gespräche und das Wissen auszeichnete, dass der andere zur Stelle war, wenn er gebraucht wurde.

»Also, wie steht's? Kann ich etwas für dich tun?«

»Danke, aber was Linda betrifft, ist die Situation unverändert. Kein Lebenszeichen von ihr, keine Ahnung, was geschehen ist und wo sie sein könnte.«

»Mist«, sagte Gerdes leise. »Das tut mir leid. Aber was heißt, was Linda betrifft? Gibt es sonst noch etwas?«

Hendrik überlegte, ob er wirklich in der Stimmung war, Gerdes die ganze Geschichte zu erzählen, und entschied sich dann dafür. Vielleicht fiel seinem Chef etwas ein, an das er selbst noch nicht gedacht hatte. »Hast du ein wenig Zeit?«

»Ja, wie du weißt, ist erst morgen wieder OP-Tag, und der Verwaltungskram kann warten.«

Also erzählte Hendrik seinem Chef alles, was in den vergangenen zwei Tagen geschehen war. Gerdes folgte seinen Ausführungen, ohne ihn zu unterbrechen. Als Hendrik mit dem Anruf von Hauptkommissar Kantstein endete, stieß Gerdes geräuschvoll die Luft aus. »Das ist ja die reinste Psychofolter für dich. Ich kann mir gar nicht vorstellen, wie es dir gerade gehen muss, und ich bin voll auf deiner Seite. Natürlich kenne ich Linda nicht so gut wie du, aber ich habe sie oft genug erlebt. Ich habe gesehen, wie sie dich anschaut, wie sie lächelt, wenn ihr euch unterhaltet. Der Gedanke, sie könnte dich auf diese Art verlassen haben, ist einfach nur abwegig. Dass die Polizei aus der seltsamen Nachricht schließt, dass Linda mit diesem Kerl durchgebrannt ist, ist allerdings vollkommen logisch. Es klingt wirklich danach, und wenn man Linda nicht kennt ...« Er hielt kurz inne. »Nein. Ich lege meine Hand dafür ins Feuer, dass sie sich nicht einfach so aus dem Staub gemacht hat. Vor allem, weil das absolut unsinnig wäre. Ihr seid ja noch nicht einmal verheiratet. Wenn es wirklich jemand anderen gäbe, dann hätte sie das mit einem – zugegebenermaßen unschönen – Gespräch mit dir klären können. Aber sich bei Nacht und Nebel aus dem Haus schleichen? Das entbehrt jeglicher Logik.«

»Ich weiß«, entgegnete Hendrik leise. »Und ich hoffe, dass die Polizei, oder besser gesagt dieser Hauptkommissar, das auch bald einsieht.«

Gerdes ließ einen Moment verstreichen. »Stellenweise klingt das, was du erzählt hast, ja fast nach einem Science-Fiction-Thriller. Glaubst du denn, dass etwas an der Sache mit diesem ... System dran sein kann? Das dich überwacht und von außen kontrolliert wird? Ich weiß ja nicht ...«

»Keine Ahnung, aber es klingt zumindest logisch.«

»Hm ... du weißt, ich bin da eher konservativ unterwegs. Klar habe ich auch ein Smartphone, aber dieses Smart-Home-Zeug ... ich fände es seltsam, wenn mein Kühlschrank und meine Waschmaschine miteinander reden würden.«

Hendrik stieß ein kurzes, humorloses Lachen aus. »Wie gesagt, es ist im Moment die einzige Erklärung, die mir einfällt.«

»Aber warum?«

Hendrik verstand nicht. »Was meinst du damit?«

»Nehmen wir mal an, es hat sich wirklich jemand in dieses System eingeklinkt, was ja angeblich so gut wie unmöglich sein soll, und hat dann von außen die Haustür geöffnet, um Linda zu entführen und auch diese beiden anderen Leute, die verschwunden sind. Warum? Was hat er davon? Es gibt keine Lösegeldforderungen, keine Drohungen, kein ...« Erneut verstummte Gerdes zwei, drei Sekunden lang. »Es stimmt doch, oder? Es gab keine Lösegeldforderungen?«

»Nein, natürlich nicht. Das hätte ich doch der Polizei sofort gesagt, dann hätten sie den Beweis, dass Linda nicht freiwillig verschwunden ist.«

»Na ja, ich denke da an so was wie: Kein Wort zu irgendjemandem, andernfalls stirbt sie.«

»Quatsch. Es gab weder eine Lösegeldforderung, noch sonst irgendeine Nachricht.«

»Gut, also noch mal. Warum sollte jemand drei Menschen einfach so verschwinden lassen?«

Hendrik hob resigniert die freie Hand und ließ sie wieder sinken, eine völlig unsinnige Geste am Telefon. »Das ist ja das Problem. Ich weiß es nicht.«

»Ich könnte mir vorstellen, dass das genau die Gedanken sind, die sich auch die Polizisten machen.«

»Immerhin setzen sie sich jetzt endlich in Bewegung.«

»Tja ... Hoffen wir, dass sie schnell etwas finden.«

»Ja. Danke, dass du mir zugehört hast. Das habe ich jetzt gebraucht.«

»Das ist doch selbstverständlich.«

»Nein, ist es nicht. Ich weiß das zu schätzen.«

»Halt mich bitte auf dem Laufenden, ja?«

»Ja, das mach ich. Bis bald.«

17

Nur Minuten nach dem Gespräch mit Paul Gerdes rief Kantstein erneut an. »Warum haben Sie mich vorhin gefragt, woher ich weiß, dass der Kollege Sprang wegen Krollmanns Nachricht mit Ihnen persönlich gesprochen hat?«, begann er ohne Umschweife.

»Deshalb rufen Sie mich an? Das scheint Sie ja sehr zu beschäftigen.«

»Also? Warum?«

Hendrik überlegte kurz. Was sollte er darauf anderes antworten als die Wahrheit? »Weil ich dachte, ich hätte Sie vor meinem Haus vorbeifahren sehen. Unmittelbar nachdem Kommissar Sprang in sein Auto gestiegen ist.«

»Dachten Sie?«

»Ja, ich habe den Fahrer nur kurz gesehen.«

»Aha. Sonst noch was?«

»Wie, sonst noch was?«, erwiderte Hendrik, überrascht von der Frage und der brüsken Reaktion Kantsteins. »Wenn ich mich nicht täusche, dann haben *Sie* gerade *mich* angerufen. Wenn also jemand diese Frage stellen dürfte, dann ich.«

»Gibt es sonst noch was, das Sie von mir wissen wollen, außer woher ich wusste, dass Sprang sich mit Ihnen getroffen hat?«

»Nein.«

»Gut, dann wäre das ja geklärt.«

»Idiot!«, zischte Hendrik verärgert, nachdem Kantstein das Gespräch beendet hatte.

Innerlich aufgewühlt begann er, in seinem Wohnzimmer auf und ab zu gehen, und versuchte, über Linda und nicht über diesen Polizisten nachzudenken, doch vergeblich, denn kurz darauf ertönte die Türklingel.

Auf dem Weg zur Tür überlegte Hendrik, *Adam* zumindest für die Türkamera wieder zu aktivieren. Er öffnete und sah sich einem unbekannten, blondhaarigen Mann gegenüber, den er auf Mitte vierzig schätzte. Er war schlank, trug eine dunkle Jeans und ein blütenweißes Poloshirt und lächelte ihn an, als wollte er ihm etwas verkaufen.

»Guten Tag, Herr Zemmer«, begann der Mann. »Haben Sie einen Moment Zeit? Ich würde mich gern mit Ihnen unterhalten.«

Hendrik schüttelte erschöpft den Kopf. »Wenn Sie mir etwas verkaufen oder mit mir über die Bibel reden möchten – nein danke.«

»Ich möchte mit Ihnen über Ihre Verlobte reden.«

Sofort war Hendrik hellwach. War das etwa derjenige … kamen jetzt die Forderungen?

»Wer sind Sie?«, fragte er harsch. »Und was haben Sie mit meiner Verlobten zu tun?«

Der Mann schaute nach links und rechts, was absolut lächerlich war, denn die Nachbarhäuser standen weit genug weg, so dass niemand auch nur andeutungsweise hätte hören können, worüber sie sprachen.

Dann richteten sich die hellblauen Augen wieder auf

Hendrik. »Ich heiße Dirk Steinmetz und bin Chirurg, wie Sie. Herr Zemmer, es gibt keinen Grund, in diesem Ton mit mir zu reden. Ich gehöre zu den Guten. Vielleicht weiß ich ein paar Dinge, die Ihnen in Bezug auf Ihre Verlobte weiterhelfen könnten. Aber sollten wir das nicht lieber im Haus besprechen?«

Hendriks Blick fiel auf die Hände des Mannes, ein Tick, den er sich angewöhnt hatte, nachdem er von den ständigen Desinfektionsmitteln rissige Haut an den Fingern bekommen hatte. Seitdem achtete er fast schon zwanghaft auf die Hände von anderen Ärzten. Die seines Gegenübers waren für einen Chirurgen ungewöhnlich kräftig.

»Ich frage noch einmal: Was haben Sie mit Linda zu tun? Woher kennen Sie sie?«

»Hören Sie: Ich weiß vielleicht etwas, das Ihnen weiterhilft. Aber nicht hier zwischen Tür und Angel.« Hendrik war unsicher, ob er nicht vielleicht einen Fehler machte, gab aber den Eingang frei. Der Mann schien etwas über Lindas Verbleib zu wissen, und das war alles, was zählte. »Also gut, kommen Sie rein.«

Im Wohnzimmer setzte Steinmetz sich, ohne eine Aufforderung abzuwarten, auf die Couch und blickte sich um. »Nett haben Sie es hier.«

Hendrik blieb neben dem Sessel stehen, er war zu nervös, um sich ruhig hinzusetzen. »Ich denke, wir sollten nicht über meine Einrichtung reden, sondern über Linda. Was wissen Sie über sie und woher?«

»Ja, richtig, entschuldigen Sie, ich neige dazu abzuschweifen. Ich bin ein Schöngeist, wissen Sie, und wenn ich …«

»Entweder Sie rücken jetzt mit der Sprache raus, oder Sie können gleich wieder gehen.«

»Wie ich schon sagte, entschuldigen Sie bitte. Also: Ich bin Arzt und habe bis vor kurzem im Evangelischen Krankenhaus Alsterdorf gearbeitet, wo auch Julia Krollmann beschäftigt war.«

»War?«, unterbrach Hendrik ihn.

»Ja, zu der Zeit, als ich noch dort gearbeitet habe. Jedenfalls tauchte irgendwann ihr Mann, der Journalist, in der Klinik auf und fing an, einigen leitenden Ärzten und Verwaltungsmitarbeitern Fragen zu stellen. Es ging dabei wohl um irgendwelche krummen Geschäfte, die einige der hohen Herren am Laufen hatten und in die auch die Bank verwickelt gewesen sein soll, in der Ihre Verlobte gear… arbeitet. Vielleicht hat er den Tipp von seiner Frau bekommen – keine Ahnung. Jedenfalls hat er offenbar bei seinen Recherchen in der Bank auch Ihre Verlobte kennengelernt.«

Hendriks Herz schlug ihm bis zum Hals. »Wie kommen Sie darauf? Nur, weil …«

»Ich habe sie zusammen gesehen.«

Hendrik verstummte und starrte den Mann an. Diese Information saugte schlagartig alle Gedanken aus seinem Kopf und hinterließ nichts als Leere.

»Sie haben sie …« Bevor seine Knie nachgaben, setzte sich Hendrik in einen Sessel.

»Ja, ich weiß, dass das schmerzt, und ich bin niemand, der so was hinausposaunt, weil ich denke, das sollten die Beteiligten unter sich klären. Aber in diesem Fall bedeutet das doch, dass Ihrer Verlobten wahrscheinlich nichts geschehen ist, sondern …«

»Dass sie klammheimlich mit einem andern Mann verschwunden ist«, vervollständigte Hendrik den Satz.

»Die Möglichkeit besteht zumindest. Aber noch einmal: Das heißt auch, sie ist wohlauf.«

Hendrik starrte vor sich hin, versuchte, von den Gedankenfetzen, die ihm durch den Kopf sausten, ein paar aufzugreifen und zu vernünftigen Sätzen zusammenzufügen.

Ihre gemeinsame Zeit, die unvergesslichen, glücklichen Momente … der letzte Abend, an dem sie dann ja wohl schon gewusst hatte, dass sie die nächstbeste Gelegenheit nutzen würde, mit diesem Kerl zu verschwinden.

»Herr Zemmer?«

Hendrik schreckte hoch und sah Steinmetz an. »Ja, ich … entschuldigen Sie.« Er richtete sich auf. »Woher haben Sie überhaupt die Informationen über Frau Krollmann und Linda? Von Facebook? Da stand aber meines Wissens nach nichts über die beiden.«

»Ich kann über meine Quelle nichts sagen. Nur so viel: Sie ist zuverlässig.«

»Sie können mir über die Quelle nichts sagen?«, hakte Hendrik in scharfem Ton nach. »Sie können das weder aus einer Zeitung noch von irgendwelchen Social-Media-Kanälen haben. Da könnte mir doch der Gedanke kommen, dass Sie etwas mit der Sache zu tun haben.« Hendrik merkte selbst, dass er immer lauter geworden war.

Steinmetz schüttelte den Kopf und lächelte dabei noch immer, allerdings wirkte es nun noch aufgesetzter als zuvor.

»Warum sollte ich dann zu Ihnen kommen, um Ihnen zu helfen? Das ergibt doch keinen Sinn.«

Darauf entgegnete Hendrik nichts. In seinem Kopf überschlugen sich die Gedanken. »Wie auch immer, ich muss los.« Steinmetz erhob sich.

»Halt, warten Sie.« Hendrik löste sich aus seiner Starre. »Sie sagten, Sie hätten Linda zusammen mit diesem Krollmann gesehen. Wo war das, und woher wussten Sie, dass die Frau Linda ist?«

Steinmetz' linke Braue schob sich nach oben und verlieh seinem Gesicht einen überheblichen Zug. »Nun also doch? Okay. Als ich eines Nachmittags das Krankenhaus verließ, kam Krollmann gerade angefahren und stellte seinen Wagen auf dem Parkplatz ab. Sie saß auf dem Beifahrersitz und hat auf ihn gewartet, während er im Haus war. Ich bin direkt an ihr vorbeigegangen und habe sie deutlich gesehen. Da wusste ich natürlich noch nicht, dass es sich um Ihre Verlobte handelt, und ich hätte der Sache wahrscheinlich auch keine weitere Bedeutung geschenkt, wenn ich nicht zufällig Ihren Aufruf auf Facebook mit dem Foto gesehen hätte. Da habe ich Ihre Verlobte wiedererkannt und mich an die Szene erinnert.«

Das alles wirkte auf Hendrik nicht sehr überzeugend, aber irgendwoher musste dieser Mann ja seine Informationen haben.

»Also gut. Ich werde jetzt einen der Ermittler anrufen, der sich mit Lindas Verschwinden befasst. Der wird in etwa zwanzig Minuten hier sein, dann können Sie ihm die Geschichte noch mal erzählen.«

»Herr Zemmer, mit der Polizei möchte ich nichts zu tun haben, und ich möchte auch nicht in die ganze Sache mit hineingezogen werden. Was ich Ihnen gesagt habe, ist sicher alles andere als erfreulich, aber ich hoffe, es ist trotzdem eine Erleichterung für Sie, zu wissen, dass es Ihrer Verlobten wahrscheinlich gutgeht.«

Hendrik antwortete darauf nichts. Wenn diese Geschichte stimmte, war er kein bisschen erleichtert, sondern tief verletzt.

Nachdem er die Haustür hinter Steinmetz geschlossen hatte, ließ er den Kopf gegen die kühle Oberfläche sinken. Tränen rannen ihm über die Wangen und fielen zu Boden.

Konnte es stimmen, was dieser Mann ihm erzählt hatte? Diese ganze Geschichte klang eigenartig, aber dennoch … sie passte zu dem, was er bisher erfahren hatte. Jonas Krollmann und Linda … Wie konnte sie ihm das antun? Wut stieg in ihm auf wegen seiner Gutgläubigkeit, wegen seines unerschütterlichen Vertrauens in sie.

Er löste sich von der Tür und wollte zurück ins Wohnzimmer gehen, als sein Blick an der Steuerung für *Adam* hängen blieb.

Wozu sollte er das System nun noch abgeschaltet lassen? Er dachte daran, was Alexandra über die Möglichkeiten gesagt hatte, die jemand hätte, der sich in das System einklinken konnte, und er dachte daran, was Paul Gerdes von dieser Idee hielt: *Science-Fiction.*

Und was war mit ihm selbst? Was glaubte er? Ja, er hatte es zumindest für denkbar gehalten, dass jemand diese Möglichkeit genutzt hatte, um Linda zu entführen. Aber mittlerweile …

»Science-Fiction«, stieß er aus und hob die Hand, um *Adam* wieder zu aktivieren, verharrte aber inmitten der Bewegung, als er die beiden grün leuchtenden LED-Punkte sah. *Adam* war aktiv.

18

»Wie zum Teufel …«, stieß er aus und versuchte, sich daran zu erinnern, was genau er getan hatte, als er das System heruntergefahren hatte. Er musste dabei etwas übersehen haben. Aber letztendlich war das jetzt auch egal.

Kopfschüttelnd wandte er sich ab, ging zurück ins Wohnzimmer und griff nach seinem Smartphone.

Nachdem Sprang auch nach dem zehnten Läuten nicht abhob, gab Hendrik es auf und ließ das Telefon sinken. Am liebsten hätte er es gegen die Wand geworfen, um der Wut Luft zu machen, die in ihm brodelte. Warum hatte Sprang ihm seine Handynummer gegeben, wenn er nicht erreichbar war?

Nach kurzem Zögern wählte er die Büronummer, die auf der Visitenkarte stand.

Auch dort meldete sich niemand.

Mit einem Fluch steckte er das Telefon in die Hosentasche und verließ zwei Minuten später das Haus. Er konnte jetzt unmöglich darüber brüten, warum Linda ihn auf diese Art verlassen hatte und wo sie wohl gerade war. Zusammen mit Jonas Krollmann.

Als er auf dem Parkplatz des Polizeipräsidiums ankam, konnte er sich kaum noch an die Fahrt erinnern. Er war so sehr mit seinen Gedanken beschäftigt gewesen, dass er automatisch dorthin gefahren war. In dem Moment, als er aussteigen wollte, klingelte sein Handy. Es war Kant-stein.

»Sie hatten angerufen.«

»Ja, ich wollte eigentlich Kommissar Sprang sprechen. Aber ich stehe vor dem Präsidium und kann das jetzt auch persönlich tun.«

»Das wird nicht möglich sein, der Kollege ist vor einer halben Stunde gegangen. Er sagte, er habe noch was zu er-ledigen. Ich weiß nicht, wann er zurückkommt. Kann ich Ihnen weiterhelfen?«

Hendrik hatte sich vorgenommen, Kantstein nichts von dem Gespräch mit Steinmetz zu erzählen, denn aus ir-gendeinem Grund gönnte er ihm diesen Triumph nicht. Er würde es zwar sowieso erfahren, aber trotzdem …

»Nein, ich würde das lieber mit Kommissar Sprang be-sprechen.«

»Wie Sie wollen. Es gibt aber etwas, das ich gern mit Ihnen besprechen möchte. Gehen Sie doch bitte unten zum Empfang, Sie kennen das ja, ich hole Sie gleich ab.«

Als Hendrik zögerte, fügte Kantstein hinzu: »Es ist wich-tig.«

»Also gut.« Hendrik legte auf und stieg aus.

Zehn Minuten später saß er Kantstein im Büro der bei-den Kriminalbeamten gegenüber und blickte in das ernste Gesicht des Hauptkommissars.

»Herr Zemmer, mir ist bewusst, dass wir einen schlech-ten Start hatten und dass der Kollege Sprang Ihren Vorstel-lungen mehr entsprochen hat, aber glauben Sie mir bitte, ich habe meine Gründe für mein Verhalten. Ich werde Ihnen jetzt etwas im Vertrauen sagen, mit der Bitte, das absolut für sich zu behalten. Aber vorher habe ich noch eine andere Bitte an Sie: Sagen Sie mir, warum Sie Sprang sprechen wollten? Wenn es etwas mit dem Verschwinden Ihrer Verlobten oder mit Julia Krollmann zu tun hat, ist es enorm wichtig, dass Sie es mir erzählen.«

Hendrik konnte es sich nicht erklären, aber Kantsteins beschwörender Blick sagte ihm, dass es tatsächlich wichtig war, dass er dieser Bitte nachkam.

»Also gut. Ich hatte eben zu Hause Besuch. Ein Dirk Steinmetz. Er sagte, er sei Arzt und habe im Evangelischen Krankenhaus Alsterdorf gearbeitet. Und er behauptet zu wissen, dass Linda und Jonas Krollmann sich kennen.«

»Ach. Und woher weiß er das?«

»Er hat sie zusammen gesehen.« Hendrik berichtete in wenigen Sätzen, was er von Steinmetz erfahren hatte, und wartete dann auf Kantsteins Reaktion. Es dauerte eine Weile, bis der Hauptkommissar sich äußerte. »Tja, letztendlich bestätigt diese Geschichte das, was ich am Anfang vermutet habe.«

»Ja. Dass meine Verlobte mir Hörner aufgesetzt hat. Sind Sie jetzt zufrieden?«

»Warum sollte ich zufrieden sein, Herr Zemmer? Wir wissen noch immer nicht, was mit Julia Krollmann geschehen ist. Und diesen Dr. Steinmetz werde ich überprüfen. Das klingt alles doch recht seltsam. Von irgendwelchen krummen Geschäften in diesem Krankenhaus oder in der Bank, in der Ihre Verlobte arbeitet, weiß ich nichts, und ich frage mich, woher dieser Dr. Steinmetz das wissen könnte. Und wenn Sie mir gerade gut zugehört haben, ist Ihnen vielleicht aufgefallen, dass ich gesagt habe, *was ich am Anfang vermutet habe.*«

»Ach.« Hendrik war überrascht. »Jetzt nicht mehr?«

»Mittlerweile haben sich zumindest einige Dinge ergeben, die die Angelegenheit in einem anderen Licht erscheinen lassen.«

»Und nun? Was wollten Sie von mir?«

»Vorab: Wie ich schon angedeutet hatte, werden wir die Ermittlungen im Fall Krollmann aufnehmen. Aber was ich Ihnen sagen wollte, ist etwas anderes, streng Vertrauliches.« Er beugte sich zu Hendrik vor und sagte leise: »Kommissar Sprang hat intern ... gewisse Schwierigkeiten.«

»Interne Schwierigkeiten? Was bedeutet das?«

Kantstein schnaubte, und es sah aus, als kostete es ihn Überwindung, weiterzusprechen. »Ich befürchte, Sprang ist in Dinge hineingeschlittert, die ... gefährlich und nicht ganz legal sein könnten.«

Hendrik schüttelte den Kopf. »Ich verstehe immer noch nicht.« Kantstein wand sich und hatte nichts mehr mit dem mürrischen Polizisten gemein, als den Hendrik ihn kennengelernt hatte.

»Ich kann Ihnen leider nicht mehr sagen. Und bereits das Wenige wird mich in Teufels Küche bringen, wenn Sie mit jemandem darüber reden. Ich hätte ganz sicher kein Wort über diese Angelegenheit verloren, wenn ich nicht befürchten müsste, dass auch Sie in Gefahr sind.«

»Ich? Aber warum sollte ich in Gefahr sein?«

»Weil Sie sich vielleicht einer Wahrheit nähern, die auf keinen Fall ans Licht kommen soll. Ähnlich wie Julia Krollmann.«

Sosehr Hendrik sich auch bemühte zu verstehen ... was Kantstein sagte, ergab für ihn keinen Sinn.

»Und was soll ich jetzt Ihrer Meinung nach tun? Es spielt doch eh alles keine Rolle mehr. Wenn dieser Steinmetz recht hat, vergnügt Linda sich gerade irgendwo mit Herrn Krollmann, während ich hier ...«

»Ich glaube nicht, dass er recht hat, und ich werde dem Herrn definitiv auf den Zahn fühlen. Tun Sie mir nur bitte den Gefallen, was den Kollegen Sprang betrifft ...«

»Was betrifft den Kollegen Sprang?«

Beide blickten zur Tür, in der lächelnd der Kommissar stand, doch falls Kantstein überrascht war, ließ er es sich nicht anmerken. »Ich wollte Herrn Zemmer gerade raten, dich zu kontaktieren, wenn er wieder einmal irgendwelche Vermutungen loswerden will. Allerdings kann es auch sein, dass sich das erledigt hat.« Er sah Hendrik auffordernd an. »Na los, erzählen Sie ihm die Geschichte.«

Hendrik hatte es aufgegeben, verstehen zu wollen, was der Hauptkommissar plante, und letztendlich konnte es ihm auch egal sein.

Hendrik wandte sich Sprang zu, der mittlerweile an seinem Schreibtisch Platz genommen hatte, und sagte: »Ich hatte vor einer Stunde Besuch.«

Ebenso wie zuvor Kantstein unterbrach Sprang ihn nicht, aber an einigen Stellen hatte Hendrik das Gefühl, dass dessen Gesicht sich kurz verfinsterte.

Als er fertig war, sagte Sprang, mit Blick zu seinem Kollegen: »Tja, das hört sich ja ganz danach an, als ob du mit deiner Vermutung richtig gelegen hast.«

Als Kantstein nur stumm mit den Schultern zuckte und

nickte, wandte Sprang sich erneut an Hendrik. »Dann bleibt nur zu hoffen, dass Linda sich doch noch bei Ihnen meldet und Ihnen alles erklärt. Vielleicht können Sie ja irgendwann wieder Frieden schließen.«

»Ja, wer weiß. Bei mir melden wird sie sich vermutlich dann, wenn sie ihre Sachen abholen möchte.«

Hendrik fühlte sich mit einem Mal sehr unwohl in Gegenwart der beiden Ermittler. Was immer auch zwischen ihnen ablief, er hatte keine Lust, zu deren Spielball zu werden.

»Ich mache mich dann mal auf den Weg.«

Eine Dreiviertelstunde später war er zu Hause, ging auf direktem Weg zum Barschrank und griff nach der vorderen Flasche. Mit einem halb vollen Long-Drink-Glas in der einen und der noch über die Hälfte gefüllten Flasche in der anderen Hand ging er zur Couch und setzte das Glas mit dem festen Vorhaben an die Lippen, sich bis zum Umfallen zu betrinken.

Es dauerte keine Stunde.

19

Er lässt seine Hand schnell über den Türrahmen gleiten und bewegt sie ein Stück nach links. In der nächsten Sekunde werfen die Röhren an der Decke ihr kaltes Licht in den Flur und reißen die Szene aus der Dunkelheit.

Sie liegt auf dem Boden, den Körper unnatürlich verkrümmt. Noch immer fließt Blut aus der Halswunde, aber es spritzt jetzt nicht mehr wie in den ersten Sekunden, nachdem er ihr mit einem sauberen Schnitt von einem Ohr zum anderen Kehle und Halsschlagader durchtrennt hat. Leider hat er es nur fühlen und hören, in der Dunkelheit aber nicht sehen können.

Ihre Beine zucken ein letztes Mal. Er registriert es mit einem Grinsen.

Er bückt sich, was aufgrund der dicken Gummischürze beschwerlich ist, legt das Skalpell auf den Boden und drückt seine Fingerspitzen tief in die offene Halswunde, spürt, die Augen geschlossen, die Wärme, die mit dem Blut aus ihrem Körper fließt. Ein heiseres Stöhnen dringt aus seiner Kehle. Eine Weile lässt er seine Finger, wo sie sind, bewegt sie ein wenig, um noch intensiver zu fühlen, dann öffnet er die Augen und richtet sich wieder auf. Während er sich das Blut von den Fingern wischt, betrachtet er sie noch einmal.

Sie hat sich den Unterarm gebrochen. Er nimmt es ohne Interesse zur Kenntnis. Sein Blick löst sich von ihr, gleitet über Sprit-

zer und blutige Schlieren an der Tür und an der Wand. Er wird alles abwaschen müssen. Aber erst muss er sie nach drüben schaffen und sich an die Arbeit machen. Ihm bleibt nicht viel Zeit.

Er wendet sich um und geht den Flur entlang zurück in den Saal, um einen Rolltisch zu holen, auf den er sie legen wird.

Er hat gerade die Bremse gelöst, als sein Telefon klingelt. Er zieht es aus dem Kasack, den er unter der Schürze trägt, und wirft einen Blick auf das Display, wo der Name des Anrufers steht.

»Was gibt's?«, meldet er sich.

»Wir müssen uns sehen. In einer halben Stunde.«

»Das geht nicht. Ich habe zu tun.« Es klingt beiläufig.

»Du hast zu tun?« Die Stimme wird lauter. »Was, zum Teufel, hast du zu tun?«

Er bleibt ruhig. »Ich muss sie verarbeiten.«

»Sie? Du hast sie … Verdammter Idiot. Das war so nicht besprochen.«

»Was regst du dich auf? Du kennst doch die Liste.«

»Die Liste?« Nun brüllt der Anrufer. »Dich interessiert die Liste doch einen Scheiß. Dir geht es nur darum, deine perversen Spielchen zu treiben.«

»Die euch aber gut in den Kram passen, oder etwa nicht?«

»Wenn du, verdammt nochmal, deinen perversen Trieb …« Es entsteht eine Pause, dann sagt der Anrufer ruhiger: »Also dann in zwei Stunden. Du weißt, wo.«

Das Gespräch ist beendet.

Er steckt das Telefon wieder zurück in die Brusttasche des Kasacks, legt die Hände auf den Griff des Tischs und schiebt ihn aus dem Raum. Er braucht eine Weile, bis er sie auf dem Tisch liegen hat, doch schließlich ist es geschafft.

Zurück im Saal, zieht er ihr Schuhe, Strümpfe, Hose und Slip aus, dann wirft er einen Blick auf den gebrochenen Unterarm, nimmt eine Schere von der Ablage neben dem Tisch und schneidet ihr das Shirt vom Körper. Nachdem er ihr auch den BH ausgezogen hat, legt er sie ausgestreckt auf den Rücken. Der gebrochene Arm hängt seitlich herab. Er greift ihn, legt ihn auf dem Tisch ab und wendet sich um. Er zieht Haube und Mundschutz an und wäscht sich am Becken auf der gegenüberliegenden Seite ausgiebig die Hände, bevor er die Handschuhe überstreift. Zurück am Tisch, betrachtet er ihren nackten Körper noch einmal ausgiebig, dann nimmt er ein frisches Skalpell, setzt die Spitze ein Stück unterhalb der Halswunde an und zieht einen sauberen Schnitt bis hinunter zum Schambein.

Dabei pfeift er ein Lied.

20

Das Klingeln des Telefons hörte sich an, als wäre das Gerät in eine Decke eingewickelt.

Er bekam kaum die Augen auf, es fühlte sich an, als müsste er die Lider gegen Widerstand öffnen. Als es ihm schließlich gelang, sah er, dass er auf der Couch lag. Im Wohnzimmer war es fast dunkel.

Sein Blick fiel auf den Tisch, die Flasche, das Glas daneben. Das Telefon läutete noch immer. Er konnte nicht erkennen, ob die Flasche leer war, erinnerte sich aber daran, sich betrunken zu haben und irgendwann eingeschlafen zu sein.

Während er überlegte, wie spät es wohl war, tastete er mit der Hand den Tisch ab. In dem Moment, als er das Smartphone berührte, hörte es auf zu klingeln. »Mist«, sagte Hendrik und wollte sich aufrichten, doch als er sich bewegte, schoss ihm ein hämmernder Schmerz durch den Kopf, und er ließ sich stöhnend zurückfallen. Bevor er es erneut versuchte, begann das Telefon wieder zu läuten. Dieses Mal schaffte er es rechtzeitig, das Gespräch anzunehmen.

»Kantstein hier«, meldete sich der Hauptkommissar. »Entschuldigen Sie, dass ich Sie mitten in der Nacht anrufe, aber … wir haben hier einen Toten.«

»Was?« Hendrik war sofort hellwach, ignorierte das Hämmern in seinem Schädel und stand auf. Wenn Kantstein ihn wegen eines Toten anrief, dann musste er irgendwie damit zu tun haben. »Sagen Sie nicht, es ist Linda.« Die Angst schnürte ihm fast die Kehle zu.

»Nein, es ist nicht Ihre Verlobte. Es handelt sich um einen Mann. Wir haben einen Ausweis bei ihm gefunden. Sein Name lautet Dirk Steinmetz. Er ist erschossen worden.«

»Was? Aber ...« Hendrik war verwirrt. Der Mann, der ihm Informationen über Linda und Krollmann mitgeteilt hatte, war tot. Konnte das etwas mit seinem Besuch bei ihm zu tun haben?

»Herr Zemmer, hat Herr Steinmetz Ihnen gegenüber erwähnt, dass er bedroht wird oder Schwierigkeiten hat? Vielleicht wegen seiner Beobachtung?«

»Nein. Nur das, was ich Ihnen berichtet habe: Dass Jonas Krollmann wegen irgendeiner Sache im Krankenhaus recherchierte und dass er Linda und Krollmann zusammen gesehen hat.«

»Gut. Wann hat Herr Steinmetz Ihr Haus verlassen?«

»Er war nicht lange da. Das muss so gegen drei Uhr gewesen sein. Kurz danach bin ich ja zu Ihnen aufs Präsidium gekommen.«

»Ja, gut. Danke. Entschuldigen Sie nochmals die Störung.«

Hendrik ließ das Telefon sinken und starrte vor sich hin. Dass Steinmetz tot war, nachdem er ihm von Krollmann und Linda erzählt hatte, machte ihm Angst. Was, wenn der Mörder es auch auf ihn abgesehen hatte? Aber warum?

Dirk Steinmetz war Arzt gewesen, genau wie er. Welchen Grund konnte es gegeben haben, ihn umzubringen?

Hendrik hielt das Handy noch immer in der Hand. Er warf einen Blick auf das Display. Es war zwölf Minuten nach eins in der Nacht. Außerdem wurden ihm zehn Anrufe in Abwesenheit angezeigt. Er entsperrte den Bildschirm und ließ sich die entgangenen Anrufe anzeigen.

Sie kamen von fünf verschiedenen Anrufern. Lindas Mutter Elisabeth hatte mehrmals angerufen, Paul Gerdes, Susanne und Petra, eine andere Freundin von Linda, jeweils einmal. Und drei Anrufe stammten von Alexandra.

Es war zu spät, um zurückzurufen. Er fasste sich an den hämmernden Kopf und beschloss, ins Bett zu gehen und weiterzuschlafen.

Als Hendrik um kurz nach acht Uhr erwachte, fühlte er sich zwar noch immer etwas schwindlig, aber trotzdem deutlich besser als noch in der Nacht.

Er schwang die Beine aus dem Bett und blieb eine Weile so sitzen. Er dachte über das Telefonat mit Kantstein nach, dann nahm er sein Telefon und rief zuerst Lindas Mutter zurück, der er von Dirk Steinmetz erzählte und davon, was dieser beobachtet hatte. Dass der Arzt mittlerweile tot war, erwähnte er nicht.

Elisabeth, die die Zusammenhänge nicht verstand oder nicht verstehen wollte, versicherte ihm unter Tränen, dass Linda nie einfach so weggelaufen wäre, wie sie es ausdrückte. Außerdem erklärte sie, dass sie selbst nach Hamburg kommen wolle, was Hendrik ihr nur mit größter Mühe ausreden konnte.

Danach telefonierte er mit Lindas Freundinnen Susanne und Petra, denen er nur sagte, dass die Möglichkeit bestand, dass Linda mit einem anderen Mann zusammen war, was beide für unmöglich erklärten.

Blieben nur noch Paul Gerdes und Alexandra. Er nahm sich vor, Gerdes später anzurufen, zuerst wollte er mit Alexandra sprechen.

Sie hörte sich frisch und ausgeruht an, als sie abnahm.

»Tut mir leid, dass ich mich jetzt erst melde, aber ich war gestern Nachmittag und am Abend etwas ... na ja, nicht ganz zurechnungsfähig.«

»Oh! Haben Sie sich betrunken?«

»Ja«, gab er zu. »Aber in der Zwischenzeit haben sich auch einige neue Aspekte ergeben.«

»Ich bin ganz Ohr.«

Also erzählte er ihr von seinen Gesprächen mit Kantstein und Sprang und vom Mord an Dirk Steinmetz.

»Das ist ja verrückt«, sagte Alexandra, und er hörte ihrer Stimme an, dass sie überrascht war. »Ich meine, ein Mord ist immer furchtbar, aber wenn dann ausgerechnet derjenige erschossen wird, der Ihnen von seinen Beobachtungen berichtet hat ...«

»Ja, das ist wirklich seltsam, und wenn ich daran denke, jagt es mir einen Schauer über den Rücken. Tja, aber wie Sie sehen, können wir uns die weitere Suche sparen.«

»Und da sind Sie sicher? So schnell geben Sie auf?«

Hendrik stieß ein heiseres Lachen aus. »Was heißt hier so schnell? Ich habe doch wirklich alle Hebel in Bewegung gesetzt und war die ganze Zeit absolut davon überzeugt, dass Linda mich nicht freiwillig verlassen hat. Aber wenn es einen Augenzeugen dafür gibt, dass der Mann und die Frau, die innerhalb von einer Woche sang- und klanglos verschwunden sind, sich so gut gekannt haben, dass sie zusammen mit dem Auto unterwegs waren ...«

»Wie ich schon sagte: So schnell geben Sie auf.« Alexandra klang ernst. »Vielleicht haben Sie sich ja wirklich gekannt. Und? Das heißt doch noch lange nicht, dass sie ein Verhältnis hatten und getürmt sind. Vielleicht ist die Tatsache, dass sie sich gekannt haben, einfach nur der Grund dafür, dass beide entführt wurden? Und was ist mit Julia Krollmann? Wie passt die in die Geschichte von der romantischen Flucht zweier Liebender? Hat ihr Mann sie etwa in das Ferienhaus gelockt, um sie umzubringen? Warum sollte er das tun? Und wenn er es nicht war, welchen Grund könnte jemand anderes haben, sie zu kidnappen oder gar umzubringen, wenn es nicht darum ging, ein anderes Verbrechen zu vertuschen?«

Hendrik dachte darüber nach und stellte fest, dass das, was Alexandra gesagt hatte, zumindest im Bereich des Möglichen lag. Gab er wirklich zu schnell auf? Reichte die Aussage eines Fremden tatsächlich aus, sein Vertrauen in Linda so grundsätzlich zu erschüttern?

»Ich denke darüber nach, okay?«, sagte Hendrik.

»Gut. Und damit Sie noch ein wenig mehr zu denken haben, noch ein paar Infos von mir. Ich habe mich mal ein wenig in der Hackerszene umgehört.«

»In der Hackerszene? Woher kennen Sie ... ach, vergessen Sie es. Ich will es gar nicht wissen.«

»Die *hauseigenen Programmierer*, von denen Buchmann gesprochen hat«, fuhr Alexandra unbeirrt fort, »sitzen mit ziemlicher Sicherheit irgendwo in Indien. Aus Kostengründen. Diese Software, die in den Smart-Home-Systemen zum Einsatz kommt, wird modular programmiert, das bedeutet, jeder Programmierer bearbeitet nur einen bestimmten Bereich des Programm-Codes. Die Wahrscheinlichkeit, dass ein indischer Programmierer eine *Backdoor* eingebaut hat, ist ziemlich gering. Was hätte er davon?

Nächster Punkt. Solche Systeme wie *Adam* werden ebenso wie Firewalls oder Ähnliches oft an bekannte Hackerorganisationen oder einzelne Hacker gegeben, damit die gegen Bezahlung versuchen, in das System einzubrechen. Gelingt es ihnen, zeigen sie den Herstellern, wie sie es geschafft haben, damit die gefundenen Lücken geschlossen werden können.

Buchmann hat gesagt, keinem Hacker sei es gelungen, *Adam* zu knacken. Das mag sogar stimmen. Es ist niemandem in der endgültigen Version gelungen. Aber sicher gab es in früheren Versionen einige Tests, in denen es jemand geschafft hat, in *Adam* einzudringen. Kein System ist auf Anhieb absolut sicher. Und jetzt wird es spannend. Von denen, die es geschafft haben, könnte also sehr wohl einer sein kleines Programm-Päckchen hinterlassen haben, das es ihm erlaubt, jederzeit in jedes Smart-Home-System vom Typ *Adam* einzudringen und die Kontrolle zu übernehmen.«

»Sehr interessant.« Hendrik war beeindruckt.

»Nicht wahr? Das bedeutet, wenn es uns gelingt, herauszufinden, wer die ersten Versionen von *Adam* auf Sicherheitslücken getestet hat, sind wir vielleicht schon ein gutes Stück weiter. Allerdings ergibt all das nur einen Sinn, wenn

Sie noch davon überzeugt sind, dass Linda unfreiwillig verschwunden ist.«

»Das stimmt.«

»Und?«

Hendrik wusste nicht, was er darauf antworten sollte. »Ich weiß es nicht«, gab er ehrlich zu. »Ich muss darüber nachdenken. Allerdings kann ich immer noch nicht wirklich glauben, dass Linda tatsächlich freiwillig gegangen ist.«

»Da haben wir es doch.«

»Lassen Sie uns bitte später noch mal telefonieren, okay?«

»Klar. Ich recherchiere währenddessen weiter und versuche herauszufinden, wer die Tester von *Adam* waren.«

»Ja, tun Sie das. Und ... danke.«

»Alles gut, ich mache das gern. Bis später.«

Hendrik ging ins Bad, putzte sich die Zähne und rasierte sich. Dann stellte er sich unter die Dusche. Als er sich abgetrocknet hatte, fiel sein Blick auf das weiße Eckregal, dessen beide unteren Fächer mit Hand- und Duschtüchern gefüllt waren. Das obere Fach war vollgestellt mit Lindas Cremes und Schminkutensilien. Der Anblick versetzte ihm einen Stich, und er konnte nichts dagegen tun, dass ihm Tränen in die Augen traten.

Was, wenn er ihr unrecht tat mit seinen Zweifeln? Wegen etwas, das ein Fremder behauptet hatte und das, sogar wenn es stimmte, nichts bewies. Da hatte Alexandra vollkommen recht.

Er wendete den Blick ab und verließ das Bad. Nachdem er sich angezogen hatte, rief er im Büro von Sprang und Kantstein an. Es klingelte viermal, dann veränderte sich der

Ton. Er wurde leiser, so dass es sich anhörte, als wäre er weiter entfernt. Offenbar eine Rufumleitung. Schließlich ging Kantstein ran.

»Zemmer hier. Ich wollte noch mal nachfragen …«

»Das ist gerade ganz schlecht, Herr Zemmer.« Irgendwie hörte sich die Stimme des Hauptkommissars seltsam gepresst an. »Andererseits … sind Sie zu Hause?«

»Ja.«

»Gut, bleiben Sie dort, ich komme vorbei. Zwanzig Minuten.«

»Okay.«

Hendrik steckte das Telefon in die Jeans und ging in die Küche, um sich Kaffee und einen Toast zu machen.

Es dauerte knapp dreißig Minuten, bis es klingelte. Kantstein stand allein vor der Tür.

»Wo ist Kommissar Sprang?«, fragte Hendrik verwundert und warf einen Blick zur Straße, um zu sehen, ob Sprang vielleicht im Auto saß.

Kantstein sah ihn ernst an. »Der wurde wegen Mordverdachts festgenommen.«

21

Hendrik starrte Kantstein fassungslos an. »Was? Das kann doch nicht sein.«

Der Hauptkommissar nickte. »Doch. Wollen wir ins Haus gehen?«

Wie gelähmt ging Hendrik vor Kantstein her zum Wohnzimmer, bat ihn, sich zu setzen, und ließ sich selbst in den Sessel ihm gegenüber fallen.

»Die Kugel, mit der Steinmetz erschossen worden ist, stammt aus Sprangs Dienstwaffe. Die fanden wir in der Nähe des Tatorts.« Die Art, wie Kantstein redete, erinnerte Hendrik an ihre ersten Begegnungen und Telefonate.

»Ich verstehe das nicht. Kommissar Sprang soll Steinmetz mit seiner Dienstwaffe erschossen haben?« Hendrik schüttelte den Kopf. »Und dann hat er sie weggeworfen?«

»Ja, es sieht ganz so aus.«

»Aber … er ist doch nicht verrückt. Welcher Polizist wäre denn so dämlich?«

»Sie glauben gar nicht, wie dämlich manche Polizisten sein können. Eine Kurzschlusshandlung, dann Panik, dann irrationales Handeln. Zack.«

»Trotzdem … ich kann das einfach nicht glauben. Was sagt er selbst dazu?«

»Das sind Interna, über die ich mit Ihnen nicht sprechen kann.«

Abrupt sprang Hendrik auf. Er konnte nicht mehr ruhig sitzen und hatte das Gefühl, dass ihm alles zu viel wurde. »Wenn Sie nicht mit mir darüber reden möchten, warum sind Sie dann überhaupt hier? Und was ist eigentlich mit Ihnen los? Sie sind doch sein Partner. Sie kennen ihn. Glauben *Sie*, dass er das wirklich getan hat?«

Hendrik begann, hinter dem Sessel auf und ab zu gehen.

»Kommissar Sprang hat ein paarmal mit Ihnen allein gesprochen. Er hat Sie sogar besucht. Ich möchte von Ihnen wissen, ob er irgendetwas gesagt hat, das Ihnen seltsam vorgekommen ist.«

»Nein. Außerdem sind das private Dinge, über die ich mit Ihnen ganz sicher nicht reden werde.« Hendrik wusste selbst nicht, warum er sich so aufregte, aber es tat gut, es Kantstein mit gleicher Münze heimzuzahlen und ihm die Stirn zu bieten.

»Jetzt werden Sie mal nicht komisch, Herr Zemmer. Es geht hier um einen Mord.«

»Ja, und mir geht es um meine Verlobte, die spurlos verschwunden ist, was Sie von Anfang an nicht die Bohne interessiert hat. Sie waren mir gegenüber von unserer ersten Begegnung an unhöflich und abweisend. Sogar Ihrem Partner ist Ihre Art auf die Nerven gegangen.«

Kantstein hob eine Braue. »Das hat er gesagt?«

»Ja.«

»Sonst noch was?«

»Nein, nichts.«

»Ich meine, über mich. Denken Sie nach, das kann wichtig sein.«

Hendrik hatte sich beruhigt und setzte sich wieder in den Sessel. »Ich weiß zwar nicht, warum das wichtig sein soll, aber er meinte, Sie hätten wohl private Probleme und ich solle Ihnen das nicht übelnehmen.« Hendrik sah Kantstein fest in die Augen. »Verstehen Sie? Er hat Sie sogar noch in Schutz genommen. Und Sie glauben entgegen jeder Logik, dass er einen Menschen erschießt und dann die Mordwaffe, die zudem noch seine Dienstpistole ist, achtlos wegwirft.«

Kantstein erhob sich und sah auf Hendrik hinab. »Es spielt keine Rolle, was ich denke. Zudem sieht das deutsche Gesetz es nicht vor, eindeutige Indizien oder Spuren außer Acht zu lassen, nur weil der Täter eigentlich nicht so dumm sein kann, sie zu hinterlassen. Wir haben einen Mord. Wir haben eine Mordwaffe. Wir haben einen dringend Tatverdächtigen. Ich muss jetzt weiter.«

Hendrik stand ebenfalls auf. »Sie sagten gestern, Sie wollten Dirk Steinmetz auf den Zahn fühlen. Haben Sie ihn überprüft? Stimmt es, was er gesagt hat?«

»Auch das sind Dinge, die ich nicht mit Ihnen besprechen kann, weil sie laufende Ermittlungen betreffen.«

»Verdammt nochmal, das betrifft mich sehr wohl, weil es dabei um meine Verlobte geht, die immer noch verschwunden ist – wenn ich Sie daran erinnern darf.« Hendrik war so wütend, dass er mit der flachen Hand auf die Rückenlehne des Sessels schlug.

Kantstein, von Hendriks Ausbruch offensichtlich unbeeindruckt, wandte sich zum Gehen und erwiderte: »Nein, ich habe ihn noch nicht überprüft.«

»Aha. Aber vielleicht tun Sie das ja jetzt, da Steinmetz das Opfer ist. Oder sind Sie eher damit beschäftigt, Ihren Partner hinter Gitter zu bringen, dem aufgefallen ist, dass Sie sich in letzter Zeit stark verändert haben? Womit er übrigens nicht allein dasteht.«

Mit einem Ruck wandte Kantstein sich wieder Hendrik zu. »Was soll das heißen?«

»Das heißt«, stieß Hendrik angriffslustig aus, »dass sogar Ihrer Praktikantin aufgefallen ist, dass Sie sich plötzlich verändert haben, und zwar nicht zum Positiven.«

»Und Sie denken also, eine Praktikantin, die ein paar Tage in unserer Abteilung verbringen darf, kann das beurteilen. Na dann ...«

Hendrik hätte noch einiges dazu sagen können, er sah aber ein, dass es zwecklos war.

Als Kantstein sich schon ein paar Meter vom Haus entfernt hatte, sagte Hendrik laut: »Eine Frage habe ich noch.«

»Ja?« Kantstein blieb stehen und wandte sich um.

»Was passiert jetzt wegen Lindas Verschwinden und dem von Jonas und Julia Krollmann und der anderen Frau?«

»Was diese Frau Peters betrifft, so geht ihr Mann davon aus, dass sie ihn verlassen hat. Offenbar hat er gute Gründe dafür. Da er in der Nacht, in der sie verschwunden ist, geschäftlich in München war, wir also ausschließen können, dass er ihr etwas angetan hat, ist diese Sache für uns erledigt. Julia und Jonas Krollmann sowie Ihre Verlobte ... Wir werden sehen.«

Hendrik wartete nicht ab, bis Kantstein seinen Wagen am Straßenrand erreicht hatte, sondern ging ins Haus zurück und schloss die Tür hinter sich. Im Wohnzimmer stellte er sich vor das große Glaselement und blickte hinaus auf die Terrasse und den Garten. Er nahm jedoch kaum etwas von dem wahr, was er sah, zu sehr waren seine Gedanken mit den Ereignissen der letzten Tage beschäftigt. Binnen kürzester Zeit war sein Leben auf eine Art und mit einer Heftigkeit aus der Bahn geworfen worden, wie er es niemals für möglich gehalten hätte. All das erinnerte eher an einen Film als an die Realität, und nicht zum ersten Mal in den letzten Tagen hatte er den Eindruck, als schaute er dabei zu, wie irgendein Schauspieler sein Leben darstellte.

Und wie so oft in den letzten Tagen wurden seine Gedanken durch das Klingeln seines Telefons unterbrochen. *Doctor! Doctor!* Das Krankenhaus. Paul Gerdes.

Eigentlich hatte Hendrik keine Lust, sich in diesem Moment mit seinem Chef zu unterhalten, aber der hatte natürlich ein Recht darauf, zu erfahren, ob es Neuigkeiten zu Linda gab, wie es ihm ging und wann er wieder zur Arbeit erschien.

»Hallo, Hendrik«, begann Gerdes. »Gott sei Dank. Ich hatte schon gestern Abend versucht, dich zu erreichen. Wie ist der Stand der Dinge?«

»Tja, was Linda betrifft … kennst du einen Arzt namens Dirk Steinmetz? Er hat wohl bis vor kurzem im Evangelischen Krankenhaus Alsterdorf gearbeitet.«

»Ja, den kenne ich tatsächlich.« Es klang abfällig. »Ein phantastischer Chirurg, aber ein absoluter Soziopath.«

Hendrik wurde hellhörig. »Was? Wie kommst du zu dieser Einschätzung?«

Er ging zu einem der beiden Sessel und setzte sich auf die Lehne, den Blick wieder in den Garten gerichtet.

»Ich bin mit dem Chef der Chirurgie dort befreundet, wir waren Studienkollegen. Steinmetz war sein Stellvertreter. Erst letzte Woche habe ich mit ihm geredet, und dabei ging es genau um diesen Kerl. Merkwürdig, dass du gerade jetzt danach fragst. Jedenfalls haben die ihn dort rausgeworfen, weil er nicht mehr tragbar war. Er blaffte Patienten und auch Kollegen an. Einer jungen, sehr talentierten Chirurgin hat er gesagt, sie solle ihre Fingerfertigkeiten besser dafür einsetzen, das Essen im Topf umzurühren, als den richtigen Medizinern die Jobs zu blockieren. Einen dunkelhäutigen Kollegen aus dem Senegal hat er vor versammelter Mannschaft im OP als Chirurg in der *Black Edition* bezeichnet. Zahlreiche Patienten haben sich über ihn beschwert, weil er beleidigend, anmaßend und auch grob ihnen gegenüber gewesen sein soll. Ich habe ihn mal erlebt und bin der Meinung, dass er nicht nur ein Sozio-, sondern ein klassischer Psychopath ist.«

»Seltsam, so ist er mir gar nicht vorgekommen.«

»Du kennst ihn auch?«

»Er hat mich gestern besucht.«

»Ach! Warum denn das?«

»Weil er mir sagen wollte, dass er Linda und Jonas Krollmann zusammen gesehen hat. Letztendlich hat er mir mitgeteilt, dass die beiden sich wohl gemeinsam irgendwo ein neues Leben aufbauen wollen.«

»Das ist ja ein Ding. Ich bin fassungslos.«

»Ja, mittlerweile bin ich nicht mehr sicher, was ich davon

halten soll. Aber das ist noch nicht alles. Letzte Nacht ist er erschossen worden.«

»Was? Doktor Steinmetz? Tot?«

»Ja. Angeblich erschossen von einem der beiden Polizisten, die sich mit den Vermisstenfällen beschäftigt haben. Mehr oder weniger.«

»Das wird ja immer verworrener. Aber ganz ehrlich ... so verwunderlich ist es nicht. Ich bin mir sicher, es gibt eine lange Reihe von Leuten, die über sein Ableben nicht unglücklich sind. Aber ein Polizist ...«

»Ich glaube das auch nicht. Er hat ihn angeblich mit seiner eigenen Dienstwaffe erschossen und die dann dort in der Nähe weggeworfen. So ein Blödsinn. Ich habe diesen Kommissar kennengelernt. Davon abgesehen, dass er wirklich sympathisch ist, wäre er mit Sicherheit nicht so dämlich. Dann hätte er genauso gut gleich zu seinen Kollegen gehen und den Mord gestehen können. Ich bin überzeugt, da will ihm jemand etwas in die Schuhe schieben, warum auch immer.«

»Das werden seine Kollegen dann ja herausfinden.«

»Da bin ich mir nicht mehr so sicher, seit ich mit seinem Partner gesprochen habe. Der glaubt nämlich offenbar tatsächlich, dass Sprang den Mord begangen hat. Trotz dieser offensichtlichen Unstimmigkeiten.«

»Pah!«, stieß Gerdes aus. »Das ist ja mehr als seltsam. Aber wer weiß, vielleicht hat er einen guten Grund für seine Überzeugung. Könnte ja sein, dass er selbst Dreck am Stecken hat.«

»Ja, wer weiß«, entgegnete Hendrik nachdenklich.

Zwei Minuten später beendeten sie das Gespräch. Hendrik legte das Telefon auf die Sitzfläche des Sessels und richtete den Blick wieder auf die große Glasscheibe. Etwas hatte sich in seinen Gedanken festgesetzt. Etwas, das sein Chef gerade gesagt hatte.

22

Nach einer Weile stand Hendrik auf und ging zum Esstisch, auf dem sein Notebook stand. Er klappte es auf und entsperrte das Display. Er wollte wissen, was es mit diesem Arzt auf sich hatte. Welchen Grund konnte ein Kollege, der gerade entlassen worden war, gehabt haben, ihn zu Hause aufzusuchen, um ihm mitzuteilen, dass er Linda mit Krollmann zusammen gesehen hatte? Und welchen Grund konnte jemand anderes – ein Polizist? – gehabt haben, ihn daraufhin zu erschießen?

Von Kantstein würde er nichts erfahren. Laufende Ermittlungen … gegen seinen eigenen Partner. Er schob die Gedanken an den mürrischen Polizisten beiseite, öffnete den Browser und gab in das Suchfeld *Dr. Dirk Steinmetz* ein.

Im selben Moment, in dem Hendrik die Entertaste drückte, klingelte sein Smartphone. Es lag noch auf dem Sessel, also stand er auf und ging hinüber. Es war Alexandra.

»Na, wie sieht es aus, haben Sie mittlerweile entschieden, ob Sie Ihrer Verlobten vertrauen und endlich etwas unternehmen wollen, um sie zu finden? Oder wollen Sie sie lieber im Stich lassen?«

»Das nenne ich ja mal eine Begrüßung.«

»Und?«

»Es gibt so viele Ungereimtheiten in dieser Sache …

Kantstein war eben hier und hat mir erzählt, dass Kommissar Sprang wegen des Verdachts des Mordes an Steinmetz festgenommen worden ist.«

»Was? Thomas? Aber das kann doch nicht sein. Wie … ich meine, aus welchem Grund sollte er jemanden umbringen?«

»Die Kugel, mit der Steinmetz erschossen worden ist, stammt wohl aus Sprangs Dienstwaffe, die die Polizei in der Nähe des Tatorts gefunden hat.«

»Ich glaube das nicht.« Hendrik konnte das Entsetzen in Alexandras Stimme hören. »So sehr kann ich mich nicht in einem Menschen täuschen.«

»Ich kann es mir auch nicht vorstellen, vor allem weil die angeblichen Beweise so offensichtlich sind. So dumm kann doch niemand sein.«

»Mit seiner Waffe, die dann am Tatort gefunden wird … nein. Das kann nur manipuliert sein. Irgendwer möchte ihn als Mörder inszenieren.« Sie atmete schnaubend ins Telefon. »Aber das ist eine andere Sache. Darüber denke ich später nach. Lassen Sie uns zu Ihrer Verlobten zurückkehren. Glauben Sie, dass sie Sie freiwillig verlassen hat? Das ist wichtig, denn wenn es so ist, kann ich mir meine Zeit auch sparen.«

»Ich weiß nicht mehr, was ich glauben soll. Und nein, ich denke nicht, dass sie mit diesem Krollmann unterwegs ist. So sehr kann ich mich nicht in ihr getäuscht haben. Ich denke, sie ist entführt worden, und ich möchte sie finden. Auch wenn ich noch immer nicht verstehe, was es mit diesem Dr. Steinmetz auf sich hat und welche Rolle er in der Sache spielt. Hoffentlich ist es noch nicht zu spät.«

»Na endlich. Dann kann ich Ihnen ja erzählen, was ich mittlerweile herausgefunden habe. Ich habe nämlich keine Sekunde daran gezweifelt, dass Ihre Verlobte aus Ihrem Haus entführt wurde.

Also, ich habe alle meine Kontakte aktiviert, um herauszufinden, welche Computerfreaks als Tester für *Adam* in Frage gekommen waren. Es fielen verschiedene Namen von Gruppen und auch Einzelpersonen, sogar der Chaos Computer Club wurde erwähnt, aber ein Name begegnete mir immer wieder, egal wen ich gefragt habe: *Marvin*.

Alle, mit denen ich geredet habe, sprachen mit einer gewissen Ehrfurcht von ihm. Es soll angeblich kein System geben, das er nicht knacken kann, es sei denn, er hat es selbst programmiert oder getestet und die Lücken aufgezeigt. Der Kerl ist in der Szene so etwas wie ein Phantom. Keiner weiß wirklich, wie er aussieht. Es gibt hier und da Beschreibungen, aber die gehen so weit auseinander, dass jeder Marvin sein könnte.«

»Wie haben Sie das alles herausgefunden? Ich meine ... woher haben Sie als Psychologiestudentin diese Kontakte? Und warum erzählen Ihnen diese Leute all diese Dinge?«

»Na ja, zum einen kenne ich mich recht gut mit der menschlichen Psyche aus, und außerdem bin ich nicht auf den Kopf gefallen. Das hat den Vorteil, dass man Menschen, sagen wir mal, in eine gewisse Richtung lenken kann, ohne dass sie es merken.«

»Gerade bekomme ich ein ganz seltsames Gefühl, wenn ich mich mit Ihnen unterhalte.«

Sie stieß ein kurzes, helles Lachen aus, schaltete jedoch sofort wieder um. »Aber bleiben wir bei Marvin. Er hat wohl allen Grund, inkognito zu bleiben, denn es gibt da einige Aktionen von ihm, für die er sogar in den Knast wandern könnte. Er war schon auf den Websites verschiedener Bundesministerien und hat dort witzige Nachrichten hinterlassen als Zeichen, dass er Zugang hatte. Bei einigen Firmen hat er es allerdings nicht damit bewenden lassen. Seine Spezialität ist es wohl, die Seiten größerer Firmen oder Konzerne zu hacken und die eigentlichen Administratoren auszusperren. Dann stellt er dort ein bisschen Unfug an und lässt sich dafür bezahlen, den Eigentümern wieder Zutritt zu verschaffen und zu verraten, wie es ihm gelungen ist, ihre Firewalls zu überwinden und ihr System zu knacken. Letztendlich nichts anderes als Erpressung. Angeblich ist es ihm sogar gelungen, in das interne Netz von Microsoft einzudringen. Man sagt, die haben ihm daraufhin eine bemerkenswerte Summe bezahlt, damit er das nicht an die große Glocke hängt, ihnen aber verrät, wie er es geschafft hat.

Mit der Zeit sind dann wohl immer mehr Firmen von sich aus auf ihn zugegangen, um ihre Netzwerke, Anlagen oder Computer von ihm checken zu lassen. Ich schätze mal, er ist mittlerweile ein wohlhabender Mann. Tja, und wenn *Adam* wirklich so sicher ist, wie Buchmann das behauptet, und kein anderer Hacker es geschafft hat, dort einzudringen, dann liegt die Vermutung nahe, dass Marvin ihn getestet und optimiert hat.«

»Aber wenn dieser Kerl so viel Geld von großen Firmen bekommen hat, warum sollte er sich dann mit einem verhältnismäßig kleinen Laden wie *Hamburg Home Systems* abgeben? Die haben doch höchstens dreißig Mitarbeiter oder so.«

»Knapp fünfzig, aber das spielt keine Rolle. Der Grund liegt auf der Hand, wenn man sich ein wenig mit der Psyche von Menschen auskennt. Gerade mit der von Typen wie diesem Marvin. Sehen Sie, da haben wir es schon wieder.« Sie lachte wieder, dann fuhr sie fort. »Er ist ein Star, er wird in der Szene verehrt, und wie schon erwähnt, ist er inzwischen wahrscheinlich recht vermögend, so dass er kleine Aufträge wie *Adam* nicht mehr annehmen müsste. Es sei denn, es hat ihn der Gedanke gereizt, Zugriff auf dieses System zu bekommen und damit Herrscher über alle Häuser und Wohnungen zu sein, in denen *Adam* verbaut ist. Wir reden hier nicht über Webseiten oder Firmennetzwerke, mit denen er sich normalerweise beschäftigt. Totem Programmiercode. Hier geht es um die Macht über ganze Familien. Menschen, mit denen er spielen kann, wenn er es möchte.

Sie haben mir davon erzählt, wie das Licht in Ihrem Haus wie von Geisterhand gedimmt und wieder hochgefahren wurde. So etwas meine ich. Oder wann immer er es möchte, fremde Häuser betreten zu können. In die intimsten Bereiche vorzudringen. Die Schlafzimmer, Badezimmer … sogar, wenn jemand zu Hause ist. Marvin könnte nachts neben Ihrem Bett gestanden und Sie beim Schlafen beobachtet haben.«

Der Gedanke jagte Hendrik einen kalten Schauer über den Rücken.

»Er kann sich in die internen Kameras einklinken, mit denen *Adam* ausgestattet ist, und die Bilder von ihnen empfangen. Die Leute bei allem beobachten, bei dem sie sich unbeobachtet fühlen. Intimste Momente. Das ist es, was

Typen wie ihn reizt. Die uneingeschränkte Macht über ihm völlig fremde Menschen.«

Im Schlafzimmer und im Bad hatte Hendrik keine Überwachungskamera installiert, aber neben den drei Außenkameras gab es auch eine im Wohn- und Essbereich. Hendrik hob den Kopf und richtete den Blick auf die Halbkugel aus Glas, die als Lampe getarnt in der Mitte des Raumes unter der Decke hing und unter der sich unsichtbar die 360-Grad-Kamera befand. Bilder schossen ihm durch den Kopf, Situationen … mit Linda. Der Sex hatte sich bei ihnen noch nie nur auf das Schlafzimmer beschränkt. Der Esstisch, die Couch, der Wohnzimmerboden, vor dem Kaminofen … alles Bereiche, die die Rundumkamera erfassen konnte, wenn sie über die App gesteuert wurde. Er hatte das schon ausprobiert. Die Bilder waren gestochen scharf. Er war versucht, die Kamera von der Decke zu schlagen.

»Sind Sie noch da?«, riss Alexandra ihn aus seinen Gedanken.

»Ja … keine schöne Vorstellung. Wenn ich das also richtig verstanden habe, müssen wir diesen Marvin finden, ein *Phantom*, von dem niemand weiß, wie es aussieht, und das einen guten Grund hat, sich nicht zu erkennen zu geben. Sehe ich das richtig?«

»Ganz genau. Wobei nicht gesagt ist, dass Marvin wirklich derjenige ist, der hinter alldem steckt.«

»Das verstehe ich nicht. Ich dachte …«

»Die Beschreibung, die ich Ihnen gerade gegeben habe, passt auch auf andere. Aber die Wahrscheinlichkeit, dass Marvin uns bei der Suche nach demjenigen helfen kann, ist recht groß, weil er ähnlich tickt. Ich werde auf jeden Fall versuchen, ihn zu finden.«

»Aha! Und wie soll das funktionieren?«

»So wie Firmen ihn auch finden. Man hinterlässt auf einschlägigen Seiten im Darknet eine Nachricht für ihn, in der steht, was man von ihm möchte. Wenn es ihn interessiert, wird er sich melden.« Sie machte eine kurze Pause und fügte hinzu: »Man muss eben dafür sorgen, dass es ihn interessieren könnte.«

»Darknet? Ich habe zwar schon einiges davon gehört, aber ich habe keine Ahnung, was genau das ist. Außer dass man dort wohl alles kaufen kann, was illegal und verboten ist.«

»Ja, so ungefähr. Und Sie müssen sich damit auch nicht auskennen, darum kümmere ich mich. Ich kenne da jemanden, der jemanden kennt …«

»Ich glaube, das möchte ich gar nicht wissen. Aber wenn das alles so ist, wie Sie es annehmen, würde das ja bedeuten, dieser Marvin *könnte* etwas mit Lindas Verschwinden zu tun haben. Und das wiederum bedeutet, es könnte gefährlich werden, wenn er bemerkt, dass wir nach ihm suchen.«

»Ich kann mich im Web ebenso gut verstecken wie er. Falls ich recht habe, wäre es viel gefährlicher gewesen, *Adam* weiter in Betrieb zu lassen. Gut, dass Sie das System ausgeschaltet haben.«

Binnen weniger Sekunden bildete sich ein kalter Schweißfilm auf Hendriks Stirn.

Adam.

»Ich …«, sagte er leise. »So ein Mist. *Adam* ist aktiv.«

»Was? Aber warum? Ich habe Ihnen doch gesagt, wie gefährlich das sein kann.« Hendrik merkte, wie aufgebracht Alexandra mit einem Mal war.

»Ja, ich weiß«, entgegnete er scharf und mit dem Gefühl, sich verteidigen zu müssen. »Ich dachte auch, ich hätte das System heruntergefahren. Und nachdem dieser Steinmetz mir von Linda und Krollmann erzählt hat ... Es klang so plausibel und hat genau zu dem gepasst, was die Polizei mir gesagt hat. Da dachte ich, diese Geschichte mit *Adam* ist übertrieben, und wollte das System wieder aktivieren. Dabei habe ich festgestellt, dass es noch lief. Ich habe wohl beim Runterfahren etwas übersehen.«

»Wissen Sie, was das bedeutet?« Alexandra sprach nun ganz leise »Das bedeutet, wenn ich recht habe, und daran zweifle ich keine Sekunde, dass wir jetzt wahrscheinlich in großen Schwierigkeiten sind.«

»Es tut mir leid«, antwortete Hendrik ebenso leise.

»Schalten Sie *Adam*, um Gottes willen, aus. Löschen Sie die App, falls Sie die auch wieder installiert haben. Ich rufe Sie später noch mal an. Jetzt muss ich darüber nachdenken, was wir tun können. Bis später.« Ohne ein weiteres Wort legte Alexandra auf.

Hendrik ließ das Smartphone sinken. Er kam sich vor wie ein Idiot. Blieb nur zu hoffen, dass, falls jemand sich tatsächlich in *Adam* einklinken konnte, derjenige ihr Gespräch nicht belauscht hatte. Verunsichert hob er das Telefon wieder an, wischte über das Display und starrte dann fassungslos darauf. Er war sicher, nein, er *wusste*, er hatte die App gelöscht und auch nicht wieder installiert, und doch war das blaue Rechteck mit dem stilisierten weißen Haus darin zu sehen.

»Wie ist das möglich?«, flüsterte er und registrierte, wie sich die Härchen auf seinen Armen aufstellten. Mit einem leichten Druck auf das Icon öffnete sich ein kleines Menü, das ihm anbot, die App zu löschen, sie zu teilen oder den Home-Bildschirm zu bearbeiten. Er tippte auf den roten Menüpunkt mit dem angedeuteten Papierkorb dahinter. In einem neuen Fenster musste er bestätigen, dass er *Adam* löschen wollte, was er tat. Gleich darauf war das Icon verschwunden. Zur Sicherheit blätterte er alle Seiten durch, aber *Adam* war dieses Mal tatsächlich verschwunden. Vielleicht hatte er vergessen, den ersten Löschversuch zu bestätigen. Er versuchte, sich zu erinnern – vergeblich, zu vieles war in den letzten Tagen passiert.

Ein wenig beruhigt fiel sein Blick auf das Notebook, auf dem er *Adam* zwar nicht installiert hatte, aber nach der Erfahrung gerade eben wollte er lieber auf Nummer sicher gehen.

Er trat zum Esstisch, setzte sich vor das aufgeklappte Gerät und entsperrte den Monitor. Die Browserseite mit seiner Suche nach Steinmetz war noch geöffnet und zeigte ihm neben einer ganzen Liste an Textvorschlägen, in denen der Name des Arztes auftauchte, auch drei Beispiele des Ergebnisses der Bildersuche in Form von stark verkleinerten Fotos. Es war dreimal derselbe Mann, einmal im Anzug, zweimal mit einem weißen Arztkittel bekleidet.

Hendrik betrachtete die Bilder und beugte sich dann nach vorn, um das Gesicht des Mannes besser erkennen zu können. Zwei, drei Atemzüge starrte er darauf, dann klickte er mit zitternden Händen auf den Link darüber: *Ergebnisse der Bildersuche anzeigen.*

Die sich öffnende Seite präsentierte Dutzende von Fotos, auf denen – mal einzeln, mal in einer Gruppe – immer wieder derselbe Mann zu sehen war, und in den Bildunterschriften stand sein Name – Dr. Dirk Steinmetz. Bei einem Bild sogar mit dem Zusatz: *Stellv. Chefarzt der Chirurgie, Evangelisches Krankenhaus Alsterdorf.*

Kein Zweifel, das musste Dr. Steinmetz sein. Was Hendrik jedoch veranlasste, schockiert aufzustöhnen, war die Tatsache, dass es sich definitiv nicht um den Mann handelte, der ihn besucht und ihm von Linda und Jonas Krollmann erzählt hatte.

23

Hendriks Kopf fühlte sich leer an. Er versuchte, sich zu konzentrieren, doch das gelang ihm ebenso wenig, wie er es schaffte, den Blick von den Fotos auf dem Display des Notebooks abzuwenden.

Erst nach einer Weile war er zumindest wieder in der Lage, über die Situation nachzudenken, in der er sich befand.

Lindas Verschwinden, das Auftauchen dieses Dr. Steinmetz, der aber offenbar jemand anderes war, Julia und Jonas Krollmann ... ein unausstehlicher Polizist, der seinen Partner ins Gefängnis bringen wollte, der wiederum angeblich den echten Dirk Steinmetz erschossen hatte ...

Adam, dieses System, das ihnen den Alltag angenehmer gestalten sollte, auf das sie vertraut hatten, durch das ihr Leben aber vielleicht zu einer Show für einen Fremden geworden war, der sie Tag und Nacht beobachten konnte. Der vielleicht schon mehrmals in ihrem Haus ein- und ausgegangen war, wie es ihm beliebte, der vielleicht in Lindas Unterwäsche gewühlt und auf seinem Bett gelegen hatte ...

Was sich gerade in Hendriks ansonsten eigentlich vollkommen normalem Leben abspielte, war derart verstörend, dass ihm der Gedanke durch den Kopf schoss, dass das alles nur ein Traum sein konnte.

Aber es war kein Traum. Es war real.

Linda war verschwunden, und wenn er sie finden wollte, musste er diesen seltsamen Vorgängen auf den Grund gehen. Auch wenn seine Nachforschungen vielleicht gefährlich werden konnten, aber sein Leben war sowieso aus den Fugen geraten, und wenn Linda nicht mehr auftauchte, wusste er sowieso nicht, wie es weitergehen sollte.

Er atmete tief durch und rieb sich mehrmals fest mit den Händen über das Gesicht – der verzweifelte Versuch, wieder klar denken zu können.

Alexandra wollte sich um diesen Marvin kümmern. Falls sie überhaupt noch etwas tun würde, nachdem sie erfahren hatte, dass ihre Telefonate vielleicht belauscht worden waren.

Adam! Hendrik ging in die Diele, wandte sich dem Kontrollpanel des Systems zu und begann mit der Prozedur.

Code eingeben, Piepton abwarten, EYESCAN auswählen. In Gedanken sprach er jeden seiner Schritte mit. *Das Auge vor dem Scanner in Position bringen, wieder warten, der nächste Piepton, erledigt. Dann die Finger auf die beiden Punkte des Touchscreens legen, warten. Drei Sekunden, vier …*

Fertig. *Adam* war heruntergefahren.

Nachdem er das erledigt hatte, dachte er kurz nach und entschied sich, nicht Hauptkommissar Kantstein von seiner Entdeckung des falschen Dr. Steinmetz zu erzählen, sondern seinem Chef, Paul Gerdes, der den echten Steinmetz ja offensichtlich kannte.

Hendrik wusste nicht, ob es der abweisenden, unfreundlichen Art Kantsteins geschuldet war oder der Tatsache, dass dieser so bereitwillig daran glaubte, dass sein Partner einen Menschen erschossen hatte – er hatte jedenfalls kein Vertrauen zu diesem Mann.

Zurück im Wohnzimmer, klappte Hendrik sein Notebook zu, klemmte es sich unter den Arm und verließ kurz darauf das Haus. Noch während er zum Wagen ging, überlegte er, ob ihn jemand dabei beobachtete, um nach einer angemessenen Zeit mit der auf seinem Smartphone installierten *Adam*-App die Tür zu öffnen und durch Hendriks Haus zu spazieren, als sei es seines. Nein, dachte er grimmig, denn *Adam* war *out of order*.

Von unterwegs rief er seinen Chef an und hatte Glück. Paul Gerdes war gerade in seinem Büro und konnte sich auch eine Viertelstunde Zeit nehmen, um sich mit ihm zu treffen.

»Gut, danke«, entgegnete Hendrik erleichtert. »In deinem Büro?«

»Ja, also bis gleich.«

Kurz darauf stellte Hendrik das Auto auf dem Krankenhausparkplatz ab und klopfte knappe zehn Minuten später an Gerdes' Bürotür.

»Ich mache es kurz«, begann Hendrik ohne Umschweife, schob die Computertastatur auf dem Schreibtisch, an dem sein Chef saß, ein Stück nach hinten und legte sein Notebook an die frei gewordene Stelle.

»Du sagtest ja, du kennst Dr. Steinmetz, nicht wahr?« Hendrik klappte das Display hoch und aktivierte es mit einem Tastendruck.

»Ja«, bestätigte Gerdes, wobei die Verwunderung in seiner Stimme nicht zu überhören war. »Also … kennen ist vielleicht zu viel gesagt, aber ich habe ihn einige Male getroffen.«

»Gut. Ist er das?« Hendrik zeigte auf die Ansammlung

von Fotos, die auf dem Bildschirm zu sehen war. Gerdes beugte sich kurz nach vorn, kniff die Augen ein wenig zusammen und nickte dann. »Ja, das ist er.«

Hendrik richtete sich auf und schüttelte den Kopf, bevor er um den Schreibtisch herumging und sich in einen der Besuchersessel fallen ließ. Dann sah er Gerdes mit ernstem Blick an. »Das ist nicht der Mann, der bei mir zu Hause war.«

»Wie? Was soll das heißen, ich dachte, du sagtest …«

»Dass jemand bei mir zu Hause war und sich als Dr. Dirk Steinmetz vorgestellt hat, der bis vor kurzem im Evangelischen Krankenhaus Alsterdorf gearbeitet hat. Ein Versehen ist also auszuschließen, Paul. Jemand anderes hat sich als Dr. Steinmetz ausgegeben und mir von Linda und Krollmann erzählt.«

Gerdes ließ sich gegen die Rückenlehne seines Stuhls sinken. »Aber … warum sollte jemand so etwas tun?«

»Das ist eine gute Frage, und ich glaube, wenn ich die beantworten kann, bin ich der Lösung des Rätsels um Lindas Verschwinden ein gutes Stück näher gekommen. Ich habe gehofft, du könntest mir dabei irgendwie helfen.«

»Natürlich würde ich dir gern helfen, aber wie?«

»Das weiß ich leider auch nicht. Ich kann dir den Mann nur beschreiben, mehr nicht. Und ohne Namen können wir natürlich nicht im Netz nach ihm suchen.«

Etwas in Hendriks Verstand regte sich, ein Gedanke, der wichtig sein konnte, sich aber in seinem Unterbewusstsein versteckte, so dass er ihn nicht zu fassen bekam. Er wusste, er musste loslassen, dann fiel es ihm vielleicht ein.

Gerdes' Telefon lenkte Hendrik ab. Er beobachtete seinen Chef, wie er das Gespräch annahm, hörte heraus, dass es einer der Assistenzärzte war, und ließ seinen Blick durch das Büro schweifen, während Gerdes sich unterhielt. An der Wand links von ihm hing eines der modernen Bilder, die auch in den meisten Räumen im Haus des Chefarztes die Wände zierten und denen Hendrik überhaupt nichts abgewinnen konnte. Eine gelbe Fläche und ein dunkelblauer Kreis mit unregelmäßigen Rändern in der rechten oberen Ecke. Sonst nichts. Wie von Kinderhand gemalt, etwa einsfünfzig mal einen Meter groß. *Wie von ungelenker Kinderhand gemalt*, korrigierte er sich selbst und ließ seinen Blick weiterwandern zu dem Poster daneben, das so gar nicht zu dem … *Kunstwerk* passte.

Die übergroße Abbildung eines Auges, besser gesagt einer Iris, in der unzählige kleine Kreise und Rechtecke eingezeichnet waren, an deren Rändern wiederum in winzig kleinen Buchstaben Beschreibungen standen. Ohne diese lesen zu können, wusste Hendrik, dass es sich um eine Darstellung zur Iridologie handelte, einer ursprünglich alternativmedizinischen Diagnosemethode, die davon ausgeht, dass Erkrankungen des Menschen durch Analyse der Gewebsstrukturen der Iris festgestellt werden können.

Paul Gerdes war einer der Verfechter dieser Diagnoseart, was außergewöhnlich war, wenn man bedachte, dass sein Fachgebiet die Chirurgie war. Aber Gerdes' Wissens- und Interessengebiete gingen schon immer über die des reinen Operateurs hinaus, was sicher mit ein Grund dafür war, dass er schon recht früh den Titel eines Professors und den Posten des Chefarztes bekommen hatte.

»Hendrik?«

Er zuckte zusammen und sah Gerdes an, der sein Telefonat mittlerweile beendet hatte.

»Entschuldige bitte, ich war in Gedanken.«

»Wen wundert's. Um noch mal auf Steinmetz zurückzukommen, oder besser gesagt auf den Kerl, der sich als Dr. Steinmetz ausgegeben hat – wie sah er denn aus?«

»Er war groß, blond, recht schlank. Ein Durchschnittstyp. Ich schätze ihn auf Mitte vierzig. Ach, und mir ist aufgefallen, dass er ungewöhnlich kräftige Hände und Finger hatte für einen Chirurgen.«

»Hm, das könnte auf viele passen. Tut mir leid, dass ich dir da nicht weiterhelfen kann.«

»Schon okay ... ich bin ja auch nur zu dir gekommen, weil ich sichergehen wollte, dass der Mann, den ich im Netz gefunden habe, *der* Dr. Steinmetz ist, den du auch kennst.«

Als Gerdes ihn fragend ansah, nickte er. »Ja, ich weiß schon. Natürlich ist er es, das steht ja bei einigen Fotos sogar darunter, aber ... Ach, ich weiß es selbst nicht. Ich bin im Moment so durcheinander, dass ich wahrscheinlich für alles eine Extrabestätigung brauche, bevor ich etwas glauben kann.«

»Einfacher wäre es, wenn du ein Foto von dem Kerl hättest ...«

Mit einem Mal war der Gedanke wieder da, der Hendrik schon kurz zuvor durch den Kopf gegangen war und den er nicht zu fassen bekommen hatte. Es war eine Erkenntnis, die in ihrer Selbstverständlichkeit die Frage aufwarf, warum ihm das nicht sofort eingefallen war. Und warum auch sonst niemand daran gedacht hatte. Die Polizei, zum Beispiel. Oder Alexandra.

24

»Was ist?« Gerdes hatte offensichtlich bemerkt, dass Hendriks Gesichtsausdruck sich verändert hatte, und sah ihn alarmiert an.

Hendrik richtete sich auf. »*Adam*!«

»Was?« Die Verwirrung war dem Chefarzt deutlich anzusehen.

»Mein Smart-Home-System! Wir haben doch bei deinem Besuch bei mir noch darüber geredet.«

»Ich erinnere mich, ja. Aber was ist damit?«

»Was ich eben gesagt habe, stimmt nicht. Vollkommener Quatsch. Ich *habe* Aufnahmen von diesem falschen Dr. Steinmetz. Er war doch bei mir im Wohnzimmer. Dort hängt eine Überwachungskamera, die auf Bewegung reagiert und alles aufzeichnet. Das heißt, der Kerl muss auf der Aufnahme zu sehen sein.«

Der Gedanke, vielleicht herausfinden zu können, wer dieser Betrüger war, der sich als Dr. Dirk Steinmetz ausgegeben hatte, machte Hendrik Hoffnung und ließ seine Laune gleich ein bisschen besser werden. Endlich ein Lichtblick. Falls der Kerl irgendwie in dieser Sache mit drinsteckte, hatte er mit seinem Besuch bei Hendrik einen Fehler gemacht. Und falls Alexandra recht hatte und *Adam* tatsächlich dazu benutzt worden war, ins Haus einzudringen und Linda zu entführen, war es sogar ein extrem dummer Fehler.

Gerdes' Gesicht hellte sich kurz auf. »Das ist doch mal eine gute Nachricht. Aber ...« Er runzelte zweifelnd die Stirn. »Du sagst, diese Kamera reagiert auf Bewegung. Das würde ja bedeuten, wenn du zu Hause bist, nimmt sie permanent auf. Ich bin kein IT-Spezialist, aber sind das nicht riesige Datenmengen, die da produziert werden?«

»Doch.« Hendrik stand auf. Er musste so schnell wie möglich nach Hause, um sich die Aufnahmen anzuschauen. »Aber die Aufzeichnungen werden nur für eine Woche gespeichert und dann überspielt. Die Datei mit dem falschen Steinmetz muss also auf jeden Fall noch vorhanden sein.« Er hielt inne und fasste sich wie vom Donner gerührt an die Stirn. »O mein Gott.«

»Was ist?«

Hendrik starrte an seinem Chef vorbei. Wie hatte er das nur übersehen können?

»Eine Woche ... weißt du, was das bedeutet?«

Gerdes blickte ihn verständnislos an und zuckte mit den Schultern.

»Paul, die Nacht, in der Linda verschwunden ist ... das ist noch keine Woche her.«

Mit wenigen Schritten war er um den Schreibtisch herum, klappte sein Notebook zu, das noch immer vor Gerdes stand, und nahm es an sich.

»Die Aufzeichnungen der Kamera von dieser Nacht müssen ebenfalls noch vorhanden sein. Und vielleicht ist darauf zu erkennen, was passiert ist. Ich bin ein solcher Idiot. Wie konnte ich das nur übersehen?«

Während er sich abwandte, sagte Gerdes: »Halt mich auf dem Laufenden.«

»Ja, klar«, antwortete Hendrik, dann war er auch schon durch die Tür und hetzte den Flur entlang. Die Aussicht, zumindest eine kleine Chance zu haben, herauszufinden, was in der Nacht von Lindas Verschwinden passiert war, machte Hendrik Hoffnung. Zum ersten Mal seit dem Moment, als er in jener Nacht nach Hause gekommen war.

Er musste sich zusammennehmen, um nicht auf dem Weg von der Klinik zu seinem Haus in Winterhude das Gaspedal bis zum Anschlag durchzutreten.

Zwischendurch dachte er daran, dass er *Adam* wieder hochfahren musste, wenn er Zugriff auf die gespeicherten Videodateien haben wollte, aber das nahm er in Kauf. Und falls Alexandra anrief, würde er das Gespräch nicht annehmen, sondern sie zurückrufen, sobald er *Adam* wieder heruntergefahren hatte.

Fast wäre Hendrik auf den dunklen Audi aufgefahren, der direkt in seiner Auffahrt geparkt hatte, und noch bevor er den Mann entdeckte, der vom Haus her auf ihn zukam, wusste er, zu wem das Fahrzeug gehörte.

»Da sind Sie ja«, sagte Kantstein, als Hendrik ausstieg, und bemühte sich gar nicht erst, den Anschein von Freundlichkeit zu erwecken. Hendrik war irritiert, den Hauptkommissar zu sehen.

»Gibt es Neuigkeiten zu Linda?«

Kantstein schüttelte den Kopf. »Nein, und bei Ihnen? Haben Sie etwas von Ihrer Verlobten gehört?«

»Nein.« Hendrik verzichtete darauf, zu fragen, weshalb Kantstein zu ihm gekommen war. Er wollte so schnell wie möglich ins Haus und sich die Aufzeichnungen ansehen.

»Ich bin wegen Dirk Steinmetz hier«, erklärte der Hauptkommissar. »Wegen seines Besuchs bei Ihnen.«

Hendrik zögerte kurz, entschloss sich dann aber, Kantstein zu erzählen, was er mittlerweile in Erfahrung gebracht hatte.

»Nicht Dr. Steinmetz hat mich besucht.«

Wenn Kantstein überrascht war, konnte er das gut verbergen. »Ach? Wer denn dann?«

»Ich habe im Internet Fotos von Steinmetz gesehen. Das ist nicht der Mann, der bei mir war.«

»Und wissen Sie, wer es war?«

»Noch nicht, aber vielleicht bald. Und nicht nur das.«

Hendrik erzählte dem Polizisten von den Aufzeichnungen, sowohl von Steinmetz als auch von der Nacht, in der Linda verschwunden war.

Kantstein runzelte die Stirn. »Und das fällt Ihnen erst jetzt ein?«

»Ja. Sie als Ermittler sind ja auch nicht auf den Gedanken gekommen.«

»Woher sollte ich denn wissen ...« Kantstein winkte ab und deutete zum Haus. »Dann los. Das möchte ich mir auch ansehen.«

Hendrik nickte und setzte sich in Bewegung. Er wusste nicht, warum, aber Kantsteins Anwesenheit war ihm unangenehm. Egal, in wenigen Minuten würde er vielleicht endlich herausfinden, was mit Linda geschehen war.

An der Haustür angekommen, zog er den Schlüssel aus der Tasche und dachte beim Aufschließen darüber nach, wie ungewohnt es mittlerweile für ihn war, die Tür auf diese althergebrachte Art und nicht per Fingerscan zu öffnen.

Adam hochzufahren dauerte keine zwei Minuten, in denen Kantstein hinter ihm stand und ihn interessiert beobachtete. Kurz darauf saßen sie am Tisch, und Hendrik klappte das Display des Notebooks auf. Bisher hatte er sich – wenn überhaupt – Aufzeichnungen immer auf dem Smartphone angesehen, doch da er die *Adam*-App so oder so neu installieren musste, konnte er das ebenso auf dem Notebook tun, wo er ein größeres Bild haben würde.

»Wo hängt diese Kamera?«, wollte Kantstein wissen, während Hendrik sein Passwort eintippte. Hendrik sah auf und zeigte zur Decke in der Zimmermitte. »Dort, die Halbkugel, die aussieht wie eine kleine Lampe.« Nach einer kurzen Pause, in der er die Kamera anstarrte, fügte er grimmig hinzu: »Dabei fällt mir etwas ein. Einen Moment, bitte.«

Obwohl er es nicht erwarten konnte, sich die Aufzeichnungen anzusehen, stand er auf, verließ das Wohnzimmer und lief durch die Zwischentür in der Diele in die Garage. Dort nahm er die kleine Treppenleiter vom Haken neben der Tür und ging zurück ins Wohnzimmer. Nachdem er die Leiter unter der Kamera aufgestellt hatte, holte er sich aus der Küche eine Rolle braunes Paketband und eine Schere.

Kantstein beobachtete schweigend, wie Hendrik nervös an der Halbkugel herumhantierte, bis er die Kamera schließlich mit dem Paketband umwickelt hatte. »Vorsichtsmaßnahme«, erklärte Hendrik knapp, als er den fragenden Blick des Ermittlers bemerkte.

Obwohl die Kamera nicht mehr aufzeichnen konnte,

drehte er den Computer auf dem Esstisch so, dass der Bildschirm nicht erfasst wurde.

»Sie wollen aber zu hundert Prozent auf Nummer sicher gehen, was?«, kommentierte Kantstein.

Hendrik ging nicht darauf ein, sondern konzentrierte sich auf den Bildschirm.

Nachdem er die *Adam*-App installiert und sich erfolgreich per Code, den er verdeckt eingab, und Eyescan über die Kamera als Administrator identifiziert hatte, navigierte er mit fahrigen Bewegungen im Applikations-Menü zu den gespeicherten Aufnahmen der Kamera.

»Wie lange bleiben die Aufnahmen gespeichert?«, wollte Kantstein wissen.

»Eine Woche, dann werden sie überschrieben«, erklärte Hendrik, während er das Sicherungsverzeichnis anklickte.

Die Dateinamen begannen mit dem Präfix *WoZi-*, gefolgt von Datum und Uhrzeit der jeweiligen Aufnahme.

Es dauerte nicht lange, bis er die Dateien von der Nacht gefunden hatte, in der Linda verschwunden war. Er ging die angegebenen Uhrzeiten durch und fand eine Aufnahme von vier Uhr dreiunddreißig.

»Hier!« Er deutete aufgeregt darauf. »Das war die Zeit, als ich nach Hause gekommen und bei meiner Suche nach Linda das Wohnzimmer betreten habe. Die Datei davor ist von ein Uhr fünf. Das muss es ein.«

Sein Puls raste, als er das Video mit einem Doppelklick startete. Es begann mit … Linda! Sie kam ins Wohnzimmer, blickte sich um, ging zum Tisch. Sie schien ruhig, ihre Gesichtszüge waren völlig entspannt. Nach einem weiteren Rundumblick wandte sie sich ab und sagte im Hinausgehen etwas, das Hendrik zwar nicht verstand, dessen Sinn aber klar war, als der Raum dunkel wurde. Zehn Sekunden später war das Video zu Ende.

Hendrik starrte auf das Display. »Das war's?«, hörte er sich leise sagen.

»Ist das die einzige Kamera im Haus?«, fragte Kantstein »Was ist mit dem Eingangsbereich und der oberen Etage?«

»Nein, ich … oben wollte ich keine Kameras. Aber draußen hängen insgesamt drei. Moment.«

Er navigierte durch das Dateisystem zu dem Ordner *Aussen-1*, in dem die Aufzeichnungen der Kamera über der Haustür gespeichert waren, und anschließend im Verzeichnis dann zu der Nacht von Lindas Verschwinden.

»Mist!«, stieß er aus, als er die entsprechenden Dateien vor sich hatte. »Die letzte Aufzeichnung ist von achtzehn Uhr zehn. Da bin ich von der Tagschicht im Krankenhaus nach Hause gekommen. Die nächste stammt dann erst wieder von dem Zeitpunkt, als ich am frühen Morgen von meinem nächtlichen Einsatz zurückkam. Alles dazwischen fehlt.«

In den Verzeichnissen *Aussen-2* und *Aussen-3*, die die Bereiche um die Garage und die Terrasse abdeckten, zeigte sich ein ähnliches Bild. Auch dort gab es von der entsprechenden Nacht keine Aufzeichnungen.

»Nichts«, stellte Hendrik mit einer Mischung aus Resignation und Wut fest und schlug mit der flachen Hand auf die Tischplatte. »Verdammt!«

»Also nur die hier im Wohnzimmer, das Ihre Verlobte ganz friedlich verlassen hat, wie wir sehen konnten. Das ist schade, aber auch nicht weiter verwunderlich. Wenn sie oben ihren Koffer gepackt und dann das Haus verlassen hat, kann diese Kamera das kaum aufzeichnen.«

»Dann müsste das aber die Außenkamera über der Tür aufgenommen haben. Hat sie aber nicht. Und die anderen auch nicht.«

»Hm ...«, machte Kantstein. »Aber müsste es solche Aufzeichnungen aus dem Außenbereich nicht auch geben, wenn sie entführt worden wäre? Wenn ich das richtig verstehe, kann man Ihr Haus weder betreten noch verlassen, ohne von einer der Kameras erfasst zu werden. Wie also hat ein möglicher Entführer es geschafft, sie hinauszuschaffen, ohne dabei gefilmt zu werden?«

»Ganz einfach«, fuhr Hendrik ihn an. »Wenn ein Fremder *Adam* von außen so steuern kann, dass er ins Haus gelangt, dann kann er über das System auch die Dateien löschen, auf denen etwas zu sehen ist, was niemand sehen soll. Das ist doch wohl logisch, oder?«

Kantstein zuckte mit den Schultern. »Hat Ihre Verlobte Zugriff auf das System?«

»Natürlich.«

»Könnte sie Dateien löschen, die niemand sehen soll?«

Hendrik musste sich sehr zusammenreißen, um Kantstein nicht anzuschreien, konnte aber nicht verhindern, dass er lauter wurde. »Ja, verdammt, das könnte sie, aber das heißt gar nichts.«

»Das habe ich auch nicht behauptet. Aber Fakt ist, dass wir noch immer keinen Beweis dafür haben, dass Ihre Verlobte entführt wurde. Also sind wir genauso weit wie zuvor.«

Als Hendrik nicht antwortete, deutete Kantstein auf das

Display. »Was ist mit diesem Kerl, der sich als Steinmetz ausgegeben hat? Schauen wir uns noch das Video von seinem Besuch an?«

Hendrik fühlte sich mit einem Mal kraftlos. Er wusste nicht genau, was er sich von den Aufzeichnungen erhofft hatte, doch das, was sie gerade gesehen, oder besser, was sie eben *nicht* gesehen hatten, half tatsächlich kein bisschen weiter. Aber es nutzte nichts, er musste weiter nach Hinweisen suchen.

Hendrik nickte und überlegte kurz, wann der falsche Doktor Steinmetz bei ihm aufgetaucht war. Es dauerte nicht lange, dann hatte er das entsprechende Video gefunden und startete es.

Zu sehen war ein Ausschnitt des Wohnzimmers mit der Couch, dem niedrigen Tisch, einem der beiden Sessel und der Wohnzimmertür dahinter – die normale Einstellung der Kamera. Auf der Couch, wo der falsche Dr. Steinmetz bei seinem Besuch gesessen hatte, saß ... er selbst. Hendrik beobachtete sich eine Weile dabei, wie er an seinem Smartphone herumtippte, es dann zur Seite legte und sich mit einem Lächeln dem großen Glaselement zuwandte, das den Blick auf die Terrasse freigab. Im selben Moment schwenkte die Kamera herum, was bedeutete, dass es eine Bewegung gab. Hendrik wunderte sich, Steinmetz hatte doch auf der Couch gesessen.

In der nächsten Sekunde hatte das Objektiv die Person erfasst, die, von der Terrasse kommend, das Wohnzimmer betreten hatte. Hendriks Unterkiefer klappte auf. Die Person, die ihn vom Bildschirm seines Notebooks aus anlächelte, war ... Linda.

25

Sie erwacht aus ihrem Dämmerzustand durch ihr eigenes Stöhnen. Irritiert bewegt sie den Kopf, obwohl sie absolut nichts sieht, und verzieht schmerzgepeinigt das Gesicht. Ihr ganzer Körper fühlt sich an, als wäre er eine brennende Fackel. In ihr wütet hohes Fieber.

Sie liegt auf kaltem Beton. Der fensterlose Raum, in dem sie eingeschlossen ist, ist winzig klein, vielleicht vier Meter lang und zwei Meter breit. Das weiß sie nur, weil sie ihn immer wieder abgegangen ist, die kalten Wände wieder und wieder abgetastet hat, wenn das Fieber ein wenig zurückging und ihr eine kleine Verschnaufpause gönnte.

Sie reißt die Augen auf, als würde es ihr so gelingen, die Schwärze zu durchdringen.

Vollkommen dunkel. Vollkommen leer.

Sie weiß nicht, wie lange es her ist, dass die Tür sich zum ersten Mal hinter ihr geschlossen hat. Tage? Wochen? Seitdem öffnet sie sich immer mal wieder für ein paar Sekunden, in denen jemand ihr eine Flasche Wasser und einen Teller mit belegten Broten auf den Betonboden stellt, während sie geblendet die Augen zusammenkneift und den Unterarm zum Schutz darüberlegt.

Mühsam stemmt sie sich hoch, schafft es schließlich, an der Wand abgestützt zu stehen.

*Ihre Muskeln zittern, die Knie drohen, jeden Moment einzu-
knicken. Dennoch muss sie es versuchen. Auch wenn sie weiß, es
hat sich nichts geändert.*

*Unter Aufbietung aller Kraft macht sie einen kleinen Schritt
nach dem anderen. Plötzlich wird ihr eiskalt, ihr nackter Körper
wird von krampfartigem Schüttelfrost erfasst, die Zähne schlagen klappernd aufeinander. Es kostet sie unmenschliche Anstrengung, auf den Beinen zu bleiben. Weiter. Sie muss weiter, auch
wenn es aussichtslos erscheint.*

*Sie schafft es, erreicht die Stahltür, tastet sie ab, bis ihre zit-
ternde Hand auf der Klinke liegt. Sie drückt sie nach unten, stellt
fest, dass die Tür – wie befürchtet – verschlossen ist, und sackt in
sich zusammen.*

*Sie schlingt die Arme um den Oberkörper, Tränen laufen ihr
über die Wangen, sie schließt die Augen, obwohl es in der totalen
Finsternis keinen Unterschied macht.*

*Bilder tauchen vor ihr auf. Schlaglichter auf die seltsamen und
schrecklichen Dinge, die geschehen sind, bevor man sie hier eingesperrt hat.*

*Sie erinnert sich an fast alles, sie hatte viel Zeit zum Nach-
denken, obwohl sie zwischendurch immer wieder weggetreten
war, wenn das Fieber stieg. Dann phantasierte sie und sah die
verrücktesten Sachen. Schöne, die sie festhalten wollte. Aber da
waren auch andere Bilder, furchtbare Geschehnisse … sie sind
kein Produkt ihrer Phantasie, sie sind wirklich geschehen, das
weiß sie.*

*Die Angst wird wieder größer, als ihr Gedächtnis die Ereig-
nisse vor ihr abspult wie einen Film.*

Sie ist im Badezimmer, um sich bettfertig zu machen, als sie dieses Geräusch hört. Es klingt, als wäre etwas Schweres umgefallen, irgendwo unten im Haus. Sie geht barfuß und im Schlafshirt die Treppe nach unten, um nachzusehen. Sie ruft, erhält aber keine Antwort. Unten angekommen, tappt sie in Richtung Wohnzimmer, ruft erneut. Plötzlich wird etwas auf ihr Gesicht, ihren Mund gedrückt. Der ekelhaft süße Geruch …

Sie ist auf einer Bahre festgeschnallt, als sie aufwacht, ihre Augen sind verbunden. Panik greift nach ihr, sie möchte schreien, doch ihr Mund ist zugeklebt. Dann ist da diese Stimme, unnatürlich dunkel verstellt. Und doch hat sie das Gefühl, etwas Bekanntes herauszuhören, aber sie kann es nicht zuordnen.

»Du wirst es nicht verstehen, aber was ich jetzt tue, hält dich am Leben«, sagt diese Stimme langsam und abgehackt. Dann spürt sie einen Stich am Oberarm, und binnen Sekunden breitet sich ein brennender Lavastrom aus. Als er den Hals erreicht, verliert sie das Bewusstsein.

Ein Stich in die Armbeuge holt sie aus der Ohnmacht. Sie öffnet die Augen und ist überrascht, dass sie etwas sehen kann. Einen Mann. Er trägt Kleidung, Kopfbedeckung und Mundschutz eines Operateurs und beugt sich über sie. Sie versucht, dem Blick aus seinen kalten, forschenden Augen auszuweichen, doch ihr Kopf bewegt sich keinen Millimeter.

Er zeigt ihr eine Art Reagenzgläschen, das halb gefüllt ist mit Blut. Ihrem Blut.

»Nur noch ein letzter Check.« Die Stimme des Mannes ist nicht verstellt, aber sie ist sicher, es ist ein anderer Mann als zuvor.

»In einer Stunde sind wir sicher und können dich verarbeiten.«

Verarbeiten? Ihr Verstand irrt um das Wort herum, weigert sich aber zu begreifen, was damit gemeint sein könnte. Sie versucht zu schreien, doch es dringt kein Ton aus ihrem Mund. »Oh, keine Angst«, sagt der Mann. »Du wirst nichts spüren. Ich werde dich vorher wegschießen. Ich bin ja kein Unmensch.«

Dann ist der Mann aus ihrem Blickfeld verschwunden.

Als er nach unendlich langer Zeit, in der sie vor Angst fast den Verstand verliert, wieder zurückkommt, brüllt er sie an.

»Was soll diese Scheiße?« Er hält ihr ein zerknülltes Blatt Papier vor die Nase, als wüsste sie genau, worum es sich dabei handelt. »So kann ich nichts mit dir anfangen. Was, zum Teufel, hast du getan?«

Plötzlich hat er eine Spritze mit einer dicken Kanüle in der Hand, die er ihr wütend seitlich in den Oberschenkel rammt. Dann schiebt er den Tisch, auf dem sie liegt, aus dem Raum. Kurz darauf zerrt er sie von dem Tisch herunter und legt sie auf dem Betonboden der kleinen Kammer ab. Als sich die Tür schließt und die absolute Finsternis sie umklammert, kommt zum ersten Mal ein krächzender Ton über ihre Lippen.

Ein Geräusch an der Tür reißt sie in die Gegenwart zurück. Ein Lichtblitz dringt in den Raum und schießt glühende Pfeile direkt in ihre Pupillen, bevor sie die Lider schließen kann. Noch während sie die Augen mit dem Unterarm bedeckt, betritt jemand den Raum, packt sie am Arm und zischt: »Halt still, sonst wird es weh tun.«

Sie will ihn anschreien, womit er ihr eigentlich noch drohen möchte nach alldem, was er ihr schon angetan hat. Sie spürt den vertrauten Stich in die Armbeuge. Er nimmt ihr Blut ab. Das hat er schon zweimal gemacht, seit sie eingesperrt ist.

Dann ist es vorbei. Wortlos verlässt er ihr Gefängnis, im nächsten Moment hüllt die Schwärze sie wieder ein.

26

»Was? Aber …«, stieß Hendrik heiser aus und sah wie gebannt dabei zu, wie Linda sich in dem Video zu ihm herunterbeugte, ihm einen Kuss gab und etwas zu ihm sagte, das er nicht verstehen konnte, weil der Ton zu leise gestellt war. Schnell tippte er mehrmals auf die Taste, mit der die Lautstärke erhöht wurde.

»… du auch einen Tee?«, fragte sie ihn gerade, woraufhin er breit lächelnd den Kopf schüttelte und antwortete: »Habe ich ein Sommerkleid an?«

Er konnte sich an den Dialog erinnern, der aus glücklichen Zeiten stammte. Hendrik stoppte das Video, verkleinerte das Standbild und sah sich den Dateinamen noch einmal genau an. Das Datum und die Uhrzeit stimmten, daran bestand kein Zweifel.

Kantstein, der bisher nichts gesagt und nur nachdenklich auf das Bild geblickt hatte, erkundigte sich: »Haben Sie die falsche Aufnahme erwischt?«

»Nein, sehen Sie hier … Tag und Datum stimmen. Genau zu der Zeit war dieser Kerl hier.«

»Wir sehen hier aber keinen Kerl, sondern Ihre Verlobte, die angeblich verschwunden ist. Können Sie mir das erklären?«

»Nein, ich … Was heißt hier angeblich? Was unterstellen Sie mir da? Linda *ist* verschwunden. Das ist ein anderes Video. Ich erinnere mich an die Situation, aber nicht mehr genau daran, wann das war. Es muss letzte oder vorletzte Woche gewesen sein.«

»Hm, das ist ja seltsam. Sagten Sie nicht, die Daten werden nur eine Woche lang gespeichert und dann überschrieben?«

»Ja, das werden sie normalerweise ja auch.« Hendrik sprang auf. »Ach, verdammt, ich weiß nicht, was da los ist. Jedenfalls ist das, was wir da gesehen haben, nicht zu der Zeit geschehen, als dieser falsche Steinmetz hier gewesen ist. Ich bin doch nicht verrückt. Das … das muss jemand manipuliert haben.«

»Ah, ja, ich verstehe.« Auch Kantstein stand auf. »Das war dann wahrscheinlich derselbe, der dieses … System so bearbeitet hat, dass er Ihre Verlobte entführen konnte. Ohne jegliches Motiv und …« Der Türgong ertönte, und Kantstein verstummte. Hendrik wandte sich wütend ab und verließ das Wohnzimmer. Vor der Tür stand Alexandra und deutete mit dem Daumen auf den Wagen. »Das ist doch Kantsteins Auto. Gibt es etwas Neues zu Ihrer Verlobten?«

»Nein, er hatte nur ein paar Fragen wegen dieses Steinmetz'. Allerdings ist das Ganze gerade etwas aus dem Ruder gelaufen. Kommen Sie rein.«

Alexandra stieß ein kurzes Lachen aus. »Er wird sicher hocherfreut sein, mich zu sehen.«

Als sie das Wohnzimmer betraten, nickte der Hauptkommissar ihr jedoch nur wortlos zu und sagte, an Hendrik gewandt: »Ich weiß, Sie haben Ihre eigene Theorie, was das Verschwinden Ihrer Verlobten betrifft.« Sein Blick wechselte kurz zu Alexandra. »Ich rate Ihnen aber, nichts auf eigene Faust zu unternehmen und abzuwarten.«

»Worauf?«, entgegnete Hendrik angriffslustig. »Sie haben offensichtlich noch immer nicht vor, etwas wegen Linda zu unternehmen. Trotz aller Merkwürdigkeiten, die passieren. Aber Sie haben ja genug damit zu tun, Ihren Partner des Mordes zu beschuldigen, nicht wahr?«

Kantstein machte einen Schritt auf Hendrik zu und sah ihm in die Augen. »Merkwürdigkeiten? Von welchen Merkwürdigkeiten sprechen wir gerade? Davon, dass Sie Besuch von einem Geist hatten? Oder von der Merkwürdigkeit, dass stattdessen Ihre Verlobte auf diesem Video erscheint, die angeblich entführt worden ist, wofür es allerdings keinerlei Beweise gibt? Sind das die Merkwürdigkeiten, von denen Sie sprechen? Sollte ich diese Vorgänge wirklich zum Anlass für Ermittlungen nehmen? Sind Sie da ganz sicher? Denn das würde bedeuten, ich müsste mich zuerst einmal näher mit Ihnen befassen.«

Ein paar Wimpernschläge lang starrten sie sich an, schweigend und mit eisigem Blick, dann wandte Kantstein sich ab, sagte: »Ich finde allein raus«, und verschwand. Gleich darauf fiel die Haustür mit einem dumpfen Knall ins Schloss.

»Wow!« Alexandra schüttelte die Hand, als hätte sie sich die Finger verbrannt. »Der Herr Hauptkommissar ist ja mal wieder bester Laune.«

Hendrik sah noch einmal zur Wohnzimmertür. »Ich kann ihn einfach nicht einschätzen. Es war aber auch zu blöd, dass er ausgerechnet jetzt dabeisaß, als ich mir diese verdammten Videos angesehen habe.« Sein Blick wanderte zu seinem Notebook, dann zu der umwickelten Kamera an der Decke und wieder zurück zu Alexandra.

»Diese Videos … Ich denke, Sie haben recht. *Adam* …« Alexandra riss die Augen auf, hob beide Hände und schüttelte so heftig den Kopf, dass Hendrik sofort verstummte. Als sie dann zur Kamera zeigte und anschließend mit der Handkante an ihrer Kehle vorbeistrich, verstand Hendrik. Er stand auf, ging in die Diele und fuhr *Adam* herunter. Als er zurückkam, erzählte er ihr von den fehlenden und manipulierten Aufzeichnungen.

»Sie glauben nun auch, dass *Adam* manipuliert worden ist, oder?«, hakte Alexandra nach.

»Ja, das tue ich.«

Sie zuckte mit den Schultern. »Meine Rede. Deswegen sollte die App jetzt auch ausgeschaltet bleiben. Und es stimmt. Dass Kantstein ausgerechnet dann hier auftaucht, wenn Sie sich die Aufnahmen anschauen … tja. Das ist wirklich ein dummer Zufall. Tut mir leid für Sie.«

»Können wir uns vielleicht auf das *Du* einigen?«, schlug Hendrik spontan vor, woraufhin Alexandra dankbar lächelte. »Sehr gern. Ich dachte schon, du stehst auf diesen formalen Kram. Herr Doktor und so.«

»Ganz im Gegenteil.«

»Gut.« Alexandra ging zum Esstisch und setzte sich auf einen der Stühle. »Erinnerst du dich daran, dass der Chef von *Hamburg Home Systems*, dieser Buchmann, sagte, dass *Adam* seit drei Jahren auf dem Markt ist? Ich habe mal versucht, herauszufinden, wohin das System in der Zeit verkauft worden ist, was sich allerdings als sehr schwierig herausgestellt hat. Hier und da hat mal jemand etwas in einem

Forum zu *Adam* gepostet, aber das bringt recht wenig. Wir bräuchten eine komplette Liste von allen Benutzern des Systems. Wenn wir gezielt nach vermissten Personen in den Städten suchen, in denen *Adam* genutzt wurde, und die Ergebnisse dann mit der Kundenliste abgleichen, wüssten wir schon mehr. Ich habe da so eine Ahnung, dass es Überschneidungen gibt.«

Hendrik wiegte den Kopf hin und her. »Aber woher sollen wir eine Kundenliste bekommen? Buchmann wird sie uns sicher nicht geben. Ich glaube nicht, dass er etwas mit dieser Sache zu tun hat, und er ist viel zu sehr ehrenwerter Geschäftsmann, als dass er Kundendaten weitergeben würde.«

»Das mag sein«, erwiderte Alexandra. »Es gibt da aber noch einen anderen Weg.« Sie deutete auf Hendriks Notebook. »Hast du darauf den Tor-Browser installiert?«

»Tor? Nein, den kenne ich nicht, ich benutze Firefox.«

Sie lächelte ein wenig nachsichtig. »Für das, was ich dir zeigen möchte, brauchst du Tor.«

»Okay. Und warum?«

»Ich versuche, es dir mal so zu erklären, wie man es mir erklärt hat. Der Nutzer, also du, installiert auf seinem Computer den Browser, der sich mit dem Tor-Netzwerk weltweit verbindet. Wenn du ihn startest, lädt er sich eine Liste aller vorhandenen und verwendbaren Tor-Server herunter. Sobald die Liste empfangen wurde, wählt dein Browser einen zufälligen ersten Tor-Server und erstellt mit ihm eine verschlüsselte Verbindung. Von dort geht es zu einem nächsten zufälligen Server. Diese Prozedur wiederholt sich, so dass eine Verbindungskette mit mindestens drei Tor-Servern entsteht. Meist sind es mehr. Der Trick ist, dass jeder Server nur seinen Vorgänger und seinen Nachfolger kennt. Das heißt im Klartext, sobald die Verbindung am dritten Server angelangt ist, ist der Weg zurück – also zu dir – nicht mehr nachvollziehbar. Absolute Anonymität. Surfen im Netz, ohne Spuren zu hinterlassen, die zu dir zurückverfolgt werden können. Das ist der Grund, warum du dich nur mit diesem Browser erfolgreich im Darknet bewegen kannst.«

»Okay. Du sagtest ja schon was vom Darknet, als es um dieses Supergenie ging. Marvin.«

»Genau.« Alexandra setzte sich auf den Stuhl vor dem Notebook. »Wenn du das mal entsperrst, installiere ich dir den Browser.«

»Das wird nicht funktionieren, ich habe *Adam* doch gerade heruntergefahren. Kein WLAN.«

Alexandra zog ihr Smartphone aus der Hosentasche und legte es auf den Tisch. »Aber Hotspot von mir.«

»Okay.« Während er das Display entsperrte, sagte er: »Ist das denn legal? Dieser Browser?« Doch bevor sie antworten konnte, fügte er hastig hinzu: »Ach, vergiss es. Es ist mir egal.«

Alexandra schmunzelte. »Es ist legal.«

Hendrik richtete sich wieder auf. »Ich wundere mich wirklich, wie gut du dich mit diesem ganzen Informatikzeug auskennst. So als angehende Psychologin.«

Sie lächelte. »Ich habe schon als Jugendliche lieber mit Freunden zusammen am Computer gesessen, als mich mit typischem Mädchenkram zu beschäftigen. Und jetzt im Studium habe ich auch recht schnell ein paar Leute aus der

Informatik kennengelernt. Wie schon gesagt: Man muss nur jemanden kennen, der jemanden kennt.«

Die Installation dauerte keine fünf Minuten, dann startete Alexandra den Browser, tippte eine Zeichenfolge in die Adressleiste ein, die auf *.onion* endete, worauf sich eine Seite mit dem Titel *Rent a Hacker* öffnete, auf der in englischer Sprache erklärt wurde, dass man auf dieser Seite eine Suche nach einem Hacker für alle Zwecke einstellen konnte. Mögliche Zwecke wurden dann auch gleich aufgelistet.

Von der *Störung von Websites / Netzwerken mittels DDoS und anderen Methoden* war da zu lesen, von *Wirtschaftsspionage* und davon, *private Informationen über jemanden* zu erhalten.

Ungläubig las Hendrik die Liste der Möglichkeiten durch, in der auch *Security-Hacks* aufgeführt wurden und die mit dem Hinweis endete: *Wenn Sie möchten, dass jemand als Kinderporno-Benutzer bekannt wird, ist dies kein Problem.*

Fassungslos deutete Hendrik darauf. »Das ist doch ein Fake, oder?«

Alexandra schüttelte ernst den Kopf. »Leider nicht. Im Darknet kann man alles und jeden kaufen. Vom Hacker bis zu Waffen oder Drogen. Kein Problem. Es gibt Onlineshops, die denen ähneln, die wir aus dem offiziellen Teil des Webs kennen, nur dass dort in den Warenkörben andere Dinge liegen und dass mit Bitcoin oder anderen Kryptowährungen gezahlt wird. Aber was ich dir zeigen wollte, ist etwas anderes.«

Sie klickte auf einen Link, und ein Eingabefeld öffnete sich. Ihre Finger huschten über die Tastatur, dann öffnete sich eine neue Seite, die aus einem kurzen, in Deutsch verfassten Text in weißer Schrift auf schwarzem Hintergrund bestand.

Suche Produkttester. Neuartiges Smart-Home-System. High-End-Security.

Hendrik sah Alexandra fragend an. »So sieht eine Suche nach einem Hacker aus? So simpel?«

Sie grinste. »Ja. Und das da ist unsere Suche. Ich habe sie heute eingestellt. Vielleicht meldet sich jemand, der bereit ist, uns eine gewisse Kundenliste von einer gewissen Firma zu besorgen.«

Hendrik sah sie überrascht an. »Und das geht einfach so? Als würdest du per Inserat einen gebrauchten Volvo suchen?«

»Genau so.«

»Das wäre dann aber definitiv illegal.«

Alexandra zuckte mit den Schultern. »Irgendwie schon. Aber wenn es uns hilft, nicht nur Linda zu finden, sondern weitere Entführungen dieser Art zu verhindern?«

Dem Argument konnte Hendrik sich nicht widersetzen. »Also gut, versuchen wir es.«

»Wenn wir Glück haben, meldet sich sogar Marvin.«

Hendrik betrachtete den Bildschirm. »Das ist eine völlig neue Welt für mich.«

»Wie ich schon sagte, muss man nur die richtigen Leute kennen. Du glaubst gar nicht, was manche meiner Informatik-Kommilitonen so alles treiben.«

Hendrik winkte ab. »Ich glaube, das möchte ich auch gar nicht wissen.«

Alexandra klappte das Notebook zu und stand auf. »Gut, das wollte ich dir nur schnell zeigen. Ich muss jetzt zur Uni und melde mich später bei dir, okay? Und lass dich von Kantstein nicht ärgern. Ich weiß, er benimmt sich im Moment seltsam, aber er kann auch ganz anders. Als ich ihn kennenlernte, war er ein völlig anderer Mensch. Ich weiß nicht, warum er sich so verändert hat.«

»Tja«, antwortete Hendrik, dessen Gedanken gerade zu einer anderen Bemerkung abgeschweift waren, die sie über den Hauptkommissar gemacht hatte.

Dass Kantstein ausgerechnet dann hier auftaucht, wenn Sie sich die Aufnahmen anschauen ... wirklich ein dummer Zufall.

Kantstein war gerade von der Haustür gekommen, als Hendrik in die Einfahrt gefahren war. Was hatte er dort getan?

War es wirklich Zufall gewesen?

27

Nachdem Alexandra sich verabschiedet hatte, nahm Hendrik seinen Autoschlüssel und verließ kurz darauf ebenfalls das Haus. Er musste etwas über diesen falschen Doktor Steinmetz in Erfahrung bringen. Vielleicht bekam er ja einen Hinweis auf ihn, wenn er sich mit dem echten Steinmetz befasste.

Das Evangelische Krankenhaus Alsterdorf war nur knapp fünf Kilometer entfernt. Hendrik erreichte es nach zwanzig Minuten, nach weiteren zehn Minuten hatte er sich zum leitenden Arzt der chirurgischen und orthopädischen Station durchgefragt und stand in dessen Vorzimmer.

Die Frau, die ihn über den oberen Rand ihrer Lesebrille hinweg begutachtete, mochte um die sechzig sein und sah so aus, als hätte die Casting-Agentur einer Arztserie sie für diese Rolle ausgesucht.

»Herr Professor Geibel hat sehr viel zu tun. Ohne Termin …«

»Mir ist vollkommen klar, dass der Herr Professor ein vielbeschäftigter Mann ist«, erklärte Hendrik mit sanfter Stimme. »Aber es geht hier um einen Menschen, der spurlos verschwunden ist. Meine Verlobte. Ich habe nur ein paar kurze Fragen an ihn. Vielleicht kann er mir helfen, sie zu finden.«

»Wen zu finden?«, fragte ein Mann hinter ihm.

Hendrik wandte sich um und wusste sofort, dass es der Chefarzt war, der in der Durchgangstür zum nächsten Raum stand. Der weiße Kittel, den er trug, schien eine Nummer zu groß zu sein, was der schmächtigen Gestalt des Mannes geschuldet war. Das schmale Gesicht unter den kurzen grauen Haaren wirkte mit den tief in den Höhlen liegenden Augen und der verhältnismäßig großen Nase wie ein Vogelkopf.

Hendrik verabscheute Vorurteile, konnte sich aber nicht dagegen wehren, dass Professor Geibel ihm auf Anhieb unsympathisch war.

»Mein Name ist Doktor Hendrik Zemmer, Herr Professor, ich bin Chirurg am UKE. Ich denke, Sie kennen meinen Chef, Professor Paul Gerdes.«

Das Lächeln kam knapp eine Sekunde verzögert und verwandelte den Vogelkopf in etwas, für das Hendrik keinen Vergleich hatte.

»Ach, Paul … ja. Was kann ich für Sie tun? Suchen Sie ein neues Betätigungsfeld?« Der erneute Versuch eines Lächelns missglückte ebenso wie der vorherige.

»Nein, nein, es geht nicht um den Beruf. Ich habe ein paar Fragen zu Dr. Steinmetz. Wenn Sie kurz Zeit hätten, wäre ich Ihnen sehr dankbar.«

»Dr. Steinmetz?« Geibel taxierte Hendrik, als schätze er dessen Gewicht. »Ich habe davon gehört. Schlimme Sache.«

»Ja, furchtbar.« Und nach einem Blick auf die Vorzimmerdame fügte Hendrik hinzu: »Bitte, wenn Sie ein paar Minuten für mich hätten …«

Dieses Mal vergingen mindestens drei Sekunden, bis Geibel reagierte. Er trat zur Seite und deutete in das Zimmer hinter sich. »Also gut. Fünf Minuten.«

Der Raum war etwa fünfunddreißig Quadratmeter groß und mit schweren Möbeln aus Mahagoni eingerichtet. Als Geibel sich in den großen, ledernen Chefsessel hinter den riesigen Schreibtisch setzte, verschwand seine hagere Gestalt fast darin.

Im Gegensatz zum Rest der Einrichtung wirkten die beiden einfachen Besucherstühle, die schräg vor dem Schreibtisch standen, fast deplatziert.

Geibel lehnte sich in seinem Sessel zurück, wartete, bis Hendrik saß, und faltete dann die Hände vor dem flachen Bauch. »Also, womit kann ich Ihnen bezüglich Herrn Steinmetz helfen?«

»Professor Gerdes hat mir erzählt, dass der Kollege ein hervorragender Chirurg war, dass er aber gewisse … Defizite im zwischenmenschlichen Bereich aufwies.«

»Sie erwarten jetzt von mir, dass ich mit Ihnen über das Sozialverhalten eines ehemaligen Mitarbeiters rede, der zudem mittlerweile verstorben ist?«

»Der ermordet wurde. Herr Professor, meine Verlobte ist verschwunden, und jemand, der sich als Dr. Steinmetz ausgegeben hat, ist irgendwie in die Sache verwickelt.«

»Was heißt das, jemand hat sich als Steinmetz ausgegeben?«

Hendrik atmete tief durch, dann erzählte er kurz, was geschehen war.

Als er seine Schilderung beendet hatte, beugte der Professor sich nach vorn. »Dieser … falsche Dr. Steinmetz behauptete also, ein Journalist habe hier im Haus wegen irgendeiner Geschichte recherchiert?«

»Ja. Und dabei sei er – mit meiner Verlobten im Auto – hier aufgetaucht.«

»Nun, von Ihrer Verlobten weiß ich nichts, aber es ist richtig, dass ein Reporter hier war und Fragen gestellt hat. Auch mir.«

»Das ist seltsam. Damit habe ich nicht gerechnet. Warum gibt sich jemand als ein anderer aus, um mir dann aber richtige Informationen mitzuteilen?«

»Das kann ich Ihnen nicht beantworten. Aber ich habe eine Frage: Was genau erwarten Sie jetzt von mir?«

Das wusste Hendrik selbst nicht so genau, würde es Geibel aber nicht auf die Nase binden.

»Worum ging es bei den Recherchen von Jonas Krollmann?«

»Krollmann?«

»Ja. So heißt der Journalist, der hier recherchiert hat. Zumindest behauptete das der falsche Dr. Steinmetz.«

»Ach so, ja, das mag sein. Ich merke mir nur Namen von Menschen, die in irgendeiner Form wichtig sind.«

In der Gewissheit, dass Geibel unter diesen Umständen seinen Namen vergessen würde, sobald die Tür sich hinter ihm schloss, wiederholte Hendrik: »Worum ging es also?«

»Irgendetwas mit Bankgeschäften, keine Ahnung. Vollkommen abstrus. Ich habe mich nach zwei Minuten von dem Mann verabschiedet. Meine Zeit ist kostbar.« Er nickte Hendrik zu. »Das war Ihr Stichwort. Schade, dass ich Ihnen in dieser Sache mit Ihrer Verlobten nicht weiterhelfen konnte. Vielleicht hat sie sich ja nur eine Auszeit genommen und taucht bald wieder auf. Auf Wiedersehen.«

Ohne Hendrik weiter zu beachten, widmete Geibel sich einem Stapel Dokumente auf seinem Schreibtisch.

Auch wenn es ihm schwerfiel, das Verhalten des Chefarztes unkommentiert zu lassen, stand Hendrik auf und verließ schweigend das Büro.

Als er kurz darauf in seinen Wagen stieg, griff er spontan nach seinem Smartphone, suchte die Nummer der Firma *Hamburg Home Systems* und rief dort an.

Die Frau, die ihn freundlich begrüßte, war erst dann bereit, ihn zu Buchmann durchzustellen, als Hendrik versicherte, es ginge um einen Großauftrag, den ihr Chef sich nicht entgehen lassen wolle.

»Hendrik Zemmer hier«, sagte Hendrik, als Buchmann sich schließlich meldete. »Entschuldigen Sie bitte, Herr Buchmann, dass ich zu diesem kleinen Trick gegriffen habe, aber ich muss Sie unbedingt sprechen.«

»Sind Sie nicht derjenige, der mit der jungen Frau hier war? Dessen Verlobte verschwunden ist?«

»Ja, aber bitte legen Sie nicht auf, es ist wirklich wichtig.«

»Also gut, um was geht es?«

»Als Hauptkommissar Kantstein bei Ihnen war, um sich mit Ihnen über *Adam* zu unterhalten, was genau wollte er wissen?«

»Hauptkommissar wer?«

»Kantstein. Kriminalhauptkommissar Kantstein vom LKA.«

»Es tut mir leid, aber der Name sagt mir nichts.«

»Der Name spielt ja auch keine Rolle, es geht um den Polizeibeamten, der Ihnen vor kurzem Fragen zu *Adam* gestellt hat.«

»Wie ich schon sagte, ich kenne niemanden mit diesem Namen, und bei mir war auch kein Polizist, der mir Fragen zu *Adam* gestellt hat.«

28

Als die Tür sich wieder öffnet, liegt sie in der hinteren Ecke, zusammengekauert wie ein Fötus. Sie zuckt noch nicht einmal mehr zusammen, obwohl ihr Verstand ihr sagt, dass der Mann noch nie so schnell zurückgekommen ist.

Es geht ihr besser, vielleicht ist das Fieber ein wenig gesunken.

Er betritt die Kammer und bleibt kurz vor ihr stehen, dann geht er in die Hocke und schaut sie an. Er hat sich ein wenig gedreht, so dass sie sein Gesicht sehen kann.

Er trägt keine Maske, keine Haube.

Nicht gut, *wispert ihr eine innere Stimme zu.* Gar nicht gut.

Aber sie kennt ihn nicht.

»Gute Nachrichten«, sagt er zu ihr. »Es geht bergauf. Noch ein, zwei Tage, dann bist du wieder ganz gesund.«

Er grinst und tätschelt ihr gönnerhaft die Wange. Sie ekelt sich vor der Berührung und möchte die Hand wegschlagen, doch ihr Arm fällt in der Bewegung kraftlos zurück.

»Siehst du. Dein Wille regt sich schon wieder. Das macht meine gute Pflege.« Er nestelt an der Seite seines Kasacks herum, dann spürt sie einen Einstich im Oberschenkel.

»Braves Mädchen«, säuselt er und erhebt sich. Allein für diese Floskel möchte sie ihm auf die Schuhe kotzen. Ja, er hat recht. Diese verdammten Spritzen scheinen tatsächlich zu helfen. Sie spürt, wie zumindest ihr Lebenswille zurückkehrt.

Die Tür schließt sich, und sofort legt sich wieder die absolute Dunkelheit über sie.

Es geht bergauf … *Aber was ist dann? Warum hält der Kerl sie gefangen unter Bedingungen, wie man sie keinem Tier zumuten würde, verpasst ihr aber Spritzen, damit es ihr wieder besser geht?*

Noch während sie über diesen Widerspruch nachdenkt, fallen ihr seine Worte ein, die er gesagt hat, als ihr Martyrium begann. Bevor er ihr vor Wut schäumend dieses zerknüllte Papier unter die Nase gehalten hat.

In einer Stunde sind wir sicher und können dich verarbeiten.

29

Verblüfft beendete Hendrik das Gespräch.

Der Inhaber von *Hamburg Home Systems* behauptete, nie mit einem Polizisten eine Unterhaltung wegen *Adam* geführt zu haben und den Namen Kantstein nicht zu kennen.

Was sollte er davon halten? Log Buchmann? Falls ja, stellte sich die Frage, warum er das tat. Und falls nicht …

Das Läuten des Telefons unterbrach Hendriks Gedanken. Es war Alexandra. »Ich glaube, Marvin hat angebissen«, erklärte sie aufgeregt.

»So schnell?«

»Ja. Ich bin mir zwar nicht ganz sicher, ob er es wirklich ist, denn es steht kein Name unter der Nachricht, aber so, wie der Text verfasst ist, passt es zu dem, was ich bisher über Marvin gehört habe.«

»Hm … und was steht in der Nachricht?«

»Eigentlich gar nicht viel. Er schreibt … Moment … hier:

Ein neuartiges Smart-Home-System also. Wenn jemand ein Smart-Home-System entwickelt hätte, das wirklich etwas Neues bietet, dann wüsste ich davon. Also: Wer bist du, und was willst du wirklich? Sag die Wahrheit, sonst war es das.«

»Scheint ja wirklich ein helles Köpfchen zu sein«, stellte Hendrik fest. »Sag mal, wie hat er dich eigentlich kontaktiert? Wie läuft so was im Darknet? Etwa mit einer ganz gewöhnlichen Mail?«

»Nein, natürlich nicht. Er hat mir die Nachricht auf der Website hinterlegt.«

»Okay. Und jetzt?«

»Jetzt mache ich das, was er verlangt hat. Ich schreibe ihm die Wahrheit.«

»Was? Und du glaubst, wenn er wirklich etwas mit dieser Sache zu tun hat, wird er alles zugeben und sich stellen?«

»Nein, aber Typen wie dieser Marvin leben von ihren Erfolgen und davon, dass man in der Szene darüber spricht. Falls er eine Backdoor in *Adam* eingebaut hat, halte ich es für sehr wahrscheinlich, dass er es zugeben wird. Ihm kann ja nichts passieren. Niemand weiß, wer er ist. Außerdem ist damit nicht gesagt, dass er die Backdoor missbraucht hat, um Leute zu entführen.«

»Okay. Ich bin gespannt. Aber ich hatte gerade auch interessante Gespräche.« Er erzählte ihr, was er von Professor Geibel und Buchmann erfahren hatte.

»Das ist ja seltsam«, murmelte Alexandra leise, als dächte sie darüber nach, was sie mit dieser Information anfangen sollte.

»Das finde ich allerdings auch. Ich habe das Gefühl, je mehr Fragen man stellt, umso undurchsichtiger wird diese Geschichte. Ich wüsste zu gern, was es mit diesem Kerl auf sich hat, der sich als Dr. Steinmetz ausgegeben hat. Zuerst dachte ich, der Typ gehört zu denen, die Linda entführt haben, und er hat mir diese Geschichte aufgetischt, um mich davon zu überzeugen, dass Linda mich freiwillig verlassen hat.«

»Was ihm ja auch gelungen ist«, warf Alexandra, nicht ohne Vorwurf in der Stimme, ein. Hendrik ignorierte die Bemerkung.

»Seit der Unterhaltung mit Geibel bin ich mir da nicht mehr so sicher«, fuhr er dann fort. »Offensichtlich stimmt aber zumindest der Teil mit Jonas Krollmann. Professor Geibel hat bestätigt, dass der tatsächlich wegen irgendwelcher dubioser Bankgeschäfte im Krankenhaus recherchiert hat.«

»Stellt sich immer noch die Frage, warum der Kerl damit zu dir gekommen ist, und das unter falschem Namen. Und warum kurz darauf der echte Dr. Steinmetz ermordet wird.«

»Ja, stimmt. Es ist wirklich zum Verrücktwerden! Und dann diese Sache mit Buchmann. Warum sollte der behaupten, nicht mit Kantstein gesprochen zu haben? Ihm muss doch klar sein, dass seine Lüge schnell auffliegt.«

»Genau«, pflichtete Alexandra ihm bei. »Und wie du schon sagtest – was hat er davon?«

Eine Weile schwiegen beide, dann sagte Hendrik: »Ich schätze diesen Buchmann nicht so ein, als würde er uns etwas vorlügen. Ich kann mir auch nicht vorstellen, dass er irgendetwas mit dieser Sache zu tun hat. Sein System ist vielleicht missbraucht worden, aber er selbst kommt mir durchaus seriös vor.«

»Na ja, wer kann schon hinter die Stirn eines anderen blicken? Aber wenn Buchmann die Wahrheit gesagt hat und Kantstein hat wirklich nicht mit ihm geredet – warum sollte der das dann behaupten? Ich meine … er ist Polizist.«

Hendrik dachte an die Begegnungen, die er mit Kantstein bisher gehabt hatte, und an die oft seltsamen Reaktionen des Ermittlers. Er selbst hatte in den vergangenen Tagen mehr als einmal darüber nachgedacht, was, zum Teufel, mit dem Mann nicht stimmte, aber dennoch … dass der Hauptkommissar bewusst gelogen hatte, wollte er nicht glauben.

»Richtig. Warum sollte er das tun?«

»Ich kenne ihn nicht gut, aber die Antwort kann nur lauten, weil er etwas zu verbergen hat, was auch immer das sein mag. Ich sagte dir ja schon, dass ich ihn ganz anders erlebt habe. Er hat sich erst in den letzten Tagen meines Praktikums so verändert. Dafür muss es ja einen Grund geben.«

»Vielleicht hat er wirklich private Probleme«, vermutete Hendrik.

»Und deshalb lügt er, was die Ermittlungen angeht?«

Seine erste Unterhaltung mit Kantstein fiel Hendrik wieder ein. »Ich glaube, ich weiß, warum.«

»Und?«

»Weil er davon überzeugt ist, dass Linda mich verlassen hat. Er glaubt nach wie vor nicht an eine Entführung. Da ich ihm aber permanent auf die Nerven gegangen bin, hat er eben einfach behauptet, er habe mit Buchmann über *Adam* geredet, um Ruhe zu haben.«

»Hm … das könnte natürlich sein«, stimmte Alexandra ihm zu. »Obwohl das kein sonderlich gutes Licht auf ihn als Polizisten wirft.«

»Aber wenn man es als Ganzes betrachtet, ist es durchaus nachvollziehbar, oder? Er hat private Schwierigkeiten und wird deshalb zum Kotzbrocken. Dann komme ich daher und nerve ihn mit meinen Vermutungen. Also behauptet er, sich darum zu kümmern, damit ich Ruhe gebe und er sich wieder seinen Angelegenheiten widmen kann.«

»Ja, stimmt«, antwortete Alexandra in einem Ton, der deutlich machte, dass sie das Gespräch nun beenden wollte. »Und was hast du als Nächstes vor?«

»Ich denke, ich werde Kantstein anrufen und ihn ganz direkt fragen, ob und wann er sich mit Buchmann über *Adam* unterhalten hat. Danach fahre ich nach Hause. Ich brauche ein wenig Zeit, um über all das nachzudenken.« Und nach einem tiefen Atemzug fügte Hendrik hinzu: »Ich fühle mich ziemlich ausgebrannt. Und ich habe große Angst um Linda.«

Er wusste selbst nicht, warum er dieser jungen Frau seine Gefühle offenbarte, aber es tat ihm gut. »Sie ist in der Nacht von Montag auf Dienstag verschwunden. Heute ist Donnerstag. Fast drei Tage ohne ein Lebenszeichen von ihr.«

Alexandra ließ einige Sekunden verstreichen, bevor sie sagte: »Das muss nichts heißen. Aber ich verstehe, dass du Angst hast. Soll ich später bei dir vorbeischauen? Wir könnten gemeinsam alles zusammentragen, was wir bisher wissen, und überlegen, wie wir weiter vorgehen.«

Hendrik ließ sich den Vorschlag kurz durch den Kopf gehen und kam zu dem Schluss, dass ihm der Austausch mit der Studentin guttat und sie zudem brauchbare Einfälle hatte, die sie vielleicht doch noch auf eine Spur von Linda bringen würden.

»Ja, das ist …« Hendriks Smartphone vibrierte und zeigte ihm einen eingehenden Anruf an.

»Ich wollte sagen, das ist in Ordnung, bis später«, sagte Hendrik schnell und wechselte dann zum anderen Anrufer.

»Zemmer!«

»Hallo, Herr Zemmer, Thomas Sprang hier.«

30

Im ersten Moment dachte Hendrik, er hätte sich verhört, aber die Stimme passte, wenn sie auch etwas anders klang, als er in Erinnerung hatte.

»Kommissar Sprang? Ich dachte …«

»Ich säße in U-Haft?«

»Ja.«

»Tja, bis vor kurzem tat ich das auch, und es wäre dem einen oder anderen wahrscheinlich auch lieber, es wäre noch immer so.«

Nun wusste Hendrik, was an Sprangs Stimme anders klang. Die jungenhafte Unbeschwertheit, die ihm bei seinen bisherigen Gesprächen mit dem Kommissar aufgefallen war, war verschwunden.

»Zum Glück hat sich aber herausgestellt, dass an der Geschichte etwas faul sein muss. Auf meiner Dienstwaffe, mit der ich diesen Mann angeblich erschossen haben soll und die in der Nähe des Tatorts gefunden wurde, gab es keinerlei Fingerabdrücke. Alles penibel sauber abgewischt.«

Auch ohne Polizist zu sein, wusste Hendrik, was das bedeutete.

»Das wäre ja vollkommen unlogisch.«

Sprang stieß einen kurzen Zischlaut aus. »Eben. Auch die Staatsanwältin glaubt nicht, dass ich einen Mann mit

meiner eigenen Dienstwaffe erschieße, die Waffe dann –
weil ich in Panik bin – in der Nähe des Tatorts wegwerfe, so
dass sie zwangsläufig von den Kollegen gefunden wird, mir
aber vorher die Zeit nehme, meine Fingerabdrücke gründlich abzuwischen.«

»Na, Gott sei Dank. Also hat jemand versucht, Ihnen
diesen Mord unterzuschieben.«

»Ganz genau.«

»Aber wie ist derjenige an Ihre Waffe gekommen?«

»Wenn ich das wüsste. Ich weiß nur, dass sie mir definitiv
im Präsidium gestohlen wurde. Das bedeutet, jemand war
an meinem Schreibtisch.«

»Vielleicht ein Besucher?«

»Ja, vielleicht.«

»Denken Sie, es ging dabei nur um Sie? Ich meine, glauben Sie, Dr. Steinmetz wurde nur deshalb ermordet, damit
Sie verdächtigt werden?«

»Keine Ahnung. Aber ich werde das Gefühl nicht los,
dass wer immer auch dahintersteckt, etwas mit dem Verschwinden Ihrer Verlobten zu tun hat.«

Bis eben war Hendrik noch die Frage durch den Kopf
gegangen, warum der Kommissar ausgerechnet ihn anrief,
kaum dass er wieder auf freiem Fuß war. Jetzt wusste er
es.

»Was werden Sie jetzt tun?«

»Alle Hebel in Bewegung setzen, dass dieser Mord
schnellstmöglich aufgeklärt wird. Ich bin zwar offiziell vom
Dienst suspendiert, bis die Sache aufgeklärt ist, aber das
wird mich nicht abhalten. Und ich wollte Sie fragen, ob wir
uns zusammentun.«

Darüber musste Hendrik nicht lange nachdenken. Ganz davon abgesehen, dass Sprang von Anfang an – im Gegensatz zu Kantstein – zumindest in Betracht gezogen hatte, Linda könnte entführt worden sein, hatte der Kommissar in entscheidenden Situationen sicher ganz andere Möglichkeiten als er selbst.

»Ja, das halte ich für eine gute Idee.«

»Sind Sie zu Hause?«

»Nein«, antwortete Hendrik. »Im Moment noch nicht. Aber ich bin auf dem Weg. Später wollte Alexandra noch vorbeikommen. Sie hilft mir bei der Suche nach Linda.«

Hendrik rechnete damit, dass Sprang davon nicht begeistert sein würde, und war umso überraschter, als der sagte: »Das ist gut. Alexandra hat einen ausgesprochen analytischen Verstand und zudem eine sehr gute Menschenkenntnis. Ich bin dann in etwa einer halben Stunde bei Ihnen, okay?«

»Ja, gut«, antwortete Hendrik und beendete das Gespräch.

Während der restlichen Fahrt nach Hause versuchte Hendrik zum wiederholten Mal, die Geschehnisse der letzten Tage in einen Zusammenhang zu bringen, so etwas wie einen roten Faden zu erkennen. Doch immer wieder brach sein Gedankenkonstrukt zusammen. Er würde später gemeinsam mit Alexandra und vielleicht auch mit Kommissar Sprang versuchen, alle Fakten und Ereignisse auf Zettel zu schreiben und dann daraus ein Gesamtbild zu erstellen. Er bezweifelte, dass die Polizei – speziell Hauptkommissar Kantstein – bisher mit so einem Diagramm bei der Aufklärung von Vermisstenfällen gearbeitet hatte.

Hendrik spürte eine leichte Übelkeit, was ihn daran erinnerte, dass er den ganzen Tag noch nichts gegessen hatte.

Als er kurz darauf den Wagen vor der Garage abgestellt hatte und gerade auf den Eingang zuging, blieb er abrupt stehen. Die Haustür stand einen Spaltbreit offen. Bevor er darüber nachdenken konnte, ob er sie vielleicht nicht richtig zugezogen hatte, wurde sie ganz geöffnet und eine Gestalt erschien, die im Begriff war, das Haus zu verlassen.

»Susanne?«, stieß er vollkommen überrascht aus. »Was tust du denn hier?«

Sie blieb stehen und versuchte ein Lächeln. »Oh, Gott sei Dank, da bist du ja.«

»Ja, allerdings.« Hendrik ging weiter und blieb kurz vor ihr stehen. »Was machst du hier? Und wie bist du überhaupt reingekommen?

»Die Tür stand offen.«

»Offen?« Mittlerweile war Hendrik ziemlich sicher, dass er die Tür hinter sich geschlossen hatte.

»Ja. Ich war bei einer Kundin in der Nähe und wollte kurz vorbeischauen. Als ich hier ankam, war die Tür offen. Ich bin in die Diele gegangen und habe Geräusche von irgendwo da drin gehört. Ich habe nach dir gerufen, und als sich niemand meldete, habe ich Angst bekommen und bin wieder raus, um dich anzurufen, ob du da bist oder nicht. Da drin wollte ich nicht bleiben. Ich fand das unheimlich.«

Hendrik blickte an ihr vorbei ins Innere seines Hauses und hörte tatsächlich ganz leise Geräusche, die er nicht zuordnen konnte.

Er war schon im Begriff, hineinzugehen, hielt dann aber inne. Was würde er tun, wenn sich wirklich jemand im

Haus befand? Er zog sein Handy hervor und deutete mit dem Kopf in Richtung Garage. »Komm mit!«

Während sie an seinem Wagen vorbeigingen und auf der anderen Seite stehen blieben, wählte er Sprangs Nummer.

»Wo sind Sie?«, fragte er, als der Kommissar abhob.

»Fast bei Ihnen, warum?«

»Das ist gut. Wie es aussieht, ist jemand in meinem Haus. Die Tür stand offen, und von drinnen hört man Geräusche.

»Was für Geräusche?«

»Ich weiß es nicht. Wann sind Sie hier?«

»In fünf Minuten. Unternehmen Sie nichts, bis ich da bin. Und gehen Sie vor allem auf keinen Fall ins Haus.«

»Nein, mache ich nicht.« Hendrik legte auf und steckte das Smartphone ein.

»Wer kann das sein?«, fragte Susanne ängstlich.

»Keine Ahnung.« Hendrik riss seinen Blick von der noch immer halb offen stehenden Haustür los und sah Lindas Freundin an. »Es war ganz schön leichtsinnig von dir, da einfach reinzugehen.«

»Ich konnte doch nicht wissen, dass du nicht da bist. Aber als ich diese Geräusche gehört habe …«

Hendrik sah wieder zum Eingang hinüber. »Wenn da jemand drin war, ist er mittlerweile wahrscheinlich längst durch den Garten verschwunden. Kommissar Sprang vom LKA ist gleich hier.«

Als Sprang kurz darauf eintraf, ließ er sich von Hendrik und Susanne noch einmal genau erzählen, was geschehen war. Dann forderte er sie auf, sich nicht von der Stelle zu rühren, während er drinnen nachsehen würde.

»Haben Sie eine Waffe?«, wollte Hendrik wissen.

»Nein«, entgegnete Sprang. »Es wird auch so gehen.«

Es dauerte etwa drei Minuten, bis der Kommissar wieder in der Haustür erschien und den Kopf schüttelte. »Da ist niemand, Sie können kommen.«

Als Susanne und Hendrik ihn erreicht hatten, sagte er: »Wahrscheinlich haben Sie die Tür nicht richtig zugezogen, als Sie das Haus verlassen haben. Und die Geräusche, die Sie gehört haben, kamen vom Fernseher.«

»Vom Fernseher? Den hatte ich aber nicht an. Und ich weiß, dass ich die Tür geschlossen habe.«

Sprang zuckte mit den Schultern. »Sie können sich ja drinnen mal umschauen, ob irgendetwas fehlt. Es deutet jedenfalls nichts auf einen Einbruch hin.«

»Ja, das kommt mir bekannt vor«, murmelte Hendrik und wollte hineingehen, wurde aber von Susanne zurückgehalten.

»Ich fahre wieder, okay? Ich melde mich.«

Hendrik sah sich um. »Wo ist dein Auto?«

»Das steht noch vor dem Haus meiner Kundin in einer Seitenstraße, zwei Minuten von hier. Ich bin die paar Meter zu Fuß gegangen.«

Hendrik nickte ihr zu. »Ich rufe dich morgen an.«

Nachdem er gefolgt von Sprang einen Rundgang durchs Haus gemacht und festgestellt hatte, dass alles an Ort und Stelle war, war er ein wenig erleichtert. Vielleicht hatte er die Tür in der Eile doch nicht richtig geschlossen?

Als er gemeinsam mit Sprang das Wohnzimmer betrat, richtete sich der Blick des Kommissars auf die umwickelte Kamera an der Decke. Er deutete darauf. »Haben Sie nur die Kamera funktionsunfähig gemacht oder das ganze System abgeschaltet?«

»Letzteres. Ich traue *Adam* nicht mehr. Vor allem nach dem, was ich gerade mit den Aufzeichnungen erlebt habe.«

»Was denn?« Sprang deutete auf die Couch. »Darf ich?«

»Ja, bitte.« Hendrik wartete, bis Sprang saß, dann berichtete er von seinem Erlebnis mit Kantstein. Als er geendet hatte, schüttelte Sprang den Kopf. »Mal ganz davon abgesehen, dass das mit diesen Aufnahmen geradezu beängstigend ist … Ich weiß nicht, was mit Georg los ist. Seit …«

»Georg?«, unterbrach Hendrik ihn.

»Ja, Georg Kantstein. Sorry! Wie gesagt, ich verstehe ihn nicht mehr. Und wenn ich ehrlich bin, muss ich zugeben, dass ich im Moment auch ziemlich sauer auf ihn bin.«

Hendrik stieß ein kurzes, bellendes Lachen aus. »Das wundert mich nicht. Ich hatte den Eindruck, er war recht schnell davon überzeugt, dass Sie diesen Mord begangen haben.«

Sprangs Blick richtete sich an Hendrik vorbei. »Ja.«

Seine Stimme klang leise und verletzlich. »Ich dachte allerdings, er kennt mich besser.«

Hendrik überlegte, ob er dem Kommissar seine Gedanken mitteilen konnte, und entschied sich für Offenheit. »Da ist noch etwas, das ich seltsam finde. Kantstein hat doch angeblich mit Herrn Buchmann von der Firma *Hamburg Home Systems* über *Adam* gesprochen.«

»Ja, warum?«

»Buchmann schwört, dass nie ein Gespräch mit einem Polizisten stattgefunden hat.«

Auf Sprangs Stirn zeigten sich Falten.

Hendrik zuckte mit den Schultern. »Ich bin kein Polizist und kenne Kantstein nicht, aber ... wäre es möglich, dass er in irgendeiner Form ... ich meine ...«

»Sie wollen wissen, ob Georg etwas mit diesen Dingen zu tun haben könnte, die gerade geschehen?«

»Ja, so was in der Art.«

Es verging eine Weile, bis Sprang antwortete. »Ich weiß es nicht, aber alles in mir wehrt sich gegen diesen Gedanken. Und diese Geschichte mit dem angeblichen Gespräch ... keine Ahnung. Vielleicht lügt dieser Buchmann? Vielleicht hat Georg sich auch vertan, oder ich habe etwas falsch verstanden. Georg ist seit dreißig Jahren Polizist, und er ist mein Partner. Dass er so schnell bereit war zu glauben, ich hätte diesen Mord begangen, hat mich sehr verletzt, und ich denke, es wird nicht mehr möglich sein, vertrauensvoll zusammenzuarbeiten. Aber ... trotzdem hat er nur seinen Job als Ermittler gemacht. Er ist nach der Beweislage vorgegangen, und die hat eindeutig gegen mich gesprochen.«

»Ja, so eindeutig, dass es eigentlich jedem hätte auffallen müssen, dass da etwas nicht stimmt.«

»Wie auch immer. Ich muss jetzt versuchen herauszufinden, wer mir diesen Mord in die Schuhe schieben wollte. Ich bin mittlerweile sicher, dass wir dann auch wissen, wer für das Verschwinden Ihrer Verlobten verantwortlich ist.«

»Das ist gut möglich. Auf jeden Fall bin ich fest davon überzeugt, dass jemand *Adam* dazu benutzt hat, um in mein Haus einzudringen und Linda zu entführen. Ebenso wie bei den Krollmanns.«

»Die Möglichkeit besteht jedenfalls.«

Hendrik ging zum Sideboard und öffnete eine Tür. »Möchten Sie etwas trinken? Ich glaube, ich brauche jetzt einen Wodka.«

»Nein, danke, ich bin im …«, setzte Sprang an, schüttelte dann aber den Kopf. »Nein, ich bin nicht im Dienst, und ja, ich möchte.«

»Gibt es eigentlich etwas Neues zum Verschwinden von Julia Krollmann?«

»Meinem letzten Kenntnisstand nach nicht«, erwiderte Sprang, zog sein Smartphone aus der Hosentasche und tippte darauf herum. »Die Kollegen in Greetsiel haben das Ferienhaus und die nähere Umgebung durchsucht, die Nachbarn befragt und ihr Foto im ganzen Ort herumgezeigt. Niemand hat sie dort gesehen. Ebenso wenig wie ihren Mann oder Linda.« Er blickte zu Hendrik auf, der vor ihm auf dem Tisch ein Glas abstellte. »Das ist zumindest mein letzter Stand. Seit gestern ist es schwieriger für mich, an aktuelle Informationen heranzukommen.«

»Ja, das denke ich mir. Ich war übrigens in der Zwischenzeit im Krankenhaus in Alsterdorf und habe mich nach Dr. Steinmetz erkundigt. Dabei hat mir sein ehemaliger Chef, Professor Geibel, erzählt, dass Krollmann tatsächlich dort recherchiert und auch einige Ärzte wegen irgendwelcher dubiosen Bankgeschäfte befragt hat, in die einige Mitarbeiter der Führungsetage verwickelt sein sollen. Vielleicht hat der Mord an Steinmetz etwas damit zu tun?«

»Und warum versucht dann jemand, mir diesen Mord in die Schuhe zu schieben? Ich weiß nichts von irgendwelchen Recherchen oder Bankgeschäften.« Sprang blickte nachdenklich an Hendrik vorbei. »Es sei denn, jemand wollte zwei Fliegen mit einer Klappe schlagen, und ich hatte mit dem Grund, diesen Dr. Steinmetz zu töten, gar nichts zu tun.«

»Ja, so was in der Art.«

»Hm … darüber muss ich nachdenken. Vielleicht ist das ein Ansatz.«

»Ja, da könnte einiges zusammenhängen. Krollmanns Verschwinden, nachdem er im Krankenhaus recherchiert hat, die Entlassung von Dr. Steinmetz, seine anschließende Ermordung … Aber es gibt auch eine ganze Menge Dinge, die ich nicht verstehe. Was hat Linda mit alldem zu tun? Und wie passt Julia Krollmann dazu, die verschwindet, nachdem sie mich abends noch angerufen und mir gesagt hat, sie habe etwas gefunden, das sie mir zeigen müsse. Und weiter: Warum taucht bei mir jemand auf, um mir zu erzählen, er habe Linda mit Krollmann zusammen gesehen? Und – noch rätselhafter – warum gibt derjenige sich als Dr. Steinmetz aus?«

»Wow!«, stieß Sprang anerkennend aus. »Sie würden einen guten Ermittler abgeben.«

»Finden Sie? Ich habe aber bisher nur Fragen aufgelistet und keine Antworten.«

»Was einen guten Ermittler ausmacht, ist die Fähigkeit, die richtigen Fragen zu stellen.«

»Ich habe auch eine Frage an Sie«, sagte Hendrik, nachdem sie eine Weile schweigend nachgedacht hatten. »Wenn Linda entführt worden ist … Glauben Sie, dass sie noch lebt?«

Sprang griff nach dem Glas, trank aber nicht, sondern behielt es in der Hand und betrachtete den Inhalt. »Das lässt sich schwer sagen, und es wäre unseriös, wenn ich Ihnen jetzt irgendwelche Prognosen geben würde. Dieser ganze Fall ist äußerst ungewöhnlich, aber da noch keine Leiche gefunden worden ist, sollten wir grundsätzlich davon ausgehen, dass sie zwar wahrscheinlich entführt worden ist, aber noch lebt.«

Hendrik horchte in sich hinein und versuchte herauszufinden, ob das, was Sprang gerade gesagt hatte, ihn aufmunterte. Es gab da jedoch etwas, das dagegen sprach.

»Müsste dann nicht irgendjemand mit Forderungen an mich herangetreten sein? Lösegeld oder was auch immer man von mir erpressen könnte?«

Sprang sah von seinem Glas auf und blickte Hendrik in die Augen. »Normalerweise schon.«

31

Als die Tür erneut geöffnet wird, schreckt sie auf und spürt schon mit den ersten Bewegungen, dass es ihr besser geht.

Sie war in eine Art Dämmerzustand gefallen, irgendwo zwischen Schlafen und Wachsein.

Die Gestalt, die den winzigen Raum betritt, ist in etwas gehüllt, das ihre Konturen vor dem grellen Licht unförmig erscheinen lässt. Einen Overall vielleicht. Langsam kommt sie näher und bleibt kurz vor ihr stehen.

»Es tut mir leid, was hier geschieht«, sagt die Gestalt mit verstellter Stimme, die ihr bekannt vorkommt. Im nächsten Moment fällt ihr ein, woher. Ganz am Anfang, als sie regungslos dalag, hat jemand auf die gleiche Weise etwas zu ihr gesagt. Sie versucht, sich zu erinnern, was es gewesen ist. Etwas, das sie trösten sollte. Dann plötzlich sind auch die Worte wieder da.

Du wirst es nicht verstehen, aber was ich jetzt tue, hält dich am Leben.

Dann hat sie am Oberarm einen Stich gespürt. Es hat höllisch weh getan. Aber es stimmt, sie lebt noch. Mehr oder weniger.

»Warum tun Sie mir das an?« Sie erschrickt über ihre eigene Stimme, rau und krächzend, kaum zu verstehen. »Warum?«

»Ich tue dir das nicht an. Ich versuche, dir zu helfen, soweit ich es kann, das musst du mir glauben.«

Sie richtet sich stöhnend in eine sitzende Position auf, woraufhin die Gestalt einen Schritt zurücktritt.

»Dann helfen Sie mir. Lassen Sie mich hier raus.«

»Das kann ich leider nicht.«

»Aber warum nicht?«, platzt es aus ihr heraus. »Wer ist dieser andere Kerl? Dieser Irre? Was will er von mir?«

»Das kann ich dir nicht sagen.« Noch immer ist die Stimme extrem dunkel verstellt und spricht die Worte fast lächerlich abgehackt, so wie in uralten Science-Fiction-Filmen die Roboterstimmen geklungen haben.

»Dann wollen Sie mir auch nicht helfen. Verschwinden Sie doch einfach und tun nicht so, als würde es Sie interessieren, was mit mir passiert. Sie gehören doch zu diesem Verrückten.«

»Was soll das?« Die andere Stimme, von der Tür her. Der andere Kerl. Der Psychopath. »Was tust du hier?«

Die unförmige Gestalt wirbelt herum, dann stehen die beiden sich direkt gegenüber. »Ich versuche, es für sie zumindest …«, beginnt derjenige, der ihr angeblich helfen möchte, und stockt, weil er bemerkt, dass er vor Überraschung vergessen hat, seine Stimme zu verstellen. Es waren nur wenige Worte, die er gesagt hat, aber sie genügen ihr, die Stimme zu erkennen.

»Du?«, fragt sie ungläubig. »Aber … wa …« Sie verstummt vor Entsetzen.

»Ich frage noch einmal: Was, zum Teufel, soll das?«, bellt der Kerl vom Eingang her, woraufhin die unförmige Gestalt, von der sie jetzt weiß, wer sie ist, einen Schritt auf ihn zumacht. »Ich habe dir gesagt, ich akzeptiere nicht, dass ihr sie euch einfach genommen habt, ohne mich zu fragen. Ich bin derjenige, der bestimmt, wer in Frage kommt und wer nicht. Und sie kommt nicht in Frage.«

»Jetzt verstehe ich. Du warst das. Du hast dafür gesorgt, dass ich sie nicht gebrauchen kann. Darüber reden wir noch. Mir ist egal, was du akzeptierst. Jetzt ist es sowieso zu spät. Sie ist hier, und sie gehört mir. Morgen ist sie wiederhergestellt, dann werde ich etwas für die Liste tun. Und jetzt verschwinde hier.«

Langsam dreht ihr angeblicher Beschützer, der sich als Feigling herausstellt, sich wieder zu ihr um.

»Ja, ich bin es«, sagt er, dann greift seine Hand nach oben, und er zieht sich mit einer müden Handbewegung etwas vom Kopf. Eine Haube vielleicht oder eine Maske.

»Es tut mir leid. Du weißt jetzt, wer ich bin. Nun kann ich nichts mehr für dich tun.«

32

Alexandra traf eine halbe Stunde nach Sprang ein. Als sie das Wohnzimmer betrat und ihn auf der Couch sitzen sah, war sie für einen Moment sprachlos vor Überraschung. »Es hat sich also herausgestellt, dass du kein Mörder bist«, bemerkte sie pragmatisch.

»Nun ja, die Sache ist noch nicht ausgestanden, ich bin noch vom Dienst suspendiert, aber sogar die Staatsanwältin musste einsehen, dass ich so dämlich gar nicht sein kann, wie sich die Faktenlage darstellt.«

»Gut, das beruhigt mich. Andernfalls hätte ich ernsthaft an meiner Menschenkenntnis gezweifelt.«

Sprang schüttelte mit einem bitteren Lächeln den Kopf. »Na, dann ist ja zumindest für dich schon mal das Schlimmste abgewendet.«

»Ich hatte übrigens recht.« Alexandra ging nicht auf seine Bemerkung ein und wandte sich an Hendrik. »Marvin hat *Adam* tatsächlich gecheckt, aber er schwört, dass er keine Backdoor eingebaut hat.«

»Wer, zum Teufel, ist Marvin?«, fragte Sprang.

»Der beste Hacker in der Szene. Er sagt, er hat vor etwa einem Jahr von *Hamburg Home Security* über das Darknet den Auftrag bekommen, ein Update von *Adam* auf Sicherheitslücken zu testen, die er natürlich auch fand. Er hat denen dann gesagt, wie er wo eindringen konnte, was es der Firma daraufhin ermöglichte, *Adam* einbruchsicher umzuprogrammieren.«

»Was ja, wenn eure Theorie stimmt, offenbar nicht so gut funktioniert hat.«

Hendriks Puls war schon bei Alexandras ersten Worten nach oben geschnellt. »Und?«, fragte er mit heiserer Stimme. »Hat er auch zugegeben, dass er etwas über Lindas Entführung weiß?«

»Nein, aber das ist der Grund, warum er mir gegenüber überhaupt so auskunftsfreudig war. Er hat mitbekommen, was mit Linda, Jonas Krollmann und der anderen Frau passiert ist, und ist genau wie ich sicher, dass *Adam* dazu benutzt worden ist, in die Häuser einzudringen. Ihm ist natürlich klar, dass man ihn früher oder später damit in Verbindung bringen wird. Er schwört jedoch, dass er nichts damit zu tun hat.«

»Moment mal …« Sprang ließ sich gegen die Rückenlehne der Couch fallen. »Jetzt noch mal für mich zum Mitschreiben: Dieser Marvin hätte die *Möglichkeit*, die Kontrolle über jedes Haus zu übernehmen, in dem dieses System … *Adam* installiert ist?«

»Ja, aber nur, wenn er damals eine sogenannte Backdoor eingebaut hätte, also einen Programmcode, der ihm einen geheimen Zugang zu dem System ermöglichen würde. Ich glaube allerdings nicht, dass er das getan hat. Dazu ist er …«

»Stehst du mit ihm noch in Kontakt?«, fiel Sprang ihr ins Wort.

»Ja, über eine Website im Darknet.«

»Kannst du ein Treffen arrangieren?«

»Ein Treffen?« Sie stieß ein helles Lachen aus. »Das kannst du vergessen. Niemand weiß, wer Marvin ist und wie er aussieht, und er legt Wert darauf, dass das so bleibt.«

Sprang dachte einen Moment nach. »Da passt etwas nicht.«

Alexandra zog eine Braue hoch. »Was passt nicht?«

»Wenn dieser Marvin nichts mit der Manipulation an dem System zu tun hat und zudem niemand weiß, wer er ist … Warum macht er sich dann Gedanken, dass man diese Verbrechen irgendwann mit ihm in Verbindung bringen wird? Es könnte ihm doch egal sein.«

»Ganz und gar nicht. Im Gegenteil. Hackergrößen wie Marvin leben davon, Computersysteme auf ihre Schwachstellen hin zu testen. Das lassen die Hersteller sich einiges kosten, denn nur mit einem sicheren System können sie am Markt Geld verdienen. Wenn nun der Gedanke aufkäme, dass Marvin beim Testen von *Adam* einen Zugang eingebaut hätte, der dann anschließend dazu benutzt wurde, in das System einzudringen und Verbrechen zu begehen, wäre das sein Ende in der Szene. Niemand würde ihm mehr trauen.«

Sprang nickte nachdenklich. »Okay, das verstehe ich. Dennoch … du hast doch einen analytischen Verstand, Alex. Wenn dieser Marvin wirklich so gut ist, wie du sagst, und tatsächlich alle Sicherheitslücken von *Adam* gefunden hat, dann ließ die Firma diese doch beseitigen und verfügt somit über ein absolut sicheres System, richtig?«

»Ja, schon …«

»Wenn es dann aber doch jemand schafft, in das System

einzudringen, kann das nur Marvin selbst gewesen sein, oder übersehe ich da etwas?«

»Das tun Sie«, schaltete Hendrik sich ein, der sich allmählich wie ein unbeteiligter Beobachter fühlte. »Es gibt immer noch die Hersteller. *Hamburg Home Systems.*«

»Genau«, pflichtete Alexandra ihm bei. »Und ich finde, um die sollten wir uns noch mal kümmern.«

»Dann los, fahren wir.« Hendrik blickte auffordernd von Alexandra zu Sprang, doch der schüttelte nach einem Blick auf seine Armbanduhr den Kopf. »Da werden wir jetzt nicht mehr viel Glück haben. Es ist nach achtzehn Uhr, die haben schon geschlossen.«

»Dann rufen wir eben an.« Hendrik ließ sich nicht aufhalten. »Versuchen kann man es ja mal.«

Ohne eine Reaktion abzuwarten, griff er nach seinem Smartphone, suchte aus der Anrufliste die Nummer der Firma heraus und tippte sie an.

»*Hamburg Home Systems*, mein Name ist Gerhard Kerkel, was kann ich für Sie tun?«

»Hallo, Dr. Zemmer hier, ich müsste bitte Herrn Buchmann sprechen.«

»Herr Buchmann ist nicht mehr in der Firma. Kann ich Ihnen vielleicht weiterhelfen?«

»Nein, ich muss mit ihm persönlich sprechen. Es ist wichtig.«

»Das tut mir leid, aber …«

»Wie ich schon sagte, es ist wirklich wichtig. Sie sollten mich zu ihm durch…« Aus dem Augenwinkel sah Hendrik Sprang auf sich zukommen, dann wurde ihm das Smartphone auch schon aus der Hand genommen. »Hier spricht

Kommissar Thomas Sprang, LKA Hamburg, Kapitaldelikte. Wenn Sie mich nicht sofort zu Herrn Buchmann durchstellen, holen wir ihn mit einem Streifenwagen ab und nehmen ihn mit zum Präsidium, um ihm dort unsere Fragen zu stellen. Also, würden Sie mich jetzt bitte zu ihm durchstellen?«

Sowohl Hendriks als auch Alexandras Blick waren auf Sprang gerichtet, während der seinem Gesprächspartner einen Moment lang zuhörte und dann nickte. »Gut. Ich warte.«

Er sah zu Hendrik hinüber und grinste grimmig, dann hielt er ihm das Smartphone entgegen und sagte leise: »Lautsprecher.«

Hendrik hatte gerade auf Lautsprecher umgestellt, als die Stimme des Firmeninhabers von *Hamburg Home Systems* zu hören war. »Hier spricht Friedrich Buchmann.«

»Kommissar Sprang, LKA Hamburg. Herr Buchmann, vorab eine Frage: Hat mein Kollege, Hauptkommissar Kantstein, sich schon mit Ihnen unterhalten?«

»Nein, das habe ich auch dem Herrn schon gesagt, dessen Verlobte verschwunden ist.« Sprang tauschte einen Blick mit Hendrik, während Buchmann weitersprach. »Ich verstehe ehrlich gesagt nicht, was Sie eigentlich von mir wollen.«

»Nun, das ist schnell erklärt. Es sind eine Reihe Verbrechen verübt worden, bei denen der Täter es geschafft hat, in Häuser zu gelangen, ohne dass dabei Einbruchspuren zu finden waren. Seltsamerweise war in all diesen Häusern Ihr Smart-Home-System *Adam* installiert.«

Es entstand ein kurzer Moment der Stille, dann sagte

Buchmann: »Was auch immer Sie mir damit unterstellen möchten, ich verwehre mich dagegen. *Adam* ist zertifiziert und mehrfach getestet worden. Unser System ist absolut sicher. Ich denke, wir können das Gespräch damit beenden. Für weitere Fragen gebe ich Ihnen die Telefonnummer meines Anwalts. Der wird sich dann sicher auch gern mit Ihrem Vorgesetzten unterhalten.«

»Einen kleinen Moment bitte noch, Herr Buchmann«, erwiderte Sprang ruhig. »Lassen Sie mich Ihnen noch kurz etwas erklären, bevor Sie auflegen. Ich bin im Moment vom Dienst suspendiert, spreche also privat mit Ihnen. Und zwar aus dem Grund, weil jemand mir ein Verbrechen unterschieben wollte, das ebenfalls in Verbindung mit Ihrem Smart-Home-System steht. Wenn mein guter Ruf als Polizeibeamter nicht dauerhaft beschädigt werden soll, muss ich herausfinden, was hinter dieser Geschichte mit Ihrem System steckt. Wenn Sie also nicht bereit sind, mir dabei zu helfen, werde ich mich als Nächstes nicht mit Ihrem Anwalt, sondern mit einigen befreundeten Journalisten über die Gefahren unterhalten, die sich ergeben, wenn man ein Smart-Home-System in seinem Haus hat, das nicht sicher ist. Ich werde der Presse von drei Fällen berichten, bei denen es Verbrechern offenbar gelungen ist, die Kontrolle über dieses System zu übernehmen und sich dadurch ungehindert Zugang zu verschaffen. Und ich werde dabei erwähnen, dass in allen drei Häusern *Adam* von der Firma *Hamburg Home Systems* installiert ist. Ich bin überzeugt davon, die werden eine schöne Story daraus basteln. Vielleicht melden sich daraufhin ja noch weitere Opfer Ihres Systems. Also, was sagen Sie?«

Alexandra sah Hendrik an und rollte überrascht mit den Augen.

»Sie erpressen mich?«

Hendrik glaubte, ehrliche Verwunderung aus Buchmanns Stimme herauszuhören.

Sprang schüttelte den Kopf, obwohl sein Gesprächspartner das nicht sehen konnte. »Nein, Herr Buchmann. Ich habe Ihnen lediglich erklärt, dass es hier zumindest zwei Personen gibt, die verzweifelt versuchen, Verbrechen aufzuklären, und was sie in ihrer Verzweiflung tun werden, wenn Sie ihnen Ihre Hilfe verweigern. Der naheliegende Grund dafür wäre natürlich, dass Sie etwas zu verbergen haben. Nicht dass ich Ihnen das unterstelle, aber der Gedanke könnte einem kommen.«

»Also gut«, sagte Buchmann gepresst. »Fragen Sie.«

33

Sprang zögerte keinen Moment, sondern legte sofort los.

»Ist es richtig, dass Sie Ihr System *Adam* nach einem Update vor etwa einem Jahr einem Hacker namens Marvin zum Test zur Verfügung gestellt haben?«

Buchmann räusperte sich. »Es ist durchaus üblich, sicherheitsrelevante Systeme in einer Art Stresstest dem Worst-Case-Szenario auszusetzen, also der Situation, dass versierte Hacker versuchen, in das System einzudringen, es lahmzulegen oder sogar zu übernehmen. Das haben wir auch mit *Adam* so gehandhabt. Zum Schutz unserer Kunden.«

»Und wie haben Sie jemanden gefunden, der diese Tests für Sie durchführt?«

»Na, wir haben offiziell angefragt.«

Sprang wechselte einen Blick mit Alexandra, die mit den Schultern zuckte und den Kopf schüttelte, während sie flüsterte. »Das geht bei Marvin nicht.«

»Offiziell angefragt, also«, sagte Sprang ins Telefon. »Wo denn?«

»Beim Chaos Computer Club. Wir arbeiten in solchen Dingen immer mit dem Club zusammen.«

Erneut tauschten Sprang und Alexandra einen Blick, und wieder schüttelte Alexandra den Kopf.

»Nur dort?«

»Ja. Können Sie mir bitte mal erklären, was diese Fragen sollen?« Zum ersten Mal war Verärgerung in Buchmanns Stimme zu hören. »Sie wollten Antworten von mir, die habe ich Ihnen gegeben.«

»Sagt Ihnen aus der Hackerszene der Name Marvin etwas?«

»Hackerszene? Um Gottes willen! Ich kenne mich überhaupt nicht aus mit so was.«

Mit einem Seitenblick zu Alexandra sah Hendrik, dass sich ihr tiefe Falten in die Stirn eingegraben hatten.

»Herr Buchmann, hier spricht Alexandra Tries. Ich war bei Ihrem Gespräch mit Herrn Zemmer dabei, vielleicht erinnern Sie sich ja an mich.«

»Ja, ich … wundere mich gerade, dass da noch jemand ist.«

»Wir sind zu dritt, Herr Buchmann«, erklärte Hendrik. »Hier spricht Hendrik Zemmer.«

Alexandra ließ ihrem Gesprächspartner nicht die Zeit für eine Bemerkung und fuhr fort: »Herr Buchmann, dieser Marvin ist der bekannteste Hacker Deutschlands. Sogar große Konzerne lassen ihre Firewalls und Computersysteme von ihm testen. Und er behauptet, er habe *Adam* vor etwa einem Jahr in Ihrem Auftrag überprüft und auch einige Lücken gefunden.«

»Das stimmt nicht. Das wüsste ich.«

»Aber warum sollte er diesbezüglich lügen?«

»Das müssen Sie ihn fragen. Hören Sie, *Adam* ist getestet worden, und zwar zweimal. Das erste Mal vor drei Jahren, bevor die Grundversion in den Handel gegangen ist, und dann noch einmal nach einem größeren Update der Systemsoftware. Beide Male vom Chaos Computer Club Hamburg. Mehr kann ich Ihnen nicht sagen.«

»Und dieses Update war vor etwa einem Jahr«, hakte Alexandra nach.

»Nein, das ist länger her. Ich denke, etwa eineinhalb Jahre. War's das jetzt?«

»Eine letzte Frage noch, Herr Buchmann: Wer in Ihrer Firma ist für diese Tests zuständig? Also, wer nimmt Kontakt mit dem Chaos Computer Club auf wegen solcher Systemtests?« Sprang hatte wieder übernommen.

»Das macht unser IT-Leiter, Herr Wolfsfelder.«

»Könnten Sie mir bitte seine Telefonnummer geben?«

»Tut mir leid, aber das geht nicht. Datenschutz. Das sollten Sie als Polizeibeamter eigentlich wissen.«

Sprang verdrehte die Augen. »Also gut. Dann bitten Sie ihn eben, mich anzurufen. Die Nummer haben Sie ja jetzt. Und sagen Sie ihm, es ist wirklich wichtig.«

»Das tue ich, aber ich kann Ihnen nicht versprechen, dass er sich auch wirklich bei Ihnen meldet. Immerhin rufen Sie nicht dienstlich an.«

»Zumindest, bis ich meinen Kollegen den Tipp gebe. Dann kann es sein, dass sie direkt bei ihm zu Hause auftauchen. Sagen Sie ihm das bitte auch. Danke für Ihre Hilfe.«

Sprang beendete das Gespräch und sah Alexandra an. »Einer von beiden lügt. Entweder Buchmann oder dein Freund Marvin.«

»Marvin ist nicht mein Freund. Ich habe auch nur über das Darknet Kontakt zu ihm, aber trotzdem … Ich bin mir sicher, er sagt die Wahrheit.«

»Was macht dich da so sicher?«, wollte Hendrik wissen.

»Die Tatsache, dass er nichts davon hätte, wenn er lügen würde.«

»Hm … Buchmann aber auch nicht.«

»Vielleicht doch«, warf Sprang ein. »Ich weiß noch nicht genau, was, aber das werde ich noch herausfinden.« Er stand auf. »Ich mache mich jetzt auf den Weg nach Hause. Wenn man mir meinen dienstlichen Zugang noch nicht gesperrt hat, kann ich vielleicht in der Polizeidatenbank etwas über diesen Herrn Wolfsfelder herausfinden.«

Hendrik deutete auf das Smartphone in Sprangs Hand. »Dürfte ich dann mein Telefon wiederhaben?«

»Ach, natürlich, sorry.« Sprang gab Hendrik das Handy zurück und nickte Alexandra zu. »Ich melde mich, sobald ich etwas herausgefunden habe.«

Hendrik begleitete ihn durch den Flur und verabschiedete sich von ihm. Als er die Haustür hinter dem Kommissar geschlossen hatte und sich umwandte, schrak er zusammen. Alexandra stand schräg hinter ihm und hatte den Blick auf das Bedienfeld von *Adam* gerichtet. »Ich dachte, du hättest *Adam* ausgeschaltet?«

»Das habe ich auch.«

Sie sah ihn an und deutete auf die in die Wand eingebaute Steuereinheit. Hendrik betrachtete das Gerät und stieß einen überraschten Laut aus. Über dem Glasfeld, hinter dem sich die Kamera für den Eyescan befand, leuchteten zwei grüne LED-Punkte. *Adam* war in Betrieb.

»Aber das ist unmöglich«, stieß Hendrik aus und starrte entsetzt auf die leuchtenden Punkte. »Ich bin absolut sicher, dass ich *Adam* heruntergefahren habe.«

»Es sieht aber nicht danach aus.«

»Ich bin mir aber wirklich sicher.«

Hendrik trat an die Steuerung heran und fuhr *Adam* Schritt für Schritt erneut herunter. Alexandra beobachtete ihn dabei. Als er die Prozedur beendet hatte, wandte er sich ihr zu. »Und? Du hast es gesehen, ich habe das System runtergefahren.«

»Ja, habe ich«, antwortete sie nachdenklich.

»Und ich schwöre dir, ich habe alles genau so gemacht wie beim letzten Mal.«

Sie zuckte mit den Schultern. »Wie auch immer, jetzt ist das Ding jedenfalls ausgeschaltet.«

Während Hendrik auf dem Weg zurück zum Wohnzimmer darüber nachdachte, ob er beim letzten Abschalten von *Adam* vielleicht doch etwas vergessen haben könnte, sagte Alexandra: »Übrigens hat Sprang eben vergessen, dass es dein Handy war, über das er mit Buchmann telefoniert hat. Wenn also der IT-Chef von *Hamburg Home Systems* zurückruft, wird er das auf deinem Handy tun.«

»Das ist richtig«, stimmte Hendrik ihr zu und überlegte, dass ihm das ganz recht war. Er mochte Sprang und vertraute ihm auch, aber es wäre ihm dennoch lieber, wenn Alexandra sich mit dem Mann unterhalten würde, denn sie verstand am meisten von Informationstechnik und Computern.

Auf Hendriks Vorschlag hin begannen sie damit, alle Ereignisse und bisherigen Erkenntnisse auf Zettel zu schreiben und diese dann auf dem Esszimmertisch so anzuordnen, wie die Vorgänge in Verbindung standen oder stehen konnten. Nach etwas mehr als einer Stunde wurden sie vom Klingeln des Smartphones unterbrochen. Als Hendrik die fremde Nummer auf dem Display sah, ahnte er, wer der Anrufer war.

»Wolfsfelder ist mein Name«, meldete sich der IT-Leiter mit einer sympathischen Stimme. »Herr Buchmann sagte mir, Sie wollten mich sprechen. Sie sind von der Polizei?«

»Nein, das war derjenige, der eben mit Ihrem Chef gesprochen hat. Erst einmal vielen Dank für Ihren Anruf. Mein Name ist Hendrik Zemmer. Wissen Sie, worum es geht?«

Hendrik spürte, wie er immer aufgeregter wurde. Würde er von diesem Mann endlich etwas erfahren, das ihm bei der Suche nach Linda weiterhalf?

»Ja. Dann nehme ich an, Sie sind der Mann, dessen Verlobte verschwunden ist?«

»Der bin ich.«

»Das tut mir sehr leid. Wie kann ich Ihnen weiterhelfen?«

»Ich schalte Sie auf Lautsprecher, damit Frau Tries mithören kann, okay? Sie hilft mir bei der Suche nach meiner Verlobten.«

»Ja, sicher.« Dem Klang seiner Stimme nach schien der Mann etwa in Hendriks Alter zu sein, und er war offenbar bereit, ihnen ihre Fragen zu beantworten.

»Hallo, Herr Wolfsfelder«, sagte Alexandra und beugte sich dabei ein wenig in Richtung des Smartphones. »Herr Buchmann sagte, Sie haben sich um die Tests von *Adam* gekümmert und waren deswegen mit dem CCC in Kontakt.«

»Ja, das ist richtig. Also, um den letzten, vor etwa eineinhalb Jahren. Beim ersten Test vor drei Jahren war ich noch nicht in der Firma.«

»Das ist auch nicht so wichtig. Uns kommt es auf den letzten Test an, denn egal, was beim ersten Mal gemacht wurde, es wäre spätestens bei dem neuen Test aufgefallen.«

»Ja, das stimmt.«

»Und haben Sie das System nur an den CCC gegeben? Oder noch an einen Hacker aus der Szene? Wegen doppelter Sicherheit vielleicht?«

»Nein, das haben ein paar Spezialisten des Clubs gemacht, mit denen ich auch persönlichen Kontakt hatte. Unabhängig voneinander, damit hatten wir dann mehrere Tester. Ich würde niemals ein System an einen Unbekannten geben, weil man nicht weiß, was der damit anstellt.«

»Aber sogar Konzerne vertrauen auf Leute wie Marvin«, warf Alexandra ein.

»Und ich vertraue auf Menschen, denen ich in die Augen schauen kann, während wir uns unterhalten.«

»Wann genau haben Sie *Adam* vom CCC checken lassen?«

»Vor ziemlich genau einem Jahr und fünf Monaten.«

Alexandra schüttelte den Kopf und sah Hendrik dabei mit einem Blick an, in dem er einen Hauch von Verzweiflung zu erkennen glaubte. »Sind Sie ganz sicher?«

»Entschuldigen Sie, aber ich verstehe nicht, weshalb Sie immer wieder nachfragen.« Wolfsfelders Stimme klang nicht ärgerlich, sondern eher ein wenig irritiert. »Ja, ich bin als verantwortlicher IT-Leiter ganz sicher, wann und wo ich die Tests an *Adam* in Auftrag gegeben habe, und um diese Frage gleich vorwegzunehmen: Ich bin der Einzige in der Firma, der einen solchen Auftrag vergeben kann.«

»Was kam denn überhaupt dabei raus?«, hakte Alexandra nach.

»Von drei Leuten, die das System auf Herz und Nieren testeten, haben zwei dieselbe Lücke gefunden, der Dritte nichts. Das war alles. Haben Sie noch Fragen? Ich würde mich jetzt gern wieder meiner Familie widmen.«

»Ja, das würde ich auch gern«, platzte es aus Hendrik heraus. »Meine Familie bestand aus meiner Verlobten, die ich in wenigen Tagen heiraten wollte, die aber entführt wurde, weil jemand Ihr ach so perfekt getestetes System geknackt hat!«

Kaum hatte er den Satz beendet, tat es ihm auch schon wieder leid. Dieser Mann am anderen Ende der Leitung hatte zumindest versucht, ihnen zu helfen.

»Entschuldigen Sie«, fügte Hendrik hinzu. »Aber im Moment ...«

»Schon gut, ich verstehe Sie. Aber ich versichere Ihnen, wir haben alles getan, was man tun kann, um unser System sicher zu machen.«

Hendrik sah Alexandra fragend an. Als sie nickte, sagte er: »Danke für Ihren Anruf und Ihre Hilfe, Herr Wolfsfelder.«

Dann legte er auf.

»Was hältst du davon?«

Alexandra schürzte die Lippen. »Ich bleibe dabei: Ich glaube nicht, dass Marvin gelogen hat, als er sagte, er habe *Adam* vor ziemlich genau einem Jahr getestet. Es wäre einfach vollkommen unsinnig.«

»Vorausgesetzt, er hat selbst nichts mit der Sache zu tun, stimme ich dir zu. Ich glaube allerdings, dass auch Wolfsfelder die Wahrheit sagt.«

»Mir geht es verrückterweise genauso. Und was heißt das jetzt?«

Hendrik musste nicht lange überlegen, die Antwort lag auf der Hand. »Dass jemand anderes *Adam* von Marvin hat testen lassen. Ich rufe Sprang kurz an und informiere ihn über unser Gespräch mit Wolfsfelder.«

Der Kommissar war nach dem ersten Klingeln dran und erklärte Hendrik, dass er zu Hause am Computer sitze und versuche, mehr über die Firma *Hamburg Home Systems* herauszufinden. Dann hörte er sich Hendriks Schilderung des vorangegangenen Gespräches in Ruhe an.

»Hm …«, brummte er, nachdem Hendrik fertig war. »Ich werde Wolfsfelders Angaben auf jeden Fall beim Chaos Computer Club überprüfen. Wenn er die Wahrheit gesagt hat, sehe ich nur eine Möglichkeit. Alex muss versuchen, diesen Marvin dazu zu überreden, den Kontakt zu seinem Auftraggeber wiederherzustellen. Vielleicht klappt das ja. Wenn Marvin nichts mit dem Verschwinden Ihrer Verlobten zu tun hat, wird er sich dazu bereiterklären. Falls er sich weigert, sagt das einiges über ihn und seine Glaubwürdigkeit aus.«

»Ich werde es ihr ausrichten«, sagte Hendrik mit Blick auf Alexandra, dann beendete er das Gespräch.

»Das macht der nie«, mutmaßte Alexandra, nachdem Hendrik ihr von Sprangs Vorschlag erzählt hatte. »Seinen Auftraggeber ohne dessen Zustimmung preiszugeben ist in dieser Branche beruflicher Suizid.«

»Wie kannst du dir so sicher sein? Man könnte meinen, du bewegst dich ständig unter diesen Leuten.«

Sie lächelte flüchtig. »Nein, das tue ich nicht, aber ich habe ständig mit Typen zu tun, die in dieser Szene bestens vernetzt sind. Der Rest ist Psychologie.«

»Also gut. Aber fragen kannst du Marvin ja auf jeden Fall über diese Webseite.« Hendriks Blick fiel auf die vielen Zettel, die noch ungeordnet auf dem Tisch lagen. »Wollen wir weitermachen? Vielleicht verschafft uns das ja den Überblick, den wir brauchen, um zu verstehen, was hier geschieht.«

»Na dann …«

Sie benötigten eine weitere Stunde, bis sie alle Notizen, die auf irgendeine Art zusammenhängen konnten, entsprechend platziert hatten. Allerdings fiel ihnen auch beim x-ten Überprüfen aller Zettel nichts Neues mehr ein.

Alexandra stieß erschöpft die Luft aus und lehnte sich im Stuhl zurück. »Ich kann nicht mehr. Ich denke, ich werde jetzt nach Hause fahren und dort noch ein wenig recherchieren. Diese Geschichte mit dem Test von *Adam* lässt mir keine Ruhe.«

Als sie sich an der Haustür verabschiedeten, sagte Hendrik: »Dieser Marvin hat es dir irgendwie angetan, oder?«

»Was meinst du damit?«

»Du kennst den Typen überhaupt nicht und bist trotzdem nicht bereit, in Betracht zu ziehen, dass er dich belogen hat.«

»Wie schon gesagt: Mein großer Vorteil ist meine Menschenkenntnis, und darauf verlasse ich mich. Bisher hat sie mich so gut wie nie im Stich gelassen.«

»Aber du hast diesem Marvin doch noch nie gegenüber-
gestanden. Gehört es nicht auch dazu, jemandem in die
Augen zu schauen, um ihn einschätzen zu können? Seine
Gestik und seine Mimik zu beobachten, wenn er spricht,
und das in Verbindung zu dem zu setzen, *was* er sagt? Versteh mich bitte nicht falsch, aber ich bin als Mediziner auch
nicht völlig unbedarft, was Menschenkenntnis angeht. Du
kennst Marvin bisher ausschließlich von seinen Mails über
diese Website. Könnte es nicht doch sein, dass er ein ganz
anderer ist, als er vorgibt zu sein?«

»Nein.« Ihre Stimme ließ keine Zweifel zu. »Ich bin absolut sicher. Ich melde mich.«

Hendrik sah ihr nach, als sie auf ihr Auto zuging.

Ihre strikte Weigerung, an diesem Marvin auch nur den
leisesten Zweifel aufkommen zu lassen, fand er merkwürdig.

34

*Erst als sie wieder allein sind, wendet sich der Irre ihr erneut zu.
»Vergiss den Kerl. Ich habe gute Neuigkeiten. Du kannst bald
hier raus.«*

*Fast hörte es sich wie Plaudern an. Wenn nicht dieser leichte
Singsang in seiner Stimme gewesen wäre, der nur zu hören war,
wenn er mit ihr sprach.*

*»Schon morgen hat das Warten ein Ende. Ich kann dir ver-
sichern, ich bin gut in dem, was ich tue. Nicht, dass du etwas
davon mitbekommen würdest, aber du sollst die Gewissheit
haben, dass ich genau weiß, was ich tue, und dass ich alles von
dir mit größter Sorgfalt behandeln werde. Jedes noch so kleine
Teil.«*

*Das Grauen will sie für einen Moment überwältigen, sie
möchte um ihr Leben flehen, doch da ist auch etwas anderes, eine
Kälte und Leere, die sich in den letzten Stunden in ihr ausgebrei-
tet hat.*

*»Warum tun Sie das?«, flüstert sie, und als er nicht antwor-
tet, schreit sie ihn, ohne sich das überlegt zu haben, an. »Warum
tun Sie das, Sie perverses Schwein? Wenn Sie mich umbringen
wollen, dann los.«*

*Sie ist vollkommen außer sich und spuckt ihn an, bevor sie
brüllt: »Also, töte mich. Wenn ich dein irres Gelaber nicht mehr
hören muss, ist es mir das wert. Na los, du Arschloch!«*

Im nächsten Moment fällt sie in sich zusammen, kauert auf dem Boden und wimmert leise, stammelt irgendwelche Wörter.

Sie registriert zwar, dass der Kerl etwas zu ihr sagt, begreift jedoch den Sinn nicht. Ihr Verstand hat sich zurückgezogen und eine Barriere um ihr Bewusstsein errichtet.

Sie registriert den Knall, mit dem die Tür zugeschlagen wird, im selben Moment wird alles schwarz um sie herum.

Als wäre das Licht auf Kommando ausgeschaltet worden, denkt sie, *und ihr Mund verzieht sich zu einem Lächeln. Wie zu Hause. Wie mit* Adam.

35

Zurück im Wohnzimmer, fiel Hendriks Blick auf sein Notebook, das er zuvor auf einem Stuhl abgelegt hatte, damit der ganze Tisch für ihre Notizen zur Verfügung stand.

Er fühlte sich erschöpft und wusste, dass er dringend ein paar Stunden Schlaf brauchte, ahnte aber, dass er vermutlich nicht würde einschlafen können, da seine Gedanken unentwegt um Linda kreisten und um die Geschehnisse der letzten Tage. Außerdem gab es einige Dinge, über die er unbedingt mehr herausfinden musste.

Da war die Firma *Hamburg Home Systems*, die in diese Geschichte verwickelt war, ob nun beabsichtigt oder nicht. Klar war auf jeden Fall: *Adam* spielte bei alldem eine entscheidende Rolle.

Und dann war da noch der Grund für Jonas Krollmanns Recherche im Krankenhaus. Hendrik zweifelte stark daran, dass Linda tatsächlich in Krollmanns Auto gesessen hatte, als der am Krankenhaus in Alsterdorf vorgefahren war, aber sogar der Chefarzt hatte bestätigt, dass der Journalist tatsächlich dort recherchiert hatte. Worum war es dabei gegangen? Anschließend war er verschwunden. Wie Linda. Und kurz danach auch Julia Krollmann, seine Frau. Hendrik *musste* versuchen, mehr herauszufinden, obwohl er todmüde war.

Er ging mit sich selbst einen Kompromiss ein. Er würde das Notebook mit nach oben nehmen, sich ins Bett setzen und dort noch so lange recherchieren, bis ihm die Augen zufielen.

Oder bis das Datenvolumen seines Smartphones aufgebraucht war, das er als Hotspot benutzen würde.

Fünfzehn Minuten später saß er in seinem Bett, das Notebook auf dem Schoß und das Handy mit aktiviertem Hotspot neben sich auf dem Nachttisch.

Erneut suchte er nach Dr. Steinmetz und wechselte zur Bildersuche, in der Hoffnung, irgendwo ein Foto seines Besuchers zu finden, der sich als Dr. Steinmetz ausgegeben hatte.

Neben Fotos mit anderen Kolleginnen und Kollegen des Evangelischen Krankenhauses Alsterdorf, in dem Steinmetz gearbeitet hatte, gab es auch einige Aufnahmen mit Professor Geibel, seinem Ex-Chef. Auf fast jedem dieser Fotos machten alle Beteiligten einen entspannten Eindruck. Auf einem, das Geibel und Steinmetz zusammen zeigte, hatten die beiden einander sogar kumpelhaft die Arme auf die Schultern gelegt, während sie in die Kamera lächelten. Es war erst vier Monate zuvor ins Netz gestellt worden.

Wenn es stimmte, dass Steinmetz unter seinen Kolleginnen und Kollegen wenig Freunde hatte, waren alle Beteiligten auf den Fotos hervorragende Schauspieler.

Nachdem er zurück in die allgemeine Suche geschaltet und einige Berichte gelesen hatte, in denen es meist um fachliche, chirurgische Themen ging, gab Hendrik es auf. So kam er nicht weiter. Vielleicht brachte es etwas, wenn er es über Professor Geibel versuchte? Er tippte den Namen in das Suchfeld und bestätigte. Die Ergebnisliste war länger als die vorige. Hendrik wechselte in die Bildersuche und betrachtete die Vorschaubilder. Sie zeigten Geibel in verschiedenen Situationen, meist jedoch in einen weißen Kittel gekleidet. Hier und da gab es Fotos von ihm hinter einem Rednerpult oder in Gesprächsrunden mit anderen Medizinern oder Politikern. Auf einem davon wurde ihm gerade auf einer Bühne gratuliert, und Hendrik staunte nicht schlecht, als er den anderen Mann erkannte. Er war ebenfalls Mediziner mit einer Professur und außerdem Hendriks Chef, Paul Gerdes.

Hendrik klickte das Foto an und wurde zu einem Bericht über einen Vortrag weitergeleitet, den Gerdes zum Thema Organspende etwa ein Dreivierteljahr zuvor gehalten hatte.

Hendrik überflog den Artikel, in dem über Gerdes' Ausführungen zu diesem wichtigen Thema berichtet wurde. Er hatte schon oft mit seinem Chef darüber geredet und wusste, dass Gerdes der Meinung war, dass ein Organspendeausweis für jeden Pflicht sein sollte, sofern es keine triftigen Gründe gab, die dagegen sprachen.

In dem Bericht wurde zudem erwähnt, dass Professor Geibel, der Leiter der chirurgischen Abteilung des Evangelischen Krankenhauses Alsterdorf, als Gastredner zum selben Thema geladen war.

Hendrik wechselte zurück in die Liste, betrachtete weiter die Ergebnisse seiner Suche und entdeckte dabei einen Eintrag in einem Ärzte-Listing, in dem der Werdegang des Mediziners aufgeführt war. Wie es aussah, arbeitete Geibel erst seit etwa zwei Jahren im Krankenhaus Alsterdorf. Zuvor war er für ein Jahr Leiter in einer Uniklinik im Saarland gewesen, davor als Oberarzt in Regensburg und davor in München. Weiter reichte die Historie nicht zurück. Geibel hatte schon oft den Arbeitgeber gewechselt, was aber für Ärztinnen und Ärzte, die Karriere machen wollten, nicht weiter ungewöhnlich war.

Hendrik schloss die Seite und wandte sich dem nächsten Thema zu, das er sich vorgenommen hatte: *Hamburg Home Systems*.

Als Erstes besuchte er die Website der Firma, wo es neben der Vorstellung von Artikeln aus der Produktpalette sowie Erklärungen und Beispielgraphiken zum Thema *Smart Home* auch eine *Team-Seite* gab, auf der die Mitarbeiter mit ihrem Tätigkeitsfeld vorgestellt wurden.

Auf den Fotos trugen alle die gleichen schwarzen Polo-shirts mit dem Logo der Firma auf der Brust und lächelten dem Betrachter dienstbeflissen entgegen.

Mit zwei Klicks hatte Hendrik den IT-Leiter Guido Wolfsfelder vor sich. Der Mann sah vollkommen anders aus als in Hendriks Vorstellung. Die muskulöse Statur und die Vollglatze wollten für sein Empfinden nicht zu der verhältnismäßig sanften Stimme passen. Unter dem Namen und der Angabe der Tätigkeit im Unternehmen waren zusätzlich die Mailadresse sowie die Durchwahl angegeben. Auf der anderen Seite des Fotos gab es ein Feld mit der Beschriftung: *Im Unternehmen tätig seit …*

Wolfsfeld hatte ihnen am Telefon die Wahrheit gesagt – er war seit rund zwei Jahren bei *Hamburg Home Systems* als Leiter der IT-Abteilung tätig. Wenn der Hackertest an *Adam* beim Chaos Computer Club eineinhalb Jahre her war, dann hatte er ihn in Auftrag gegeben. Warum aber behauptete Marvin, er habe das System gecheckt, und zwar erst ein Jahr zuvor? Hendriks Blick löste sich vom Display und richtete sich nachdenklich ins Leere.

Was, wenn nach dem Test des CCC doch noch eine Lücke im System aufgefallen war? Was, wenn Wolfsfelder das aus Angst um seinen Job heimlich von einem der indischen Programmierer hatte korrigieren lassen und – um sicherzugehen, dass so etwas nicht noch einmal passierte – dann Marvin unter der Hand und ohne Wissen seines Chefs mit einem erneuten Check beauftragt hatte? Aber was würde dieses Szenario bedeuten? Vielleicht, dass entweder Marvin oder Wolfsfelder selbst die Situation ausgenutzt und ihr Hintertürchen in *Adam* eingebaut hatten?

Hendrik fuhr sich mit beiden Händen über das Gesicht. Er war hundemüde und konnte sich kaum noch konzentrieren, deshalb nahm er sich vor, diese Überlegungen am nächsten Morgen mit Sprang zu besprechen.

Er wollte das Notebook schon zuklappen, als sein Blick noch einmal auf das Feld neben Wolfsfelders Foto fiel. *Im Unternehmen tätig seit …*

Hendrik fragte sich, wer eigentlich vor Wolfsfelder für *Adam* verantwortlich gewesen war, also zu der Zeit, als das System zum ersten Mal in den Handel kam.

Er verließ die Firmenseite und wechselte zu Google, wo er eingab: *Hamburg Home Systems Leiter IT*

Die Suche lieferte einige Ergebnisse, allerdings nur drei mit Fotos, und auf denen war jeweils Guido Wolfsfelder zu sehen. Es blieb Hendrik also nichts anderes übrig, als die Textergebnisse durchzugehen, was ihn in den ersten zehn Minuten ebenfalls nicht weiterbrachte, bis er einen Bericht auf einem Technik-Blog fand mit dem Titel: *Hamburg Home Systems bringt erstes Smart-Home-System mit Eyescan auf den Markt*

Der Artikel war etwas mehr als drei Jahre alt und beschäftigte sich hauptsächlich mit dem zweistufigen Sicherheitssystem aus Code und Augenscan, den der Verfasser zumindest im privaten Bereich als revolutionäre Errungenschaft feierte. Auf Graphiken und Fotos waren die Komponenten abgebildet, aus denen das Basissystem bestand, sowie eine ganze Reihe optionaler Zusatzkomponenten. Hendrik war erstaunt, als er sah, was man mit *Adam* alles regeln und steuern konnte.

Gegen Ende kam auch der zuständige Leiter der IT-Entwicklungsabteilung zu Wort, der Sebastian Kehrmann hieß und einige technische Details sowie die vielfältigen Einsatzmöglichkeiten des neuen Systems erläuterte.

Sebastian Kehrmann. Endlich ein kleiner Erfolg. Hendrik markierte den Namen, kopierte ihn und fügte ihn in die Suchmaske ein, nachdem er Google geöffnet hatte.

Auch hier war die Anzahl der Ergebnisse überschaubar. Hendrik überflog die Überschriften der Trefferliste. Die meisten davon stammten von Vereinsseiten aus ganz Deutschland. Wie es aussah, gab es mehr Männer mit diesem Namen, als es Hendrik lieb sein konnte.

Es blieb ihm also nichts anderes übrig, als einen Link nach dem anderen anzuklicken und zu hoffen, dass er dabei auf etwas stieß, das darauf hindeutete, dass es sich bei diesem Sebastian Kehrmann um den ehemaligen IT-Leiter von *Hamburg Home Systems* handelte.

Mittlerweile hatte er immer größere Mühe, wach zu

bleiben. Er wendete seinen Blick vom Display ab und rieb sich über die Augen. Dabei dachte er darüber nach, dass er wahrscheinlich einschlafen würde, wenn er sich jetzt hinlegte. Er entschied sich jedoch, noch einen letzten Versuch zu starten und danach ein paar Stunden zu schlafen. Am Morgen konnte er dann weitermachen. Als er den Link anklickte, brachte der ihn zu einem Bericht über eine vereinsinterne Meisterschaft des Schachclubs Hamburg Hafen-City. Im unteren Bereich war ein Bild des Siegers bei seiner letzten Partie zu sehen. Hendrik starrte darauf und hatte das Gefühl, sein Herz bliebe stehen. Der Name des Siegers war Sebastian Kehrmann, und Hendrik erkannte ihn auf Anhieb.

Es war der Mann, der sich bei ihm als Dr. Steinmetz ausgegeben hatte.

36

Binnen einer Sekunde war Hendrik wieder hellwach. Der falsche Dr. Steinmetz war der ehemalige IT-Leiter der Firma *Hamburg Home Systems* und somit derjenige, der anfangs für *Adam* verantwortlich gewesen war. Er hatte die ersten Tests durchführen lassen, und Hendrik hätte seine rechte Hand darauf verwettet, dass die nicht von Mitgliedern des Chaos Computer Clubs erledigt worden waren.

Hendrik lehnte sich zurück und schüttelte fassungslos den Kopf, weil er es selbst nicht glauben konnte, dass er *den* Hinweis gefunden hatte, der aus seiner Sicht den Beweis dafür lieferte, dass Linda entführt worden war. Warum sonst sollte der Mann, der die Kontrolle über *Adam* gehabt hatte, ihm unter falschem Namen eine Geschichte unterjubeln, um ihn davon zu überzeugen, dass Linda ihn wegen eines anderen Mannes verlassen hatte?

Hatte dieser Kehrmann auch den echten Dr. Steinmetz ermordet?

Mit fahrigen Fingern griff Hendrik nach seinem Smartphone und rief Kommissar Sprang an. Es dauerte eine Weile, bis der das Gespräch annahm. Seine Stimme klang verschlafen.

»Ja?«

»Ich habe herausgefunden, wer der Kerl war, der sich

bei mir als Dr. Steinmetz ausgegeben hat«, sprudelte es aus Hendrik heraus. »Es war der Vorgänger von Wolfsfelder. Der ehemalige IT-Leiter von *Hamburg Home Systems*. Wissen Sie, was das bedeutet?«

»Moment, langsam, ich bin noch nicht ganz da. Sie sagen, der falsche Steinmetz ist der ehemalige Chef der IT-Abteilung?«

»Ja, genau, ich habe ein Foto von ihm entdeckt. Er ist es, ohne Zweifel. Er hatte alle Möglichkeiten, etwas in *Adam* einzubauen, das ihm die Kontrolle über die Systeme gibt. Wahrscheinlich hat er es so versteckt, dass auch kein Hacker es finden konnte. Was weiß ich, welche Optionen es da gibt. Da kann uns vielleicht Alexandra weiterhelfen. Aber wir haben jetzt einen Anhaltspunkt. Und es würde mich nicht wundern, wenn er den echten Dr. Steinmetz umgebracht hat. Verstehen Sie? Damit wäre Ihre Unschuld bewiesen. Und auch Kantstein muss jetzt einsehen, dass Linda mich nicht verlassen hat, sondern einem Verbrechen zum Opfer gefallen ist. Und dass Sie …«

»Können Sie mir das Foto schicken? Oder noch besser den Link?«

»Ja, natürlich. Ist das nicht irre? Endlich haben wir einen Punkt, an dem wir ansetzen können. Ich rufe gleich Kantstein an und erzähle ihm davon. Ich würde zu gern sein Gesicht sehen, wenn …«

»Das sollten Sie nicht tun«, unterbrach Sprang ihn erneut.

»Aber … warum nicht?«

Hendrik hörte ein Schnauben, dann, nach einigem Zögern, sagte Sprang: »Ich wollte mit niemandem darüber

reden, solange ich keine eindeutigen Beweise habe, aber …
ich halte es für möglich, dass Georg irgendwie in dieser Sache mit drinhängt.«

Hendrik war nicht so überrascht, wie er es noch eine Woche zuvor gewesen wäre, wenn ein Polizist einen anderen verdächtigt hätte, mit einem Verbrechen zu tun zu haben.

»Wie kommen Sie darauf?«, fragte Hendrik und kam sich scheinheilig vor, denn natürlich lag es auf der Hand, warum Sprang dies vermutete.

»Ich denke, Sie ahnen den Grund«, sagte Sprang leise, aber Hendrik ignorierte die Antwort.

»Und was sollen wir jetzt tun?«

»Wenn Sie mir den Link geschickt haben, klemme ich mich gleich dahinter und versuche, so viel wie möglich über diesen … wie war der Name?«

»Sebastian Kehrmann.«

»… diesen Kehrmann herauszufinden. Vielleicht haben wir ja sogar etwas über ihn in der Polizeidatenbank. Dann melde ich mich wieder bei Ihnen. Ich denke, das sollte nicht länger als eine Stunde dauern.«

Hendrik war jetzt hellwach. Nun gab es vielleicht endlich eine Spur zu jemandem, der mit Lindas Entführung zu tun hatte.

»Okay«, sagte er. »Dann warte ich auf Ihren Anruf.«

»Herr Zemmer … kann ich Ihnen vertrauen?« Sprangs Stimme klang bedrückt.

»Ja, natürlich. Ich dachte, das sei klar zwischen uns.«

Es dauerte zwei, drei Atemzüge, dann sagte der Kommissar: »Ich schicke Ihnen gleich auch noch etwas.«

»Was denn?«

»Schauen Sie es sich einfach an. Sie können mir dann nachher sagen, was Sie davon halten. Und bitte … das muss absolut unter uns bleiben.«

»Okay. Dann bis gleich.«

Nur wenige Sekunden nachdem sie das Gespräch beendet hatten, vibrierte das Smartphone in Hendriks Hand und kündigte eine WhatsApp-Nachricht an. Sie kam von Sprang und enthielt ein Foto.

Die Aufnahme war irgendwo in einem Park gemacht worden. Hinter einer leeren Holzbank konnte man Bäume und Sträucher erkennen, davor standen sich zwei Männer gegenüber. Einer der beiden, ein dunkelhaariger Enddreißiger, hatte die Hände in den Hosentaschen vergraben und sah sein Gegenüber mit versteinertem Gesicht an. Hendrik kannte ihn nicht.

Der andere war älter, deutete mit dem ausgestreckten Zeigefinger auf die Brust des Dunkelhaarigen und redete offenbar wütend auf ihn ein. Ihn erkannte Hendrik sofort. Es war Hauptkommissar Kantstein. Das Smartphone vibrierte kurz, dann schob sich eine Nachricht von Sprang unter das Foto. Der Text lautete: *Falls Sie ihn nicht kennen, der Mann, der Kantstein gegenübersteht, ist Jonas Krollmann.*

Hendrik riss die Augen auf. Jonas Krollmann und der Hauptkommissar kannten sich? Und so wie es den Anschein hatte, war ihre Bekanntschaft nicht eben von freundschaftlicher Natur. Krollmann war verschwunden, und Kantstein hatte Hendrik glauben machen wollen, der Journalist hätte sich gemeinsam mit Linda abgesetzt, weil sie eine Beziehung hatten.

Hendrik legte das Telefon neben sich auf die Bettdecke, lehnte sich zurück und schloss die Augen.

Das wurde ja immer verrückter. Deshalb wollte Sprang also auf keinen Fall, dass Kantstein etwas von den Dingen erfuhr, die sie gerade herausfanden.

Hendrik versuchte, über die Schlüsse nachzudenken, die sich aus diesem Bild ergaben, ließ es aber gleich wieder sein. Er war zu erschöpft und schaffte diese komplexen Überlegungen nicht mehr. Er musste dringend schlafen.

Seine Gedanken kehrten zu Sebastian Kehrmann zurück, und mit ihnen die Wut auf diesen Mann, der bei ihm zu Hause aufgetaucht war, um ihm seine Lügengeschichte aufzutischen. Er musste etwas mit Lindas Entführung zu tun haben. Definitiv.

Am liebsten wäre Hendrik aufgestanden und sofort losgefahren, um diesen Kehrmann zu suchen, was natürlich vollkommener Blödsinn gewesen wäre, da er nicht einmal wusste, wo der Kerl wohnte. Zudem musste er damit rechnen, dass Kehrmann gewalttätig war. Solange auch nur der Verdacht bestand, dass der auf irgendeine Weise etwas mit Lindas Verschwinden zu tun hatte, könnte jede überstürzte Reaktion fatale Folgen haben.

Blieb nur die Hoffnung, dass Sprang etwas herausfand, das ihnen weiterhalf, so dass auch Kantstein nichts mehr daran drehen konnte.

Hendrik öffnete die Augen, nahm das Smartphone wieder zur Hand und betrachtete erneut das Foto, das Sprang ihm geschickt hatte. Er fragte sich, wer es gemacht hatte. Sprang selbst? Weil er Kantstein schon länger verdächtigte? Hendrik nahm sich vor, Sprang danach zu fragen.

Kantstein hatte sich einige Male wirklich seltsam verhalten, dennoch fiel es Hendrik noch immer schwer zu glauben, dass der Hauptkommissar tatsächlich gemeinsame Sache mit einem Entführer oder gar einem Mörder machte. Aber noch vor einer Woche hätte er es nicht für möglich gehalten, dass ein Szenario, das er bestenfalls aus Krimis kannte, bei ihm zu Hause geschehen könnte. In Lindas und seinem Leben.

Er legte das Handy zur Seite und schloss die Augen, und ohne es zu steuern, schweiften seine Gedanken ab in die Vergangenheit, riefen Erinnerungen in ihm wach und zeigten ihm Bilder aus sorglosen, glücklichen Zeiten. Die Tage in Rom, die Bars und Cafés an der Piazza Navona, auf deren Terrassen sie im Schatten gesessen und wieder und wieder über ihre Hochzeit geredet hatten, schienen ewig her zu sein.

Er sah Lindas lächelndes Gesicht vor sich, ihren Blick, der ihm ohne Worte sagte, dass sie ihn liebte. Er wollte sich diesen Erinnerungen hingeben, als ihn das Läuten der Türglocke aufschreckte.

Er stieg aus dem Bett, schlüpfte in die Jogginghose und fragte sich, wer ihm um diese Zeit noch einen Besuch abstattete.

Während er die Treppe hinunterlief, hatte er das Gefühl, dass etwas … falsch war. Er ignorierte es und war gespannt darauf, wer vor seiner Tür stand.

Alles war falsch in diesen Tagen.

Hendrik atmete tief durch, öffnete die Tür und stand Hauptkommissar Kantstein gegenüber.

»Sie?«, stieß er überrascht aus und war fast versucht, die Tür wieder zuzuschlagen.

»Ja, ich. Ich möchte mich kurz mit Ihnen unterhalten.«

»Um diese Uhrzeit?«

»Ja. Sie suchen doch nach demjenigen, der Ihre Verlobte entführt hat, oder? Tun Sie das nur zu den üblichen Bürozeiten?«

Hendrik wurde hellhörig. »Wissen Sie etwas?«

»Können wir das vielleicht im Haus besprechen?«

Hendrik überlegte, ob er es wagen konnte, Kantstein ins Haus zu lassen. Was, wenn er tatsächlich etwas mit …

»Okay, lassen wir das.« Kantstein nahm ihm die Entscheidung ab. »Was ich Ihnen zu sagen habe, geht schnell. Im Grunde genommen ist es nur ein Rat, den ich Ihnen geben möchte. Hören Sie auf, auf eigene Faust in dieser Sache herumzufragen.«

»In dieser Sache?«, entfuhr es Hendrik. »Für Sie mag das nur eine ›Sache‹ sein, aber es geht um die Entführung meiner Verlobten, und Sie tun das anscheinend immer noch als lächerlich ab.«

»Ich tue gar nichts als lächerlich ab«, entgegnete Kantstein scharf. »Sie haben ja keine Ahnung. Hören Sie auf damit, Hobbyermittler zu spielen. Sie begeben sich in eine Gefahr, die Sie überhaupt nicht abschätzen können.«

»Drohen Sie mir?«, stieß Hendrik gereizt aus, Sprangs Worte im Ohr.

»Was?«, blaffte Kantstein. »Sind Sie jetzt vollkommen verrückt geworden? Ich versuche, Sie davor zu bewahren, eine Dummheit zu begehen, die schwerwiegende Folgen haben kann. Für Sie und vielleicht auch für Ihre Verlobte.«

Wenn das mal keine Drohung ist, dachte Hendrik und sagte: »Ich werde nicht eher Ruhe geben, bis ich weiß, was mit Linda geschehen ist. Davon können Sie mich mit Ihren … Warnungen nicht abbringen. Zumal Sie selbst ja rein gar nichts unternehmen.«

Kantstein blickte an Hendrik vorbei, als müsste er über dessen Worte nachdenken, bevor er ihm wieder in die Augen sah. »Ich habe noch einen gutgemeinten Rat für Sie.« Seine Stimme klang kalt. »Halten Sie sich von Kommissar Sprang fern. Er ist vom Dienst suspendiert und noch immer verdächtig.« Er ließ ein, zwei Sekunden verstreichen, dann fügte er hinzu: »Sie kennen ihn nicht.«

Damit wandte er sich ab und lief zu seinem Auto, ohne sich noch einmal umzudrehen.

37

Hendrik schloss die Tür und ging nachdenklich zurück nach oben, wo er die Jogginghose abstreifte und sich wieder ins Bett legte. Was hatte Kantstein mit diesem Auftritt bezweckt? Diese Dinge, die er gesagt hatte …

Sie begeben sich in eine Gefahr, die Sie überhaupt nicht abschätzen können. Ich versuche, Sie davor zu bewahren, eine Dummheit zu begehen, die schwerwiegende Folgen haben kann. Für Sie und vielleicht auch für Ihre Verlobte.

Das konnte man durchaus als Drohung verstehen. Und dann die Warnung vor Kommissar Sprang. Meinte Kantstein das tatsächlich ernst? Hielt er seinen Kollegen wirklich noch immer für den Mörder von Dr. Steinmetz, oder wollte er verhindern, dass Hendrik von Sprang Dinge erfuhr, die ihn, Kantstein, in einem weniger guten Licht dastehen ließen?

Hendrik schloss die Augen und zermarterte sich das Hirn über Kantstein, bis er in einen unruhigen Schlaf fiel.

Als sein Telefon klingelte, schreckte er hoch und nahm das Gespräch an. »Zemmer«, krächzte er verschlafen und erwartete, Sprangs Stimme zu hören, doch es war Alexandra. »Oje … ich habe dich aus dem Schlaf gerissen, stimmt's?«

»Ja, ich … ich bin wohl eingedöst.« Er rieb sich mit der

freien Hand über die Augen und überlegte, ob er ihr von Kantsteins Besuch erzählen sollte. Und da war auch noch die Sache mit Kehrmann ...

»Kein Wunder. Sorry, aber ich dachte mir, ich bringe dich gleich auf den neuesten Stand. Ich hatte einen interessanten Austausch mit Marvin. Er schwört Stein und Bein, dass er vor knapp einem Jahr einen Test an *Adam* durchgeführt hat. Ich habe ihm von unserem Gespräch mit Wolfsfelder geschrieben und dass der behauptet, *Adam* sei nur vom CCC getestet worden und dass das außerdem schon eineinhalb Jahre her sei.«

»Und? Was sagte er dazu?« Bevor Hendrik ihr von Kehrmann und Kantstein erzählen würde, wollte er wissen, was dieser ominöse Marvin zu sagen hatte. Er glaubte, dass mit dem Hacker irgendetwas nicht stimmte. Oder mit Alexandras Kontakt zu ihm.

»Er meint, die einzig logische Erklärung dafür ist, dass jemand anderes sich als Vertreter von *Hamburg Home Systems* ausgegeben und ihm den Auftrag erteilt hat.«

»Ach, und das geht so einfach?«

»Nein, natürlich nicht. Marvin hat genau gecheckt, dass der Auftraggeber nicht irgendjemand ist, der ihn mal eben ein Smart-Home-System knacken lässt. Das Wissen seines Auftraggebers über *Adam* war aber so detailliert, wie es nur jemand haben kann, der mit der Entwicklung zu tun hatte.«

»Oder der es gehackt hat.«

»Was? Nein, das ...« Sie klang verunsichert. »Nein, ich bin sicher, das hätte er bemerkt.«

»Okay, dann kann ich dir etwas sagen, was dich freuen

wird, weil es Marvins These stützt. Ich habe herausgefunden, wer Wolfsfelders Vorgänger als IT-Leiter bei *Hamburg Home Systems* gewesen ist. Halte dich fest: Es ist der Typ, der bei mir war und sich als Dr. Steinmetz ausgegeben hat.«

»Was?«, stieß Alexandra so laut aus, dass es Hendrik in den Ohren schmerzte. »Das ist ja ... Jetzt ergibt alles einen Sinn. Er hat Marvin kontaktiert, ihn auf ein irgendwo installiertes System gelotst und dann die Lücke genutzt, die Marvin gefunden hat, um *Adam* in den Häusern zu übernehmen, in die er eindringen wollte.« Sie redete so schnell, dass Hendrik ihr kaum folgen konnte.

»Das kann sein«, antwortete Hendrik, verwundert über Alexandras Aufregung. »Ich halte das auch für möglich. Wobei dein Marvin nichts anderes ist als ein krimineller Hacker. Mit seiner Hilfe wird in Häuser eingebrochen, um Verbrechen zu begehen. Entführungen und vielleicht sogar Morde.«

»Ja ...« Plötzlich war ihre Stimme ganz leise. »Da hast du wohl recht.«

Hendrik hatte keine Lust, darüber nachzudenken, warum eine intelligente junge Frau wie Alexandra einen halbseidenen Kerl wie diesen Marvin offensichtlich sehr schätzte. Zumal sie ihn ja noch nie persönlich getroffen hatte. Zumindest behauptete sie das.

»Bleibt die Frage nach dem Motiv«, stellte Hendrik fest.

»Vielleicht wollte er sich an Buchmann dafür rächen, dass er seinen Job verloren hat, oder er ...«

»Wie kommst du darauf, dass er seinen Job verloren hat? Vielleicht hat er ja auch selbst gekündigt?«

»Ich weiß es nicht. Es ist einfach das Naheliegendste, was mir in den Kopf kam. Und es wäre ein logisches Motiv. Weiß Sprang schon davon?«

Hendrik erzählte ihr von seinem Gespräch mit dem Kommissar, erwähnte aber nichts von dessen Verdacht gegen Kantstein.

»Endlich kommt mal Bewegung in die Sache«, sagte Alexandra.

»Ja. Ich bin gespannt, was Sprang herausfindet. Er wollte sich nachher noch bei mir melden.«

»Rufst du mich danach bitte an?«

»Ja, das mach ich«, versicherte Hendrik ihr. »Und da ist noch etwas. Ich hatte eben Besuch, und zwar von Kantstein.«

»Der? Was wollte er?«

Hendrik erzählte ihr von seiner kurzen Unterhaltung mit dem Hauptkommissar.

»Hm … denkst du, er wollte dir wirklich drohen?«

»Ich weiß es nicht«, gestand Hendrik. »Das Schlimme ist, dass ich das Gefühl habe, dass ich, je mehr Zeit vergeht und je mehr ich erfahre, immer weniger weiß.«

»Mach dich nicht verrückt. Vor allem – ruh dich jetzt mal aus. Morgen früh kannst du sicher wieder klarer denken.«

»Ich versuch's, bis später«, entgegnete Hendrik und beendete das Gespräch.

Er warf einen Blick auf das Smartphone, um sicherzugehen, dass er keinen Anruf von Sprang verpasst hatte. Dabei fiel sein Blick auf den oberen Bereich des Displays, wo das Zeichen für eine WLAN-Verbindung eingeblendet war. Was aber eigentlich unmöglich war.

Aufgeregt wischte er zweimal über die Oberfläche und starrte dann ungläubig auf die *Adam*-App. Sie war wieder installiert. Und sie war aktiv, wie ihm die bestehende WLAN-Verbindung bewies.

»Verdammt!«, stieß er aus, schwang sich aus dem Bett und eilte die Treppe hinab, wobei vor ihm die Stufenbeleuchtungen aufflammten und hinter ihm wieder erloschen. Ein weiterer Beweis dafür, dass das System aktiv war. Dabei fiel ihm ein, dass die Beleuchtung auch schon funktioniert hatte, als er die Treppe hinaufgegangen war, er das aber aus Gewohnheit nicht registriert hatte. Aber nein, das stimmte nicht. Als er Kantstein die Tür geöffnet hatte ... dieses Gefühl, dass etwas falsch war ... Es war die Stufenbeleuchtung gewesen, die funktioniert hatte, obwohl sie eigentlich nicht aktiviert war.

Er blieb vor der Steuereinheit des Systems stehen und starrte wütend auf die beiden grün leuchtenden LED-Punkte.

»So eine verdammte Sauerei!«, schrie er gegen das Bedienfeld, als könnte es ihn verstehen. Sein Blick konzentrierte sich auf die kleine Glasfläche, hinter der sich die Kamera für den Augenscan verbarg. »Und? Kannst du mich sehen? Ja? Was willst du von mir, du Arschloch? Du verdammter Feigling.«

Abrupt drehte Hendrik sich um und blickte wild um sich, bevor er sich wieder dem Augenscanner zuwandte. »Komm her, wenn du dich traust. Aber dazu hast du keine Eier, nicht wahr? Du kannst nur heimlich nachts in Häuser schleichen und Schlafende überraschen, du feiges Schwein. Was hast du mit Linda gemacht?« Und im nächsten Moment brüllte er, so laut er konnte: »Was, zum Teufel, hast du mit Linda gemacht, du gottverdammtes Dreckschwein?«

Schwer atmend stand er da und starrte auf die quadratische Fläche. Ihm wurde klar, wie bizarr diese Situation war und dass es – falls die Kamera für den Augenscan ihn tatsächlich aufnahm, was er mittlerweile für möglich hielt – vielleicht nicht sehr schlau war, denjenigen, der für die Verbrechen verantwortlich war, zu provozieren. Im Zweifelsfall wäre wohl eher er selbst der Feigling, wenn er es mit einem kaltblütigen Entführer und vielleicht sogar Mörder zu tun bekäme.

Sein Handy klingelte. Es war Sprang.

»Keine guten Nachrichten. Dieser Sebastian Kehrmann hatte seinen Wohnsitz in Lurup, hat ihn aber vor etwa einem Monat abgemeldet, weil er laut den Unterlagen des Einwohnermeldeamtes auswandern wollte. Wohin, ist nicht festzustellen.«

»Na superklasse«, stieß Hendrik aus. »Das auch noch. Es wäre ja auch zu einfach gewesen. Verdammte Scheiße!«

»Wow! Was ist denn mit Ihnen los?«

»Ach, schon gut.« Hendrik atmete tief durch und entschied sich, Sprang nichts von seiner Begegnung mit Kantstein zu erzählen.

»Deshalb hatte er also kein Problem damit, hier aufzukreuzen. Er wusste, dass er nicht aufzufinden sein wird, selbst dann nicht, wenn ich ihn identifizieren kann.«

»Tja, da haben wir wohl schlechte Karten. Aber so schnell gebe ich nicht auf. Ich werde gleich morgen früh damit beginnen, sein ehemaliges Umfeld abzuklopfen. Vielleicht kommen wir ja über diesen Weg irgendwie an ihn heran.«

»Okay.«

»Sie klingen seltsam. Ist alles okay mit Ihnen?«

»Na ja, sonderlich erfreut bin ich nicht, dass die einzige Spur, die wir haben, schon wieder im Sande verläuft, aber das ist nicht alles. Bei mir im Haus gehen seltsame Dinge vor.«

»Seltsame Dinge? Was meinen Sie damit?«

»Mein Smart-Home-System fährt selbständig wieder hoch, wenn ich es heruntergefahren habe.«

»Wie ist denn so etwas möglich? Ich kenne mich mit diesen Systemen nicht sonderlich gut aus, aber können Sie nicht einfach den Stecker ziehen?«

»Ja, das ist wohl das Nächste, was ich versuchen werde. Einen Stecker kann ich zwar nicht ziehen, aber ich werde die Sicherung ausschalten, an der *Adam* hängt. Dann ist Schluss mit diesem Mist.«

»Gut, tun Sie das. Wenn irgendetwas sein sollte, rufen Sie mich bitte an, okay?«

»Ja, das mache ich, danke. Bis morgen.« Hendrik legte auf und betrachtete das Schaltpanel von *Adam*.

Mittlerweile spielte es wahrscheinlich keine große Rolle mehr, aber er würde das System nun endgültig ausschalten, bevor er wie versprochen Alexandra anrief.

Er ging in den Keller, wo in einer Ecke unter der Treppe der Sicherungskasten hing.

Zum Glück waren die Sicherungen ordentlich beschriftet, so dass er nicht lange suchen musste. Gleich in der oberen Reihe entdeckte er unter zwei nebeneinanderliegenden Kippschaltern die Aufschrift: *Smart Home*.

Ohne zu zögern, legte er beide Schalter um, schloss die

Blechtür des Kastens wieder und ging nach oben. Nachdem er sich vergewissert hatte, dass an der Station in der Diele nichts mehr grün leuchtete, wandte er sich um und ging ins Wohnzimmer. Die App würde er nach dem Telefonat mit Alexandra deinstallieren. Ohne Stromversorgung an der Zentraleinheit nutzte sie nichts und würde auch nichts mehr aktivieren können.

Der Gewohnheit folgend, wollte er schon mit dem Kommando *Sanftes Licht* von *Adam* die indirekte Beleuchtung einschalten lassen, schüttelte dann den Kopf über sich selbst, weil er vor knapp zwei Minuten das System ausgeschaltet hatte. Also betätigte er den Drehschalter neben dem Türrahmen, bevor er sich setzte.

Den Erhalt einer Benachrichtigung von *Adam*, der ihm auf dem Display angezeigt wurde, ignorierte er und tippte in der Telefonliste auf Alexandras Nummer. Er wusste auch ohne Nachricht, dass er das System schachmatt gesetzt hatte.

Alexandra hatte offenbar mit dem Telefon in der Hand auf seinen Anruf gewartet, denn kaum, dass es einmal geklingelt hatte, hörte er schon ihre Stimme. »Und? Was hat Sprang herausgefunden?«

»Nicht viel.« Hendrik berichtete ihr von seinem Gespräch mit dem Kommissar.

»Hast du ihm von Kantsteins Besuch erzählt?«

»Nein, und frag mich bitte nicht, warum ich es ihm nicht gesagt habe. Ich weiß es selbst nicht.«

»Hm … deine Entscheidung, aber findest du nicht auch, es hat wenig Sinn, wenn wir uns gegenseitig Informationen vorenthalten? Allein schon wegen Linda.«

»Du hast wahrscheinlich recht. Ich werde es ihm morgen früh sagen. Da ist aber noch etwas. *Adam* ... das System war schon wieder aktiv, und die App hat sich auch wieder auf meinem Handy installiert. Und zwar ohne dass ich irgendetwas dazu getan habe.«

»*Adam* hat sich selbst wieder hochgefahren? Und die App ... Aber wie soll das funktionieren? Das ist doch unmöglich.«

»Du hast doch danebengestanden und gesehen, dass ich es heruntergefahren habe.«

»Ja, und du bist sicher, dass du seitdem nicht mehr ...«

»Alex!«, stieß er scharf aus und benutzte zum ersten Mal die Abkürzung ihres Namens. »Hör bloß auf damit. Ich habe meine Sinne noch alle beisammen und weiß, was ich getan habe und was nicht. Es ist ja auch nicht das erste Mal, dass das Ding plötzlich wieder aktiv ist, wenn du dich erinnerst.«

»Ja, ich weiß. Ich habe echt gedacht, du hättest da irgendwas falsch gemacht und nur geglaubt, du hättest ... puh. Das ist wirklich gruselig. Das System *und* die App ... aber ... da kommt mir ein Gedanke. Wartest du bitte mal einen Moment?«

»Ähm, ja. Warum?«

»Ich habe gerade eben mit Marvin geschrieben, vielleicht sitzt er noch am Computer. Moment.«

Hendrik hörte einige Sekunden lang das typische Klicken einer Tastatur, dann entstand eine Pause, in der absolute Stille herrschte.

»Alexandra? Bist du noch da?«, fragte er nach einer Weile.

»Ja, ich …« Sie stockte kurz, dann stieß sie laut aus: »Ja! Er ist dran! Warte …«

In den folgenden Minuten wechselten sich Tastaturklicken und Pausen ab, wobei hier und da leise Geräusche zu hören waren. »Das könnte sein …«, flüsterte Alexandra und stieß kurz darauf ein »Wow!« aus.

Irgendwann sagte sie so unvermittelt »Hendrik?«, dass er erschrocken zusammenfuhr.

»Ja? Was schreibt er?«

»Das ist echt irre. Darauf muss man erst mal kommen.«

»Was denn? Nun sag schon.«

»Vielleicht fahren die beiden sich gegenseitig hoch!«

Hendrik verstand nicht. »Was meinst du damit? Wer fährt was hoch?«

»Na, die App und das stationäre System. Du musstest dich doch sowohl an der Steuerungseinheit von *Adam* als auch in der App als Administrator anmelden, mit Code und Augenscann, oder?«

»Ja, klar.«

»Das heißt, sowohl das eine als auch das andere hat deine Admin-Rechte. Wenn du die App deinstallierst, das Hauptsystem aber noch läuft, könnte es sein, dass die stationäre Steuerung, die ja über WLAN mit deinem Handy verbunden ist, die App einfach mit deinen Admin-Rechten sofort wieder installiert.«

»Was? Das ist doch verrückt.«

»Nein, eben nicht. Marvin hält das für durchaus möglich, wenn der Programmiercode entsprechend hinsichtlich KI modifiziert ist.«

»KI? Künstliche Intelligenz?«

»Ja, genau. Wenn du das Hauptsystem herunterfährst, aber die App noch aktiv ist, übernimmt die eben die Hauptfunktionen und fährt das System wieder hoch. Sie passen aufeinander auf.«

Der Gedanke, dass *Adam* sich vielleicht auf gewisse Weise eigeninitiativ am elektronischen Leben hielt, jagte Hendrik einen kalten Schauer über den Rücken. »Das klingt wie aus einem schlechten Film, findest du nicht?«, sagte er, um sich selbst ein wenig zu beruhigen, und fügte dann grimmig hinzu: »Aber ich habe dem Ding sowieso die Sicherung und damit die Stromzufuhr ausgeknipst, jetzt ist endgültig Feierabend.«

»Wahrscheinlich eine gute Idee«, ermutigte Alexandra ihn. »Okay, du solltest endlich ein paar Stunden schlafen. Was hast du mit Sprang verabredet?«

»Er meldet sich morgen früh.«

»Gut, dann mach ich das auch, und dann sehen wir weiter. Schlaf gut.«

»Du auch.«

Hendrik drückte sich ächzend von der Couch hoch. Mittlerweile taten ihm alle Knochen weh, und das Bedürfnis, sich hinzulegen und einfach die Augen zu schließen, wurde übermächtig.

Er stieg die Treppe in die erste Etage nach oben, ging ins Bad und ließ sich kurz darauf rücklings auf sein Bett fallen.

Hendrik dämmerte gerade weg, als ein Geräusch die Stille zerschnitt.

38

Hendrik fuhr hoch und saß mit rasendem Puls in seinem Bett. Das Geräusch, eine Art schleifendes Brummen, hielt noch immer an und schien plötzlich von überallher zu kommen. Er schalt sich einen Narren, weil er sich nach den Geschehnissen der letzten Tage nicht auf irgendeine Art bewaffnet hatte, und wenn es auch nur mit Pfefferspray oder einem Baseballschläger gewesen wäre.

Plötzlich hörte das Brummen auf, und von einer Sekunde auf die nächste herrschte wieder absolute Stille im Haus, was fast noch schlimmer war als der Lärm zuvor. Hendrik lauschte angestrengt in die Dunkelheit, hielt den Atem an. Nichts.

Während er die Decke zurückschob und sich langsam aufrichtete, wurde ihm klar, was er da gerade gehört hatte, und diese Erkenntnis beruhigte ihn. Es war ein bekanntes Geräusch, nur dass er es noch nie gleichzeitig von allen Seiten gehört hatte.

Die Rollläden! Sie waren heruntergefahren, und wie es schien, alle gleichzeitig. Normalerweise wurde dieser Vorgang auf seinen Sprachbefehl hin von *Adam* ausgeführt. Zumindest unten. In der oberen Etage waren die Rollläden hingegen nur ganz selten geschlossen.

Hendrik blieb auf der Bettkante sitzen, seine Gedanken

rasten. War diese Gleichzeitigkeit die Folge davon, dass er *Adam* ausgeschaltet hatte? Das schien zumindest die logische Erklärung. Aber warum geschah das erst jetzt?

Instinktiv griff er nach seinem Smartphone und warf einen Blick auf das Display, wo noch immer ein Hinweis auf die ungelesene Nachricht von *Adam* angezeigt wurde.

Hendrik kannte diese Benachrichtigungen, sie wurden bei verschiedenen Ereignissen vom System an sein Handy geschickt. Wenn die Waschmaschine fertig war, zum Beispiel, oder ein Gerät längere Zeit im Stand-by-Modus lief. Oder wenn er *Adam* herunterfuhr, was er bisher noch nicht oft getan hatte. Seltsam war nur – und daran dachte er erst in diesem Moment –, dass er dem System ja von einer Sekunde auf die nächste den Strom abgeschaltet hatte, eigentlich also für *Adam* keine Zeit gewesen war, noch eine Nachricht zu versenden.

Mit einem mulmigen Gefühl klickte Hendrik auf das Symbol, woraufhin ihm der Text angezeigt wurde.

Hallo, Hendrik, Adam *informiert dich hiermit über eine unerwartete Störung in der Energiezufuhr. Die USV hat soeben die Versorgung übernommen. Alle Systeme werden gemessen am Ladezustand des Energiespeichers ab jetzt noch für die Dauer von sechs Stunden und dreizehn Minuten zur Verfügung stehen. Danach wird* Adam *keine Energie mehr haben.*

Hendrik starrte auf die Worte. *USV.* Die **u**nterbrechungsfreie **S**trom**v**ersorgung. Ein interner, leistungsstarker Akku, der im Falle eines Stromausfalls automatisch die Versorgung übernahm, um sicherzustellen, dass man zum Beispiel die Haustür noch für eine gewisse Zeit per Fingerscan öffnen konnte, wenn man draußen war und keinen

Schlüssel dabeihatte. Wie hatte er das nur vergessen können?

Er ließ das Handy sinken und sah sich um. »Du gottverdammtes Scheißteil bist wohl überhaupt nicht totzukriegen, was?«, knurrte er und drückte sich von der Bettkante hoch. Das Telefon behielt er in der Hand.

Ein kurzer Blick zum Fenster bestätigte ihm, dass die Rollläden komplett heruntergefahren waren. Er zog seinen Morgenmantel an und schlüpfte in die Hausschuhe, dann verließ er das Schlafzimmer, woraufhin das Nachtlicht im Flur und gleich anschließend die LEDs an den Treppenstufen sich an- und hinter ihm wieder ausschalteten. *Adam sei Dank.*

Hendrik hatte gerade die unterste Stufe erreicht, als er eine Stimme hörte, die ihn abrupt in der Bewegung verharren ließ. Sein Herz hämmerte gegen die Rippen, während er sich bemühte, die Stimme zu orten und die Worte zu verstehen.

Sie schienen aus dem Wohnzimmer zu kommen, und als er den Atem anhielt und angestrengt lauschte, verstand er seinen Namen, der neben anderen unverständlichen Wörtern ständig wiederholt wurde. Diese Stimme ... sie klang seltsam. Nicht so, als würde tatsächlich jemand dort im Wohnzimmer stehen. Sie erinnerte ihn eher an die Lautsprecherdurchsagen im Krankenhaus, wenn jemand ausgerufen wurde.

Langsam setzte er einen Fuß vor den anderen, versuchte, die Gedanken daran zu verdrängen, was er tun würde, wenn doch jemand dort in seinem Wohnzimmer auf ihn wartete, mit einer Waffe in der Hand.

»Hendrik? Komm her, Hendrik«, verstand er jetzt und war sicher, dass diese Stimme aus einem Lautsprecher kommen musste. »Du brauchst keine Angst zu haben. Jetzt noch nicht.«

Er spürte, wie sich die Haare in seinem Nacken aufstellten, ging aber weiter.

»Hendrik, bist du schon da?« Nur noch wenige Schritte bis zur Wohnzimmertür. Nah genug, dass er jedes Wort verstehen konnte. »Sag was. Du hast die Kamera unbrauchbar gemacht. Das war böse von dir.«

Hendrik hatte das Wohnzimmer erreicht. Er legte eine Hand auf den Türrahmen und starrte auf die mit Band umwickelte Kamera in der Raummitte. Er wusste, dass sie ein eingebautes Mikrophon hatte, aber von einem Lautsprecher hatte er bisher keine Ahnung gehabt.

»Wer sind Sie?« Er bemühte sich, das Zittern in seiner Stimme zu überspielen. »Was wollen Sie?«

»Ich bin der, der dich bald töten wird.«

»Was? Was … soll das?« Hendrik hörte selbst, wie brüchig seine Stimme klang. Er machte einen Schritt in den Raum hinein, stützte sich aber immer noch am Türrahmen ab und lauschte.

»Warum tun Sie das? Was ist mit Linda?«

»Ich hole dich, wenn ich mit ihr fertig bin.«

Wenn ich mit ihr fertig bin … Das bedeutete, dass sie wahrscheinlich noch lebte. Aber wie lange noch?

»Was ist mit Linda?«, wiederholte er aufgeregt. »Geht es ihr gut?«

Er bekam keine Antwort. »Nun antworten Sie schon, verdammt. Sagen Sie mir, ob es Linda gutgeht.«

Stille.

»Bitte«, versuchte Hendrik es mit flehender Stimme. »Tun Sie ihr nichts. Wenn es irgendetwas gibt, das Sie wollen, dann sagen Sie es mir. Sie können alles haben. Aber bitte tun Sie Linda nichts.«

»Ich werde mir nehmen, was ich will. Erst von ihr, dann von dir. Stück für Stück.«

Die Angst in Hendrik wurde übermächtig. Um Linda und um sich selbst. Sie rauschte wie eine gewaltige Welle durch seinen Verstand und sorgte dafür, dass nur noch dieser eine Gedanke ihn beherrschte: Er musste raus. Das Haus verlassen, bevor dieser Kerl seine Drohung wahrmachen konnte. Und dass er das vorhatte, daran zweifelte Hendrik keine Sekunde.

Er wollte losrennen, strauchelte, prallte mit der Schulter gegen den Türrahmen, was ihm einen Stich durch den Oberkörper jagte, aber zumindest einen Sturz verhinderte. Er ignorierte den Schmerz, näherte sich torkelnd der Haustür und erreichte sie schließlich. Drückte die Klinke nach unten. Nichts. Die Tür bewegte sich keinen Millimeter, als er daran zog. Er stieß einen Fluch aus und versuchte es erneut, doch die Tür blieb verschlossen. Trotz der aufkommenden Panik war ihm sofort klar, *was* die Tür abgeschlossen hatte.

»Das nutzt dir nichts«, hörte er die Stimme dumpf irgendwo neben sich. Sein Blick fiel auf das Steuerelement, die grünen LEDs. »Scheiße!«, stieß er aus. Er war sicher, er brauchte gar nicht zu versuchen, *Adam* herunterzufahren. Also lief er an ihm vorbei zurück ins Wohnzimmer, warf am Eingang kurz einen Blick zur Kamera und eilte dann weiter zur Terrassentür.

Schon als er die Hand auf den großen Griff legte, war ihm klar, dass auch sie sich nicht würde öffnen lassen. Dennoch versuchte er, den Hebel zu bewegen, der sich jedoch keinen Millimeter von der Stelle rührte. »Scheiße!«, rief er erneut. »Scheiße, scheiße!«

Gehetzt blickte er sich im Raum um, versuchte, einen klaren Gedanken zu fassen. In der Küche gab es noch eine Tür, die nach draußen führte. Er musste es versuchen.

Hendrik wandte sich um, stockte aber. War der Kerl vielleicht sogar schon im Haus? Er konnte mit *Adams* Hilfe die Tür geöffnet haben und einfach hereinspaziert sein, während er selbst oben im Bett gelegen hatte.

Nein, er würde nicht weiter hin und her laufen, bis der Kerl ihm ein Messer in den Rücken stieß oder ihm den Schädel einschlug. Er musste sofort raus.

Gehetzt richtete er den Blick auf den niedrigen Couchtisch. Er hatte die Form eines Würfels und war aus Holz, schwer genug für das, was Hendrik vorhatte. Ohne weiteres Zögern ging er zum Tisch. Er schätzte, dass er etwa dreißig Kilo wog, und hob ihn ächzend hoch. Mit einigen Schritten stand er vor dem großen Glaselement zur Terrasse und warf den Tisch in die Scheibe, die mit einem ohrenbetäubenden Knall zersprang. Scherben regneten zu Boden und auf Hendrik, der, mit den Händen nach hinten abgestützt, auf dem Hintern saß. Er spürte, wie ihn etwas an der Stirn streifte, und hob die Arme schützend vor den Kopf, bevor er sich erhob und das Scherbenfeld um sich herum betrachtete. Der Tisch hing schräg in dem nun fast komplett glaslosen Rahmen. Nur hier und da stachen zwei, drei längere Scherben wie dürre Finger hervor.

»Das nützt dir nichts«, hörte er erneut die Stimme hinter sich. »Du bist so gut wie tot. Aber zuerst befasse ich mich ausgiebig mit deiner Verlobten. Sie wartet schon auf mich.«

Hendrik stürmte mit einem unartikulierten Schrei zur Vitrine, griff nach der metallenen Bodenvase daneben und stand mit zwei Sätzen in der Raummitte, wo er sie wie einen Baseballschläger über den Kopf schwang und mit einem gezielten Schlag die Kamera von der Decke holte.

Als die Bruchstücke zu Boden fielen, machte er einen Schritt zur Seite, hob die Vase erneut hoch und ließ sie auf das Objektiv niedersausen, das in winzig kleine Einzelteile zerbarst.

Dann stand er keuchend da und starrte auf die Überreste. »Und jetzt, du Pisser?«

Seine Stimme klang heiser. Fremd.

Hendrik wandte sich ab. Die Scherben knirschten unangenehm, als er auf die Terrassentür zuging.

Vor dem Tisch blieb er stehen und betrachtete den Rollladen, der zwar ein paar Dellen zeigte, ansonsten jedoch unversehrt war, da die Profile aus einbruchsicherem Material bestanden. Edelstahl. Dafür hatte er einen saftigen Aufpreis bezahlt. Würde diese Vorsichtsmaßnahme gegen Einbrecher ihn jetzt daran hindern, aus seinem eigenen Haus auszubrechen?

Als er sich bückte, um den Tisch anzuheben, lief ihm etwas ins Auge. Er wischte mit dem Handrücken darüber und erschrak, als er das Blut sah. Vorsichtig tastete er mit den Fingerspitzen die schmerzende Stelle über dem linken Auge ab. Es tat zwar weh, aber es schien kein Glassplitter in der Wunde zu stecken. Er würde sich später darum kümmern. Er bückte sich erneut, hob den Tisch aus dem Rahmen und warf ihn gegen den Rollladen.

Der Tisch prallte donnernd gegen den Edelstahl, der lediglich eine weitere tiefe Beule aufwies, ansonsten aber intakt blieb. Keuchend starrte Hendrik auf die Szene vor sich, dann griff er erneut nach dem Holzwürfel. Er musste raus.

Als er den Holztisch wieder anhob, gab es ein knirschendes Geräusch, es entstanden Lücken zwischen den Stäben, dann ein Spalt am unteren Ende. Der Rollladen wurde geöffnet.

39

Einem ersten Impuls folgend, stieg Hendrik gebückt durch den immer größer werdenden Spalt und machte draußen noch zwei, drei Schritte vom Haus weg, bevor er stehen blieb und sich umdrehte.

Der Rollladen war mittlerweile komplett geöffnet, und das nicht nur an der Terrassentür, sondern ebenfalls an allen anderen Fenstern und Türen, wie er mit einem Blick an der Hauswand entlang feststellte.

Er ging bis zur Hauswand zurück und betätigte den Lichtschalter neben dem Rahmen der demolierten Terrassentür, woraufhin mehrere im Garten verteilte Lampen aufleuchteten. Dann wandte er sich um und ließ den Blick über den Rasen zu den niedrigen Sträuchern am Ende des Grundstücks wandern. Nachdem er sicher war, dass sich niemand dort versteckte, ließ er sich auf einen der Gartenstühle sinken, die um einen Holztisch herumstanden, und starrte auf das zerstörte Glaselement.

Auf eine kaum zu beschreibende Art fühlte er sich gedemütigt. Jemand war in sein Zuhause eingedrungen. Beim ersten Mal hatte dieser Fremde Linda mitgenommen, und nun, beim zweiten Mal, hatte er Hendrik unmissverständlich klargemacht, dass es keinen Rückzugsort, keinen unbeobachteten, geschützten Privatbereich mehr für ihn gab.

Er weinte. Um Linda, um sein Haus, um sich selbst.

Aber er spürte schon bald, wie sich etwas anderes in ihm rührte und schnell stärker wurde. Wut. Darüber, was dieser Kerl, der für all das verantwortlich war, ihnen angetan hatte und dass er ihr Leben einfach so zerstörte.

»Du Schwein«, zischte er, während er seinen Blick erneut über die Scherben wandern ließ. Und dann schrie er: »Du gottverdammtes Schwein!«

Er tastete nach seinem Smartphone, erinnerte sich aber daran, dass es noch oben im Schlafzimmer neben seinem Bett lag. Also musste er wieder ins Haus, ob er nun wollte oder nicht. Und er wollte nicht. Nicht in diesem Moment, und wohl auch überhaupt nicht mehr. Nach dem, was er gerade erlebt hatte, war das nicht mehr sein Zuhause.

Aber er brauchte sein Telefon. Zuvor hatte er jedoch noch etwas anderes zu erledigen. Etwas Wichtiges.

Er überlegte, dass er es wohl wagen könnte, das Haus zu betreten, denn wenn jemand dort eingedrungen wäre, der ihn tatsächlich töten wollte, hätte er ihn sicher nach draußen verfolgt. Ohne weiteres Zögern betrat er das Wohnzimmer und durchquerte es, trat bewusst auf die Reste der Kamera, so dass die Glas- und Plastikteile unter seinen Füßen knirschten. In der Diele öffnete er die Tür zur Garage, ging zielstrebig zur Werkbank, die an der hinteren Wand stand, und griff nach seinem Fäustel, einem robusten Hammer, der fast ein Kilo wog. Damit bewaffnet kehrte er in die Diele zurück und blieb vor dem Schaltpanel von *Adam* stehen.

»Siehst du mich, Arschloch?«, fragte er, den Blick starr auf die Glasfläche gerichtet, hinter der die Kamera verborgen war.

»Und siehst du das?« Er hob den Fäustel vor die Scheibe. Dann nickte er der Kamera zu, holte aus und ließ den Hammer mit aller Wucht gegen das Gerät krachen. Die Glasscheibe zersprang in winzige Teilchen, die wie kleine Geschosse davonstoben. Einige trafen ihn im Gesicht, egal, er holte zum zweiten Schlag aus, mit dem der metallene Teil der Frontplatte sich fast zusammenfaltete, so dass die mit vielen dünnen, bunten Kabeln verbundenen elektronischen Bauteile zum Vorschein kamen. Sie waren Hendriks nächstes Ziel. Als der Kopf des Hammers krachend in das Innere von *Adams* Steuerzentrale brach, hatte Hendrik das irrationale, aber befriedigende Gefühl, *Adam* das Gleiche anzutun, was ihm selbst in seinem Haus gerade angetan worden war. Mit einem letzten Schlag zerstörte er die verbliebenen noch intakten Teile und drehte den Hammer einige Male im Inneren des Gerätes hin und her, bevor er ihn zurückzog und achtlos neben sich auf den Boden fallen ließ.

Einige Sekunden lang gab er sich dem Anblick des vollkommen zerstörten Gerätes hin, dann wandte er sich ab und ging nach oben.

Sein erster Anruf galt Sprang. Es dauerte eine Weile, bis der Kommissar das Gespräch annahm. »Ja?«

»Jemand hat die Kontrolle über mein Haus übernommen und damit gedroht, mich zu töten«, begann Hendrik ohne Einleitung.

»Was? Moment …«

»Nachdem er sich um Linda gekümmert hat.«

»Die Kontrolle über Ihr Haus, sagen Sie? Und … Linda?«

»Ja.« Hendrik erzählte Sprang kurz, was geschehen war, und endete mit der Frage: »Was soll ich jetzt tun?«

»Sie haben sowohl die Kamera im Wohnzimmer als auch die Steuerung des Smart-Home-Systems zerstört, sagen Sie?«

»Ja, und zwar so, dass es sich selbst definitiv nicht mehr aktivieren kann.«

»Das ist schon mal gut. Können Sie denn alle Funktionen im Haus auch ohne das Ding nutzen?«

»Ja, natürlich.«

»Okay. Sie sagten, ihre Rollläden seien aus Edelstahl, das heißt, es dürfte kaum jemand schaffen, auf konventionelle Weise bei Ihnen einzudringen. Allein der Versuch würde schon einen Höllenlärm verursachen, stimmt's?«

»Ja, wahrscheinlich. Aber was ist mit Linda? Der Kerl hat gesagt, er holt mich, wenn er mit ihr fertig ist.«

»Das sollten Sie nicht wörtlich nehmen, zumindest nicht hinsichtlich des Zeitpunkts. Was immer er mit ihr vorhat – er möchte Sie einbinden. Dass Sie das Smart-Home-System völlig zerstören und ihm damit die Möglichkeit nehmen, Sie in sein … *Spiel* mit einzubeziehen, wird ihn aus dem Konzept gebracht haben. Er muss umdisponieren, und das braucht etwas Zeit.«

»Wie können Sie da so sicher sein?«

»Das sagt mir meine Erfahrung. Der Typ ist ein Psychopath. Was er tut, ist exakt geplant, und genau das ist für diese Irren wichtig. Alles muss nach seinem Willen funktionieren, damit er die Art von Befriedigung erhält, wegen der er all das inszeniert. Das haben Sie jetzt erst einmal verhindert.«

»Weswegen er all das inszeniert? Das hört sich an, als wüssten Sie genau, was dieses Monster vorhat.«

»Ich denke, ich ahne es zumindest. Herr Zemmer, wir können jetzt sowieso nichts machen. Ich halte es wirklich für sehr unwahrscheinlich, dass der Kerl heute Nacht noch etwas unternimmt. Nach seinem Auftritt bei Ihnen muss er damit rechnen, dass Sie die Polizei rufen und man vielleicht sogar Kollegen abstellt, um vor Ihrem Haus Posten zu beziehen. Ich rate Ihnen, alle Rollläden am Haus zu schließen und sich ins Bett zu legen. Morgen früh komme ich zu Ihnen, und wir überlegen, was wir als Nächstes unternehmen.«

»Soll ich Kantstein anrufen? Ich meine … ich muss doch eine offizielle Anzeige bei der Polizei machen. Außerdem kann man diesen Anruf jetzt vielleicht zurückverfolgen.«

»Nein, das kann man nicht, nachdem er beendet ist. Man müsste die Daten des Providers anfordern, was allein bis morgen dauert. Aber davon abgesehen, ich habe zwar nach wie vor ein ungutes Gefühl, was Kantstein betrifft, aber Sie haben recht, eigentlich müssten Sie anrufen. Und ich kann Ihnen als Polizist nicht davon abraten. Also ja, tun Sie es.«

»Würden Sie anrufen?«

»Herr Zemmer, es geht nicht um mich. Sie wissen, wie Georg und ich im Moment zueinander stehen.«

»Würden Sie?«

Sprang ließ sich Zeit, bevor er schließlich mit gequälter Stimme antwortete: »Nein. Nicht, solange ich nicht wüsste, was mit Kantstein los ist. Er würde wahrscheinlich gleich vorbeikommen wollen, und ich weiß nicht, ob ich im

Moment mit ihm allein sein wollte. Zudem kann und wird er heute Nacht auch nichts mehr unternehmen.«

Bei der Vorstellung, Kantstein in dieser Nacht in seinem Haus zu haben, fühlte sich Hendrik tatsächlich unwohl.

»Ich denke, ich warte wirklich bis morgen früh. Wann können Sie hier sein?«

»Um acht?«

»Ja, das ist gut. Ich bezweifle allerdings, dass ich schlafen kann.«

»Achten Sie darauf, dass alles verschlossen ist, dann kann nichts geschehen.«

»Danke.« Hendrik beendete das Gespräch und dachte über das nach, was Sprang gesagt hatte. Es stimmte, wenn er alle Rollläden herunterließ, würde es sehr schwer sein, unbemerkt ins Haus zu gelangen. Allein der Versuch würde enormen Lärm verursachen.

Trotzdem war für Hendrik die Vorstellung, sich nach dem, was gerade geschehen war, seelenruhig ins Bett zu legen und zu schlafen, absurd. Polizisten hatten in solchen Dingen offenbar ein weitaus dickeres Fell.

Das Telefon in der Hand, ging er nach unten und dort von Raum zu Raum, um manuell die Rollläden zu schließen. Als Letztes betrat er das Wohnzimmer, wo er sich auf die Lehne eines Sessels hockte und die Verwüstung an der breiten Schiebetür zur Terrasse betrachtete. Er war ratlos und fühlte sich allein.

Sprang hatte es sicherlich gut gemeint, aber was Hendrik jetzt brauchte, war jemand, mit dem er reden konnte.

Er hob das Smartphone an und wählte Paul Gerdes' Nummer. Wahrscheinlich würde er ihn wecken, aber das war ihm in diesem Moment egal, und er war sicher, Gerdes würde es ihm nicht verübeln, sobald er erfahren hatte, was gerade passiert war.

Hendrik hatte sich geirrt. Sein Chef war offensichtlich noch wach, denn er nahm das Gespräch schon nach dem zweiten Klingeln an.

»Hallo, Paul, ich hoffe, ich habe dich nicht geweckt«, begann Hendrik.

»Nein, ich habe noch gearbeitet.«

Hendrik kannte seinen Chef lange genug, um dem Tonfall anzuhören, dass er nicht gerade bester Laune war, doch das wischte er in diesem Moment beiseite.

»Hast du einen Moment für mich? Hier ist gerade ein ziemlicher Mist passiert, und ich brauche jemanden zum Reden.«

»Ja, na klar. Was ist denn los?«

Hendrik glaubte, echte Sorge in der Stimme seines Vorgesetzten zu hören.

»Jemand hat mir über mein Smart-Home-System ziemlich übel zugesetzt.« Er erzählte Gerdes, was geschehen war.

»Das ist ja … unglaublich«, kommentierte Gerdes entsetzt, als Hendrik geendet hatte. »Verdammte Sauerei. Hast du die Polizei gerufen?«

»Ich habe mit Kommissar Sprang vom LKA gesprochen. Er kommt morgen früh vorbei, dann sehen wir weiter.«

»Moment mal … man hat dir in deinem eigenen Haus damit gedroht, dich umzubringen, und dich dort eingeschlossen, und die Polizei kümmert sich nicht direkt darum?«

»Ich verstehe, was du meinst, aber es ist etwas komplizierter. Das ist schon okay so. Im Moment ist es wirklich besser, wenn ich das bei der Polizei nicht an die große Glocke hänge.«

»Hm ... das klingt für mich zwar alles andere als logisch, aber gut, du musst es wissen. Kann ich denn etwas für dich tun?«

»Ich weiß nicht, ich ... ich sitze im Wohnzimmer, schaue mich um und sehe nur Dinge, die ich kenne. Alles hier gehört mir oder Linda, mit den meisten Gegenständen verbinde ich eine Erinnerung oder eine Geschichte. Und doch fühle ich mich, als säße ich in einem fremden Haus. Kannst du das verstehen?«

»Natürlich kann ich das. Jemand ist in deine Privatsphäre eingedrungen. Es ist vollkommen normal, dass dich das verletzt und sicher auch wütend gemacht hat.«

»Ja, so ist es, und ich befürchte, ich werde mich hier nie wieder wohlfühlen können. Auch dann nicht, wenn ich Linda gefunden habe.«

»Hör mal ...«, begann Gerdes, fuhr aber erst nach einer kurzen Pause fort. »Was hältst du davon, wenn du dir deine Zahnbürste und frische Wäsche in eine Tasche packst, dich in dein Auto setzt und zu mir kommst? Wir trinken ein Glas guten Rotwein zusammen, du redest dir alles von der Seele und kannst später in meinem Gästezimmer schlafen. Morgen sieht die Welt vielleicht schon wieder anders aus.«

Hendrik musste sich eingestehen, dass er genau auf so einen Vorschlag gehofft hatte.

»Das ist super von dir, vielen Dank. Ich nehme gern an.«

»Also dann, bis gleich.«

»Danke!«

Nachdem er auch den Rollladen im Wohnzimmer wieder heruntergelassen hatte, ging Hendrik nach oben, um ein paar Dinge zusammenzupacken. Vor dem Badezimmerspiegel begutachtete er die Wunde auf seiner Stirn. Sie war nicht sehr tief, klaffte aber auseinander. Aus der oberen Schublade des Schranks neben dem Waschbecken nahm er eine sterile Kompresse, mit der er die Wunde reinigte, und fischte anschließend ein Klammerpflaster aus einem Stoffmäppchen, drückte die Wundränder zusammen und arretierte sie mit dem Pflaster. Nach einem letzten Blick wandte er sich ab und verließ das Badezimmer.

Als er an dem zerstörten Steuerelement von *Adam* vorbeikam, hätte er am liebsten den Hammer vom Boden aufgehoben und damit noch mal auf die Trümmer eingeschlagen.

Ein paar Minuten später steckte er den Hausschlüssel ein und verließ das Haus.

40

»Wie siehst du denn aus?«, fragte Gerdes statt einer Begrüßung, nachdem er Hendrik die Tür geöffnet hatte.

Hendrik tastete mit den Fingerkuppen über das Pflaster
an der Stirn. »Ach, das ist nichts.«

»Komm rein!« Paul Gerdes machte eine einladende
Handbewegung und trat einen Schritt zur Seite, so dass
Hendrik an ihm vorbei den großzügigen Eingangsbereich des zweigeschossigen Hauses in Eppendorf betreten
konnte. Die Gemälde an den Wänden glichen denen in
Gerdes' Büro im Krankenhaus und hatten wahrscheinlich
ein Vermögen gekostet.

»Entschuldige bitte, dass ich dir solche Umstände mache«, sagte Hendrik, nachdem er im großen Wohnzimmer
in einem der schweren, englischen Ledersessel Platz genommen hatte.

Gerdes schüttelte den Kopf und deutete auf zwei Gläser,
die in der Mitte des Tisches standen und etwa zwei Finger
breit mit einer goldgelben Flüssigkeit gefüllt waren. »Da
gibt es nichts zu entschuldigen. Ich habe auf den Schock hin
schon mal etwas vorbereitet.« Er schob eines der Gläser zu
Hendrik hinüber, nahm das andere selbst in die Hand und
hielt es sich unter die Nase. »*Excalibur*. Scotch, fünfundvierzig Jahre alt. Ein Schätzchen.«

Er hob das Glas kurz in die Höhe, während er Hendrik mit einem seltsam forschenden Blick bedachte, so, als versuchte er herauszufinden, ob mit ihm alles in Ordnung war. »Zum Wohl. Den können wir jetzt beide brauchen.«

Hendrik nahm einen Schluck, und obwohl er kein Freund von Whisky war, musste er gestehen, dass dieser ihm tatsächlich schmeckte.

»Tropische Früchte«, sinnierte Gerdes und betrachtete die Flüssigkeit, als suchte er nach etwas, das darin herumschwamm. »Papaya, Guave, Passionsfrucht und Mango. Dann eine Spur Minze, gefolgt von Zimt und Birne. Lang und wärmend im Abgang. Nussige Noten, dazu Ahornsirup und Sahne.«

Hendrik hatte keine Ahnung, wie Gerdes das alles herausgeschmeckt haben wollte, aber das gehörte im Moment auch nicht zu den Dingen, über die er sich Gedanken machen wollte.

»Du sagst, wir können den beide gebrauchen – was meinst du damit?«

Gerdes stellte das Glas auf den Tisch und winkte ab. »Persönlicher Kram. Nichts, was wir besprechen müssen. Es geht jetzt um dich. Und um Linda.«

Hendrik richtete den Blick auf den Couchtisch. »Ich habe Angst, Paul«, gestand er leise. »Nicht um mich, sondern um Linda. Sprang meinte zwar, ihr wird heute Nacht nichts mehr passieren, aber … du hättest die Stimme von dem Dreckskerl hören müssen. Wenn ich je einem Verrückten zugehört habe, dann war das gerade eben.«

Hendrik bemerkte, dass Gerdes ihn die ganze Zeit über angesehen hatte, und verzog den Mund zu einem traurigen Lächeln. »Tut mir wirklich leid, dass ich dich mit reinziehe.«

Gerdes beugte sich nach vorn und stützte die Ellbogen auf seine Oberschenkel. »Hendrik ... wir sind nicht nur Kollegen, sondern auch Freunde. Es tut mir unendlich leid, was gerade passiert, und ich verspreche dir, alles zu tun, was ich kann, um dir zu helfen. Das ist eh schon wenig genug.« Nach einem kurzen Moment wiederholte er: »Ich werde alles tun, versprochen.«

»Glaubst du, Linda lebt noch?«

Gerdes stieß die Luft aus. »Ich weiß, ich müsste dir jetzt vielleicht sagen, dass sie selbstverständlich noch am Leben ist und es ihr gutgeht, aber ... was wäre ich für ein schlechter Freund, wenn ich etwas anderes sagen würde, als ich denke? Ganz ehrlich? Ich weiß es nicht. Ich hoffe es sehr, aber ich weiß es nicht.«

Sie tranken beide ihre Gläser leer, als hätten sie es abgesprochen.

»Ich habe dir noch gar nicht erzählt, dass ich deinem Kollegen Geibel einen Besuch abgestattet habe«, sagte Hendrik, als er das leere Glas abgestellt hatte. Er glaubte zu bemerken, dass Gerdes kurz zusammenzuckte. »Ach, was wolltest du von ihm?«

»Ich habe ihn nach Dr. Steinmetz gefragt und nach Jonas Krollmann.«

»Und?«

»Ein seltsamer Mensch, finde ich. Er wirkte auf mich genau so, wie du mir diesen Dr. Steinmetz beschrieben hast. Über Steinmetz als seinem ehemaligen Mitarbeiter wollte er natürlich aus Datenschutzgründen nicht viel sagen, aber er hat bestätigt, dass Krollmann im Krankenhaus Fragen gestellt hat. Angeblich wegen irgendwelcher krummer Bankgeschäfte, in die Mitarbeiter des Krankenhauses verwickelt sein sollen. Was er natürlich als vollkommenen Quatsch abgetan hat.«

»Hm …«, brummte Gerdes.

»Davon abgesehen, dass ich den Teil noch immer nicht glaube, in dem der falsche Steinmetz behauptet hat, Linda in Krollmanns Auto gesehen zu haben, finde ich auch alles andere sehr merkwürdig.«

»Was meinst du damit?«

»Warum taucht der ehemalige IT-Leiter von *Hamburg Home Systems* bei mir zu Hause unter falschem Namen auf, um mir Dinge zu sagen, die – zumindest größtenteils – tatsächlich passiert sind? Er hätte mir eine anonyme Mail schreiben können mit dem Hinweis, oder was weiß ich. Und warum war es dem Kerl überhaupt wichtig, dass ich von Krollmanns Recherchen erfuhr? Warum hat er sich diese Mühe gemacht und dabei ausgerechnet den Namen von jemandem benutzt, der kurz darauf ermordet wird? Wusste er das zu diesem Zeitpunkt schon? Hat er vielleicht sogar etwas mit dem Tod von Steinmetz zu tun?«

Gerdes gab ein zischendes Geräusch von sich und schüttelte nachdrücklich den Kopf. »Diese Fragen solltest du vielleicht der Polizei stellen.«

»Tja, da hätten wir die nächste seltsame Geschichte. Ich weiß nicht einmal, wem von der Polizei ich trauen kann. Einer der beiden Ermittler, die sich mehr oder weniger mit dieser Sache befasst haben, soll angeblich Steinmetz erschossen haben, hätte dabei aber so offensichtliche Beweise hinterlassen, dass er nicht in ein Gefängnis, sondern in eine Klapsmühle gehörte, wenn er es wirklich gewesen wäre. Sein Partner hingegen, der sich die ganze Zeit über mehr als merkwürdig verhält, hat nichts anderes zu tun, als seinen Kollegen schnellstmöglich hinter Gitter zu bringen. Schließlich wird der vermeintliche Mörder wieder auf freien Fuß gesetzt, weil auch die Staatsanwältin erkennt, dass diese angeblichen Beweise extrem widersprüchlich sind, er bleibt aber vom Dienst suspendiert. Er möchte mir inoffiziell helfen, Lindas Entführer zu finden, weil er überzeugt ist, dass der ihm auch den Mord an Steinmetz anhängen wollte. Und bei alldem denke ich jede Sekunde daran, dass Linda seit Tagen verschwunden ist und ich nicht einmal weiß, ob sie überhaupt noch lebt.« Hendrik blickte Gerdes an, sah ihn aber nur verschwommen, weil seine Augen sich mit Tränen füllten.

»Du hättest hören sollen, wie dieser Irre mit mir geredet hat, Paul. Und was er sagte. Wer weiß, was dieses Schwein ihr schon alles angetan hat.« Hendrik konnte die Tränen nicht mehr zurückhalten.

Als er nach einer Weile wieder zu Gerdes hinsah, hatte der das Gesicht in den Händen vergraben, ließ sie aber schnell wieder sinken. »Hast du herausgefunden, ob dieser Journalist tatsächlich an einer Story dran war, die das Krankenhaus betrifft?«

»Nein, wie denn auch? Und außerdem – Professor Geibel hat doch bestätigt, dass das so war.«

Gerdes' Gesicht verdüsterte sich. »Das will nicht unbedingt etwas heißen.«

»Wie? Ich dachte, ihr seid Freunde?«

»Freunde? Mit jemandem wie Friedrich Geibel ist man nicht befreundet. Der Mann kennt nur einen Freund, und das ist er selbst. Zudem hast du recht, Geibel ist genau so, wie ich dir Dr. Steinmetz beschrieben habe. Manchmal habe ich das Gefühl, er hat Freude daran … Aber lassen wir das.«

Hendrik wunderte sich über diese Aussage. Beim ersten Mal, als Gerdes seinen Kollegen erwähnt hatte, hatte er das Gefühl gehabt, die beiden würden sich näherstehen.

»Wenn das, was dieser Krollmann entdeckt hat, wirklich mit einer Bank zu tun hat«, fuhr Gerdes fort, »und das die Bank ist, in der Linda gearbei…, entschuldige bitte, *arbeitet*, dann könnte da tatsächlich der Grund für ihr Verschwinden liegen.«

Hendrik dachte an Julia Krollmann. An ihren Anruf bei ihm an dem Abend, bevor sie verschwand. Sie wollte sich unbedingt mit ihm treffen, weil sie etwas entdeckt habe. War das, was sie gefunden hatte, der Grund für Lindas und schließlich auch für ihr eigenes Verschwinden?

»Hendrik?«

Er schreckte auf. »Entschuldige.«

»Alles okay?«

»Ja, mir ist nur gerade etwas eingefallen.«

»Darf ich fragen, was?«

»Krollmanns Frau hat mich am Abend, bevor sie verschwunden ist, angerufen. Sie wollte sich am nächsten Morgen mit mir treffen, weil sie wohl etwas Wichtiges entdeckt hatte. Kurz danach ist sie verschwunden.«

»Und sie hat nicht erwähnt, *was* es war, das sie entdeckt hat?«

»Nein, und jetzt werden wir es wahrscheinlich auch nicht mehr erfahren.«

Hendrik stand auf und begann, im Wohnzimmer auf und ab zu gehen. Obwohl er sich völlig ausgelaugt fühlte, konnte er nicht mehr sitzen bleiben. Es war zum Verzweifeln. Jeder Gedanke endete in einer Sackgasse. Warum hatte er an dem Abend nicht darauf bestanden, sich sofort mit Julia Krollmann zu treffen? Vielleicht hatte sie wirklich den entscheidenden Hinweis gefunden? Dass sie kurz danach verschwunden war, konnte kein Zufall sein. Hatte sie noch jemanden angerufen? Vielleicht den Falschen?

Oder hatte jemand sie über die Kameras ihres *Adam* beobachtet und dadurch erfahren, *was* sie gefunden hatte? Hatte dieser Jemand die Notwendigkeit gesehen, sie daraufhin verschwinden zu lassen?

Hendrik blieb stehen, als wäre er gegen eine Wand gelaufen. Falls es so war … Hektisch zog er sein Handy hervor und wählte Alexandras Nummer. Gerdes beobachtete ihn interessiert, stellte aber keine Fragen.

Auch Alexandra war offensichtlich noch wach, wie Hendrik an ihrer Stimme zu hören glaubte. »Gibt es eine Möglichkeit, in das Haus der Krollmanns zu kommen?«, fragte er ohne weitere Erläuterung.

»Was? Warum?«

»Das erkläre ich dir später. Wir müssen nur irgendwie da rein.«

»Die Polizei hat bestimmt …«

»Neineinein, keine Polizei. Ich weiß nicht mehr, wem ich da noch trauen kann.«

»Was? Ich verstehe nicht … Sprang ist doch auf deiner Seite.«

»Ja, ich weiß, aber er ist verständlicherweise mehr daran interessiert, herauszufinden, wer ihm den Mord in die Schuhe schieben wollte. Das muss aber nicht zwangsläufig auch derjenige sein, der Linda entführt hat. Also, hast du eine Idee, wie wir in das Haus kommen?«

»Wie kommst du darauf, ich wüsste … Moment mal.«

»Ja? Was ist?«, fragte Hendrik hoffnungsvoll.

»Vielleicht … Ich rufe dich gleich zurück.«

»Okay, ich …«, begann Hendrik, aber Alexandra hatte bereits aufgelegt.

»Und?« Gerdes stellte die Whisky-Flasche auf dem Tisch ab, nachdem er nachgeschenkt hatte.

»Ich weiß es noch nicht, aber es hörte sich so an, als hätte Alexandra vielleicht eine Idee.«

»Wie bist du überhaupt an diese Alexandra gekommen?«

»Sie tauchte auf, kurz nachdem Linda verschwunden war.«

Gerdes betrachtete seine Hände. »Und welches Interesse hat sie daran, dir zu helfen?«

»Sie studiert Psychologie und hat ein Praktikum bei der Kripo gemacht, weil sie als Profilerin oder Polizeipsychologin arbeiten möchte. Als Jonas Krollmann und diese Frau Peters verschwanden, hat sie herausgefunden, dass in beiden Häusern das gleiche Smart-Home-System installiert ist. Als ich dann über Facebook nach Linda gesucht habe, hat Alexandra das gesehen und sich bei mir gemeldet.«

»Hm … das ist sehr uneigennützig von ihr.«

»Ja, das ist es.« Hendrik kniff die Augen ein wenig zusammen. »Höre ich da einen Unterton in deiner Stimme?«

Gerdes griff nach seinem Glas und nahm einen Schluck. »Nein, nicht unbedingt. Aber hast du noch nicht darüber nachgedacht, warum sie das tut?«

»Ehrlich gesagt, ist mir das im Moment ziemlich egal. Ich bin einfach froh, dass ich sie habe. Sie hat Kontakt zu dem Hacker, der offensichtlich die Lücke bei *Adam* gefunden hat. Allein wäre mir das nicht gelungen.«

Gerdes winkte ab. »Schon gut, du hast recht. Manchmal höre ich einfach die Flöhe husten.«

»Ich finde es richtig, dass du ...« Das Summen seines Smartphones unterbrach Hendrik.

»Es könnte klappen«, sagte Alexandra aufgeregt.

»Wie?«

»Marvin!«

»Wer auch sonst.« Hendrik hörte selbst, wie genervt er klang, und fügte sofort schuldbewusst hinzu: »Sorry, schieß los.«

»Wir können es auch lassen, wenn du ein Problem damit hast, dass er sich mitten in der Nacht bereiterklärt, uns beim Einbruch in ein Haus zu helfen. Er hat vielleicht auch Besseres zu tun.«

»Ich sagte doch gerade, es tut mir leid. Meine Nerven liegen zurzeit ziemlich blank. Also, wie kann Marvin uns helfen?«

»Okay. Er schickt mir den Link zu einem Programm, das ich auf meinem Laptop installiere. Wenn wir vor dem Haus der Krollmanns stehen und ich das WLAN von ihrem Smart-Home-System erreiche, schaltet er sich über diese

Software dazu, hackt sich in das System und öffnet die Tür für uns.«

»Das kann er? In ein angeblich einbruchsicheres System?«

»Du vergisst, dass er es war, der die Lücke gefunden hat, die ja offensichtlich nicht geschlossen wurde und jetzt von diesem Irren dazu benutzt wird, in die Häuser ihrer Opfer einzudringen. Also kann Marvin das auch.«

Hendriks Magen krampfte sich bei dem Gedanken zusammen.

»Hattest du nicht behauptet, er könnte genau das nicht?«

»Das habe ich so nicht gesagt. Ist das denn jetzt wichtig?«

»Nein. Das bedeutet also, Marvin kann sich immer noch in die Steuerung von jedem Haus einklinken, in dem *Adam* eingebaut ist?«

»Theoretisch ja, aber das würde er niemals tun. Er ist nämlich kein Krimineller.«

»Nein, natürlich nicht.«

»Das klingt nicht sehr überzeugt.«

»Alexandra, ich kenne Marvin nicht, und du letztendlich auch nicht.«

»Aber er möchte uns helfen.«

»Ja, ich weiß.«

»Okay, lass mich dir kurz etwas erklären. Jemand hat ihn getäuscht und benutzt, um auf elegante Weise in Häuser einbrechen zu können. Er hat Schuldgefühle, weil er das, was gerade passiert, letztendlich erst möglich gemacht hat. Deshalb ist es ihm so wichtig, dass dieser Kerl gefasst wird. Deshalb hilft er uns. Also: Möchtest du nun in dieses Haus rein oder nicht?«

Hendrik musste nicht lange überlegen. Etwas über Lindas Verbleib herauszufinden, das war wichtiger als alles andere.

»Ja, das möchte ich.«

»Ich komme dich in einer halben Stunde abholen.«

»Okay, aber ich bin nicht zu Hause, sondern bei meinem Chef.«

Er nannte ihr die Adresse, dann legte er auf.

Gerdes betrachtete ihn eine Weile nachdenklich, bevor er wieder zu seinem Glas griff. »Ich hoffe, du weißt, was du tust.«

»Nein«, antwortete Hendrik, und das entsprach der Wahrheit.

41

Alexandra traf einige Minuten vor dem verabredeten Zeit-punkt ein. Hendrik hatte mittlerweile in einem digitalen Telefonbuch die Hausnummer der Krollmanns herausge-funden und stand nun mit Gerdes schon vor dem Haus. Er umarmte ihn, als der Wagen hielt. »Danke, dass du für mich da warst.«

Gerdes sah ihm in die Augen und nickte ernst. »Ich wollte, ich könnte mehr tun für dich und Linda.«

»Nochmals, danke«, sagte Hendrik und wandte sich ab.

Sekunden später stieg er zu Alexandra in deren Wagen. Während er sich anschnallte, sah sie ihn fragend an. »Alles okay bei dir?«

»Ja, bei dir auch? Hat das mit Marvin geklappt?«

»Die Software ist installiert. Ob es funktioniert, werden wir sehen, wenn wir vor dem Haus der Krollmanns stehen.«

Hendrik nickte. »Lass uns fahren.«

Nach Mitternacht herrschte kaum noch Verkehr auf Hamburgs Straßen, so dass sie gut vorankamen.

»Wonach suchen wir in dem Haus eigentlich genau?«

»Als Julia Krollmann mich angerufen hat, sagte sie, wir müssten uns dringend treffen, weil sie etwas herausgefun-den hätte. Vielleicht haben wir Glück, und sie saß mit dem, was sie gefunden hat, im Wohnzimmer. Dann müsste es eine Aufnahme davon im Medienordner ihres *Adam* geben, worauf man – wieder mit Glück – erkennen kann, was es war.«

»Puh … da brauchen wir aber tatsächlich eine ganze Menge Glück.«

»Nach dem Mist, den ich in den letzten Tagen erlebt habe, hätte ich das auch verdient.«

Knappe zwanzig Minuten später hatten sie ihr Ziel erreicht.

Alexandra stellte ihr Auto in einer Seitenstraße ab. Die zweihundert Meter zum Haus von Julia und Jonas Krollmann legten sie zu Fuß zurück.

Links neben dem Gebäude gab es einen Durchgang, an dem nur eine hüfthohe hölzerne Tür angebracht war, die zudem einen Spalt weit offen stand. Hendrik deutete zu der Stelle, sagte: »Komm mit« und ging los.

Der Weg war etwa einen Meter fünfzig breit und gegenüber der Hauswand durch eine Hecke begrenzt. Das Licht des Halbmondes, der am wolkenlosen Himmel schräg über ihnen stand, reichte aus, um erkennen zu können, wohin sie traten. Der Garten war nicht sehr groß, bestand zum größten Teil aus einer Rasenfläche und sah zumindest im silbernen Schein des Mondes sehr gepflegt aus.

Auf der Terrasse angekommen, zog Alexandra ihr Notebook aus der Tasche, platzierte es auf einem kleinen Holztisch und klappte es auf. Nachdem sie ihr Handy danebengelegt und den Hotspot aktiviert hatte, öffnete sie ein Fenster, das einen schwarzen Hintergrund hatte und in dessen oberer linker Ecke ein Cursor blinkte. Dann huschten Alexandras Finger mit faszinierender Geschwindigkeit über die Tastatur, während in dem schwarzen Fenster eine Abfolge von Zeichen und Wörtern erschien, die für Hendrik so aussahen, als würde ein Kind wahllos auf der Tatstatur herumtippen. Zum wiederholten Mal fragte er sich, wo sie das gelernt hatte. Zum Psychologiestudium gehörten diese Computerkenntnisse eher nicht.

»Was geschieht nun?«, flüsterte Hendrik.

»Marvin wird sich jetzt auf mein Notebook schalten und es übernehmen. Dann startet er ein Programm, mit dem er über einen bestimmten Port mit dem Smart-Home-System kommunizieren kann.«

»Und er kennt die Zugangsdaten zu dem System?«

»Nein, aber er kann *Adam* glauben lassen, er hätte sich als Admin angemeldet.«

»Hm ...« Hendrik war nicht klar, wie genau das funktionierte.

Alexandra richtete sich auf und beobachtete ebenso wie er, wie mit hoher Geschwindigkeit Kolonnen an Zahlen und Buchstaben durch das schwarze Fenster rauschten. Ein wenig erinnerte ihn das an den Film *Matrix*, wo er etwas Ähnliches gesehen hatte. Alexandra deutete darauf. »Okay, Marvin hat übernommen.«

»Was ist mit dem Augenscan? Wenn Marvin den Admin-Code kennt, fehlt immer noch der Augenscan.«

Alexandra lächelte nachsichtig. »Also noch mal«, flüsterte sie. »Er kennt das Admin-Passwort nicht, er suggeriert dem System aber, er hätte sich erfolgreich legitimiert. Du kannst dir das so vorstellen, als ob du hungrig wärst und eine Tablette nehmen würdest, die gewisse Rezeptoren in deinem Gehirn so anspricht, dass es denkt, du hättest gegessen, woraufhin es ein Sättigungsgefühl aussendet.«

»Und das, was Marvin da tut, ist die Tablette?«

»Genau! Er suggeriert dem System durch verschiedene Sequenzen, die er durch die Backdoor einschleust, erst mal, dass er sich sowohl mit dem Code als auch mit dem Augenscan erfolgreich identifiziert hat, und anschließend, dass ein erfolgreicher Fingerscan an der Haustür durchgeführt worden ist.«

»Wie man so etwas macht, wird mir ewig ein Rätsel bleiben, aber ich denke, ich habe es verstanden.«

Das hatte Hendrik zwar noch nicht ganz, aber er glaubte zumindest, das Grundprinzip begriffen zu haben.

Alexandra klappte das Notebook zu und steckte es in die Tasche zurück. »Wir sollten nach vorn gehen. Wenn Marvin recht hat, wird die Tür sich bald öffnen.«

Sie mussten nur etwa eine Minute vor der Tür warten, in der Hendrik sich immer wieder nervös umblickte, bis plötzlich ein leises Summen zu hören war. Im nächsten Moment sprang die Tür auf.

Obwohl Alexandra angekündigt hatte, was passieren würde, starrte Hendrik mit einer gewissen Ehrfurcht auf den Türspalt.

»Ich bekomme plötzlich ein ganz neues Verständnis des Themas Sicherheit.«

»Das ist der Fluch der Technik«, sagte Alexandra, während sie die Tür aufdrückte und, gefolgt von Hendrik, ins Haus schlüpfte.

Nachdem Hendrik die Tür vorsichtig zugezogen hatte, wandte er sich Alexandra wieder zu. »Ja, offenbar.«

Sie aktivierte die Taschenlampe ihres Smartphones und leuchtete damit den Flur entlang. »Man investiert Hunderttausende von Euro in die Entwicklung eines Sicherungssystems, und keine vier Wochen später hat es jemand mit dem Einsatz von höchstens einem Prozent der Kosten geknackt. Das ist bei Waffensystemen genauso. Da werden dreistellige Millionenbeträge in die Entwicklung neuer Stahllegierungen für Panzer gesteckt, und kaum dass die ersten Prototypen getestet werden, entwickelt jemand für fünfzigtausend Euro eine Waffe, die den neuen Stahl wie Butter durchdringt.«

»Ich wundere mich immer wieder, womit du dich beschäftigst«, gestand Hendrik und wandte sich dem Steuerelement zu, das wie in seinem Haus nicht weit von der Tür entfernt in die Wand eingelassen war. Als sein Blick auf die beiden grün leuchtenden LEDs fiel, bohrte sich eine Faust in seinen Magen. »Ich brauche Zugriff auf den Medienspeicher des Systems. Kann Marvin das auch?«

Alexandra wandte sich ab und lief den Flur entlang. »Komm mit.«

Die erste Tür auf der rechten Seite führte zur Küche. Gefolgt von Hendrik, ging Alexandra hinein und legte die Tasche mit ihrem Notebook auf einer Art Theke ab, die an dem freistehenden Block mit der Herdplatte angebracht war. Davor standen zwei Barhocker mit Ledersitzfläche. »Marvin hat uns ein Passwort eingerichtet, mit dem wir Zugang zu allem haben.«

Hendrik zog die Stirn kraus und deutete auf das noch geschlossene Notebook, das Alexandra gerade aus der Tasche zog. »Woher weißt du das? Das Notebook war doch

die ganze Zeit in der Tasche? Wie hat er dir das mitgeteilt?«

»Das haben wir vorher besprochen.« Sie wandte sich
ihm zu und verschränkte die Arme vor der Brust. »Warum
habe ich bei fast allem, was du sagst, das Gefühl, dass du
mir misstraust?«

»Dir nicht«, entgegnete Hendrik und fügte hinzu: »Ich
habe vielleicht in den letzten Tagen und speziell in den
letzten Stunden einfach zu viele Dinge erlebt, die mich
misstrauisch allem und jedem gegenüber gemacht haben.
Es geht wirklich nicht gegen dich.«

Alexandra legte ihm eine Hand auf den Oberarm. »Schon
gut, ich kann dich ja verstehen. Vielleicht bin ich gerade
auch ein bisschen dünnhäutig. Also, lass uns mal sehen, was
wir finden.«

Hendrik beobachtete sie dabei, wie sie die *Adam*-App
öffnete und ein Passwort eingab. Kurz darauf hatte sie die
Verzeichnisstruktur des Smart-Home-Systems der Krollmanns vor sich. Hendrik fragte sich, wie die App auf ihr
Notebook kam, verkniff sich allerdings eine Bemerkung
darüber. Wahrscheinlich hatte sie auch das schon zuvor mit
diesem Marvin besprochen und die App auf seinen Rat hin
bereits installiert.

»Welche Kamera brauchst du?«, fragte Alexandra und
riss ihn aus seinen Überlegungen.

»Wie, welche …« Hendrik betrachtete die Verzeichnisstruktur und stieß überrascht »Hoppla!« aus.

Neben einem Verzeichnis *Wohnzimmer* gab es noch welche mit den Namen *Flur*, *Küche*, *Büro* und *Schlafzimmer*.

42

Als die Tür ihrer Kammer sich wieder öffnet, fühlt sie sich schon besser. Zumindest körperlich. Das Fieber scheint weg zu sein, und auch ihre Knie zittern nicht mehr so heftig, wenn sie sich aufrichtet. In der letzten halben Stunde hat sie es sogar geschafft, mehrmals die paar Schritte von der Rückwand bis zur Tür und wieder zurück zu gehen, ohne dass sie sofort außer Atem geriet.

Nun hockt sie, mit dem Rücken gegen die Wand gelehnt, auf dem Boden und sieht ihrem Peiniger entgegen.

»Es ist so weit«, sagt er in seinem irren Singsang, als er auf sie zukommt. »Steh auf. Komm. Du kannst jetzt hier raus.«

Als sie sich nicht regt, ist er mit einem großen Schritt bei ihr, greift ihr mit gespreizten Fingern in die Haare, packt zu und zieht sie so gnadenlos nach oben, dass sie einen Schmerzensschrei ausstößt.

»Ich mag es nicht, wenn man mich warten lässt«, zischt er, als sie auf doch wieder recht wackligen Beinen steht und dabei instinktiv mit einer Hand ihre Scham bedeckt und den Unterarm quer über die Brüste legt. Er registriert es anscheinend belustigt, denn er stößt ein kurzes, meckerndes Gelächter aus.

»Warum tun Sie mir das an?«, fragt sie zaghaft.

»Weil ich eine Liste habe, die abgearbeitet werden muss. Warum denn sonst? Denkst du vielleicht, mir macht das Spaß?«

Offenbar erwartet er nicht wirklich eine Antwort von ihr,

denn schon in der nächsten Sekunde ertönt erneut Gelächter, bevor er die Augen theatralisch weit aufreißt und ihr einen Zeigefinger vor das Gesicht hält wie ein Lehrer, der im Begriff ist, seinem Schüler eine große Weisheit anzuvertrauen. »Überraschung! Das macht es tatsächlich. Großen Spaß sogar.« Er deutet zur Tür. »Und jetzt raus hier. Sofort.«

»Ich gehe ja.« Sie muss sich, das Gesicht zur Wand, an ihm vorbeidrücken, denn er weicht keinen Zentimeter zur Seite. Dabei streift sie ihn mit dem nackten Po und erschauert vor Ekel.

Er folgt ihr nach draußen und bleibt neben ihr stehen, während sie sich in dem großen Raum umschaut und spürt, wie Panik in ihr hochsteigt. Diese rollbaren Tische aus Edelstahl, die ebenfalls rollbaren Schränkchen mit Chromablage. Die Utensilien darauf ... Und wieder fällt ihr Blick auf die metallisch glänzenden Tische. Sie weiß, wo diese Art Tische verwendet werden.

In Sezierräumen.

43

Hendrik deutete auf die Verzeichnisse. »Sie haben deutlich mehr Kameras installiert als ich. Lass es uns erst mit dem Wohnzimmer versuchen.«

Nachdem Alexandra das Verzeichnis *Wohnzimmer* mit einem Doppelklick geöffnet hatte, erschien eine Liste mit Dateien, die anders als bei Hendrik nicht alle mit *WoZi*, sondern mit *Living* begannen.

»Wann hast du diesen Anruf von Frau Krollmann erhalten?«, fragte Alexandra.

»Dienstagnacht. Hier ...« Er deutete auf einige Dateien. »Klick mal eine von denen an.«

Es dauerte einen Moment, bis sich ein Fenster öffnete und die Aufnahme startete. Zu sehen war Julia Krollmann, die auf die Couch zuging und sich erst setzte und kurz darauf hinlegte. Sie griff nach einer Decke, die neben ihr auf einem Sessel lag, entfaltete sie und deckte sich damit zu und schloss die Augen. Noch bevor Hendrik sie dazu auffordern konnte, klickte Alexandra mit dem Mauszeiger auf den schnellen Vorlauf. Die Szene blieb noch für etwa zehn Sekunden unverändert, dann war die Aufnahme beendet.

»Sie hat geschlafen und sich nicht mehr bewegt«, erklärte Hendrik. »Dann schaltet die Kamera nach einer Minute ab. Nimm die nächste Datei.«

Diese Aufnahme begann damit, dass Julia Krollmann sich von der Couch erhob, und endete kurz darauf, als sie den Raum verließ.

»Die nächste Aufnahme startete erst dreiundzwanzig Minuten später.« Alexandra deutete auf die entsprechende Datei.

»Okay, dann müssen wir jetzt also in einem der anderen Verzeichnisse die Aufnahme finden, die gestartet ist, nachdem sie das Wohnzimmer verlassen hat. Das müsste der Flur sein.«

Tatsächlich konnten sie kurz darauf beobachten, wie Julia Krollmann durch den Flur zur Treppe ging und aus dem Bild verschwand. Kurz darauf endete auch diese Aufnahme.

»Sie ist nach oben gegangen. Dort ist wahrscheinlich das Schlafzimmer. Vielleicht ist sie auch ins Bad. In dem gibt es allerdings keine Kamera.«

»Das hätte mich auch gewundert …«, kommentierte Hendrik. »Ich wundere mich sowieso, wo es hier überall Kameras gibt. Aber vielleicht ist oben auch das Büro. Lass uns mal nachsehen.«

Tatsächlich fanden sie im Schlafzimmer lediglich eine Datei, die laut Zeitstempel aber schon eine Stunde vor dem Zeitpunkt aufgenommen worden war, an dem sie Julia im Flur gesehen hatten.

»Ins Bett gegangen ist sie an dem Abend also offenbar nicht mehr.«

»Hm …« Alexandra wechselte das Verzeichnis zu *Büro*. Dort wurden sie fündig.

Der Raum war nicht sehr groß und mit einem vor dem

Fenster stehenden Schreibtisch, mehreren mit Büchern vollgestellten Regalen sowie einem verschlossenen Aktenschrank möbliert.

Sie beobachteten Julia dabei, wie sie zielstrebig zu dem Schreibtisch ging, die oberste Schublade aufzog und dann in die Öffnung griff und offenbar die Unterseite der Schreibtischplatte abtastete. Kurz darauf zog sie einen gelben Zettel heraus und las, was darauf stand. Leider war das Bild der Kamera nicht scharf genug, so dass sie nicht sehen konnten, um was es sich handelte. Sekunden später war jedoch zumindest klar, welche Art von Information auf dem Zettel stand, denn Julia Krollmann setzte sich auf den Schreibtischstuhl, schaltete den auf dem Tisch stehenden Monitor an und zog die Tastatur zu sich heran. Anschließend legte sie den Zettel daneben ab und tippte ein, was sie dort las.

»Das Passwort für den Computer«, murmelte Alexandra leise.

Hendrik nickte und beugte sich noch etwas näher zu dem Monitor von Alexandras Notebook vor. »Ja, aber leider kann man es nicht lesen.«

»Das ist nicht weiter dramatisch. Wenn der Computer noch da ist …«

Hendrik löste seinen Blick kurz vom Notebook und sah Alexandra an. »Ich glaube, ich weiß, was du gleich sagen möchtest. Marvin! Oder?«

Über Alexandras Gesicht huschte ein Grinsen. »Ganz genau.« Dann konzentrierten sie sich wieder auf die Geschehnisse auf dem Monitor.

Jetzt erst registrierte Hendrik, dass Julia noch etwas anderes aus der Schubladenöffnung gezogen hatte, denn als sie nun die Hand hob, hielt sie einen kleinen, dunklen Gegenstand zwischen den Fingerspitzen, den sie kurz darauf an der Rückseite des Monitors platzierte.

»Was hat sie da?«, fragte er, ohne den Blick von dem Geschehen abzuwenden. »Einen USB-Stick?«

»Ja, offensichtlich. Er hat wohl auch unter der Tischplatte geklebt.«

Julia bewegte die Maus hin und her und beobachtete dabei aufmerksam den Monitor vor sich, bis sie sich plötzlich die Hand vor den Mund schlug und auf das Bild vor sich starrte. Sie saß mindestens eine Minute lang unbeweglich da, in der Hendrik und Alexandra sie fasziniert beobachteten, bevor sie so leise sagte, dass sie es gerade noch verstehen konnten: »O mein Gott …«

»Ich wette, dass das, was sie da gerade gelesen hat, der Grund ist, weswegen sie mich angerufen hat«, mutmaßte Hendrik. »So ein Mist, dass man es nicht erkennen kann.«

»Darum kümmern wir uns gleich.« Alexandra deutete auf den Bildschirm, wo Julia die Maus wieder hin und her bewegte. Immer wieder klickte sie Dateien an, beugte sich nach vorn, las angestrengt, und richtete sich wieder auf. Irgendwann ließ sie die Maus los, sank gegen die Rückenlehne des Bürostuhls und starrte vor sich hin. Das, was sie entdeckt hatte, schien sie sehr mitzunehmen.

So verging eine ganze Weile, bis sie sich schließlich wieder nach vorn beugte. Nachdem sie den USB-Stick aus dem Monitor gezogen hatte, schob sie den Stuhl zurück und befestigte den Zettel und den Stick in der noch immer geöffneten Schublade wieder unter der Tischplatte, als sie plötzlich kurz stockte und den Arm noch etwas weiter in die Öffnung steckte. Schließlich zog sie ihn zurück. In der Hand hielt sie nun nicht mehr den Stick oder den Zettel, sondern ein gefaltetes Blatt Papier. Sie faltete es auseinander und betrachtete es eine Weile, dann riss sie die Augen auf und ließ es sichtlich geschockt einfach zu Boden fallen. Sie saß eine Weile reglos da, dann hob sie das Blatt wieder auf, warf erneut einen Blick darauf und faltete es wieder zusammen.

Nachdem sie den Monitor ausgeschaltet hatte, erhob sie sich und verließ mit dem Papier in der Hand das Büro. Eine Minute später endete die Aufnahme.

»Wäre ja zu schön, wenn dieses Blatt noch irgendwo hier herumliegt«, sagte Alexandra.

»Ja, auch wenn ich glaube, dass die Wahrscheinlichkeit sehr gering ist. Schauen wir uns an, wie es weitergeht.«

Nach einer kurzen Aufzeichnung von Julias Gang durch das Erdgeschoss, öffnete Alexandra wieder den Ordner *Living* und klickte die Datei an, mit der die Aufzeichnung im Wohnzimmer fortgesetzt wurde. Tatsächlich ging Julia durch den Raum und setzte sich auf die Couch. Das Blatt hielt sie in den Händen und betrachtete es eingehend, bevor sie zum Handy griff, eine Nummer wählte und sich das Telefon dann ans Ohr hielt. Es vergingen fünf oder sechs Sekunden, dann sagte sie: »Julia hier. Wir müssen uns treffen. Morgen früh.« Pause. »Ich habe etwas entdeckt.« Pause. »Nicht am Telefon. Kommen Sie einfach. Selbe Stelle. Um acht.«

Daraufhin beendete sie das Gespräch.

»Das war ihr Anruf bei mir«, kommentierte Hendrik,

während er der Frau auf dem Bildschirm dabei zusah, wie sie das Handy achtlos neben sich auf die Couch fallen ließ und dann den Blick wieder für eine ganze Weile auf das Blatt richtete. Man sah ihr an, dass sie das, was dort stand, komplett fassungslos machte.

Nach einer ganzen Weile legte sie das Papier auf dem Tisch ab, erhob sich und verließ das Wohnzimmer.

»Das ist ja seltsam«, murmelte Alexandra und wechselte wieder in das Verzeichnis *Flur*. »Warum hat die Kamera im Gang nichts mehr aufgezeichnet?«

»Ich wette, das hat sie«, sagte Hendrik und lehnte sich schnaubend zurück. »Die Aufnahmen sind gelöscht worden, weil man wahrscheinlich darauf sehen kann, wie jemand ins Haus kommt.«

»Wie kannst du dir so sicher sein, dass jemand ins Haus gekommen ist? Du hast doch gehört, welche Nachricht sie vom Handy ihres Mannes bekommen hat. Kann es nicht auch sein, dass sie davon ausgegangen ist, dass er sich in ihrem Ferienhaus aufhält, und tatsächlich sofort Richtung Greetsiel aufgebrochen ist, um ihren Mann zur Rede zu stellen? Vielleicht hat dort dann … Aber nein, das ist natürlich Blödsinn. Dann müsste es ja Aufnahmen davon geben, wie sie das Haus verlassen hat.«

»Genau. Klicke mal durch die anderen Ordner. Ich glaube nicht, dass du noch eine Aufnahme findest.«

Er hatte recht. Weder aus dem Schlafzimmer, noch aus der Küche gab es weitere Aufnahmen von dieser Nacht. Die Aufzeichnung im Wohnzimmer, die sie sich gerade angeschaut hatten, war die letzte, die noch in *Adams* Speicher vorhanden war. Zumindest bis zu dem Moment, als

Hendrik mit Alexandra kurz zuvor das Haus betreten hatte. Alexandra klickte diese Datei an und löschte sie. »Bevor wir das Haus verlassen, lösche ich auch die anderen Aufnahmen von uns«, erklärte sie und klappte das Notebook zu.

»Was ich nicht verstehe«, sagte Hendrik. »Warum gibt es keine einzige Aufnahme davon, dass die Polizei nach Julias Verschwinden hier war? Das muss ja dann auch gelöscht worden sein. Und wer immer das war – warum hat er die Aufzeichnung aus dem Büro nicht entfernt? Schließlich gibt sie einen Hinweis darauf, dass Julia etwas Wichtiges entdeckt haben muss. Oder noch besser: Warum hat er nicht gleich alle Aufnahmen gelöscht? Dann könnte man denken, *Adam* hätte überhaupt nichts aufgezeichnet.«

Alexandra antwortete spontan: »Ja, du hast recht, alle Aufnahmen zu löschen, wäre in der Tat am einfachsten gewesen. Aber ich schätze, darum hat derjenige sich überhaupt nicht gekümmert. Er hat alles gelöscht ab dem Moment, als er im Haus aufgetaucht ist. Alles andere war ihm offenbar egal. Das bedeutet, derjenige ist sich seiner Sache sehr sicher. Das grenzt schon an narzisstische Überheblichkeit, was auf eine psychopathische Persönlichkeit hinweisen kann.«

»Jemand, der solche Dinge tut, ist ja wohl auch kaum normal.«

»Stimmt. Warum es aber kein einziges Video davon gibt, wie sich die Polizei im Haus umsieht, verstehe ich auch nicht.«

»Hm.« Hendrik hielt einen Moment inne. »Was mir gerade noch durch den Kopf geht: Warum hat sich niemand von der Polizei die Aufnahmen von Julia an besagtem Abend angesehen?«

Sie zuckte mit den Schultern. »Wer weiß? Das haben sie ja vielleicht.«

»Das glaube ich nicht. Wenn das so wäre, hätten mir Sprang oder Kantstein doch sicher etwas davon gesagt. Ich habe ihnen ja von Julias Anruf bei mir erzählt und dass ich glaube, dass ihr etwas passiert ist.«

Alexandra stand auf und legte ihm die Hand auf die Schulter. »Die verraten nicht immer alles, was sie wissen. Aus ermittlungstechnischen Gründen.«

»Pff!«, machte Hendrik. »Wer's glaubt …«

»Na dann …« Sie wandte sich ab. »Schauen wir uns mal das Büro an.«

»Damit mussten wir rechnen«, sagte Alexandra, als sie hinter der zweiten Tür, die sie öffneten, das Büro entdeckten und feststellten, dass der Computer, den sie im Video gesehen hatten, verschwunden war.

»Den hat sicher die Polizei mitgenommen«, vermutete Hendrik. »Obwohl ich mich auch nicht gewundert hätte, wenn die daran nicht gedacht hätten.«

Alexandra ging zum Schreibtisch und zog die Schublade auf. »Ich denke, du tust ihnen Unrecht. Immerhin sind hier zwei Menschen verschwunden. Da ist es doch klar, dass die sich im Haus umsehen.«

»Bei mir im Haus ist auch ein Mensch verschwunden, und es hat keinen von denen ernsthaft interessiert. Außer Sprang vielleicht. Nach den Erfahrungen, die ich bisher gemacht habe, wundert mich nichts mehr. Zudem haben sie sich offenbar nicht sehr gründlich hier umgeschaut, denn sonst hätten sie sich ebenso wie wir die Aufnahmen der Überwachungskameras angesehen.«

Alexandra zog die Hand aus der Öffnung der obersten Schublade zurück und richtete sich wieder auf. »Vielleicht haben sie das ja getan. Der USB-Stick ist ebenso verschwunden wie der Zettel mit dem Passwort.«

44

»Was ist das hier?«, fragt sie und spürt, wie das Grauen ihre Stimme abwürgt.

»Das ist mein Atelier. Meine Produktionsstätte.« Sie bemerkt den Stolz, der in seiner Stimme mitschwingt.

Obwohl sich alles in ihr dagegen sträubt, in dieses Gesicht zu blicken, wendet sie sich ihm zu und erschrickt vor seinem irren Grinsen. »Sagen Sie mir bitte, was Sie mit mir vorhaben? Bitte!«

Ein Schatten huscht über seine Züge, aber nur kurz, dann blickt er sie gelangweilt an und erwidert monoton: »Das habe ich dir bereits gesagt. Du erinnerst dich? Die Liste! Ich habe eine Liste, die ich abarbeiten muss. Und jetzt leg dich dort hin.« Er deutet auf den Seziertisch, der ihr am nächsten steht. Sie blickt kurz auf die blitzende Oberfläche. »Nein, bitte … ich habe Ihnen doch nichts getan. Ich … gibt es irgendetwas, das ich für Sie tun kann? Egal, was?«

»Lass mich überlegen … ja, doch.« Plötzlich gräbt sich eine senkrechte Falte über der Nasenwurzel in seine Stirn. »Leg dich hin, und zwar sofort«, brüllt er sie an, woraufhin sie erschrocken rückwärtstaumelt und fast zu Boden stürzt.

Er macht einen Schritt zur Seite und greift in eine verchromte Schale, die auf einem Tisch hinter ihm steht, so dass sie nicht sehen kann, was sich darin befindet. Sie weiß es zwei Sekunden später, als er das Skalpell in der Hand hält.

Erneut verzieht sich sein Gesicht zu einem Grinsen. Einen so extremen Wechsel von Emotionen hat sie noch nie zuvor bei einem Menschen beobachtet. »Du darfst jetzt entscheiden. Entweder du tust, was ich dir gesagt habe, und legst dich dorthin, oder du weigerst dich weiter. So oder so werde ich bald damit beginnen, meine Liste abzuarbeiten. Wenn du dich freiwillig hinlegst, und zwar jetzt sofort, wirst du nichts spüren, auch wenn ich persönlich das sehr bedaure. Wenn du dich aber weigerst ...« *Das Grinsen wird breiter, als er das Skalpell anhebt.* »... kommst du in den Genuss, jeden Schritt meiner Arbeit mitzuerleben.« *Er legt den Kopf ein wenig schräg und verdreht die Augen dabei auf eine Art, die sie vor Entsetzen aufstöhnen lässt.* »Rate, was ich mir wünsche.«

Auf wackeligen Beinen stakst sie zu dem Seziertisch und stützt sich mit den Händen daran ab. Für einen kurzen Moment flammt der Gedanke in ihr auf, sich gegen den Kerl zu werfen, ihn vielleicht überrumpeln zu können, doch dazu ist sie zu schwach. Bevor sie sich auf das kalte Metall legt, wendet sie sich ihm noch einmal zu. »Diese Liste ... was steht da drauf?«

»Oh, ich zeige sie dir«, *sagt er, geht zu einer an der Wand befestigten Ablage und greift nach einem Blatt Papier, das dort liegt. Er kommt auf sie zu und zeigt es ihr.*

Sie liest die Wörter, die dort stehen. Starrt sie an. Sekundenlang. Dann wendet sie sich um und übergibt sich auf die glänzende Oberfläche des Tisches.

45

»Mist!«, entfuhr es Hendrik. »Aber die Sachen könnte auch jemand anderes mitgenommen haben. Zum Beispiel derjenige, der dafür gesorgt hat, dass Julia Krollmann mir nichts von ihrer Entdeckung berichten konnte.«

Alexandra ließ sich auf den Stuhl fallen und blickte Hendrik nachdenklich an.

»Was ist?«, fragte er.

»Hm ... darf ich mal ein wenig herumspinnen, ohne dass du wütend wirst?«

»Das deutet ja schon darauf hin, dass gleich etwas kommen wird, das mich wahrscheinlich wütend macht, aber gut, schieß los.«

»Wir haben nicht gesehen, was es war, das Julia Krollmann auf dem USB-Stick entdeckt hat, oder?«

»Nein. Warum fragst du?«

»Könnte es nicht – rein theoretisch – auch sein, dass sie irgendwelche Dokumente oder vielleicht auch Fotos gefunden hat ... also Beweise dafür, dass ihr Mann und Linda ... sich besser kannten?«

»Was?«, brauste Hendrik auf. »Fängst du jetzt auch noch mit diesem Mist an? Ich dachte, du glaubst mir!«

»Das tue ich auch. Wie ich schon sagte, es ist einfach nur eine Überlegung.«

»Aha.« Er verschränkte die Arme vor der Brust. »Und weiter? Oder war es das schon?«

»Na ja, zumindest würde der Anruf bei dir dazu passen. Sie wollte sich mit dir treffen, weil sie entdeckt hat, dass … du weißt schon. Schließlich würde dich das ja ebenso betreffen wie sie.«

»Okay. Dann verrate mir doch mal eins: Warum gibt es keine Aufzeichnungen mehr von der Nacht, ab dem Moment, in dem Julia das Wohnzimmer verlassen hat? Hat sie sie vielleicht selbst gelöscht, bevor sie aus dem Haus ging, um ihren untreuen Ehemann aus den Armen meiner untreuen Verlobten zu retten?« Er bemerkte selbst, dass er lauter geworden war, hatte aber keine Lust, sich dafür zu entschuldigen.

»Hey … ist ja schon gut. Du hast ja recht, das ist der Punkt, der nicht dazu passt. Wie gesagt, es war nur so ein Gedanke. Man sollte immer alle Möglichkeiten in Betracht ziehen.«

»Mit diesem Gedanken würdest du wahrscheinlich bei Herrn Kantstein offene Türen einrennen.«

Hendrik spürte das Summen seines Smartphones in der Hosentasche und zog es heraus. Es war Paul Gerdes, sein Chef.

»Ja?«

»Hendrik, hör mir zu!« Gerdes flüsterte, und doch klang er gehetzt, außer Atem. »Bist du noch in diesem Haus?«

»Ja, bin ich. Wir …«

»Ihr müsst da weg«, wisperte er eindringlich. »Sofort.«

»Was? Aber …«

»Nein. Hör mir zu. Im Keller im Evangelischen Krankenhaus … Mist!« Im nächsten Moment war das typische Tuten zu hören, das anzeigte, dass die Verbindung unterbrochen worden war.

»Paul?«, rief Hendrik, obwohl er wusste, sein Chef konnte ihn nicht mehr hören.

»Was ist los?«, fragte Alexandra beunruhigt.

Hendrik schüttelte den Kopf, ignorierte Alexandra und klickte nervös auf der Anrufliste Gerdes' Nummer an. Es klingelte acht-, neunmal, dann sprang die Sprachmailbox an.

»Verdammt«, stieß Hendrik aus und steckte das Telefon in die Tasche zurück. »Das war mein Chef. Er hat geflüstert. Es klang hektisch, als hätte er nur ein paar Sekunden Zeit. Er sagte, wir müssten sofort von hier verschwinden, und erwähnte noch den Keller im Evangelischen Krankenhaus, dann brach das Gespräch ab.«

»Klingt so, als wüsste er mehr als wir«, vermutete Alexandra. »Du kennst ihn. Sollten wir das ernst nehmen?«

Hendrik blickte zu der Stelle an der Decke, an der die Kamera installiert sein musste, und entdeckte sie auf einem hohen Regal. Am unteren Rand blinkte ein roter Punkt. »Das sollten wir.«

Sie verließen das Büro, und noch auf der Treppe nach unten wählte Hendrik Sprangs Nummer. Es klingelte mehrere Male, dann schaltete sich auch dort die Mailbox an. »Zemmer hier«, sagte Hendrik hastig. »Rufen Sie mich bitte sofort zurück, wenn Sie das abhören. Es ist wichtig.«

Unten angekommen, fragte Alexandra: »Warum hast du nichts von dem Anruf gesagt?«

»Weil ich nicht weiß, wer wo was mithört.« Als Hendrik die Hand auf die Klinke der Tür legte, rechnete er fast schon damit, dass sie verschlossen wäre, und stieß erleichtert die Luft aus, als sie sich öffnen ließ.

»Ich wollte doch noch die Aufnahmen von uns löschen«, versuchte Alexandra, ihn zu bremsen, doch Hendrik schüttelte den Kopf. »Nein, das ist jetzt egal. Wir müssen zu diesem Krankenhaus. So wie Paul gerade geklungen hat, ist es wichtig und dringend.«

Mit schnellen Schritten legten sie die zweihundert Meter zum Auto zurück und waren wenige Minuten später auf dem Weg.

»Glaubst du, das hat etwas mit Linda zu tun?«, fragte Alexandra, nachdem sie einige Zeit schweigend nebeneinandergesessen und nach vorn auf die Straße gestarrt hatten.

»Gut möglich. Ich habe keine Ahnung, was da gerade bei Paul los war, aber offensichtlich weiß er tatsächlich etwas. Ich hoffe nur, dass er nicht in ernsthaften Schwierigkeiten steckt.«

Nach diesem Telefonat vermutete Hendrik jedoch, dass genau das der Fall war.

Normalerweise hätte er sich nun auf den Weg zu seinem Chef machen oder zumindest offiziell die Polizei alarmieren müssen, aber es musste einen Grund geben, dass Paul ihn so dringend zum Evangelischen Krankenhaus schickte. Der Polizei vertraute er einfach nicht, weil er nicht sicher sein konnte, bei wem seine Informationen landen und was derjenige dann daraus machen würde. Deshalb hatte er sich auch nur bei Sprang gemeldet.

Sie brauchten für die knapp fünfzehn Kilometer von Othmarschen bis zum Krankenhaus Alsterdorf zwanzig Minuten, in denen Hendrik nervös auf dem Beifahrersitz hin und her rutschte und sich sehr zusammennehmen musste, um Alexandra nicht aufzufordern, aufs Gaspedal zu treten, damit sie schneller vorankamen.

Als sie schließlich auf den großen, fast völlig leeren Parkplatz fuhren, löste Hendrik den Gurt, noch bevor Alexandra das Fahrzeug abgebremst hatte.

»Ich frage mich, ob wir jetzt überhaupt da reinkommen«, überlegte er laut und öffnete die Tür.

»Wir werden es bald wissen«, erwiderte Alexandra. »Du hast nicht zufällig deinen Arztausweis dabei?«

»Nein, und selbst wenn … Die Leute an der Pforte kennen normalerweise das Personal, das nachts ins Krankenhaus kommt. Wir müssen es einfach versuchen.«

Als sie über den gepflegten Weg auf den Eingang zusteuerten, hielt Alexandra Hendrik am Arm fest. »Warte mal. Falls dein Chef recht hat und hier läuft irgendetwas Schräges ab, könnte es ein Fehler sein, es über den Haupteingang zu versuchen. Wer weiß, wen der Pförtner benachrichtigt, wenn wir ihm seltsam vorkommen. Gibt es in Krankenhäusern nicht so etwas wie einen Personaleingang?«

»Das ist unterschiedlich. Ich weiß nicht, wie es hier ist. Und selbst wenn, dann wird dieser Zugang sicher nicht offen sein.«

Alexandra beharrte: »Lass uns um das Gebäude herumlaufen und nachsehen, okay? Wenn der an der Pforte irgendwo anruft und nachfragt, weil wir mitten in der Nacht hineinwollen, ist die Chance vielleicht vertan.«

Es brannte Hendrik zwar unter den Nägeln, herauszufinden, warum Paul so aufgeregt gewesen war, aber er sah ein, dass Alexandra wahrscheinlich recht hatte. »Also gut, gehen wir da rüber.« Er deutete nach rechts, wo ein schmaler Weg parallel zur Front des Krankenhauses verlief.

Nachdem sie dem gepflasterten Pfad ein Stück gefolgt waren, kamen sie an eine Stelle, an der eine Treppe zu einer Tür hinabführte, die mit einem seitlich angebrachten Kästchen mit glatter, dunkler Fläche versehen war. Davor konnte man einen codierten Dienstausweis halten, der – sofern man die Berechtigung dazu hatte – das elektronische Schloss entriegelte. Hendrik kannte das von einigen Bereichen des UKE.

»Das war's dann«, sagte er resigniert. »Ohne Ausweis kommen wir hier nicht rein. So viel also dazu. Lass uns zurückgehen und es am Haupteingang versuchen.«

Alexandra schüttelte den Kopf und hob die Hand. »Nein, warte. Lass mich was ausprobieren.«

Ohne weiter auf Hendrik zu achten, stieg sie die Treppe hinab, blieb vor der Tür stehen und nestelte ihr Smartphone aus der Hosentasche. Nachdem sie eine Weile darauf herumgetippt hatte, schüttelte sie den Kopf und sagte leise: »Mist!«, um dann gleich wieder mit beiden Daumen in einer geradezu unglaublichen Geschwindigkeit auf dem Display herumzutippen.

Nach einer Weile ging Hendrik die ersten Stufen der Treppen hinab und sagte leise: »Nun komm schon, du merkst doch, dass das nicht funktioniert. Vielleicht hättest du deinen Marvin …« Weiter kam er nicht, denn in diesem Moment ertönte von der Tür ein Summen. Als Alexandra sich dagegen lehnte, sprang sie auf.

»Das ist ja ein Ding«, stieß Hendrik anerkennend aus und lief die restlichen Stufen nach unten. »Langsam wirst du mir wirklich unheimlich.«

»Ach, das ist eine kleine Hackersoftware, die man überall im Web herunterladen kann«, spielte Alexandra ihren Erfolg herunter. »Und das WLAN zu knacken ist ein Kinderspiel. Aber ist jetzt auch egal, gehen wir rein.«

»Das ist jetzt schon mein zweiter Einbruch innerhalb von zwei Stunden«, stellte Hendrik flüsternd fest, als sie einen dunklen Flur betraten und die Tür hinter sich zuzogen. Alexandra aktivierte die Taschenlampenfunktion und hielt das Smartphone hoch.

Der Gang endete nach etwa fünf Metern in einem breiteren Quergang, der sich in beiden Richtungen verzweigte, die der schwache Schein der Handytaschenlampe nicht ausleuchten konnte.

Ohne bestimmten Grund deutete Hendrik nach links und flüsterte: »Da lang.«

»Woher weißt du das?«

»Ich weiß es nicht, aber eine Richtung ist so gut wie die andere. Hinweisschilder gibt es ja leider keine.« Er zog ebenfalls sein Telefon hervor, aktivierte die Taschenlampe und ging voraus.

Schon nach einigen Metern führten zu beiden Seiten Türen ab, die jedoch beschildert waren. Es handelte sich überwiegend um Materialräume, die mit verschiedenen Buchstaben- und Zahlenkombinationen auf den weißen Täfelchen neben den Türrahmen gekennzeichnet und alle unverschlossen waren. In ihnen standen Regale mit Putztüchern, Reinigungsmitteln oder Toilettenpapier.

Nach etwa dreißig Metern endete der Gang in einer weiteren Tür. Sie war aus Metall und ebenfalls nicht verschlossen. Als Hendrik sie vorsichtig öffnete, sah er eine Treppe, die nach oben führte. Ein Lichtschein drang von oben herunter, und als er Alexandra andeutete, die Tür offen zu halten, und zwei Schritte weiterging, erkannte er, dass die Stufen oben in einen hell erleuchteten Gang mündeten.

Er wandte sich um und ging an Alexandra vorbei. »Ich denke, da geht es zu den Stationen«, erklärte er leise. »Gerdes sagte aber etwas vom Keller. Versuchen wir es auf der anderen Seite.«

Nachdem sie den schmaleren Gang passiert hatten, durch den sie gekommen waren, bot sich ihnen ein ähnliches Bild wie in der anderen Richtung. Türen mit kryptischen Bezeichnungen zu beiden Seiten, nur dass hier die meisten Räume dahinter leer waren.

Auch auf dieser Seite endete der Flur an einer Tür, die aber doppelflügelig und ähnlich wie der Nebeneingang mit einem Kästchen zur Zutrittskontrolle und mit einer Tastatur versehen war, an der man einen Zahlencode eintippen musste, um die Tür zu öffnen. Noch ehe Hendrik etwas sagen konnte, schob Alexandra ihn zur Seite und flüsterte: »Lass mich mal, das Prinzip ist das Gleiche.«

Eine knappe Minute später sprang die Tür auf.

Der Gang, der hinter der Tür fortgesetzt wurde, war ebenfalls dunkel. Sie hatten gerade ein paar Schritte gemacht und die erste Tür erreicht, als Hendriks Telefon in seiner Hand vibrierte. Er sah auf dem Display Sprangs Namen und nahm das Gespräch an, während er mit der freien Hand die Tür öffnete, vor der er stand.

»Sie hatten angerufen?« Sprangs Stimme klang verhältnismäßig klar und nicht so, als wäre er gerade erst aufgewacht.

»Ja, Moment bitte«, flüsterte Hendrik, betrat den Raum und drückte die Tür hinter sich so weit zu, dass sie nur noch einen Spalt offen stand. Er wusste nicht, wohin der Gang führte, und wollte niemanden durch das Telefonat auf sich aufmerksam machen.

Der Schein der Taschenlampenfunktion zeigte ihm, dass er sich in einem kleinen Raum befand, der bis auf ein paar Kisten leer war.

»Ja. Wir sind in Alsterdorf, im Krankenhaus. Ich hatte eben einen merkwürdigen Anruf von meinem Chef.« Er erzählte von dem kurzen Gespräch, woraufhin Sprang fragte: »Haben Sie schon im Präsidium angerufen oder über den Notruf?«

»Nein.«

»Okay. Ich übernehme das. Ich informiere die Kollegen und komme sofort. Wo genau sind Sie?«

»Im Keller. Vor dem Eingang führt rechts ein Weg zu einer Treppe. Da sind wir rein.«

»Haben Sie schon irgendetwas entdeckt?«

»Nein, bisher nur dunkle Gänge.«

»Okay. Bleiben Sie, wo Sie sind. Ich komme so schnell wie möglich. Ich melde mich wieder, wenn ich da bin.«

»Gut«, sagte Hendrik und legte auf. Er öffnete die Tür, verließ den Raum und blieb verblüfft stehen.

Alexandra war verschwunden.

»Alex?«, flüsterte er und lauschte. Nachdem nichts geschah, rief er noch einmal nach ihr.

Hendriks Herzschlag beschleunigte sich, doch er beruhigte sich selbst, indem er sich sagte, dass Alexandra wahrscheinlich einen der nächsten Räume erkundete. Langsam ging er weiter, bis er vor einer weiteren Tür stand. Er wollte sie öffnen, musste aber feststellen, dass sie abgeschlossen war. Er wandte sich ab und ging weiter. Der Eingang zum nächsten Raum war nicht verschlossen. Hendrik öffnete die Tür ein Stück und leuchtete in den dahinter liegenden Raum, während er seinen heftig pochenden Puls an der Halsschlagader spüren konnte und ihm sein eigener Herzschlag unnatürlich laut erschien.

»Alex? Bist du da drin?«

Das war sie nicht. Der Raum war vollkommen leer und roch nach modrigem Keller – ungewöhnlich für ein Krankenhaus. Offensichtlich wurde dieser Flügel des Kellers seit längerer Zeit nicht mehr genutzt.

Er trat einen Schritt zurück und zog die Tür zu. Als er weiterging, nahm er ein Geräusch hinter sich wahr und wollte sich schon erleichtert zu Alexandra umdrehen, da presste sich etwas Weiches auf seinen Mund.

Süßlicher Geruch schien seinen ganzen Kopf auszufüllen, ihm wurde schlagartig übel. Im nächsten Augenblick fuhr etwas Heißes durch Hendriks Körper, dann versank er in tiefer Dunkelheit.

46

»Nun schau dir diese Sauerei an«, sagt der Kerl hinter ihr, packt sie mit schmerzhaftem Griff am Oberarm und zieht sie brutal zur Seite. »Na los, da vorn hin, auf den anderen Tisch.«

Wie eine Schlafwandlerin wendet sie sich von dem Tisch ab, auf dessen glatter Oberfläche sich ihr Erbrochenes verteilt hat. Sie setzt einen Fuß vor den anderen, ignoriert das Gefühl der kalten Fliesen unter ihren nackten Fußsohlen, erreicht den nächsten Tisch und stützt sich darauf ab. Diese Liste … Es sind nur ein paar einzelne Wörter, die dort untereinanderstehen, mit Zahlen dahinter, aber sie sagen ihr in grauenvoller Deutlichkeit, was sie erwartet.

Mit dieser Erkenntnis ist alles in ihr zusammengefallen, was nötig gewesen wäre, um sich noch einmal gegen das Unausweichliche aufzubäumen. Dass sie von diesem Irren keine Gnade erwarten darf, ist ihr längst klargeworden.

»Du hast meinen schönen Tisch versaut«, hört sie plötzlich seine Stimme ganz nah an ihrem Ohr. Im nächsten Moment riecht sie seinen Atem. Säuerlich. Ekelhaft. Der Rest ihres Mageninhalts schießt ihr in die Speiseröhre, doch sie schafft es, den Reflex, sich erneut zu übergeben, zu unterdrücken. Aber er hat es bemerkt.

»Wenn du mir auch auf diesen Tisch kotzt, schneide ich dir als Erstes die Augen raus«, herrscht er sie an.

Sie verliert fast das Bewusstsein und wäre wahrscheinlich tatsächlich in eine gnädige Dunkelheit geglitten, wenn sie in diesem Moment nicht seine Hand auf ihrem Rücken gespürt hätte, die ihren Oberkörper nach vorn drückt.

»Leg dich jetzt sofort dahin.«

Sie dreht sich um und senkt den Blick, um ihn nicht ansehen zu müssen, dann stützt sie die Handballen auf der Kante ab und stemmt sich hoch. Die verchromte Tischplatte presst sich kalt gegen ihren Po. Sie ignoriert es und zieht die Beine hoch.

Dann liegt sie auf dem Rücken, starrt an die Decke.

Seine Hand taucht über ihr auf. Sie hält eine Spritze. »Ich habe ein Geschenk für dich«, sagt er, und sein Mund verzieht sich dabei wieder zu diesem schrecklichen Grinsen.

»Als kleines Dankeschön dafür, dass du mir meinen schönen Tisch vollgekotzt hast. Du wirst nicht schlafen. Du darfst miterleben, wie ich die Liste an dir abarbeite. Ist das nicht herrlich?«

Ihr Handgelenk wird gepackt und verdreht, dann spürt sie einen Einstich in der Armbeuge. »Eigentlich müsste ich dir dankbar sein. Ich habe nämlich versprochen, euch schlafen zu lassen. Aber da war keine Rede davon, was passiert, wenn mir jemand auf meine Einrichtung kotzt. Besondere Ereignisse verlangen besondere Maßnahmen. Das verstehst du doch, oder?«

Wie eine Außenstehende registriert sie, dass ihr Mund sich bewegt und sie etwas sagt, ohne zu wissen, was es ist. Sie versteht ihre eigenen Worte nicht, vielleicht sind es auch nur unverständliche Laute. Es ist ihr egal.

Sie spürt, wie etwas Kaltes sich einen Weg durch ihren Körper bahnt, und fragt sich im selben Moment, ob das der Tod ist, der seine eisigen Klauen nach ihr ausstreckt.

Und mit einer verblüffenden Klarheit stellt sie fest, dass es ihr egal ist, ja, dass sie sogar hofft, in den nächsten Sekunden einfach zu sterben.

Du wirst nicht schlafen, *hat er gesagt.*

Sie sieht wieder diese Wörter auf der Liste vor sich. Sie haben sich in ihren Verstand eingebrannt wie ein glühendes Eisen.

Herz – 3, Leber – 5, Niere – 2, Lunge – 2, Dünndarm – 3, Bauchspeicheldrüse – 4.

47

Hendrik öffnete die Augen und kniff sie im nächsten Moment wieder zusammen, da ihm eine gleißende Helligkeit schmerzhaft in die Pupillen stach.

Er versuchte, sich darüber klarzuwerden, wo er sich befand. Zu Hause? Nein, dafür fühlte sich alles zu seltsam an. Er versuchte, ein Bein anzuziehen, aber es passierte nichts. Sofort riss er die Augen, ungeachtet des blendenden Lichts, wieder auf und wollte den Kopf zur Seite drehen, doch auch dieses Mal reagierten seine Muskeln nicht auf die Befehle seines Gehirns.

Er wollte aufschreien, aber aus seinem Mund kam kein Ton. Er schloss die Augen wieder. Sein Atem ging stoßweise. Panisch saugte er die Luft ein und stieß sie wieder aus, während er krampfhaft versuchte, sich zu bewegen. Es nutzte nichts, er war gelähmt.

Die Erinnerung kam zurück. Der Krankenhauskeller. Ein dunkler Flur, Sprangs Anruf, Alexandra … Instinktiv wollte Hendrik nachsehen, ob sie neben ihm lag. Vergebens.

»Ah! Da ist er ja.« Er spürte eine kalte Hand auf der Schulter. Offenbar hatte er kein Shirt mehr an.

Diese Stimme … er hatte sie schon einmal gehört, da war er sicher. War das ein gutes Zeichen? Befand er sich noch im Evangelischen Krankenhaus? Auf einer Station?

Wenn er sich doch nur bewegen könnte ... Plötzlich überschlugen sich seine Gedanken, als er begriff, was mit ihm los war. Bewegungsunfähig, aber bei vollem Bewusstsein, dabei in der Lage, Berührungen zu spüren. Das waren alle Anzeichen einer ... *Schlafparalyse.*

Wahrscheinlich künstlich erzeugt. Aber warum?

»Ich bin sicher, lieber Kollege, Sie haben längst erkannt, in welchem Zustand Sie sich befinden.«

Diese Stimme ... Ein Schatten schob sich über Hendrik, der im nächsten Moment Konturen bekam, weil er die gleißende Lampe verdeckte. Und dann erkannte er ihn. Professor Geibel.

»So sieht man sich wieder. Und es tut mir nicht leid ... Sie sind so etwas wie ein unerwartetes Geschenk für die Liste.«

Hendrik verstand kein Wort von dem, was der Kerl sagte, aber er ahnte, dass er sich in einer lebensbedrohlichen Situation befand. In der gleichen wie Linda? Hatte Geibel auch sie ...

»Hier ist übrigens jemand, den Sie kennen.« Der schmallippige Mund verzog sich zu einem gemeinen Grinsen. »Ach, entschuldigen Sie, Sie können sich ja nicht bewegen. Einen Moment, ich helfe Ihnen.«

Die Gestalt verschwand aus Hendriks Sichtfeld. Kurz darauf schoben sich ihm Hände unter den Nacken, hoben den Kopf an und drehten ihn ein Stück zur Seite. Ein unangenehmes, schmerzhaftes Gefühl.

Hendrik erwartete, Alexandra neben sich zu sehen, doch schon als sein Blick über die nackten Beine glitt, ahnte er voller Entsetzen, wer dort neben ihm lag.

Linda! Alles in ihm bäumte sich auf. Eine Stimme in seinem Inneren schrie ihren Namen, während sein Mund verschlossen blieb.

Sein Herz raste vor Glück darüber, dass Linda noch lebte, doch schon im nächsten Augenblick brandete Zorn in ihm auf, wie er ihn noch nie gefühlt hatte. Was hatte dieses Monster ihr angetan?

Zum ersten Mal in seinem Leben wollte er einem anderen Menschen das Leben nehmen. Er wünschte sich nichts sehnlicher, als aufspringen, seine Hände um den dürren Hals dieses Irren legen und gnadenlos zudrücken zu können, bis die grinsende Fratze blau anlief.

Sein Kopf wurde wieder abgelegt, und sofort blendete ihn erneut die grelle Lampe. Er schloss die Augen, gab sich der überschäumenden Wut hin, in der Hoffnung, die Wirkung des Medikaments, das die künstliche Schlafparalyse erzeugte, würde durch die gesteigerte Adrenalinproduktion vielleicht etwas schneller nachlassen.

»Ahnen Sie, was ich hier tue?«, fragte Geibel.

Erneut versuchte Hendrik, zu blinzeln, die Augen zu öffnen.

»Oh, die Lampe. Entschuldigen Sie, werter Kollege. Wie unachtsam von mir.«

Hendrik nahm durch die geschlossenen Lider wahr, dass die Lampe ausgeschaltet wurde, und konnte endlich die Augen öffnen. Geibel stand neben ihm und sah auf ihn herab.

»Sie waren als Arzt ja schon immer ein wichtiger Teil unserer Gesellschaft, doch zukünftig werden Sie noch wichtiger, denn sie werden zu sieben Teilen der Menschheit werden.«

Hendrik versuchte, seinen unbändigen Hass beiseitezu-schieben und die Worte zu verstehen, doch das, was Geibel sagte, klang einfach nur verrückt.

»Die Problematik …« Neben ihnen war ein Geräusch zu hören. Geibels Kopf flog herum, dann stieß er aus: »Ver-dammt, was tust du hier?«

»Ich wollte mit eigenen Augen sehen, ob ihr tatsächlich so bescheuert seid, ihn auch noch zu beseitigen.«

Hendrik wollte aufstöhnen, als er die Stimme erkannte. Er spürte, wie die Welt, die er bis zu diesem Zeitpunkt für normal gehalten hatte, wie ein Kartenhaus in sich zusam-menfiel.

Paul Gerdes! Sein Chef. Sein Freund. Er steckte offenbar mit diesem Irren unter einer Decke.

»Wissen die anderen, dass du hier bist?«

»Ich werde niemanden um Erlaubnis fragen.« Die Stimme kam näher, und schon im nächsten Augenblick trat Gerdes neben Geibel, und sein Blick richtete sich auf Hendrik. Er sah müde und blass aus.

»So läuft das manchmal im Leben.« Gerdes' Stimme klang gleichgültig, doch in seinen Augen glaubte Hendrik etwas anderes zu erkennen. Dennoch schalt er sich einen naiven Narren. Sein Verstand spielte ihm einen Streich und versuchte, eine Art von Mitgefühl in diesen Blick hinein-zuinterpretieren, weil er nicht wahrhaben wollte, wie sehr dieser Mann ihn hintergangen hatte.

Geibel verdrehte die Augen und wandte sich ab. »Kannst du dich mal beeilen? Ich habe noch viel zu tun, und die Nacht ist schon halb vorbei.«

»Ich habe das so nicht gewollt, aber jetzt ist es leider

nicht mehr zu ändern«, fuhr Gerdes fort, und während er das sagte, spürte Hendrik einen Stich im Oberarm. Gerdes nickte ihm kaum merklich zu, dann wandte er sich ab und sagte: »Er gehört dir.«

Hendrik hörte, wie seine Schritte sich entfernten.

»Also gut, Kollege.« Geibel tauchte wieder neben Hendrik auf. »Ich denke, ich beginne mit Ihnen. Ihre Organe sind in Ordnung. Aber zuerst möchte ich noch beenden, was ich eben begonnen habe, als der Kollege Gerdes mich gestört hat.«

Seine Organe waren in Ordnung? Hendrik ahnte, was das zu bedeuten hatte, und fragte sich gleichzeitig, wie Geibel das wissen konnte.

»Ich mache es kurz. Sie wissen, dass wir in unserer Gesellschaft das Problem haben, dass die meisten Menschen nicht bereit sind, ihre Organe nach dem Hirntod zu spenden. Die Gründe sind mannigfaltig und reichen von der abstrusen Angst, nicht wirklich tot zu sein, wenn die Organe entnommen werden – was übrigens bald für Sie ein Thema sein wird –, bis hin zu dem infantil-naiven Bedürfnis, mit einem vollständigen Körper in der Erde vergraben zu werden, damit der Speiseplan für die Würmer abwechslungsreicher ist.«

Was Geibel da sagte, war furchtbar genug, aber noch schlimmer empfand Hendrik in diesem Moment, *wie* er es sagte. Geibel schien sich regelrecht darauf zu freuen, ihn gleich aufschneiden zu dürfen.

»Kurzum: Die wenigsten Menschen, die ein Spenderorgan benötigen, bekommen auch eines. Nun muss ich gestehen, dass diese Fakten an sich mich herzlich wenig interessieren. Viel interessanter ist da schon die Tatsache, dass es auch eine ganze Menge sehr vermögender Menschen gibt, die ein Organ benötigen und gern bereit sind, dafür sehr viel Geld zu bezahlen, wenn sie diese lästigen Wartelisten umgehen können. Und an dieser Stelle kommt meine Liste ins Spiel. Sie ist ein Bestellschein, der im wahrsten Sinne des Wortes Gold wert ist. Anders als mein mittlerweile schon leicht seniler Kollege Professor Gerdes habe ich keine hehren Ziele. Mir geht es hierbei um zwei Dinge: Ich habe meinen Spaß und verdiene damit sehr viel Geld.« Er nickte nachdrücklich, blickte hinüber zu Linda und fügte grinsend hinzu: »Wobei, wenn ich ehrlich bin, überwiegt der Spaß.«

In Hendriks Kopf herrschte Chaos. Wenn es kein leeres Geschwätz von diesem Geisteskranken war – und Hendrik war sich sicher, dass es das nicht war –, hatte er vor, ihm gleich bei vollem Bewusstsein die Organe zu entnehmen, zumindest solange sein Körper das mitmachte. Und Hendrik zweifelte nicht daran, dass Geibel dafür sorgen würde, dass er möglichst lange etwas davon mitbekam.

»Eines muss ich Paul allerdings lassen: Seine Methode der Selektion ist geradezu genial. Quasi ohne Ausschuss.«

Geibels Miene verfinsterte sich. »Allerdings brachte das auch die Notwendigkeit mit sich, diesen Computermenschen mit ins Boot zu holen.«

Hendrik verstand nicht, was das bedeutete, aber es war auch ohne Belang. Er wollte schreien, bitten, flehen, alles tun, um zu verhindern, dass Geibel seine Drohung in die Tat umsetzte. Als er unbewusst zum wiederholten Mal versuchte, sich zu bewegen, regte sich plötzlich seine rechte

Hand. Ein kleines Stück nur, aber er spürte es ganz deutlich. Als er zudem ein leichtes Kribbeln in den Beinen wahrnahm, glaubte er zu verstehen, was der Stich in seinem Oberarm bedeutet hatte. Gerdes hatte ihm, von Geibel unbemerkt, ein Gegenmittel gespritzt.

Hendrik betete, dass es schnell wirkte. Sehr schnell.

Das Kribbeln ging tatsächlich zügig auf andere Körperteile über, es fühlte sich an, als krabbelte ein hektisches Ameisenvolk kreuz und quer über seine Haut.

Geibel drehte sich um und verschwand aus Hendriks Blickfeld. Dann hörte Hendrik raschelnde Geräusche, das Wasser wurde an- und wieder ausgestellt. Als Geibel schließlich zurückkam, hatte er Mundschutz und Haube eines Operateurs an. Im nächsten Moment bewegte sich der Tisch, auf dem Hendrik lag.

48

Geibel schob den Tisch mit Hendrik durch eine Tür und, nachdem er diese hinter sich geschlossen hatte, durch eine weitere. Offenbar eine Schleuse. Der Raum, in dem sie sich anschließend befanden, war kühler als der, in dem Hendrik zuvor gelegen hatte. Aus den Augenwinkeln sah er, dass links von ihm eine Lampe in Form eines Parabolspiegels an zwei beweglichen Armen von der Decke hing. Es war ein schon in die Jahre gekommenes Modell, aber neben der Schleuse und der Temperatur war es ein weiteres Indiz dafür, wo Hendrik sich befand. In einem OP.

Nachdem Geibel den Tisch abgestellt hatte, verschwand er aus dem Raum, kehrte aber schon nach wenigen Minuten wieder zurück.

»So«, sagte er gut gelaunt. »Nun sind Sie wieder vereint. Ich wollte Ihre Verlobte nicht allein draußen lassen, während ich mich hier mit Ihnen beschäftige.«

Hendrik spürte, wie nach und nach das Leben in seine Gliedmaßen zurückkehrte. Die Hände ließen sich millimeterweise bewegen, die Füße auch, aber er konnte nicht wissen, ob das ausreichen würde, sich gegen Geibel zur Wehr zu setzen. Und er konnte nicht riskieren zu testen, wie weit seine Muskeln ihm schon wieder gehorchten. Wenn dieser Irre etwas davon bemerkte, war endgültig alles vorbei, und nicht nur sein Schicksal war besiegelt, sondern auch das von Linda. Allein der Gedanke, was dieses kranke Arschloch mit Linda anstellen würde … Er musste alles auf eine Karte setzen. Zumindest würde er das Überraschungsmoment auf seiner Seite haben.

Hendrik hörte erneut das Geräusch von laufendem Wasser und dann ein unregelmäßiges Schmatzen, das ihm sehr bekannt vorkam.

Als Geibel kurz darauf an Hendrik herantrat, trug er OP-Handschuhe. »Ihnen als Fachmann kann ich ja sagen, wie ich vorgehen werde. Sie verstehen zumindest, was ich erkläre: Beginnen werde ich mit der Horn- und Lederhaut der Augen. Die stehen zwar nicht auf meiner Bestellliste, aber wir beide wissen, dass ich ohne Probleme einen Käufer dafür finden werde. Dieser Eingriff ist immer besonders anregend zum Einstieg, ein kleines, medizinisches Horsd'œuvre sozusagen. Anschließend geht es dann im wahrsten Sinne des Wortes ans Eingemachte.« Er stieß ein meckerndes Lachen aus, als hätte er gerade einen köstlichen Scherz gemacht. Dann wandte er sich kurz ab, griff nach etwas und präsentierte Hendrik das Skalpell, das er nun in der Hand hielt. »Ich denke, mit der Adenektomie der Leber werden wir beginnen. Wenn Sie ein gutes Durchhaltevermögen haben, dürfen Sie sogar noch an der Nephrektomie teilhaben. Die anschließende Reihenfolge dürfte allerdings auch bei guter Konstitution für Sie nicht mehr von Belang sein.«

Er wandte sich ein wenig ab und blickte zur Seite, wo der Tisch mit Linda stehen musste.

»Ich denke gerade darüber nach, ob ich nicht doch vielleicht mit ihr beginnen soll. Ich könnte sie in eine gute Sitzposition bringen ...«

Hendrik spannte seine Muskeln an und stieß sich, getrieben von unbändiger Wut, mit aller ihm zur Verfügung stehenden Kraft von der Unterlage ab und prallte im nächsten Moment gegen Geibels Rücken. Die Wucht war groß genug, den Professor von den Füßen zu reißen, so dass sie beide an den Tisch stießen, auf dem Linda lag, und dann zu Boden stürzten.

Hendrik stieß einen wilden Schrei aus, der jedoch lediglich als heiseres Gurgeln zu hören war. Er rappelte sich auf und begann, wie von Sinnen auf den Kopf des unter ihm liegenden Mannes einzudreschen.

Noch hatte er allerdings erst einen Bruchteil seiner Kraft zurückerlangt, so dass die Schläge gegen Geibels Kopf keine große Wirkung zeigten. Nachdem Geibel die erste Überraschung überwunden hatte, bereitete es ihm keine große Mühe, Hendriks Angriffe abzuwehren. Hendrik begriff, dass er diesen Kampf verlieren würde, und sah sich verzweifelt um, während er unter Aufbietung aller Kraft noch immer die Arme hob und die Fäuste auf Geibels Gesicht fallen ließ. Der Professor wand sich ächzend unter ihm hervor. Nach einem Stoß gegen die Brust landete Hendrik auf dem Rücken und japste nach Luft.

Vorbei. Sein Körper hatte sich noch nicht weit genug erholt, um diesem schmächtigen Mann etwas entgegensetzen zu können.

»Sie gottverdammter Idiot«, stieß Geibel aus und richtete sich auf. »Denken Sie wirklich, Sie hätten eine Chance?«

Hendrik drehte den Kopf so weit, dass er den Tisch, auf

dem Linda lag, erkennen konnte. Unter Aufbietung aller Kraftreserven stemmte er die Füße gegen den Boden und drückte sich ein Stück zur Seite, in der Hoffnung, wenigstens ihr Gesicht sehen zu können, als er mit der Stirn etwas Kaltes berührte.

»So, Kollege, das wird es für Sie nicht besser machen«, stieß Geibel aus, packte Hendrik an der Schulter und zog ihn zur Seite, um sich dann rittlings auf seine Brust zu schwingen. Dabei sah Hendrik den Gegenstand, den er mit der Stirn berührt hatte. Es war das Skalpell, das Geibel kurz zuvor noch in der Hand gehalten hatte und das jetzt am Boden lag.

»Zur Belohnung werde ich mir Ihre Verlobte als Erste vornehmen«, keuchte Geibel. »Und Sie werde ich zuvor so platzieren, dass Sie alles mitansehen können. Jeden Schnitt. Ich werde Ihnen jedes Organ zeigen, das ich aus ihr herausnehme.«

Hendrik, der den Arm vorsichtig in Richtung des Skalpells ausgestreckt hatte, berührte mit den Fingerspitzen das kalte Metall. »Ich werde Ihre Lider festkleben, damit Sie die Augen vor dem Schauspiel nicht verschließen können, dass ich Ihnen biet…« Eine schnelle Bewegung von Hendriks Arm, und als er ihn wieder sinken ließ, zog sich ein sauberer Schnitt durch Geibels Kehle. Geibel riss ungläubig die Augen auf und fasste sich mit beiden Händen an den Hals, in dem Versuch, die auseinanderklaffende Wunde zu bedecken, aus der nun im Rhythmus seines Herzschlages das Blut herausschoss. Fassungslos starrte er Hendrik an, dann kippte er wie in Zeitlupe zur Seite und schlug röchelnd auf dem Boden auf.

Eine ganze Weile lag Hendrik nur da und sog gierig die Luft in die Lungen. Schließlich schob er sich ein Stück zurück und rutschte dabei mehrmals mit den nackten Füßen im Blut des Professors aus. Endlich hatte er es geschafft und konnte sich am Rand des Tisches hochziehen.

Geibel rührte sich nicht mehr. Das Blut sickerte nur noch aus der klaffenden Halswunde.

Hendrik sah zu Linda hinüber. Sie blickte ihn reglos an, doch aus ihrem rechten Augenwinkel löste sich eine Träne und lief ihr übers Gesicht.

Hendrik atmete noch einmal tief durch, stieß sich von der Tischkante ab und ging auf wackeligen Beinen auf Linda zu. Kaum hatte er den ersten Schritt gemacht, als er ein Geräusch hörte. Schnelle Schritte, irgendwo außerhalb des OP-Raums. Er starrte gebannt auf den Eingang der Schleuse. Die Schritte verstummten, die äußere Tür wurde geöffnet, gleich darauf die innere.

Als Hendrik den Mann sah, stieß er einen erleichterten Seufzer aus. »Kommissar Sprang! Gott sei Dank.« Seine Stimme klang noch immer rau.

Sprang blieb vor der Schleusentür stehen und betrachtete Geibel, der in einer Blutlache lag. »Was ist denn hier passiert?«

»Ich weiß es selbst nicht genau, aber es hat wohl etwas mit Organhandel zu tun. Fast hätte dieser Irre Linda und mich bei lebendigem Leib ausgeweidet. Das ist übrigens Professor Geibel, der Leiter der Chirurgie.«

Sprang nickte. »Ich weiß, wer das ist. Und ja, Sie haben recht. Es hat mit Organhandel zu tun.«

49

Hendrik starrte Sprang an. »Woher wissen Sie das?«

»Ich habe mit Geibel zusammengearbeitet. Wie Sie es schon richtig sagten. Organhandel. Oder anders gesagt: Eine Goldgrube.«

»Aber das kann doch nicht …«

»Nun kriegen Sie sich mal wieder ein. Es ist ein Geschäft, nicht mehr und nicht weniger. Menschen sterben eben. Wir sorgen dafür, dass sie noch von Nutzen sind.«

Hendrik spürte, wie die Kraft aus seinen Beinen wich, und lehnte sich gegen den Rand des Tisches. Wollte dieser Albtraum denn niemals enden?

»Indem Sie sie grausam umbringen? Ihnen bei vollem Bewusstsein die Körper aufschneiden und sie regelrecht ausnehmen?«

Sprang schüttelte den Kopf und deutete auf den toten Professor. »Das war das Privatvergnügen dieses Psychopathen hier.«

»Aber Sie haben es gewusst.« Hendrik drückte sich wieder von der Tischkante ab und spannte die Muskeln an.

Mit einer lässigen Bewegung griff Sprang hinter sich. Als seine Hand wieder zum Vorschein kam, hielt er eine Waffe, deren Lauf durch einen Schalldämpfer verlängert war. »Schön locker bleiben, Herr Doktor.«

Hendrik machte langsam ein paar Schritte zur Seite, bis er den Tisch erreicht hatte, auf dem Linda lag, und stellte sich schützend vor sie. Sprang schüttelte lachend den Kopf. »Der Held beschützt seine Herzdame bis zum bitteren Ende. Sind Sie wirklich so naiv zu glauben, ich könnte Sie am Leben lassen?«

»Ja«, sagte Hendrik, entgegen seiner Überzeugung. »Was ist mit Alexandra? Was haben Sie mit ihr gemacht?«

»Ich habe nichts mit ihr gemacht, aber ich glaube, ich weiß, wo unser geisteskranker Professor sie untergebracht hat. In seiner Vorratskammer. Ich wette, er hat sie aufgehoben, um später noch ein bisschen Spaß mit ihr zu haben. Also … seine Art von Spaß eben.«

»Sie lebt noch?«

»Davon gehe ich aus. Aber nicht mehr lange, darum kümmere ich mich später noch.«

Fast schien es, als genösse Sprang die Situation. Hendrik wusste nicht, ob es etwas brachte, aber vielleicht konnte er ein wenig Zeit gewinnen, wenn er ihm Fragen stellte.

»Dieser Mord an Steinmetz … das waren Sie doch, richtig?«

»Natürlich war ich das. Irgendwie hat dieser Schreiberling, Krollmann, etwas von unserer ersten *Auktion* mitbekommen. Seine Frau hat einen Zettel gefunden, auf dem er etwas von einer Organmafia im Evangelischen Krankenhaus notiert hatte. *Adam* sei Dank haben wir das beobachtet. Tja, da musste sie leider auch verschwinden. Ich schätze mal, jemand aus dem Umfeld eines Kunden war unvorsichtig. Krollmann witterte wohl eine tolle Story für seine Zeitung. Als er mit Steinmetz über die Sache redete, fing der an, herumzuschnüffeln, und hat dabei offensichtlich festgestellt, dass die Sondermülltonnen hier im Haus, in denen amputierte Gliedmaßen und Organe bis zur Verbrennung aufbewahrt werden, schwerer waren, als sie sein sollten.« Er zuckte mit den Schultern. »Irgendwo mussten wir ja die Reste entsorgen. Tja, dann fing Steinmetz erst recht an, Fragen zu stellen, und hat dabei wohl ziemlich schnell unseren Psycho hier in Verdacht gehabt. Dass der alte OP hier unten wieder genutzt wird, hatte er zwar noch nicht entdeckt, aber er hat sich an den Kollegen Kantstein gewandt, der sich mir gegenüber seitdem recht seltsam verhalten hat. Ich weiß nicht, wie er darauf gekommen ist, aber er vermutete anscheinend, dass ich an dieser Geschichte mitverdiene. Also habe ich zwei Fliegen mit einer Klappe geschlagen. Ich habe Steinmetz beseitigt, alle Indizien auf mich deuten lassen, so dass Kantstein gar nicht anders konnte, als seinen Verdacht bestätigt zu sehen. Klar war aber auch, dass die Staatsanwaltschaft das nicht durchziehen würde. Die *Beweise* waren einerseits zu offensichtlich, andererseits aber zu widersprüchlich, als dass sie echt sein konnten. Sie müssen zugeben – ein genialer Plan.«

Hendrik senkte den Blick und wurde sich der Skurrilität seiner Situation bewusst. Er stand nackt und blutverschmiert neben der Leiche eines Mannes, dem er die Kehle aufgeschnitten hatte, und hörte sich von einem Polizisten an, wie clever dieser einen Arzt ermordet hatte.

»Warum Paul Gerdes? Was hat der mit dieser Sache zu tun?«

Sprang stieß ein kurzes, bellendes Lachen aus. »Ganz einfach, er ist der Kopf des Ganzen.«

»Sie lügen«, erwiderte Hendrik. »Er war eben hier und hat mir geholfen, damit ich eine Chance gegen diesen Irren habe.«

»Weil er ein Weichling ist, der sich nicht die Hände schmutzig machen möchte und kneift, wenn es ernst wird. Und weil er dagegen war, dass wir uns Ihre Verlobte schnappen. Aber sie hat einfach perfekt auf mehrere Anforderungen gepasst. Wenn sie nicht *zufällig* eine Blutvergiftung bekommen hätte.«

»Warum sollte Gerdes so etwas tun? Er ist weder so geldgeil wie Sie noch so pervers wie das Schwein hier am Boden.«

»Das müssten Sie ihn schon selbst fragen, aber leider werden Sie keine Gelegenheit mehr dazu bekommen. Heute Nacht ist er mir entwischt und konnte Sie warnen, ein zweites Mal wird ihm das nicht gelingen.«

Hendrik fragte gar nicht erst nach, was das bedeutete. »Was hat Kehrmann, dieser IT-Entwickler, mit alldem zu tun? Gehört der auch dazu?«

Sprang zog sich einen rollbaren Hocker heran und setzte sich, die Waffe noch immer auf Hendrik gerichtet. »Eigentlich braucht Sie das alles nicht mehr zu interessieren, aber was soll's. Letztendlich hat Kehrmann den Stein erst ins Rollen gebracht, als er im Darknet den uneingeschränkten Zugang zu einem Smart-Home-System angeboten hat, das durch den zusätzlichen Augenscan angeblich extrem sicher sein sollte. Er hat wahrscheinlich auf Angebote von Einbrecherbanden gehofft und dürfte einigermaßen überrascht gewesen sein, als sich ein Arzt bei ihm gemeldet hat.«

»Und warum war er bei mir zu Hause und hat sich als Steinmetz ausgegeben?«

»Weil er gar keine andere Wahl hatte, wenn er nach der Anzahlung für den Systemzugang auch noch den Rest seines Geldes bekommen wollte. Ich habe ihn gezwungen: Entweder er verkauft Ihnen glaubwürdig die Geschichte mit Krollmann und Ihrer Verlobten und schickt Krollmanns Frau eine SMS vom Handy ihres Mannes, damit Sie beide denken, Ihre Partner seien zusammen durchgebrannt. Oder aber er sieht keinen Cent mehr. Das hat ihn überzeugt, er ist sogar extra nach Greetsiel in Krollmanns Ferienhaus gefahren.« Sprang lächelte süffisant. »Ich wollte auf Nummer sicher gehen, dass Sie gar nicht anders können, als anzunehmen, dass Ihre Verlobte zusammen mit Krollmann abgehauen ist.«

Hendrik schluckte. »Was haben Sie den Krollmanns angetan?«

»Ich habe ihnen gar nichts angetan. Das war Geibel. Ich habe sie nur geliefert. Die Krollmanns haben uns eine Stange Geld gebracht, und der Rest … Sondermülltonne. Aber Sie müssen zugeben, die Idee, bei Krollmann und Ihrer Liebsten einen Koffer mit ein paar Klamotten mitzunehmen, war schon genial, oder? Ich weiß ja, wie das bei der Polizei läuft, da geht man dann gar nicht erst von Entführung aus. Und wenn auch noch ein Zeuge auftaucht, der einen vermeintlichen Beweis dafür hat, dass es sich hier um ein Liebesdrama handelt – umso besser.« Sprang zwinkerte Hendrik zu, dann stand er auf und machte einen Schritt auf ihn zu. »Aber jetzt wollen wir das Ganze zu Ende bringen.«

»Damit kommen Sie nicht durch«, sagte Hendrik und

hörte selbst, dass seine Stimme zitterte. »Vor allem, weil der Mord an Steinmetz noch nicht vom Tisch ist. Und jetzt hängen Sie schon wieder in einem Mord drin. Denken Sie doch mal nach.«

»Ganz im Gegenteil. Ich habe recherchiert, weil ich Ihnen helfen wollte, Ihre Verlobte zu finden, nachdem der Kollege Kantstein Sie ja im Stich gelassen hat. Dann rufen Sie mich mitten in der Nacht an, was dokumentiert ist, ich sage Ihnen, Sie sollen nichts unternehmen und auf mich warten, aber Sie hören nicht auf mich. Als ich hier ankomme, ist es leider schon zu spät. Geibel hat Sie beide erschossen. Nachdem er Ihre Verlobte erledigt hat, schießt er auf Sie …« Sprang hob die Waffe, zielte auf Hendrik und drückte, ohne zu zögern, ab. Ein Feuerschwert fuhr Hendrik durch die Schulter, während er noch das trockene *Plopp* des Schusses hörte, dann wurde er zurückgeworfen, als hätte ein Preisboxer ihm mit aller Kraft gegen die Schulter gedroschen.

Erstaunlicherweise konnte er sich auf den Beinen halten, spürte aber einen starken Schwindel und befürchtete schon, das Bewusstsein zu verlieren. Mit einem kurzen Blick stellte er fest, dass die Kugel ihn nur gestreift hatte, das änderte jedoch nichts daran, dass die Schmerzen höllisch waren.

»Weil er Sie in der Hektik mit dem ersten Schuss nicht richtig getroffen hat, können Sie sich ein Skalpell greifen und ihm die Kehle durchschneiden. Noch im Sterben schafft er es, sie zum zweiten Mal …«

»Der Polizist sollte sich gut überlegen, ob er ein zweites Mal schießt, denn das würde ihn mit Sicherheit selbst das Leben kosten«, sagte jemand vom Eingang her.

Hendrik bemerkte erst jetzt, dass Kantstein mit erhobener Waffe in der geöffneten Tür der Schleuse stand, hinter ihm zwei Beamte in Uniform.

»Du?«, stieß Sprang überrascht aus, ließ die Waffe ein Stück weit sinken und drehte sich dann ganz langsam zu Kantstein um. Der Lauf zeigte dabei schräg nach unten.

Kantstein deutete mit dem Kinn darauf und sagte mit kalter Stimme: »Versuch es. Tu mir den Gefallen.«

Eine Weile sahen sie sich in die Augen, dann öffnete Sprang die Hand und ließ die Waffe los. Sofort waren die beiden Uniformierten mit wenigen Schritten bei Sprang und fesselten ihm die Hände hinter dem Rücken.

»Sprang!«, rief Hendrik, als sie ihn mitnehmen wollten. Sprang drehte sich zu ihm um. »Warum dieser ganze Aufwand mit den Smart-Home-Systemen? Warum habt ihr nicht einfach irgendwelche Leute nachts von der Straße entführt? Obdachlose zum Beispiel? Das wäre doch viel einfacher gewesen.«

Sprang grinste. »Oh, das hat seinen Grund, aber den soll dir dein Chef erklären, das ist sein Steckenpferd.«

Mit einem Ruck zogen die beiden Polizisten ihn herum und führten ihn aus dem Raum. »Rufen Sie Ärzte und Pfleger von oben«, rief Kantstein ihnen nach.

Hendrik wandte sich Linda zu, die noch immer regungslos dalag und ihn anstarrte. Er beugte sich zu ihr und küsste sie auf die Stirn. »Jetzt ist alles gut. Die Wirkung lässt bald nach. Du bist in Sicherheit.«

»Hilfe kommt gleich«, sagte Kantstein hinter ihm und betrachtete die Wunde an Hendriks Schulter. »Alles okay bei Ihnen?«

»Okay ist anders, das tut höllisch weh.«

Kantstein sah sich um. »Hier gibt es doch bestimmt Kompressen oder so was.«

Hendrik entdeckte in einem Schränkchen ein zusammengefaltetes grünes Tuch. Er nahm es und breitete es über Lindas nacktem Körper aus. »Mir wäre es lieber, wenn wir von hier verschwinden. Könnten Sie den Tisch mit Linda übernehmen?«

Nachdem sie den OP-Raum verlassen hatten und Kantstein den Tisch abgestellt hatte, ging Hendrik zu Linda und legte seine Hand auf ihre. Er konnte es noch gar nicht fassen, dass er sie endlich wiederhatte. Eine Weile stand er so da, streichelte immer wieder über ihre Hand und sah ihr in die Augen, bis ihm bewusst wurde, dass er noch immer nackt war.

Er blickte sich um und entdeckte einen weißen Arztkittel an einem Haken neben einer Stahltür mit einem langen Drehgriff wie in Kühlhäusern. Während er darauf zuging, sagte er: »Haben Sie Alexandra irgendwo gesehen?«

»Nein, aber wir suchen schon nach ihr.«

Hendrik nahm den Kittel und band die Arme vorsichtig um seinen Bauch, so dass der weiße Stoff ihn zumindest von der Hüfte an abwärts bedeckte. Den Kittel über die Wunde zu ziehen wagte er nicht. Dann legte er, einem Gefühl folgend, eine Hand auf den Griff. Die schwere Tür war nicht verschlossen und ließ sich aufziehen. Der Raum dahinter war nicht sehr groß, so dass Hendriks Blick sofort auf Alexandra fiel, die reglos auf dem Rücken lag. Als er sich über sie beugte, sah er, dass sie die Augen geöffnet hatte. Sie war also ebenso wie er und Linda in eine künstliche Paralyse versetzt worden. Aber zumindest hatte sie ihre Kleidung noch an. Er legte ihr zwei Finger an den Hals und fühlte ihren Puls, der schwach, aber regelmäßig schlug. »Hey«, sagte er und nickte ihr aufmunternd zu, alles okay. Es ist vorbei.«

Gemeinsam mit Kantstein schaffte er Alexandra aus der Kammer, wobei er nur mit Mühe einen Schmerzensschrei unterdrücken konnte. Draußen ließen sie sie vorsichtig zu Boden gleiten, da sie sie nicht auf einen der Seziertische legen wollten.

Als sie sich wieder aufgerichtet hatten, sah Hendrik Kantstein an. »Woher wussten Sie, dass wir hier sind?«

»Ich habe das getan, womit ich in den letzten Wochen viel Zeit verbracht habe«, antwortete er trocken. »Ich bin Sprang gefolgt.«

Vom Gang her waren Geräusche zu hören, dann betraten mehrere weiß gekleidete Personen den Raum.

»Ist wirklich alles okay?«, fragte Kantstein, als Hendrik einen Mann und eine Frau beobachtete, die Linda versorgten.

Hendrik nickte. »Ja. Im Moment geht es. Dem Adrenalin sei Dank. Aber was mich noch interessieren würde: Sprang hat mir ein Foto gezeigt, auf dem Sie mit Krollmann zu sehen sind. So, wie es aussah, haben Sie ihn bedroht …«

Kantstein dachte einen Moment lang nach, dann nickte er. »Ja, als er mich darüber informierte, dass er den Tipp bekommen hat, hier laufe ein illegaler Organhandel, habe ich mich mit ihm getroffen und ihn gebeten, alle Informationen sofort an mich weiterzuleiten. Er weigerte sich, da er erst seine Story fertig haben wollte, bevor er Infos weitergab. Ich habe ihm dann … nachdrücklich erklärt, dass ich nicht zögern würde, ihn in den Knast zu bringen, sollte er uns Hinweise auf ein Kapitalverbrechen vorenthalten. Dabei ist wohl dieses Foto entstanden. Wer immer es auch geschossen hat.«

»Wollen wir?«, fragte die Ärztin und lächelte Hendrik freundlich zu. Und mit einem Blick auf Hendriks Schulter: »Das sollten wir versorgen.«

»Ja«, sagte Hendrik, wandte sich aber noch einmal an Kantstein.

»Entschuldigen Sie bitte mein Verhalten, ich hatte wirklich keine Ahnung, was hier läuft.«

Kantstein nickte. »Schon gut.«

»Und mein Chef, Paul Gerdes … Er scheint … irgendwie auch in diese ganze Sache verwickelt zu sein.«

»Ja, darum kümmere ich mich gleich.«

»Danke. Für alles.«

50

Hendrik wachte von etwas auf, das er erst nicht identifizieren konnte, doch als er erneut weiche Lippen auf seinem Mund spürte, riss er die Augen auf und blickte Linda ins Gesicht. Sofort war die Erinnerung wieder da und er hellwach. »Gott sei Dank«, sagte er und richtete sich in dem Krankenhausbett ein wenig auf. »Geht es dir gut?«

»Nein«, antwortete sie mit sanfter Stimme. »Und es wird auch sicher noch eine ganze Weile dauern, bis es mir wieder gutgeht, aber ... mir fehlt körperlich nichts, falls du das meinst.«

Hendrik schlang ihr die Arme um den Hals und stöhnte kurz auf, weil seine Schulter schmerzte. »Ich hatte wahnsinnige Angst um dich und bin so unfassbar froh, dass dir nichts geschehen ist.«

Linda nickte und schaffte sogar ein kleines Lächeln. »Ich habe schon gehört, was du alles angestellt hast.«

»Was? Von wem?«

»Von den beiden.« Sie deutete hinter sich, wo Kantstein und Alexandra standen.

»Guten Morgen«, sagte Alexandra und machte einen verhältnismäßig fitten Eindruck. Kantstein verzichtete auf eine Begrüßung. Stattdessen trat er an Hendriks Bett und reichte ihm einen Umschlag. »Ich denke, der ist für Sie.«

Hendrik nahm den Umschlag und sah, dass sein Name von Hand darauf geschrieben war. Er erkannte die Schrift sofort.

»Von Paul.«

Kantstein nickte. »Ihr Chef ist tot. Wie es aussieht, hat er sich das Leben genommen. Er hat eine ganze Dose Tabletten geschluckt. Der Brief steckte in seiner Hemdtasche.«

»Danke.« Hendrik ließ den Brief sinken. Er würde ihn nicht im Beisein von Kantstein und Alexandra öffnen. »Ich lese ihn später.«

Er zwang sich dazu, die Gedanken an Paul Gerdes für den Moment zu verdrängen, und legte seine Hand auf die von Linda. Eine Welle von Zärtlichkeit durchflutete ihn, als er in ihre traurigen Augen sah. »Du hast mir so unendlich gefehlt«, sagte er leise.

»Wir gehen dann mal«, sagte Alexandra, die am Fußteil des Bettes stand. »Ruh dich aus. Bis später.«

Sie wollte sich schon abwenden, und auch Kantstein setzte sich in Bewegung, als Hendrik sagte: »Gib es zu. Du hast was mit diesem Marvin.«

Alexandra dachte einen kurzen Moment nach, dann trat sie neben das Bett und erwiderte: »Also gut, ich werde es dir sagen, wenn du mir versprichst, dass es unser Geheimnis bleibt.«

Nach einem Blick zu Linda nickte Hendrik. »Versprochen.«

Mit einem leichten Lächeln beugte Alexandra sich zu ihm herunter, bis ihr Mund ganz nahe an seinem Ohr war, und flüsterte: »Ich bin Marvin.«

EPILOG

Lieber Hendrik,

es gibt so viele Dinge, für die ich mich bei dir entschuldigen muss, dass ich gar nicht weiß, wo ich anfangen soll. Aber es ist mir wichtig, dass du diese Dinge weißt, vor allem, weil ich sie dir nicht mehr persönlich sagen kann.

Du fragst dich, was ich mit dieser Sache zu tun habe, und ich muss, ohne etwas zu beschönigen, gestehen: Alles.

Es war meine Idee. Von Anfang an.

Was du nicht wissen kannst, weil ich es nie jemandem erzählt habe: Ich hatte einen Sohn mit einem angeborenen Herzfehler. Als er dreizehn war, kam es zu derart schweren Komplikationen, dass nur ein Spenderherz ihn hätte retten können. Aber wir haben keines bekommen. Obwohl er als Kind ganz oben auf der Liste stand, gab es keines, weil einfach zu wenige Menschen damit einverstanden sind, dass ihre Organe nach ihrem Tod weitergegeben werden, um anderen das Leben zu retten. Du kannst mir glauben, ich hätte damals alles dafür gegeben, wenn ich auf irgendeinem Weg ein Herz für ihn bekommen hätte.

Aber ich bekam keines, und er ist in meinen Armen gestorben.

Ich konnte mich nie damit abfinden, bin daran zerbrochen und begann, nach vielen Jahren der Verbitterung, darüber nachzudenken, wie ich Menschen, die dringend ein Organ brauchen, auf irgendeine Weise helfen kann.

Mein Gedanke war, an ganz frische Leichen zu kommen, ihnen im Geheimen die Organe zu entnehmen und weiterzugeben. Aus heutiger Sicht muss ich zugeben, dass das naiv war. Das Problem ist, dass die Organe sofort nach dem Tod entnommen werden müssen, was die Überlegung ad absurdum führte. Kranke kamen auch nicht in Frage, also musste ich eine andere Möglichkeit finden.

Irgendwo hatte ich einmal gehört, dass man im Darknet ohne Ausnahme alles erhalten kann. Also besorgte ich mir den entsprechenden Browser und begann, das Darknet zu durchforsten, ohne zu wissen, wonach ich eigentlich genau suchte.

Dann fand ich auf einer Website Kehrmanns Angebot, und mein Plan stand fest.

Du weißt, dass ich mich schon sehr lange und intensiv mit der Iris-Diagnose beschäftige. Der Zustand eines jeden Organs lässt sich dort ablesen, auch wenn viele meiner Schulmedizin-Kolleginnen und -Kollegen das bis heute nicht anerkennen.

Was konnte perfekter sein, als Zugriff auf ein System zu haben, das sowohl ein Abbild der Iris speichert als auch einen hundertprozentigen Einblick in das Leben der Menschen, die in dem entsprechenden Haus wohnen? So konnte ich feststellen, ob eine Person so gesund war, dass sie als Spender oder Spenderin aller Organe dienen konnte, und mir gleichzeitig Menschen aussuchen, die den Tod vielleicht eher verdient hatten als diejenigen, die auf ein Organ warteten.

Die erste Frau, die ich hier in Hamburg als Spenderin ausgesucht habe, war eine Schlampe, die ihren Mann öfter betrogen hat, als er die Unterhose wechseln konnte. Sie hat sein Geld für sich und ihre Toy-Boys verprasst, während er sich krank geschuftet hat. Kein Verlust für die Menschheit also.

An ihrem gespeicherten Augenscan habe ich gesehen, dass alle Organe, die für eine Spende in Frage kommen, gesund waren. Das bedeutete, ich konnte acht Menschen glücklich machen. Sieben Empfänger ihrer wichtigsten Organe und ihren Mann.

Ich brauchte natürlich Helfer und habe wieder im Darknet gesucht. Du kannst dir vorstellen, wie überrascht ich war, als sich anonym ein Chirurg meldete, der es gar nicht erwarten konnte, Leute auszuweiden, und der sich dann als mein ehemaliger Studienkollege Geibel herausstellte. Als Beschaffer meldete sich ein Polizist, dem das mickrige Gehalt als Beamter nicht reichte und der für den Job skrupellos genug war. Kommissar Thomas Sprang.

Die Sache lief allerdings aus dem Ruder, als uns mehrere Bestellungen erreichten, für die ich auf die Schnelle keinen passenden Spender finden konnte, weil dieses Adam-System noch nicht in so vielen Häusern im Großraum Hamburg installiert ist. Die anderen wollten sich das Geld nicht durch die Lappen gehen lassen und haben sich zuerst den Journalisten geschnappt, der über irgendwelche Kanäle Wind von unserer Sache bekommen hatte, und dann Linda. Ich war entsetzt, konnte aber nichts mehr tun, als zu versuchen, Linda so lange am Leben zu halten, bis sie vielleicht gerettet wird. Natürlich wirst du jetzt denken, ich hätte es dir nur zu sagen oder der Polizei nur einen Tipp zu geben brauchen, aber – das habe ich nicht gewagt, weil ich zu diesem Zeitpunkt noch Angst vor den Konsequenzen für mich selbst hatte.

Das ist nun anders, wie du weißt, wenn du diesen Brief liest.

Ich hoffe, Geibel und Sprang werden von der Polizei gefasst, für die ich noch einen separaten Brief mit allen wichtigen Informationen sowie dem jetzigen Aufenthaltsort von Kehrmann hinterlassen habe.

Hendrik. Ich weiß, dass Linda, dir und der Familie Krollmann durch meine Schuld großes Leid zugefügt worden ist, und ich kann das nicht mehr rückgängig machen. Aber vielleicht verstehst du meine Beweggründe. Ich würde es mir sehr wünschen.
Vielleicht kannst du mir vergeben.
Paul

Hendrik schloss die Augen. Es war zu viel. Er konnte nicht begreifen, dass ein Mann wie Paul Gerdes, den er nicht nur als Chef, sondern auch als Freund geschätzt hatte, der Kopf dieser ungeheuerlichen und grausamen Sache gewesen war. Dafür verantwortlich war, dass all das Schreckliche der letzten Tage hatte geschehen können.

Hendrik faltete den Brief zusammen. »Nein, Paul«, sagte er leise, »ich kann dir nicht vergeben.«

Dann ließ er das Papier los und hörte, wie es zu Boden fiel.

NACHWORT

Liebe Leserin, lieber Leser,

dass ich mich in diesem Buch neben den Sicherheitsaspekten von Smart-Home-Systemen auch mit dem wichtigen Thema der Organspende befasse, ist mir ein Herzensanliegen, denn leider gibt es noch immer viel zu wenige Menschen, die bereit sind, nach ihrem Tod mit ihren Organen Menschenleben zu retten. Tatsächlich kann ein Spender sieben Menschen ein Weiterleben ermöglichen, die ohne ein fremdes Organ sterben würden.

Ich kenne die Angst davor, als Organspender vielleicht vorschnell für tot erklärt zu werden, denn ich hatte sie selbst, bis ich mich in die Thematik eingelesen habe und mir klarwurde, dass sie unbegründet ist. Voraussetzung zur Organspende ist der unumkehrbare Ausfall der gesamten Hirnfunktionen (Hirntod), das heißt der Tod eines Menschen ist nach neurologischen Kriterien eindeutig eingetreten und das Gehirn führt seine Steuerungsfunktion nicht mehr aus. Die Hirntoddiagnostik nimmt einige Stunden bis Tage in Anspruch und kann nur auf der Intensivstation eines Krankenhauses stattfinden. Die Diagnose muss von mindestens zwei besonders qualifizierten Fachärztinnen oder -ärzten unabhängig voneinander bestätigt werden. Die Ergebnisse werden protokolliert, archiviert und können jederzeit überprüft werden. Im Falle einer späteren Organ- und Gewebespende dürfen beide Fachärzte weder an der Entnahme noch an der Übertragung der gespendeten Organe beziehungsweise Gewebe beteiligt sein (Quelle: www.organspende-info.de). All das hat mich überzeugt, so dass ich mittlerweile einen Organspenderausweis besitze. Und da gibt es noch einen Gedanken: die Hoffnung, dass es für den Fall, dass ich selbst auf ein fremdes Organ angewiesen wäre, jemanden gibt, der zu Lebzeiten entschieden hat, nach seinem Tod Leben zu retten. In diesem Fall dann meines.

Zuletzt habe ich noch eine Bitte: Auch wenn es eine wichtige Sache ist, verzichten Sie bitte darauf, das Thema Organspende in Rezensionen oder Buchbesprechungen zu erwähnen, um anderen nicht schon einen Teil der Auflösung vorwegzunehmen.

Danke!

Ihr Arno Strobel

HAT IHNEN »DIE APP« GEFALLEN?

Dann lesen Sie gleich weiter –
hier die exklusive Leseprobe zu
»SHARING«,
dem neuen Psychothriller von Arno Strobel.

Ab **29. 9. 2021** überall da, wo es Bücher gibt.

1

»Wie schon gesagt, bringen Sie das Fahrzeug bitte zu der Adresse, die auf der Notfallkarte im Handschuhfach angegeben ist, dort wird man Ihnen einen anderen Wagen zur Verfügung stellen.«

Markus Kern beendete das Gespräch und warf einen Blick auf seine Armbanduhr. Gleich halb zehn. Er sah aus dem Fenster. Der Parkplatz vor dem Firmengebäude war dunkel und leer bis auf den A3 aus ihrem Fuhrpark, den Markus zurzeit nutzte. Sein Blick fiel auf das imposante Firmenschild neben der Einfahrt, das von einem Spot angestrahlt wurde. Es war zur Straße hin ausgerichtet, so dass er die Schrift darauf von seinem Platz aus nicht sehen konnte. Das war auch nicht nötig. Er wusste, was dort in großen blauen Lettern stand: *Kern & Kern Carsharing*. Und darunter, etwas kleiner und in Schwarz, der Slogan: *Sharing Is Caring*.

Bettina und er hatten bei der Firmengründung fünf Jahre zuvor lange mit ihrem Marketingberater darüber diskutiert, ob es sinnvoll war, einen englischsprachigen Slogan zu verwenden. Letztendlich waren sie aber dem Argument gefolgt, dass Carsharing eher von jungen Leuten genutzt wurde, und für die waren englische Slogans eine Selbstverständlichkeit.

Zudem entsprach die Aussage vollkommen ihrer beider

Überzeugung, dass es wichtiger denn je war, sich um die Umwelt und das Klima zu kümmern und vorhandene Ressourcen sinnvoll und effektiv zu nutzen.

Seine Frau hielt es, ebenso wie Markus, geradezu für obszön, wenn Gebrauchsgegenstände wie Autos jeweils nur von einer Person genutzt wurden, statt dass man sie mit mehreren Leuten teilte. Die Autos aus ihrem Fuhrpark fand man in der gesamten Stadt und konnte sie ganz einfach für jeden x-beliebigen Zeitraum mieten, selbst wenn es nur Minuten waren. So wurden die Fahrzeuge optimal genutzt.

Das Klingeln seines Smartphones beendete die kurze gedankliche Rückblende. Markus warf einen Blick auf das Display, bevor er sich das Telefon ans Ohr hielt. Bettina.

»Hi, Schatz«, begann er, und noch bevor sie antworten konnte, fügte er hinzu: »Bist du schon zu Hause?«

»Nein, ich bin noch im Studio. Ich wollte dir nur Bescheid sagen, dass es etwas später wird. Klara schließt jetzt ab, und wir trinken hier noch ein Gläschen zusammen.«

»Ah, okay. Ich bin auch noch im Büro, mache mich aber gleich auf den Heimweg.«

»Ist alles in Ordnung?«

»Ja, sicher, ich habe nur noch das Angebot für Oppmann fertig gestellt. Er hat angerufen, er braucht es schon morgen früh.«

»Verstehe. In spätestens einer Stunde bin ich auch da.«

»Gut, bis dann.«

Markus schaltete den Computer aus, stand auf und steckte das Smartphone in die Tasche seiner Jeans, dann verließ er das Büro und löschte das Licht.

Für die rund zehn Kilometer vom Firmengelände in Frankfurt Bornheim bis zu ihrem Haus in Bad Vilbel brauchte er knappe zwanzig Minuten. Unterwegs dachte er darüber nach, dass eigentlich Trainingstag war, aber so gut ihm das Training für den Marathon auch tat, das er dreimal pro Woche absolvierte, um diese Uhrzeit würde er sicher nicht mehr losrennen.

Als er die Haustür aufschloss, stellte er verwundert fest, dass im Erdgeschoss alles dunkel war. Offenbar war Leonie schon zu Bett gegangen.

Markus legte den Schlüssel in die Schale auf der Kommode, stieg leise in die erste Etage hinauf und öffnete vorsichtig die Tür zu Leonies Zimmer. Seine Tochter hasste es, in einem völlig dunklen Raum zu schlafen, weshalb sie den Rollladen an ihrem Fenster nie herunterließ. Im Schein einer Straßenlaterne erkannte er, dass Leonie im Bett lag. Darauf bedacht, kein Geräusch zu machen, betrat er das Zimmer und betrachtete ihr Gesicht, dessen Konturen er mehr erahnen als sehen konnte. Ihr gleichmäßiger, ruhiger Atem verriet ihm, dass sie fest schlief.

Zufrieden zog er ihr die Decke über die Schultern, verließ auf Zehenspitzen den Raum und ging nach unten.

Nachdem er sich aus der Küche ein Bier geholt hatte, stellte er die Flasche auf dem Wohnzimmertisch ab und schaltete den Fernseher ein. Er zappte durch die Programme, bis er auf eine Dokumentation über den Klimawandel stieß, die gerade begonnen hatte.

Die Sendung endete um kurz nach elf, und Bettina war noch nicht aufgetaucht. Hatte sie nicht gesagt, sie wäre in spätestens einer Stunde zu Hause?

Ein wenig befremdet, aber noch nicht besorgt, stand Markus auf und nahm sich eine weitere Flasche Bier aus dem Kühlschrank. Offenbar hatten Bettina und die Studiobesitzerin ein interessantes Gesprächsthema.

Es verging eine weitere halbe Stunde, bis Markus nach wiederholtem Zappen den Fernseher entnervt ausschaltete und nach seinem Smartphone griff. Er öffnete die Favoriten des Adressbuchs, tippte auf Bettinas Namen und hörte dem Tuten zu, bis sich die Voice-Mailbox einschaltete.

»Hallo, ich bin's«, sagte er, irritiert darüber, dass sie das Gespräch nicht annahm. »Ich wollte nur mal hören, ob es sich noch lohnt, auf dich zu warten. Ich bin ziemlich müde. Meld dich doch bitte kurz und sag mir Bescheid, okay?«

Er behielt das Smartphone in der Hand und betrachtete das Display, während er darüber nachdachte, ob er es im Studio versuchen sollte. Es war nicht seine Art, seiner Frau hinterherzutelefonieren, aber dass sie sich so sehr verspätete, ohne Bescheid zu sagen, und er sie dann noch nicht einmal erreichen konnte, war doch ungewöhnlich.

Schließlich suchte er im Browser die Website des Studios und tippte die angegebene Nummer an, aber schon nach dem ersten Klingeln verkündete eine weibliche Stimme, dass er außerhalb der Geschäftszeiten anrief.

Leise fluchend würgte Markus die Ansage ab und begann, durch die Online-Plattformen verschiedener Zeitungen und Magazine zu surfen, was er aber nach kurzer Zeit wieder aufgab. Die immer gleichen Nachrichten wiederholten sich auf allen Seiten. Er legte das Telefon auf den Tisch und griff nach der Biographie des ehemaligen amerikanischen Präsidenten Barak Obama, die neben der Couch auf dem

Beistelltischchen lag. Er war schon seit Tagen nicht mehr zum Lesen gekommen und Minuten später völlig in die Geschichte eingetaucht.

Kurz nach Mitternacht legte er das Buch zur Seite, da seine Augenlider immer schwerer wurden. Ein Blick auf das Smartphone zeigte ihm, dass er keine Nachricht von Bettina erhalten und auch keinen Anruf von ihr verpasst hatte. Erneut wählte er ihre Nummer und wartete, bis die Mailbox sich einschaltete.

»Hallo, ich bin's noch mal. Es ist jetzt schon nach Mitternacht, und ich mache mir langsam Sorgen. Wenn euer Geplauder länger dauert, ist das total okay, aber dann melde dich bitte, damit ich weiß, dass alles in Ordnung ist.«

Nachdenklich legte er das Telefon auf den Tisch zurück und schaltete den Fernseher wieder ein. Obwohl er ziemlich müde war, hinderte eine schnell größer werdende Unruhe ihn daran, ins Bett zu gehen. Diese Unzuverlässigkeit war einfach nicht Bettinas Art.

Er richtete den Blick auf den Fernseher, ohne den Gästen der Talkshow bei ihren Streitereien wirklich zuzuhören.

Bettina besuchte das kleine Fitnessstudio immer recht spät, weil dann nur noch wenige Mitglieder anwesend waren und sie ohne Wartezeiten alle Geräte nutzen konnte.

Ja, es war schon vorgekommen, dass sie sich nach dem Training mit der Inhaberin des Studios verquatscht und die Zeit vergessen hatte. Aber auch dann war sie immer gegen elf zu Hause gewesen.

Markus überlegte, bei Bettinas Freundin Sarah anzurufen und sich zu erkundigen, ob sie vielleicht bei ihr war, aber das war um diese Uhrzeit eher unwahrscheinlich. Zudem wollte er nicht den Eindruck erwecken, er würde Bettina kontrollieren. Andererseits ... Sarah war Single, und er traute ihr durchaus zu, Bettina auch noch am späten Abend angerufen zu haben, um sich mit ihr zu treffen.

Und was, wenn wirklich etwas nicht in Ordnung war?

Er griff nach dem Smartphone, suchte Sarahs Festnetznummer aus dem Adressbuch und zögerte einen Moment, bevor er sie schließlich antippte. Zwei Sekunden später meldete sich Sarahs Stimme von ihrer Mailbox. Markus beendete das Gespräch und wählte ihre Mobilfunknummer. Wenn sie sich tatsächlich zu später Stunde noch mit Bettina getroffen hatte und die beiden in irgendeinem Lokal saßen, dann würde er sie natürlich nur über ihr Handy erreichen.

Es dauerte eine Weile, dann meldete Sarah sich mit heiser klingender Stimme.

»Hier ist Markus«, erklärte er und fühlte sich unwohl, denn es war offensichtlich, dass er Sarah geweckt hatte. »Entschuldige bitte, dass ich dich so spät störe, aber Bettina ist nach dem Fitnessstudio nicht nach Hause gekommen, und ich mache mir allmählich Sorgen.«

»Was? Aber warum ... wie spät ist es denn?«

»Kurz nach Mitternacht.«

Markus hörte das Rascheln der Bettwäsche. »Ich habe sie heute nicht gesehen. Nach dem Studio geht sie doch normalerweise gleich nach Hause. Seltsam ...«

»Ja, deshalb mache ich mir ja Sorgen.«

»Vielleicht ist sie noch mit jemandem was trinken? Mit der Inhaberin, zum Beispiel, dieser Klara. Tina hat mir mal erzählt, dass man sich mit ihr gut unterhalten kann.«

»Sie wollte mit ihr im Studio noch was trinken und dann nach Hause kommen. Wenn sie sich entschlossen hätten, noch weiterzuziehen, hätte sie angerufen, du kennst sie doch. Zumindest würde sie ans Telefon gehen.«

»Das stimmt. Hm ...«

»Fällt dir sonst irgendjemand ein, bei der oder bei dem sie sein könnte?«

»Bei *dem*? Du glaubst doch nicht wirklich, dass Tina ...«

»Nein!«, fiel Markus ihr ins Wort. »Das glaube ich nicht. Ich versuche einfach nur, alle Möglichkeiten durchzugehen, weil ich mir wirklich Sorgen mache. So was ist in den sechzehn Jahren, die wir verheiratet sind, noch nie vorgekommen.«

»Ich weiß«, stimmte Sarah ihm zu. »Aber ich bin überzeugt, es geht ihr gut und es wird eine plausible Erklärung dafür geben.«

»Ja«, sagte Markus leise, »das hoffe ich.«

»Ganz sicher. Sei mir bitte nicht böse, aber ich muss morgen sehr früh raus und sollte jetzt schlafen. Wenn doch etwas sein sollte, ruf mich bitte an, okay?«

»Ja, klar. Schlaf gut.«

Markus ließ das Telefon sinken. Sarah hatte bestimmt recht. Er machte sich zu viele Sorgen. Wahrscheinlich war Bettina mit Klara noch auf ein Glas in eine Kneipe gegangen, und aus dem einen Glas wurden ein paar. Vielleicht hatte sie einfach das Gefühl für die Zeit verloren.

Es war ihm ja auch schon mehr als einmal passiert, dass er sich mit jemandem angeregt unterhalten und dann bei einem Blick auf die Uhr erschrocken festgestellt hatte, dass es schon viel später war als gedacht.

So musste es … Ein Geräusch ließ ihn herumfahren. Er wollte schon erleichtert Bettinas Namen rufen, als Leonie verschlafen um die Ecke des Wohnzimmers kam und stehen blieb. Die langen dunklen Haare hatte sie zu einem zerzausten Dutt hochgesteckt.

»Ich hab noch Durst«, erklärte sie und sah sich im Raum um. »Ist Mama schon im Bett?«

»Nein, sie ist noch nicht zu Hause, aber sie wird sicher bald kommen. Allerdings sollte eine gewisse Fünfzehnjährige jetzt im Bett liegen. Also, nimm dir was zu trinken und dann wieder ab in die Kiste.«

Seine Tochter murmelte etwas, das er nicht verstand, ging in die zum Wohnzimmer hin offene Küche und nahm sich aus dem Kühlschrank eine Tüte Milch. Kurz darauf war sie verschwunden.

Markus hatte sich gerade wieder auf die Couch fallen lassen, als ein *Pling* seines Smartphones eine WhatsApp-Nachricht ankündigte. Mit einem Ruck beugte er sich vor, griff nach dem Gerät und atmete erleichtert auf. Die Nachricht kam von Bettina. Endlich! Er tippte auf das Symbol und zog im nächsten Moment die Brauen zusammen. Statt einer Erklärung, wo sie war, stand in der Nachricht lediglich eine seltsam aussehende Webadresse: eine lange Reihe Buchstaben und Zahlen, gefolgt von einem Punkt und der Endung *onion*.

Markus war zwar noch nicht im sogenannten *Darknet* unterwegs gewesen, hatte aber mal einen Bericht darüber gelesen und wusste, dass er hier eine Adresse aus genau diesem versteckten Teil des Internets vor sich hatte. In einer WhatsApp von seiner Frau.

»Was zum Teufel …«, stieß er aus, wechselte zur Anrufliste und tippte auf Bettinas Nummer. Entweder hatte sich
jemand mit dem Handy seiner Frau einen Scherz erlaubt,
oder Bettina hatte tatsächlich mehr als nur ein Glas getrunken und fand es witzig, ihm eine Webadresse zu schicken,
die ihn wahrscheinlich auf irgendeine Fake-Seite führen
würde. Wobei sich dann die Frage stellte, woher seine Frau,
deren Computerkenntnisse er als eher marginal bezeichnen
würde, eine Adresse aus dem Darknet kannte. So oder so
spürte Markus, dass die Mischung aus Besorgnis und Wut
in ihm größer wurde, während er dem elektronischen Tuten zuhörte.

Nach dem dritten Mal wurde abgehoben, und noch bevor
Markus den Mund aufmachen konnte, sagte ein Mann mit
einer Kälte in der Stimme, die ihn die Luft anhalten ließ:
»Ruf die Website auf. Und beeil dich, die Bettina-Show hat
schon angefangen.« Dann wurde aufgelegt.

Markus hielt das Smartphone noch eine Weile in der
Hand und versuchte zu verstehen, was gerade geschah.
Wer war dieser Kerl? Und warum hatte er Bettinas Handy?
Mit einem Mal war jeglicher Anflug von Ärger verschwun-
den, wurde verdrängt von einer schnell größer werdenden
Angst. Seine Hand, die das Smartphone hielt, zitterte.

Das war kein Scherz, dessen war er sich sicher. Irgendetwas war mit Bettina geschehen, und wenn er wissen wollte,
was, musste er tun, was dieser Mann verlangt hatte.

Mit heftig klopfendem Herzen öffnete er die Nachricht
mit der Webadresse und tippte darauf, wie er es von anderen Links gewohnt war, doch es geschah nichts. Also
kopierte er die Adresse und fügte sie in den Browser des

Smartphones ein, aber das Ergebnis war lediglich ein Hinweis, dass die Seite nicht geöffnet werden konnte.

Fluchend sprang Markus auf und verließ mit schnellen Schritten das Wohnzimmer. In ihrem gemeinsamen Büro angekommen, setzte er sich an seinen Platz, schaltete den Computer ein und öffnete den Browser. Nachdem er die Adresse aus der Nachricht hektisch abgetippt und bestätigt hatte, starrte er jedoch auch hier auf die gleiche Meldung wie zuvor auf dem Smartphone. Die Seite konnte nicht geöffnet werden.

Mit einem unangenehmen Prickeln bildeten sich winzige Schweißtröpfchen auf seiner Stirn, während er konzentriert Zeichen für Zeichen der eingegebenen Adresse mit denen in der Nachricht verglich, aber er hatte sich nicht vertippt. Also musste dieser Kerl sich vertan haben.

Markus ließ sich gegen die Rückenlehne des Bürostuhls sinken und starrte die Meldung des Browsers an, als könnte er sie dadurch verschwinden lassen.

Seine Gedanken überschlugen sich. *Und beeile dich*, hatte der Kerl am Telefon gesagt. *Die Bettina-Show hat schon angefangen.*

Die Bettina-Show … Was sollte das für eine Show sein? Machte er sich unnötig Gedanken? War das alles ein Gag seiner Frau? Eine von langer Hand geplante Überraschung für ihn? Aber wofür?

Markus überlegte angestrengt, ob er vielleicht ein wichtiges Datum vergessen hatte, aber ihr Hochzeitstag war schon vor zwei Monaten gewesen, Bettinas Geburtstag stand erst in vier Monaten an, sein eigener zwei Wochen früher. Was sonst konnte es geben, wofür Bettina eine *Show* veranstaltete, die er sich im Darknet ansehen sollte? Nein, es musste eine andere … Markus' Blick war an der Adresse hängen geblieben. An der Endung hinter dem Punkt. *Onion* … da hatte etwas in dem Artikel über das Darknet gestanden, etwas über diese Art von Adressen und dass sie nicht zurückverfolgt werden konnten, auch nicht von Ermittlern. Weil … weil man dazu einen besonderen Browser brauchte, der die Spuren im Netz verwischte!

Mit einem Ruck beugte Markus sich vor und ließ die Finger über die Tastatur huschen. Keine Minute später hatte er einen entsprechenden Artikel gefunden und den Download des TOR-Browsers gestartet, der zum Surfen im riesigen inoffiziellen Teil des Internets unabdingbar war.

Nach weiteren drei Minuten war die Software installiert und mit ein paar Klicks eingerichtet.

Erneut tippte Markus die Webadresse aus der Nachricht ab und bestätigte seine Eingabe mit der Enter-Taste. Eine Weile passierte nichts, und Markus rechnete schon damit, die gleiche Meldung wie zuvor zu bekommen, als die Website endlich geöffnet wurde. Mit dem nächsten Atemzug stieß Markus einen unartikulierten Schrei aus und starrte mit weit aufgerissenen Augen auf das Bild, das sich ihm bot. Dann bohrte sich eine eiserne Faust in seinen Magen und raubte ihm fast die Besinnung.

2

Noch während ihr Bewusstsein sich aus der Tiefe einer dumpfen Schwärze an die helle Oberfläche der Realität zurückkämpft, setzen unerträgliche Kopfschmerzen ein. Sie öffnet die Augen, kneift sie aber sofort mit einem Aufstöhnen wieder zusammen, da eine Lichtbombe in ihrem Kopf zu explodieren scheint. Ihre Gedanken drehen sich wie in einem außer Kontrolle geratenen Karussell, während sie zu begreifen versucht, was gerade geschieht und wo sie sich befindet. Die einfachste und naheliegendste Erklärung ist zugleich die unwahrscheinlichste, denn wenn es nur ein schlimmer Traum wäre, würde sie diese abartigen Kopfschmerzen nicht spüren. Schmerzen kommen in einem Traum nur als Gedanke vor. Außerdem ist sie sich sicher, dass es kein Schlaf war, aus dem sie gerade erwacht ist, sondern bleierne Bewusstlosigkeit. Die Augen noch immer zusammengekniffen, versucht sie, einen der losen Gedankenfetzen zu fassen zu bekommen, die in ihrem Verstand herumwirbeln. Tatsächlich blitzt mit einem Mal die Erinnerung wie ein schwach flackerndes Leuchten hinter der dunklen Wand aus aufsteigender Panik in ihr auf.

Sie hat das Fitnessstudio verlassen und ist zu ihrem Auto gegangen, das einsam am Rand des Parkplatzes gestanden hat. Klara, die Studioleiterin, hat die Tür hinter ihr abgeschlossen und ist im Studio geblieben, weil sie noch etwas zu tun hatte.

Sie erinnert sich, an ihrem Auto angekommen zu sein und die Fahrertür geöffnet zu haben …

Da war ein … ein Arm? Ja, ein starker Arm, der sie brutal von hinten umschlang, während ihr gleichzeitig etwas auf Mund und Nase gepresst wurde. Es hat ekelhaft gerochen, süßlich, faulig, und sie hat verzweifelt versucht, sich aus dem Griff zu befreien, hat versucht, um sich zu schlagen und zu treten. Doch plötzlich sind ihre Arme und Beine so furchtbar schwer geworden, als würden sie von Bleigewichten nach unten gezogen. In einem letzten Aufbäumen hat sie trotzdem probiert, sich aus dem Griff zu winden … dann war da nur noch Dunkelheit.

Sie unternimmt einen Versuch, sich zu bewegen, doch etwas hindert sie daran. Ihr wird bewusst, dass sie sitzt – auf einem Stuhl vielleicht – und ihre Arme erhoben sind. Die Handgelenke werden von etwas über ihrem Kopf gehalten, einem Seil, einem Draht …

Sie zwingt sich, erneut die Augen zu öffnen, und widersteht dem Drang, sie sofort wieder zu schließen. Beißend grelles Licht wird aus mehreren Scheinwerfern auf ihre Augen gerichtet und blendet sie so sehr, dass sie nichts von ihrer Umgebung erkennen kann. Instinktiv möchte sie den Oberkörper nach vorn beugen und die Oberschenkel zusammenpressen. Beides ist ihr unmöglich. Die Fesseln an ihren Handgelenken halten ihre Arme oben und den Oberkörper in der aufrechten Sitzposition. Ihre Beine sind weit gespreizt und werden ebenfalls von etwas, das ihr schmerzhaft in die Haut über den Kniegelenken schneidet, in dieser Position gehalten.

In die Haut! Das bedeutet, sie ist … nackt!

Ihr Schrei wird zu einem gurgelnden Geräusch, als sie mit aller ihr zur Verfügung stehender Kraft versucht, die Beine zu-

sammenzudrücken. Vergebens. Die Stellen über den Knien jagen heiß pochende Schmerzen durch die Oberschenkel, doch an ihrer Position hat sich nichts verändert. Sie sitzt nackt und mit weit gespreizten Beinen auf einem Stuhl, und zu der Angst, die ihr die Luft zum Atmen nimmt, steigt ein Gefühl der Scham und der Demütigung in ihr hoch, wie sie es noch nie in ihrem Leben gespürt hat.

Erneut versucht sie, irgendwo in diesem grellen Meer aus Licht etwas zu erkennen, irgendeinen Hinweis darauf zu entdecken, wo sie ist und was gerade mit ihr geschieht, doch schon nach wenigen Sekunden muss sie die brennenden und tränenden Augen zusammenkneifen.

»Hallo«, ruft sie, und dann lauter: »Wo bin ich? Ist jemand hier? Bitte, binden Sie mich los, ich flehe Sie an. Sagen Sie doch etwas.«

Sie blinzelt in die gleißende Helligkeit und lauscht angestrengt, hört ihren eigenen keuchenden Atem und im Hintergrund ein beständiges Summen. Sonst nichts.

»Bitte«, flüstert sie. »Bitte, bitte reden Sie mit mir. Wer sind Sie? Warum tun Sie mir das an?«

»Lächle«, sagt plötzlich ein Mann, der irgendwo hinter den Lampen zu stehen scheint. Der Klang seiner Stimme jagt ihr trotz der Hitze, die die Lampen abstrahlen, einen eiskalten Schauer über den Rücken. »Und streng dich an. Tausende Augen sind auf dich gerichtet.«

3

Markus war zu keiner Reaktion fähig. Wie versteinert starrte er auf den Monitor, konnte nicht fassen, was er da sah. Weigerte sich, es zu begreifen.

In einem Fenster, das fast den gesamten Bereich des Monitors einnahm, war eine komplett nackte Frau zu sehen, die Arme mit einem Seil nach oben gezogen, saß sie frontal zur Kamera auf einem Stuhl. Ihr Körper wurde von gleißendem Scheinwerferlicht angestrahlt, die Beine waren weit gespreizt und ebenfalls festgezurrt, so dass der Blick durch das Kameraobjektiv auf ihre offene Scham gerichtet war. Markus zwang sich, in das Gesicht der Frau zu schauen, in der verzweifelten Hoffnung, dass er sich getäuscht hatte, dass es irgendeine bedauernswerte Fremde war, die er vor sich sah. Aber obwohl die langen braunen Haare ihr in verschwitzten Strähnen ins Gesicht hingen, erkannte er, dass es keine Unbekannte war, die dort auf eine unvorstellbar grausame Art gedemütigt wurde, sondern Bettina. Seine Frau.

Markus' Speiseröhre krampfte sich gleichzeitig mit seinem Magen zusammen, und er schaffte es gerade noch, den Kopf ein wenig zur Seite zu drehen, bevor er sich auf einen Teil des Schreibtischs und den Teppich erbrach. Mit einer fahrigen Bewegung wischte er sich mit dem Unterarm über den Mund, richtete sich auf und starrte wieder auf das Bild, in das jetzt Bewegung kam. Bettina hatte die Augen aufgerissen und begann, wild an den Fesseln zu zerren, die ihre Arme oben und die Beine gespreizt hielten. Gleichzeitig warf sie den Kopf hin und her und schrie immer wieder »Nein! Nein, bitte nicht! Bitte!«

Markus beugte sich nach vorn, legte eine Hand auf den Monitor, bedeckte seine Frau und ignorierte die Tränen, die ihm über die Wangen liefen.

»Bettina«, krächzte er und versuchte, den Impuls, sich noch mal zu übergeben, zu unterdrücken. Sekunden später erkannte er, was Bettinas plötzliche Panik ausgelöst hatte. Von der Seite trat eine Gestalt in den Bildausschnitt, ging auf Bettina zu und blieb kurz vor ihr stehen. Ein Mann. Er war groß und ebenfalls nackt, trug aber eine Maske aus schwarzem Leder, eine Art Haube, die den ganzen Kopf verdeckte. Sein Körper war muskulös, der Rücken und die Pobacken stark behaart. Wie versteinert saß Markus da und beobachtete die Szene. Er weinte, er schluchzte, er wollte etwas gegen den Monitor werfen und seine Qual hinausschreien, doch er war weder zu einer Bewegung fähig, noch dazu, den Blick von dem grausamen Geschehen abzuwenden.

Am unteren Bildschirmrand wurde etwas eingeblendet, das für einen kurzen Moment seine Aufmerksamkeit auf sich zog. Eine Zahl, die sich sekündlich veränderte. Gerade zeigte sie 4367 an, dann 4406. 4439. 4487 …

Alles in ihm wehrte sich gegen die Erkenntnis, und doch verstand er mit brutaler Klarheit, was er sah. Es waren Zugriffszahlen, die Anzahl an Zuschauern, die gerade vor ihren Monitoren saßen, Augenpaare, die seiner Frau zwischen die weit gespreizten Schenkel blickten und dabei womöglich … Schmerzhaft krampfte sich Markus' Magen erneut zusammen.

»Nein«, stammelte er immer wieder, »nein, bitte … bitte nicht«, während er die Schreie seiner Frau aus den Lautsprechern hörte.

Er sah hin. *Musste* hinsehen.

Der Mann mit der Ledermaske trat ein Stück zur Seite, und aus dem Off hinter der Kamera kamen drei weitere Männer ins Bild. Sie waren ebenfalls nackt und trugen Masken.

»Nein!«, brüllte Markus. »Haut ab, ihr verdammten Schweine!«

Er ertrug den Anblick keine einzige Sekunde länger. Er wandte sich ab und sackte in sich zusammen, als hätte ihn mit einem Schlag alle Kraft verlassen. Den Blick auf den besudelten Schreibtisch gerichtet, ließ er sich gegen die Stuhllehne sinken. In einer Ecke seines Bewusstseins nahm er wahr, dass die Schreie seiner Frau in ein Wimmern übergegangen waren, das innerhalb einer Sekunde anzuschwellen schien und dann so laut wurde, als befände sich ihr Mund direkt neben seinem Ohr.

In diesem Moment klingelte sein Smartphone.

Markus fuhr zusammen und griff so hektisch nach dem Gerät, dass es ihm fast entglitten wäre. Er sah den Namen auf dem Display. Bettina!

»Du Schwein!«, brüllte er los, kaum hatte er das Gespräch angenommen. »Lass sie in Ruhe! Sofort. Ich schwöre dir …«

»Halt den Mund«, unterbrach die kalte Stimme ihn, woraufhin Markus verstummte.

»Du teilst doch gern, nicht wahr? Das ist doch deine Philosophie, oder? Carsharing, Wohnungssharing … alles soll von möglichst vielen genutzt werden. Das ist dein Geschäft, damit verdienst du dein Geld, und zwar nicht wenig, richtig?«

»Was wollen Sie?« Markus' Stimme klang brüchig. »Warum tun Sie das? Wollen Sie Geld? Sie bekommen es! Sagen Sie mir, wie viel. Ich verspreche, ich werde es besorgen. Aber bitte, stoppen Sie das, was da gerade geschieht. Ich tue wirklich alles, was Sie verlangen, aber hören Sie auf damit.«

Bettinas Wimmern, das die ganze Zeit über zu hören gewesen war, wurde plötzlich wieder zu einem Schreien, das aber anders klang als zuvor. Gurgelnd, röchelnd … Markus fuhr herum und … starrte auf den Monitor, der genau in diesem Moment schwarz wurde. Alle Geräusche waren verstummt. Lediglich die Zahl am unteren Bildschirmrand war noch zu sehen. Sie veränderte sich noch immer sekündlich und zeigte inzwischen 17 327 an. Im nächsten Moment wurde ein Fenster mit einer Eingabemaske eingeblendet, unter der stand: *Gib deine PIN ein!*

»Was …« stammelte er. »Ich … ich sehe nichts mehr. Was soll das mit dieser PIN? Was machst du mit meiner Frau, du Schwein?«

»Was denkst du wohl? Teilst du etwa eines deiner Autos kostenlos? Nein. Ich auch nicht. Du hast nicht für die Show bezahlt, also kannst du sie dir auch nicht ansehen.«

»Bezahlt? … Show?«, stammelte Markus.

»Natürlich. Mittlerweile sind es fast zwanzigtausend Zuschauer, die beobachten, wie ich jetzt deine Frau *teile*. Ich verdiene gut mit dem *Sharing*. So wie du. Das ist doch in deinem Sinn, oder etwa nicht? Und ich kann dir versprechen, das ist erst der Anfang.«

»Hören Sie auf!«, schrie Markus in den Hörer. »Bitte!«

»Du willst, dass ich aufhöre? Hm ... Das ist gerade schlecht, aber hör mir jetzt gut zu. Du hast eine Chance, sie zu retten. Nur eine, aber die ist ganz simpel. Halt einfach die Füße still. Keine Polizei, kein Wort zu irgendjemandem. Was gerade geschieht, ist nicht mehr zu ändern. Du musst am eigenen Leib spüren, wie viel Leid dein verdammtes Sharing verursachen kann. Aber du wirst sie zurückbekommen. Schon morgen.«

»Ich ...«, setzte Markus an, doch der Mann unterbrach ihn. »Bleib zu Hause und warte. Morgen früh sage ich dir, wo du sie findest.«

»Warum erst morgen früh?« Die Worte sprudelten aus Markus heraus. »Warum nicht jetzt? Was geschieht gerade? Lassen Sie mich wenigstens sehen ...«

»Die Show läuft noch ein paar Stunden, und nein, du bekommst keinen Zugang. Keine Bezahlung, keine Show.«

Noch ein paar Stunden ... Show ... Es war Markus fast unmöglich, die weiteren Worte zu verstehen, das Grauen war so unerträglich, dass es seine Sinne vernebelte.

»Ich warne dich nur ein Mal. Ein Wort zur Polizei oder zu irgendjemand anderem, und es wird eine zweite Bettina-Show geben. Und ich kann dir versichern, dagegen ist das, was gerade passiert, ein Ausflug zu Barbies Ponyhof. Das wird sie nicht überleben, und dabei darfst du dann sogar kostenlos zusehen.«

Bevor Markus etwas entgegnen konnte, war das Gespräch beendet.

Als er den Blick wieder auf den dunklen Monitor richtete, wurde dort gerade hinter der Eingabemaske ein Foto der großen Werbetafel von *Kern & Kern Carsharing* eingeblendet.

Etwas bäumte sich in ihm auf und schrie ihn an, dass er reagieren müsse. Seine Finger huschten über die Tastatur, während er die Adresse der Website erneut vom Display seines Smartphones abtippte, doch ohne Erfolg, im Gegenteil, jetzt war sogar die Eingabemaske nicht mehr zu sehen. Nur die Zahl am Bildschirmrand, die sich weiter sekündlich veränderte. Größer wurde.

Immer wieder »Nein!« stammelnd und Bettinas Namen wiederholend, hämmerte er völlig wahllos auf die Tastatur ein. Er schrie, er fluchte … es nutzte nichts. Anders als 21 105 Fremde konnte er nicht sehen, was gerade mit seiner Frau geschah.

ISBN 978-3-596-70053-0
ca. 368 Seiten, ca. 15,99 € (D)/16,50 € (A)

Hier der Link zum
neuen Podcast von Winkelmann und Strobel: